蘭陵春色

2

目次

壹之章

媚骨天成冠群芳

寧靜安穩的日子？

張綺抬起頭來，對上高長恭如星空般深邃寬廣的雙眼。

見她看著自己，高長恭問道：「妳不信？」

張綺垂眸，他的話，她怎會不信？只是他那家國，那齊地的君王……

咬著唇的張綺，突然一陣眩暈，卻是高長恭把她一提，令得她面朝著自己。他的大手再在她背上一按，張綺整個人，便完全陷入了他的懷抱。

聽著四周暴起的喧譁聲、議論聲，還有吶喊聲，高長恭聲音一提，喝道：「走快些！」呼喝的同時，他馬速放緩，混入百名黑騎中。

安排給各大使者的行館，早已準備妥當。來到使館外，高長恭交代幾句後，抱著張綺跳下馬背，大步向行館走去。

張綺聽到四周人聲漸悄，便掙了掙，低聲叫道：「放下我！」

高長恭動也不動地穩步前進，直到進了院子，揮退周地派來安置他們這些使者的官吏後，又抱著張綺跨入堂房，對院落裡本來就有的婢女們吩咐幾句，這才把張綺放了下來。

張綺一得到自由，便急急地退後幾步。

見她站在角落裡，悄悄地看向自己，高長恭淡淡地說道：「在我面前不必如此小心。」

婢女們把水送上來了，他命令道：「把臉洗乾淨吧。總這樣掩著藏著，沒意思！」

最後三個字，他說出來有點沉，似乎是想到了他自個兒。

張綺垂眸，走到水盆前，低頭清洗起來。

在她洗臉的同時，婢女們抬著水還在源源不斷地入內。望著霧氣蒸蒸的耳室，張綺臉白了白。

熱湯衣物等一應備齊後，高長恭揮了揮手，「都退下吧。」

「是。」

「把房門也帶上。」

「是。」

吱呀聲中，房門關上，偌大的房間，只剩下張綺和高長恭兩人。

看了看安靜如也的房間，又看了看霧氣蒸蒸的耳房，張綺心跳如鼓，洗臉的動作又慢了幾分。

就在她心慌意亂，臉紅耳赤，眼珠子轉了又轉，不知想了多少個主意時，卻聽到旁邊傳來窸窸窣窣的聲音。

張綺轉頭看去。這一看，她木住了。

身長腿長，俊美無儔的高長恭，正大大方方地解去外裳，脫下束褲。

不一會兒功夫，他已只著內裳了。那比半年前健壯得多，顯得修長有力的肌理已若隱若現。

張綺忍不住了，結結巴巴地說道：「郎君、郎君沐浴，阿綺就先告退了。」

「告退？」高長恭的聲音低沉微靡，有著一種特別的磁力。簡單的兩個字，傳入張綺的耳中時，卻如春風吹得人心酥，直讓張綺更慌亂了。

她急急說道：「是、是啊！」

「待在這裡就可。」高長恭將脫下的外袍順手扔到張綺手裡，提步朝耳房走去，「我不耐煩他人碰我的東西，這些衣物妳來清洗。」說罷，他修長挺拔的身影消失在門內，轉眼間，潑啦啦的水花聲響起。

張綺鬆了一口氣，背轉身，胡亂抹了兩下，把臉洗淨後，低下頭，將他扔成一堆的衣裳撿起。

半晌，耳房中水花聲暫息。當高長恭抹著濕髮大步走出時，張綺正低著頭，抱著他的衣服蹲在那裡尋皂角。可憐她兩世受的都是琴棋書畫、勾引誘惑的教育，哪曾給人洗過衣物？

高長恭向她看來，見張綺笨拙的模樣，他也沒有憐惜，反而低沉地說道：「這種事不難，我自幼便會，妳得學學。」

「是。」

「臉洗淨了？」

「嗯。」

「讓我看看。」

張綺乖巧地抬起頭。

四目一對，張綺卻是臉一紅，微微側頭，「你把衣襟攏上。」

「這是我的房間。」高長恭卻是低低一笑，他道：「我喜歡衣冠不整。」

張綺低著頭，語氣平穩而認真，「可我不習慣。」

「妳必須習慣！」

張綺一噎。

這個來自建康，擅長綿細委婉調調的小姑子，哪曾遇到過這般直接又濃烈的丈夫？

她不知如何應對了。

這時，高長恭聲音低啞地說道：「過來。」他伸出手，「到我懷中來！」

聽話慣了的張綺，剛下意識地走出兩步，聽到他後一句，便來了個急剎。她咬著牙，朝著他畢恭畢敬地一福，認真地說道：「郎君說過的，給我兩年時間。」

她如此認真，如此一絲不苟，要不是左顧右盼，要不是不敢看他，倒也稱得上是臨危不亂。

還是少年心性的高長恭哈哈一笑。只是，他早已不習慣發笑，馬上又收了聲音。

正在這時，一陣腳步聲傳來，一個齊人在外面喚道：「郡王，宇文護派人來了，說是要見你。」

宇文護？那個周地實際上的君王？不可一世，權力熏天的宇文護？

他慢慢轉身，尋思了一會兒，向張綺交代道：「妳候在這裡。」

說罷，他隨意披了一件外袍，轉身離去。

來到院落外，張綺聽到他低沉有力地喝道：「看好這裡，不管什麼人來找，都不得放進！」

這個命令聲一入耳，張綺便尋思道：他倒想得周到，這是防著陳國使者吧？

她聽著他的腳步聲遠去。

直到高長恭的腳步聲完全消失了，張綺才吐出一口長長的濁氣，無力地坐倒在榻上。

今日這事，太突然太突然。從來沒有經歷過的她，那顆心一直怦怦地胡亂跳著，直到現在，還不曾完全平靜下來。因為心太亂，她整個人都處於渾渾噩噩中，根本無法思索。

現在，得好好尋思尋思了。

高長恭走出院落，瞟了一眼停在不遠處的馬車，轉頭對著兩個低頭候立的侍衛問道：「不知你家大塚宰何事傳我？」

一個侍衛笑應道：「這個我等不知，郡王去了便可清楚。」

高長恭卻警戒起來。

直到現在，宇文護的母親還被齊人羈押著，他請自己前去，這事不得不慎重。

尋思了一會兒，高長恭拱手說道：「還請兩位傳話，便說長恭剛剛抵達長安，身體不適，大塚宰那裡，明日自會拜會。」

見他轉身便走，兩個侍衛急了，他們同時轉頭看向街道上。

這時，街道上傳來一個清亮的女子嬌喝聲：「且慢！」

喝聲中，一名美麗的少女跳下了馬車，她急急衝來，朝著高長恭的背影喚道：「你不能走！」

高長恭停下腳步，緩緩回頭。

現在的高長恭，剛剛沐浴過，墨黑的長髮披在背上，兀自還滴著水。有兩串水滴，貼在他的頰側，順著他俊美無倫的臉孔緩緩流下。

那個經過精心打扮，美麗華貴又高瘦的少女，一時如見長河落日，天上水中滿煙霞，不由癡了去，本來要說的話，更是全部啞在喉中。

見她目不轉睛地盯著自己，神情如癡如醉，高長恭皺起了眉頭，衣袖一甩，大步跨了進去。

直到院門吱呀一聲關上，那少女才哎喲叫了起來。她跺著腳，想要叫喊，卻又想到他的音容，不由有點膽怯。

又一個少女跑來，她來到美麗少女的身後，扯著她的衣袖埋怨道：「姊姊，妳怎麼能冒父親的名做這種事？要是讓父親知道了，又是一頓好罵。」

那美麗的少女昂著長長的頸項，瞬也不瞬地看著院落裡。聞言，她聲音低低，又羞又喜又是悵然若失地說道：「妳知道什麼？那齊地的權貴高官可不比咱們周人，那裡將相都是一個妻子，權貴也是不敢納妾的。何況，他還是那麼那麼俊……」說到這裡，她雙眼迷離，臉上帶著羞澀而嚮往的快樂，已是沉湎在如詩如幻的綺夢中。

高長恭回到了院落，一抬頭，便看到娉娉婷婷地站在臺階上，目光如水地看向自己的張綺。

高長恭的腳步停頓了。

……她這模樣，好似候著夫君歸家的妻子。

高長恭垂下眸來，大步走到她身邊。他腳步一頓，微微側頭，「在看什麼？」

張綺聞言，抿唇看向他，輕聲道：「我聽到了宇文護的名字……他找你？」語氣中隱有憂慮。

高長恭僵了僵，好一會兒才回道：「沒事。」

他跨入房門，見張綺還站在外面，便停下腳步，喚道：「怎地不進來？」

「嗯。」張綺連忙轉身，跟在他的身後，亦步亦趨地走了進去。

彼時，夕陽西下，一縷縷紅色的雲霞染在天空。雲霞渲染中，一輪金燦燦的陽光半沉入地平線，半映射在浮華人世。

那金色的陽光穿過周國重重疊疊的皇宮飛簷，穿過一堵堵木牆青瓦，最後穿過身後嬌美靈秀的少女，穿過她墨黑的秀髮，穿過她剛洗淨的，兀自泛著水光的美麗小臉，於她的眼眸中，流洩出一地的溫柔澄澈。

……彷彿，她這般跟在他的身後，已有經年；彷彿，自有天地以來，便有這麼一個嬌小的身影，跟在那一個高大的身影之後，不遠不近，不即不離。

高長恭停下行進的腳步，瞇著眼望著西邊燦爛的天空，低聲說道：「張氏阿綺。」

「嗯。」張綺抬頭看向他。

「妳說，這人，怎能這般寂寞？」寂寞得即使置身於最繁華的鬧市，也是孤獨至斯。寂寞得生不知何時，死不知何地。寂寞得，哪一天不得不離開塵世，怕也沒有多少難捨……寂寞得，那麼渴望有個人能知己伴己。

啊？張綺撲閃著大眼，不解地看著他。

高長恭回頭盯了她一眼，也不解釋，提步跨入房中。

兩人剛剛入內，又是一陣腳步聲傳來，接著，一個侍衛喚道：「郡王，陳使求見。」

「不見！」高長恭的回答雖然果斷乾脆，外面的僕人卻不曾退下，猶豫了一陣後，又說道：

「那些陳使說，郡王帶走了他們蕭郎的一個美姬。陳國人剛到長安，便被齊國郡王如此挑釁，幾令他們顏面無存！」

頓了頓，那僕人又說道：「他們還說，陳國雖小，如此顏面無存的事，定然不敢承受！」都上升到了國與國的高度了！

高長恭眉頭一皺。

而張綺，則是抬頭看向他。

好一會兒，高長恭吩咐道：「令他們進來。」

「是。」

僕人一走，高長恭便返回內室，見張綺還愣在那裡，他命令道：「過來。」

張綺走了過去，他看了她一眼。

張綺連忙走上前，拿起乾毛巾走到他背後，低著頭，擦拭起濕髮來。他髮絲如緞，又順又黑，這麼靠近，還可以聞到他身上那混著男性體息的淡淡青草味。不自覺的，張綺的動作有點僵硬。

頭髮拭乾，一時還不能挽起，張綺便把它梳順披散著。

高長恭站了起來，張綺連忙走到他身前，幫他把衣襟攏好。她面對著他，明透微紅的臉上，長長的睫毛扇動著，那整理著襟角的動作有點顫。偏偏這個時候，她還努力地板著臉，唇角更是緊緊壓著。那眼神，明明看到了他外露的頸項胸膛，卻愣是不亂瞟一下。

高長恭突然有點想笑，也笑了，垂著眼，他輕笑道：「不必如此緊張。」

張綺自是不會回答。

他轉過身，讓她幫他整理後面的衣襟，目光瞟過牆角那一堆自己換下的衣物，低聲說道：「我自四歲起，便自己洗裳了。」

他一個名副其實的王子，四歲便自己洗裳？她彷彿看到小小的嫩嫩的一個娃娃，踮著腳，艱難的。」

地提著井水，搓著衣物……

張綺動作頓了頓，不由抬頭看向他。

高長恭的聲音平靜，沒有任何的自怨自艾，只是沉聲說道：「人這一生，不管今日如何繁華得意，得謹記有那落魄無依時。沒有他人的幫襯，便衣食不能自理，張氏阿綺，這不應是妳想要的。」

是，這不是她想要的！

張綺一凜，低聲應道：「是。」

明明是下了決心，堅決有力地回答，從她的口中出來，卻還是綿綿的、軟軟的，彷彿在撒嬌。

高長恭不由回過頭來看向張綺。

與半年前相比，她長高了，身段婀娜，風流隱見，眉眼間，少女風情顯露無遺。

這般白嫩靈秀中隱有妖色，完全可以想像她長大後的傾城傾國，那些南地丈夫是極喜歡的吧？怪不得那蕭莫念念不忘了。

盯著盯著，高長恭好一會兒才發現，在自己的目光下，張綺的臉越來越紅，也越來越低，到了現在，下巴都擱在胸口了。

看到她恨不得把自己藏起來的樣子，高長恭嘴角扯了扯。

他收回目光，沉聲說道：「張氏阿綺。」

「嗯。」

「把自己打理一下，也去見一見。」

「是。」

張綺猶豫了一會兒，忍不住問道：「要不要再遮起來？」

話音一落，他看了她一眼。

張綺馬上明白過來，低聲道：「我知道了。」他都不曾掩去，她又何必緊張？自己這句話，分明是對他護她沒有信心，怪不得他的目光中帶著警告。

把高長恭的衣裳墨髮都打理好後，張綺走到一側的水盆，再掬起一點水，洗拭起頸項和手上的藥末。

看到她的動作，高長恭道：「不必強拭，馬上便有婢女送熱湯來供妳沐浴。」

張綺的動作僵了僵，忍不住囁嚅問道：「在這裡……沐浴？」

高長恭知道她擔憂什麼，忍不住嘴角又向上一彎。他看著她，嚴肅地說道：「是啊。」

騰地一下，張綺再次臉紅過耳。

她唇動了動，想說什麼，最後還是嚥了下去。

她這一生，從來沒有人在乎過她想什麼，說出去的話，一個不妥，便是招災之源。在外祖家時，年幼的她也曾天真過、要求過，可那種種天真、種種要求，得到的總是棍棒和侮辱。

日久天長，張綺已經忘記了怎麼去直接堅決地表達自己的意見，她已習慣了小心翼翼地看人眼色，然後，把委屈和不願意埋在心中，再側面的，以一種委婉而又給自己留有餘地的方式去行事。

對高長恭，她與其說是有情，不如說是有著前世記憶的她，相信他的人品和寬厚。相信他便是最惱她再厭她，也會給她留一條生路。

眾生芸芸，只有他給她這份相信，儘管這份相信是建立在世人的評語上。

別的人，她總是下意識地懼怕著，總是想著，如今他在意她，只不過她還新鮮，她還沒有讓人得到，她處事小心翼翼還不曾犯錯。若是哪一日她真惹惱了那些人，打罵還是輕的，哪一天被賣了，年老色衰被趕到街頭當了乞丐婆，或者，還輪不到年老色衰，只是玩厭了，說不定便給送了，給砍了……

外祖母說過，母親當年與父親是有著海誓山盟的。可這男人啊，他們的海誓山盟、情深意重，在他渴望得到她的那一刻，自是真得不能再真。可他真的得到了妳，那些話，他會忘得比誰都快。外祖母還說，女人要幸福，相信的不應該是男人口頭上的情深，而是他許給妳的名分。

想當年，母親被人玩厭了，還有家族在等著，還有父母給一口飯吃。她要是被人玩厭了，歸宿只有那亂葬崗了。

垂著眼，張綺再次小心翼翼地看了一眼高長恭，低低的，以只有她自己才能聽到的聲音囁嚅說道：「都說了兩年的……」

聲音雖小，可高長恭離她如此近，又是個習武的，自是聽得分明。

他沒有吭聲，只是嘴角再次扯了扯，然後嚴肅地命令道：「快點。」

「嗯。」

不一會兒，張綺把自己打理一新，再把頭髮和裳服順了順後，她跟在高長恭的身後，亦步亦趨地向外走去。

蕭莫等人正等在院落裡，高長恭遲遲不出來，他抿緊唇，在院子裡不停地轉悠著。

轉著轉著，吱呀聲響，五十步開外的房門處，走出了兩人。他迅速抬頭，與眾人不由自主被走在前面那男子的容光所吸引不同，他一抬眼，便定定地看向高長恭身後的張綺。

張綺一如在建康時，微微低頭，碎步而行。

可是，有不同了。

低著頭的她，外露的額髮和頸項以及小手的肌膚白膩瑩潤得驚人。看不到她的五官，只看這肌膚，任何一人都能感覺到，這是一個罕見的美人兒。

彷彿感覺到了他的注目，張綺抬起頭來。

這一抬頭，蕭莫直覺得胸口被重重一擊，整個人情不自禁地退後一步。

如此的眉目如畫，如此的靈透嬌媚，見他臉色微變，她水潤澄澈中透著妖意的眸子，微微露出一抹詢問，彷彿在問他，你怎麼啦？

……明明不到一個時辰，他卻彷若隔了一世才見到她。

不是，他從來沒有見過這麼美的張綺，她超過了他的想像，她總是在他以為自己能放下時，又生生地勾起了他的魂魄，令得他又在渴望著她能用這樣的眸子看他一輩子。

兩人走到了眾人之前，高長恭轉眼看向蕭莫，蕭莫卻在看著張綺。

高長恭雙手負於背後，也不說話，只是靜靜地站在那裡，他等著，等蕭莫回過神來。

好一會兒，蕭莫終於抬頭，朝張綺說道：「過來。」

張綺一愣，低著頭，遲疑一會兒後，提起步，小心翼翼地朝前走去。

她經過了高長恭，他沒有阻止她。

張綺來到了蕭莫身前，蕭莫這時衣袖一甩，已經風度翩翩地走向一側角落的榕樹旁。

慢慢站定，他回過頭來。

這時的他，已是恢復如常，斯文俊秀的臉上含著笑，目光依然清亮而溫柔。

蕭莫低頭看著她，輕聲說道：「妳沒有掙扎。」他的聲音中有著說不出的失落，可他的臉上，兀自帶著笑，「張氏阿綺，我一心一意記掛著妳，生恐妳被人所侮。可妳落在他人手中，卻絲毫不作掙扎。」

他抿緊唇，年少而意氣風發的他，在她身上屢屢碰壁的他，忍不住啞著聲音，有點尖銳又有點怒不可遏地冷笑道：「張氏阿綺，原來妳賤得跟了誰都可以！」

這話很重，他從來沒有跟她說過這麼重的話。

講究含蓄優雅的建康人，很少對別人說這麼難聽，這麼直接的話。

張綺猛然抬起頭來，小巧紅豔的唇顫抖著。顫抖了一陣，她長長的睫毛上串上一小滴淚珠。張綺迅速低下頭來，啞聲說道：「我不做人外室。外室，隨時想趕就趕走了，生下的子女低賤得連狗都不如……當妾，年老了還有飯吃。」

他果然激怒了她。

第一次聽到張綺這麼堅決，這麼直接地說著這樣的話，蕭莫木住了。

好一會兒，他才啞聲說道：「妳又不是不知，我努力過，可是妳家大夫人不肯。」

張綺長長的睫毛扇了幾下，唇動了動，卻是沒有說話。

她雖沒有說，蕭莫卻是明白的。她是想說，他既然連個正經的媵娶妾位都無法許她，那就應該放手，而她，更是不會再念他絲毫吧？

心下驀地一陣絞痛，蕭莫喃喃說道：「不過是個名分！」

他哽了聲音，一遍又一遍，帶著不解帶著傷心地質問著：「不過是個名分啊！妳明明知道，我會疼妳惜妳一輩子！」

張綺側過頭看著榕樹上的綠葉。妾和外室的不同，他明白，天下的所有人都明白。更何況，她剛才已經明白說過了。外室，他隨時玩厭了，想趕就趕走了，淪落無依，為乞為丐時，誰來憐妳惜妳？那個把妳玩厭了的男人嗎？那個海誓山盟又轉向另一個美人的男人嗎？那個本性健忘，得不到妳時，妳是寶，得到妳時，妳不過一玩物的男人嗎？

還憐她惜她一輩子！男人的誓言呵，當年的父親，也說得這般動聽吧？

在這樣混亂沒有秩序的世道，一個沒有娘家、沒有兄弟親族助力，也沒有夫家的弱女子，便是積存的錢物再多，置辦的田地再多，任何一個人想拿也就拿走了，想打殺也就打殺了。做人外室，年老色衰被人趕出後，是沒有活路的。

不過是個名分，可這名分，卻能換來一世安穩！

更何況，以她成長後的樣貌，便是個正經的妾，也不可能有主母容得下，忍得了的。

兩人已然僵住。

高長恭遠遠地眺來，見到蕭莫臉色黑得可以，而張綺卻是倔強地抿著唇。

他嘴角揚了揚，負著手，威嚴地低喝道：「阿綺，過來！」

張綺剛提步，手臂驀地一疼，卻是被蕭莫緊緊抓住。

他看著她，幽黑發亮的雙眼中有著冷意，也有著澀意。他緊緊地盯著張綺，緊緊地盯著，在一絲可疑的水光泛起後，他迅速地轉過頭去。

然後，他慢慢地回過頭來。這時的蕭莫，又是一臉的明朗斯文，從容自信。他看著張綺，認真地說道：「阿綺，世間有個傳說，齊國高氏天之所遣，凡成為皇帝的，必定荒唐昏聵，舉止顛倒而瘋狂……那文襄皇帝高澄，侵占其父的愛妾，侮其弟弟的妻子，文臣百官中的美貌妻妾，無不沾染。剛剛故去的高洋呢？他最喜赤身裸體行走於大街鬧市當中，他曾有一個寵愛至極的女人叫薛嬪，妳知道他是怎麼疼惜這個心愛之人的嗎？他想著薛嬪如此美貌，便是以前沒有對他不貞，以後就說不定了。為了杜絕後患，他砍上她的腦袋收在懷中，在宮庭晚宴時，把他心愛的妃嬪的人頭取出來扔在几案上……」

他溫柔地看著張綺，低嘆道：「齊國至今也只三個正式的君王，卻有兩個瘋癲，至於現在日漸得勢，也看重高長恭的高演。雖說不曾傳出瘋癲之事，可他卻是個彰揚鮮卑勳貴之勢，立誓要踩下漢人威風的……阿綺，妳確定妳真要在那樣的國家度過一生？」

說到這時，他放開張綺的手，慢條斯理地，溫柔地把她肩膀上不存在的灰塵拍去，翩然轉身，優雅離去。

張綺怔了一會兒，低下頭，慢步走向高長恭。

這時，蕭莫已來到高長恭的面前。他拱了拱手，清風朗月般的笑道：「今日打擾長恭兄了，勿怪勿怪。」說到這裡，他在眾人詫異的目光中右手一揮，命令道：「我們走吧。」

一行人怒極而來，卻施施然離去。

目送著蕭莫優雅從容的身影，高長恭蹙起了眉頭，他轉眼看向張綺。

張綺低著頭，貝齒緊緊咬著唇瓣。

驀地，她下巴一緊，卻是高長恭挑起了她的下巴，皺眉問道：「他說了什麼？」

張綺長長的睫毛眨了眨，最後低聲說道：「他說，齊地權貴不喜漢家子。」

蕭莫風度翩翩地走出幾十步後，一個使者回頭看了看，忍不住問道：「蕭郎既然來了，為何空手而歸？」彷彿他們一開始的質問是場笑話。

蕭莫抿著唇，低聲說道：「我要她心甘情願隨我回去。」

他看向太陽完全沉入了地平線，只剩下最後一絲金光浮在人世間的西方天際，靜靜地說道：「我知道她要什麼，可她要的，我沒有辦法給她，只是，我也斷斷不會放手……她很快就會明白，生在這個世間，沒有那麼多選擇的。她也罷，我們也罷，只能是過得一日舒心日子，便得一日快活。」

因此，她會回頭的！

遠遠地看到眾陳人走出，阿綠從馬車上跳了下來，她急衝到蕭莫面前，脆脆地問道：「蕭郎，阿綺呢？阿綺呢？」

蕭莫看向她，淡淡地說道：「她還在高長恭那裡。」

聞言，阿綠遲疑了會兒，她悄悄看了一眼蕭莫，忍不住小小聲地說道：「蕭郎，可否把婢子送到阿綺身邊去？」

「不可以。」蕭莫淡淡地說道。

「為什麼？」

「沒有為什麼。」不理會又急又氣的阿綠，蕭莫逕自向前走去。留下阿綠，自是為了讓那個任性的小姑子記掛。最好她想到跟了高長恭，便會孤身一人，流落在那種荒唐無道的異國，那感覺定然是無比複雜。

「對了，」蕭莫突然轉過頭，對著一個侍衛說道：「把張氏阿綺的裳服拿來送給她。今晚有宴，她豈能沒有適合的衣裳？」

見他如此曠達疏朗，一個使者不由笑道：「蕭郎好雅量，你的心上之人，待在那齊人府中，你真放心？」

他一邊說，一邊擠眉弄眼，表情中滿是男人都懂的曖昧。

蕭莫卻沉默了。

就在眾人以為他不想回答，那個使者想岔開這個話題時，蕭莫低而沙啞的聲音輕輕地傳來：「我是不放心……可阿綺沒有了貞潔，許不會再念著為妻為妾的事，許會甘心跟我一世吧。我只想她一生一世心甘情願地跟著我。」

他的聲音很低，使者認真聽了一會兒也沒有聽清，不由好奇地問道：「蕭郎剛才說了什麼？」

蕭莫一笑，衣袖一甩，大步向前走去。

今日陳國和齊國的使者同時抵達，周國皇宮自是要設宴相待。張綺還在沉默時，幾個婢女抬著水，捧著剛才陳使送來的，嶄新熏香的裳服走了進來。

把那些東西都放在耳房後，張綺低聲道：「妳們可以走了。」

「是。」幾婢一退，張綺看向高長恭。

高長恭一直皺著眉，也不知在尋思什麼。感覺到她的目光，他轉頭看來。他的目光如星空，深邃而澄澈。四目相對，高長恭喚道：「張綺。」

張綺眨了眨眼。

對上她美麗的雙眸，他低而有力地說道：「妳放心，高演雖看不起漢人，卻也不著手迫害。我可以保證，他是英主。」見她垂下眼來，他嚴肅地說道：「我說了護妳，便會護妳！」

丟下這句話後，他大步朝外走去。直聽到房門吱呀一聲，打開又關起，張綺才神色複雜地抬起頭來。咬著唇，她決定把這些暫時放下。張綺解下裳服，打散墨髮，踏入了浴桶中。直泡了小半個時辰，她才慢慢站起。著好裳，正在梳理秀髮時，房門吱呀一聲，高長恭走了進來。

見他一跨入房門便頓住了，張綺抬頭，溫柔輕笑，「怎麼啦？」

高長恭抿了抿唇，走到她的身前，伸出手，撫向她的臉，微溫的手指抹去順著她眼角流下的水滴，他低聲說道：「眉目如畫，髮黑如緞，光可鑑人。」

他低啞的聲音，宛如吟誦詩賦般動人，更是絲絲縷縷地，如春風纏來。那深邃幽黑的眼眸，更是鎖得張綺一動也不能動了。

直到他低下頭，唇瓣在她的嘴角輕輕印上一吻，張綺才清醒過來。騰地一下，她臉紅過耳。想要低頭，卻是低了頭，他的氣息、他的溫熱依然無處不在。

看到張綺手忙腳亂，臉紅耳赤的模樣，高長恭嘴角一揚，低啞喚道：「張氏阿綺？」

「……嗯。」

「我抱一抱妳。」

嘴裡這樣說著，他已經動作起來。

他伸臂攬著她的腰，把她置於懷抱中。

張綺還沒有反應過來，整張臉已貼在了他的胸口，一股濃烈的男性體息撲鼻而來，直令得她僵硬得不敢呼吸。

高長恭摟著摟著，低沉著聲音說道：「夏日炎炎，阿綺卻清涼如玉，讓人甚是舒服。」

張綺紅著臉推了推，低聲道：「放開我。」

高長恭嘴角一揚，低低說道：「真的甚是舒服。」

張綺更羞了，頭都低到了胸口上，想了半天也只找到一句話：「要開宴了。」

他抱著她，本就動了情，聽到她這話，那手臂又緊了幾分，肌肉更是緊繃。

手臂緊緊抱了幾下，高長恭放開她。見到張綺急急轉身，在退開幾步後，又對著銅鏡梳理著她自己的濕髮。高長恭側過頭，把目光投向鏡中的她。

一時之間，鏡中出現了兩張勝天地造化的面容。

在鏡中看到高長恭深邃得幽黑發亮的眼，張綺羞得頭更低了，她低聲說道：「你轉過身去。」

建康人說話時，本就喜歡把尾音拖長，更何況張綺的聲音本來靡軟？這簡單的幾個字，簡直就是能讓人癢到心坎裡的嬌嗔。

高長恭揚起唇，深深地看了一眼鏡中那妍麗無雙的小臉，果真轉過了身。

他背對著她，不由想道：阿綺一開口，那聲音便透著幾分嬌儂。剛才她明明想拒了我，可她一說話，卻更讓我的心酥軟，很能纏人。而且，如此炎炎夏日，她卻通透如玉，清香隱露，涼爽宜人。

想到這裡，他威嚴地命令道：「還是遮一遮吧。」
還是要她遮起來？
張綺一怔，不過也沒有多想，馬上就溫馴地應道：「嗯。」
「阿綺。」
「嗯。」尾音綿綿。
「……如有丈夫纏妳，而我又不在時，妳不可開口。」
有人騷擾她，他又不在，她還不能開口，這是什麼話？
張綺睜大了眼。
沒有想到，此時的高長恭也是一臉懊惱。他是想到了剛才抱著張綺時，她綿綿軟軟的拒絕，令得他現在還脹痛著。這世間對美色的抵抗有自己這麼強的，可沒幾個，因此脫口說出了那一番話。
只是男子漢大丈夫，怎能出現自己的女人被人廝纏的情景？
他閉緊唇，好一會兒才低沉地說道：「我會派人護著妳。」
張綺低眉，軟軟地應道：「嗯。」
「以後見到外人，聲音清亮些。」
張綺又抬起頭，不解地看了他一眼後，當真提起聲音，清亮地應道：「是。」
雖然提了音，那天生嬌軟的嗓子這麼響亮一應，卻更透出了一分明媚。
高長恭伸手叩了叩額頭，沉聲道：「還是妳想怎麼應便怎麼應吧。」
「嗯。」張綺又應了一聲，這一聲，再一次把他的脹痛加重了幾分。
高長恭牙一咬，衣袖一甩，大步走出了房間。
看著他匆匆離去的身影，張綺迷糊地眨了眨眼。

好一會兒，在肌膚上重新塗過粉末，又變回那普通美人的張綺走了出來。

看到她娉娉婷婷地走出，看到她那雙水潤的眸子看向自己，高長恭嚴肅地抿緊唇，向她伸出了手。張綺不由自主地碎步走出幾步，伸出小手，小心翼翼地放在他的大掌當中。

小手一放，他大掌立馬收緊。十指交纏中，張綺哆嗦了下。

感覺到她的異常，高長恭深深看了她一眼，掌上的力道更加重了幾分。

他牽著她，在侍衛和眾使的簇擁下走向馬車，駛向周國皇宮。

進入宮門，馬車在廣場停好時，陳使也到了。

張綺伸出手拉向車簾，剛伸手，一隻大手扣住了她的手腕。高長恭握著她，把她拖到自己身側，讓她偎住自己後，把車簾一掀而開。

車簾一開，清風呼呼而入，騰騰燃燒的火堆照耀下，所有人都向這邊看來。

高長恭縱身跳下馬車，然後回頭看向車中，伸出了一隻手。

車外萬眾矚目，張綺縮了縮，見她沒有動靜，高長恭掀開車簾看來。

看到張綺縮在角落裡，被他擋著光亮的她，一雙水汪汪的大眼濕漉漉地看著自己，櫻唇輕咬，分明是一隻膽怯的小鹿，那表情真真又可愛又可疼。高長恭不由唇角一揚，低聲說道：「不要怕。」

張綺十指相抵，小小聲地說道：「你先走，我停一會兒再跟上你。」她接著又補充說道：「只慢一會兒。」

高長恭低啞一笑，他道：「妳真不用怕。」

見她水漉漉的眼撲閃著，兀自猶豫著，他認真地說道：「離開建康回到齊國的這幾個月裡，我一直在奔戰。別看我那重甲驍騎只有百名，區區數千士卒，不會放在眼裡。」

他說到這裡，聲音頓了頓，一時之間有點哭笑不得。如他這樣的人，生平最不喜歡向人顯耀自己，更不喜歡說起自己的功勞和事蹟。可眼前這個小姑子這般模樣，竟是讓他一本正經地向她說起自己的厲害來，還唯恐她不信。

張綺信了。

她雙眼晶亮又愉悅地看著他，低聲軟軟地說道：「是哦，我忘記了，你是當世無匹的偉丈夫。」

聲音篤定，話一說完已爬了起來，握著他的手便準備跳下馬車。朝下面看了幾眼，見高長恭沒有動作，張綺抬頭撲閃著長長的睫毛看著他，軟乎乎問道：「怎麼啦？」

被她這麼一問，高長恭從怔忡中清醒過來，他輕聲說道：「沒事。」說完後，他又加上一句，「沒事。」

這一年中，他是打過兩次仗，也搏了個英勇善戰、驍悍非常的勇名，可現在的他，還遠遠沒有到達「當世無匹的偉丈夫」的地步。

舉天下的丈夫女郎，看他時都盯著他的相貌，議他時都帶著幾分調戲輕視，過分的更是把他和當下那些出名的美貌女子相提並論。便是他現下有了些許戰功，可斷斷沒有人說過，他是一個偉丈夫，還是一個當世無匹的偉丈夫。

何況，張綺說得這般自然，彷彿她從骨子裡便這般確信著。

一時之間，與張綺初初相識時便感覺到的暖意和得意，再次流過心田。

張綺走下馬車，雖然有了心理準備，可四下投來的目光，還是讓她僵了僵，直深深吸了幾口氣才恢復正常。高長恭雖有天下第一美男之稱，可從來沒有一個女人能夠走在他身側，她自己這一次是真的萬眾矚目了。

轉眼她又想道：幸好把我自己的臉掩去了些！

正這麼尋思時，一隻大手伸來，拿住了她的手。

高長恭在眾使的簇擁下，牽著張綺，向著前方的周宮大殿走去。

剛剛來到殿外，焰火通明，照得大地宛如白晝的玉階上，便大步走下幾人。走在最前面的是一個二十來歲的青年郎君。

這青年郎君容長臉，鼻高而削，唇小而薄，雖然俊秀，卻透著一種陰冷。

他大步走來，遠遠看到眾齊使便是哈哈一笑，道：「諸君諸君，家父候之久矣。」這青年是宇文護的長子宇文成，一句話說出，便把恭賀周國新帝登基之宴，變成了他家的家宴。

就到這裡，他轉頭看向高長恭，深深一揖，大聲說道：「聽聞高兄驍勇善戰，已被封為蘭陵王。從現在起，你們可要稱高兄為蘭陵王了。」說罷，他環顧左右，在一片應和聲中哈哈大笑。

他現在就是蘭陵王了？

張綺悄悄抬眼。難怪他說他那百騎可擋千軍，原來他已因為軍功而封為蘭陵王了。

一眾應和的笑聲中，一個女子明明清亮，卻刻意放嬌的聲音傳來：「世上人都說，蘭陵王貌美心壯，果然如此！」

聲音落地，一個美麗的，打扮華貴的少女曼步而來。這個北方的少女，容長的臉，高挺的鼻樑，皮膚白皙，眼圓而大，整張臉整個人都透著一種北方女郎特有的大氣，自然也就少了南方姑子多有的靈秀。

這個少女，卻是假冒宇文護之名，欲把蘭陵王誑過去的宇文護的長女宇文月。

宇文家族是鮮卑人，便如曾經的燕國鮮卑慕容氏一樣，這個家族也有不少俊男美女。當然，這種北方的俊，與南方的美，還是很不同的。

宇文月這句話中，十足十帶著恭維，分明是想取悅蘭陵王。

可終究還是拿蘭陵王的外表說事，再則，這語氣怎麼聽怎麼都是高高在上，他又怎會歡喜？

張綺暗暗看了蘭陵王一眼，小手輕輕掙了掙，便想向後退去，她已習慣了隱在燈火之後。

哪知，她剛剛一掙，蘭陵王卻是握得更緊了。他緊握著她，感覺到她還在掙扎，低下頭來威嚴地一瞟。這一眼，駭住了張綺，她立馬老實了。

兩人的舉動，都被宇文月收在眼底。早在看到張綺相貌不過如此時，她本是沒有把她放在心上的。現在見到這情景，不由好奇地問道：「她是誰？是高哥哥新得的姬妾嗎？」

宇文成也在一側大大咧咧地說道：「此姝顏色不過如此，蘭陵王要是喜歡這種南方女人，本郎君可以送你十個八個。」說罷，他手一揮便準備下令。

這時，蘭陵王開口了：「不必。」他直視著宇文兄妹，俊美無儔的臉上，有著他特有的認真和威嚴，「長恭身側，有此一姬足矣。」

「這怎麼可以？」宇文兄妹卻是同時叫出聲來。

蘭陵王蹙起了眉，徐徐說道：「我說了，我的身側有她一個就夠了。」

認真地說完這句話後，他牽著張綺的手，朝著殿中走去。

看到他自始至終，連正眼也不曾瞟向自己，宇文月一張俏臉由紅轉白。她僵立了一會兒，又迅速衝到蘭陵王身側，朝他叫道：「她又不美……你怎麼能只要她一個就可以？」語氣中，滿滿都是替蘭陵王不平。

蘭陵王卻是不想與這等女流廢話，他眉頭皺起，直直越過她，提步跨上玉石階。

宇文月還是不甘，正準備再說些什麼時，又是一陣喧囂聲傳來，卻是陳使也到了。

張綺正安靜的，緊緊依著蘭陵王，亦步亦趨著，突然聽到一個叫喚聲傳來：「阿綺！」

是阿綠！她怎麼能出現在這種場合？要是有人看中了她，要帶走她怎麼辦？

張綺一驚，腳步便是一頓。

剛剛上了兩層臺階，蘭陵王低下頭來，「怎麼了？」

張綺回頭看去，輕聲說道：「我的婢女阿綠來了。」別的擔憂的話，她沒有說出口。她不想給蘭陵王添麻煩，她沒有資格給任何人添麻煩……

不過是個婢女，她卻表現得如此緊張。

蘭陵王回頭看了一眼，道：「那蕭家郎君不會把她送人。」

斷斷沒有想到，他只一眼便明白了自己的擔憂，張綺迅速回頭，不解地問道：「為什麼？」

「這是蠢事！」

蕭莫只要還對張綺有一絲不捨，就不會在這種情況下，做出讓她徹底失望的事。

答出這四個字，蘭陵王不再多話，牽著張綺，跨入大殿。

而阿綠叫出一聲後，便立馬住了嘴。

蕭莫一側淡淡問道：「怎地不喚了？」

阿綠歪起了頭，嬌小玲瓏的張綺依著高大軒昂的蘭陵王，那身影如此溫暖，如此賞心悅目。欣賞了一會兒，感覺到身邊的蕭莫已是不悅，她連忙認真地回道：「阿綺膽子小，她要是被我的叫聲嚇得跌了跤，那可多醜？」

這裡喧囂一片，殿中更是鼓樂震天，她的叫聲能有多大？還會把張綺嚇得摔跤？

蕭莫一甩衣袖，大步走開，不再理會阿綠。

阿綠卻正新鮮著呢，她輕快地跑到一個侍衛面前，脆脆地說道：「阿蘇，你看這長安的皇宮，怎地到處都是焰火，連個蠟燭都沒有？還有還有，那些樹便只是樹，我們張府過年過節還會在樹枝上繫絹花呢。還有那房子，怎麼就是光禿禿的石頭和青瓦，連個沉香木做的房子都不見……」

一行人都是建康來的，阿綠的話周人聽不到，倒也不怕犯事。

那侍衛阿蘇便應道：「北方向來就窮。」

正使楊大人在旁說道：「周國不窮。」見幾人都在認真傾聽，他徐徐說道：「北人向來慳吝……北人說起我南人，也常說我南人愛慕虛華，揮霍無度，便是無錢之人，也喜擺出有錢的架勢。」

一行人說著說著，身後再次有喧囂聲傳來。只見數輛華貴的馬車停下，幾個熟悉的身影出現在蕭莫的視野中。

正使楊大人也順著他的目光回頭看去，見狀，他低聲道：「衛公直和宇文純來了。」

衛公直和宇文純，他們在周地的聲名，便如蕭莫在建康。隨著他們走來，同行的貴女、遠處的宮婢，一個個心花怒放，媚眼亂拋。她們的熱情，倒使得這疏闊樸實的長安，有了幾分建康的風流。

蘭陵王跨入了大殿。

周國與齊國相鄰，一直以來都是明爭暗鬥。到了這兩年，更是呈現出齊強周弱的局勢。天下三國，陳國偏安一隅，周國宇文護掌權後，國勢不穩，民心不安。齊國雖是接連出了兩個荒唐皇帝，論國力卻要略強。

這一次，齊陳兩國使者來周，對周國的決策者來說，他們更在意齊國的情況，也更在意齊國來的使臣。因此，隨著蘭陵王跨入殿中，齊地的一眾實權人物，都向他打量而來。

盯著他看了一眼，長期權柄在握，不怒而威的宇文護搖了搖頭，道：「齊人也是墮落了，一個美貌的黃口小兒，居然還稱驍勇，齊國真是無人！」

坐在宇文護不遠處，剛剛繼位的十七歲少年皇帝宇文邕，臉色蒼白，身形瘦削，看不出半點英明神武樣。此刻，他也正盯著蘭陵王，在聽到宇文護的評論後，卻是暗暗忖道：不說別的，光是那百名甲士，便個個都是精悍銳利，百裡挑一的壯士。這個美貌無雙的蘭陵王，能夠駕馭住那些甲士，便當得驍勇二字。

想到這裡，他目光轉向蘭陵王身側的張綺。

瞟了幾眼，宇文邕向後側了側，低聲問道：「此姝何人？」

那太監朝張綺瞟了一眼，稟道：「說是此番隨著陳使前來的。那一日，蘭陵王與眾陳使同入長安，才打一個照面，蘭陵王便把她擄了去。」

聽到這裡，宇文邕奇道：「蘭陵王原是好這一類？」

那太監聞言回道：「眾人也都不解。聽說這蘭陵王在國內時，賜給他的倒貼而來的美人不知凡幾，他通通不假辭色，這還是第一個令他著緊的女子。」

宇文邕沉吟了會兒，道：「知道了，退下吧。」

「是。」

殿中依然嗡嗡聲一片，權貴們還在絡繹入殿。

士族，不止是陳國有。想當年，王、謝、袁、蕭四大士族紛紛逃離故土，渡過長江來到建康。但是，還有一部分士族，如范陽盧氏、趙郡李氏、清河崔氏、博陵崔氏等，則在故土堅持。

這些繁衍了數百上千年的士族，雖然在長年的戰亂中，大多數損失慘重，有的家族凋零，幾至毀滅。可相較而言，他們畢竟根基雄厚，家學淵博。任何一個國家建立了，不用人才也就罷了，一旦用才，在這個普通人連字也不識得的時代，士族子弟，是當仁不讓的第一人選。

因此，天下雖然反反覆覆地興盛滅亡，他們卻頑強地扎根在這片土壤上。

隨著殿中來人越來越多，到得後面，已有半數是來自江北各大士族。

喧囂紛亂中，一個尖亮的太監聲音稟道：「陳使到！」

三字一落，眾陳使與蘭陵王一樣，踏入大殿。

蕭莫走在最後。與昔日在建康時一樣，他依然是一襲白裳，腳踏木履，墨髮披散，俊秀斯文的臉上，帶著溫潤如玉的笑容。

隨著他施施然入內，不知怎地，大殿中的喧譁聲小了些。

原來，與蘭陵王、宇文家族眾人不同，那些在故土堅持的世家子弟們，這時停止了攀談，紛紛回過頭去，看向那從建康來的世家子蕭莫。……滄海桑田，燕去燕回不過幾個春，人間卻似過了千年。真真是滿目山河依舊，昔日風流無處尋。

留在周地，與掌著周國政權的胡族統治者長期混居雜處。長年處於動亂中，祖墳不存，祠堂多毀，血脈已雜，風流無幾的世家子們，陡然看到那熟悉的白裳廣袖、木履清風，看到這道道地地的南人衣冠，看到那飄灑悠然的閒逸之姿，一時之間，有的竟濕了眼眶。

蕭莫悠然而來。

他跨過門檻時，清風捲起他的長袍廣袖，捲過他的墨髮修腰，便似凌波欲去。

聽到後面的喧囂聲，張綺回頭看去，這時，蕭莫已走到眾士族當中，與他們低聲交談起來。張綺看了一眼笑得神采飛揚的蕭莫，又向混在眾使當中的阿綠看去。

阿綠也在向她看來，四目相對，阿綠突然左眼一閉，鼻子一皺，舌頭一吐，朝她做了一個大大的鬼臉。

張綺差點笑出聲來。她迅速回頭，只是唇角仍然帶著笑意。

突然間鼓樂聲大作，一隊隊美姬身著薄衫，捧著食盒飄然而來。這些美人，一個個綺貌花容，現在正是炎夏，她們一襲夏衫，薄而飄逸，隱在衣衫下的玉臂粉腿，那裹得緊緊的細小腰身，那向下展開，把臀部襯得格外豐隆的下裳，令得殿中的溫度高了幾度。

看著她們，坐在主榻不遠處的宇文月咬住了唇，目光瞟向自家大兄宇文成。

這裡最得意的幾個美姬，便是她家兄長替蘭陵王準備的……她本是不高興的，可是看到蘭陵王身側的那個容色中上的姬妾，卻怎麼看怎麼刺眼。也罷，便讓她們先鬥一鬥，反正這是她的地盤，結果是她說了算。

美姬們翩躚而來，轉眼如鮮花般散開，一個個扭著腰，娉娉婷婷地走向眾權貴。

她們端著食盒的身姿如此美妙，人還沒有靠近，一陣香風便已飄來。隨著她們走近，眾男人雙眼微眯，只是不知他們陶醉的是那木盒上的美酒，還是端著美酒的美人。

蘭陵王抬頭瞟了一眼，突然的，低聲說道：「坐我懷裡來。」

啊？張綺傻呼呼地抬頭看向他。

他瞟了她一眼，嘴角一扯，威嚴地說道：「別裝傻了……坐到我懷裡來！」

兩人說話之際，已有五個眉目妍麗，行動之間風姿楚楚，一看就知道來自南地的美姬正向這邊走來。看她們眉眼間流出來的情意，分明是衝著蘭陵王的。

怪不得他要她坐到他懷裡去！

是了，他剛才在殿外時便說了，這一次在周地，他有她一個姬妾便足夠。

他是要她做樣子，當擋箭牌。

也好，蕭莫那人向來高傲，他要是看到自己溫馴地依偎在別的男人懷裡，定然會不想再要自己了，這也是個了斷。

張綺垂下眸，慢慢站了起來。她身子向著蘭陵王微微一側，臀部還不曾落下，腰間一暖，卻是被蘭陵王摟到了膝蓋上。

他這個動作突然，張綺一時猝不及防，整個人便跌入了他的懷中。

看向這邊的人更多了。

彷彿不知道有人在看著自己，蘭陵王低著頭注視著張綺。此刻的她，正羞紅著臉，努力地移動著身子。好一會兒，她終於挑了一個最舒服的姿勢窩在他懷中。

蘭陵王手臂陡然一緊。

好一些目光也分神看向張綺。

她沒有注意到，此刻的她，有一種天然媚態，那軟在蘭陵王懷裡的嬌軀，柔如水，媚如狐。明明貌不驚人，明明半邊臉埋在蘭陵王的胸口，卻給人一種絕代妖姬的錯覺。

蕭莫頰側的肌肉狠狠跳了幾下，他猛然抬頭，把樽中酒重重嚥下。

那五個美姬剛剛走近，便對上這般情景。這一刻，蘭陵王低著頭，溫柔地注視著懷中的美姬，而他懷中的女人，雖不見表情，可那姿勢是如此舒服愜意。更重要的是，她們雖看不到她的容顏，卻離奇的，同時湧出一種自慚形穢之感。

這裡，哪有她們的地方？

五姬同時看向宇文成的方向。

大殿中這麼多的人，蘭陵王又是何等耀眼的人物？眾人便是不想，也會不自覺地朝他張望。因此，五姬這一望，便把宇文成曝光了。刷刷刷，好一些目光也向宇文成看來。不管是陳使還是齊使，這時心裡都暗暗揣測起來。

宇文成卻是哈哈一笑，擺了擺手，示意她們不用在意張綺，一切照常後，他湊近宇文月，嘻笑著說道：「妹妹，看來這蘭陵王也是風月中人，妳瞧他挑的姬侍，雖然相貌不過爾爾，卻是世間罕有的媚骨天成，妳確定要嫁給他？」

宇文月狠狠瞪了一眼自家大兄，轉頭看向蘭陵王，對上他那如天人一般的容貌，她只覺得胸口怦怦地跳得慌。不自覺伸手按在胸口上，她艱澀地回道：「媚骨天成又怎麼樣？不過是一姬侍！」

她轉過頭看向她的父親，小嘴漸漸咬緊。

這邊，蘭陵王只覺得懷中的張綺，整個人如水一樣的軟，彷彿自己隨意一揉，便可以把她擺弄出各種形狀。這種感覺讓人實在熱得緊，口更是乾得厲害。他頭一昂，灌下了一大杯酒水。

總覺得自己容顏掩住，又沒有長大的張綺，毫無危機意識，在蘭陵王懷中窩了一陣後，料想事情也差不多了，因此她挪了挪，在蘭陵王有點加粗的呼吸聲中，臉蛋趴在他胸口，唇湊到他的頸邊，小心地問道：「我要一直這麼坐著嗎？」

這個擋箭牌要做多久？

蘭陵王低頭看了她一眼，突然間，他仰頭灌下一大口酒，再頭一低，猛然堵住張綺的唇，把一口酒完全哺她的檀口中。

張綺猝不及防被他灌了個正著，一口酒氣在喉中橫衝亂撞，害得她一嗆，差點吐了出來。張綺雙手被他夾在腋下，想捂嘴也來不及，只是趕緊低頭，把嘴緊捂在他的胸口，小腦袋拱了拱，藉由這個動作把酒堵了回去。

她的動作只是本能，可在外人眼裡，那一舉一動無不狐媚至極，賞心悅目之至。

看到這裡，宇文成突然心癢癢起來。他不耐煩地揮退身側的美姬，一瞬不瞬地凝視著張綺。

這時，年輕的皇帝開口了，少年有點尖銳的聲音，蘭陵王一個字也懶得聽，他只是低著頭看著她，只是伸出手，緩緩地撫著張綺的秀髮。當皇帝的聲音落下，殿中恢復了喧譁時，張綺聽到蘭陵王命令道：「妳們退下！」

聲音雖低，卻是極威嚴。那五姬不由一凜，連忙低頭退下。
她們一走，張綺便大大鬆了一口氣，她小小聲地問道：「我可不可以起來？」
「不可以！」
蘭陵王的聲音斬釘截鐵，對上張綺眨巴的水潤雙眸、不解的表情，他瞟了一眼，便抬起頭專注地看向前方。
張綺不依地嘟囔道：「為什麼不可以？」聲音軟軟的、嬌嬌的，直令得蘭陵王又口渴了。
他再次斟了酒，仰頭喝下一半後，把酒杯遞到張綺唇邊，低沉地說道：「可是口乾了？喝吧。」
張綺被他夾得過緊，動彈不易。她上半身扭了扭，讓自己抬起頭來，轉眸看向蘭陵王，對上他烏黑得見不到底的眸子，和那微微泛紅的俊顏，突然替他擔憂起來，便結結巴巴地說道：「別喝這麼多，會有危險的。」
一句話落地，蘭陵王臉色一沉，雙臂再次一緊。
本來他已摟得夠緊的，已緊得張綺要動彈，只能用扭的。現在他這麼一緊，張綺直是喘不氣過來。她紅著臉，嚶嚀一聲，小小聲地哼哼道：「鬆開一些啦！」說著，在他越發幽深的眸光下，不安地問道：「你生氣啦？」
蘭陵王依然嚴肅地看著她，沒有回答，只是把她稍稍移一移。
這一移，一個硬挺的物事便重重拄在她的臀間。
張綺駭得一動也不敢動了。
她睜大眼，仰起頭，傻呼呼地看著蘭陵王。片刻後，她左手掐住白嫩的右手指一小節，一邊狀似無意地比給他看，一邊小小聲地，有點鄙夷地嘀咕起來：「年歲這麼小，又沒有長開……飢不擇食……還承諾過的呢！」

她的嘀咕聲越來越小，越來越小，最後在他眸光的逼迫下，她緊緊閉上了嘴，老老實實地趴在他的胸口。

他頂著她，她可以感覺到那火熱，感覺到他肌肉的緊繃，還有那呼吸間的溫度。

他還在一口一口地灌著酒。聞著那飄來的酒香，感覺到他身上的火熱，張綺害怕了……他跟她有過兩年之約的，要是現在他一個把持不住，破了那約，要了自己，有一就有二，多來個幾次，那、那……

她仔細想過，在陳國，她要嫁寒門士子，看起來是虛無飄渺的事。而齊國國內，暫時還是安定的，他一定要帶自己走，那就跟著。反正他這人仁厚，自己可以趁這兩年的時間多存些錢財，再借他的力尋一條出路……她所謂的出路，是準備在他的士卒面前樹立一些權威，悄悄收賣十來個，到得離開時，自己有錢又有人，只須找個安全沒有戰亂的地方，如現在這般掩去容貌住下。

可要是今天被他占了，破了那戒，不用到齊國，自己多半都懷了他的孩兒了……齊地君王一個比一個荒唐，她真待下去，什麼夢想都是空了的。

想到害怕處，張綺忍不住了。只見她一會兒伸出長長嫩嫩的中指，一會兒伸出略短的食指，左手再把食指那上一截掐住，再把兩根指頭一比，小小聲地嘟囔道：「這個這麼高，這個這麼小……居然也飢不擇食……飢不擇食……」

突然的，頭頂傳來噗哧一聲輕笑。

張綺愕然抬頭，對上蘭陵王俊美得讓人目眩的笑臉。他幽深烏黑的眸子慢慢收起笑意，認真地盯著她，徐徐地開口了：「我在克制……只是妳若再這麼嚶嚶膩膩地說話……」

張綺連忙陪笑，「我不說話！我不說話！」她老實地閉緊唇，心裡未免嘀咕著：我還沒有長大，還是童音，哪裡就嚶嚶膩膩了？分明是你自己飢不擇食！

她乖巧地貼在他胸口，到得這時，張綺想說一句「不要抱這麼緊」，可這話她終是沒敢出口。

見到蕭莫不受控制地看向那邊，看一眼後，又苦著臉喝悶酒，他剛結識的范陽盧氏的嫡長子盧俊也向張綺和蘭陵王瞟來。

瞟了一眼，他含笑說道：「蕭莫如此著惱，不知為了何人？」是美男，還是美女？

蕭莫睨了他一眼，道：「那是齊國蘭陵郡王。」與高長恭打過幾次交道後，蕭莫真心覺得，他的外表再美，也不是可以開這種玩笑的。

光那種威嚴，便可以駭殺人！

盧俊垂下眼來，良久後，低聲嘆道：「想當年……縱馬京都，車騎雍容，我們這些世家子，府裡沒有養兩個美貌的孌童，還不好說話。」

他不想說這些事，便又含笑問道：「這麼說，是為了那個姑子了？」他瞟向張綺，蹙眉道：「不過張氏一個私生女，以蕭郎的身分，想殺想捏，乃舉手之勞。難不成蕭郎那裡，便沒有幾個知心意的？」

按道理，他手下那些心眼靈通的人，早就把這個出身不好的姑子弄到他床上去了啊，怎麼還輪得到他今天黯然神傷？

蕭莫淡淡說道：「南人中，嫡庶之分沒有你們北地這般苛刻，建康還多有妾室當家的。」因此，張綺身分雖卑，卻還沒有到他這個別的家族嫡子隨便可以擺弄的地步。

盧俊不敢置信地瞪大了眼，「妾室敢當家？」他不屑地扁了扁嘴，嘀咕道：「成何體統！」

他淡漠地說道：「前天我那個庶弟衝撞了我，我當著父親的面收了他的愛妾，讓僕從打斷了他的腿。」頓了頓，他補充道：「我那庶弟官居四品，是我家族中最有才的，可那又怎麼樣？嫡庶之別天差地遠，我便是打殺了他，也無人在意，怎麼你們那裡如此沒有體統？」

蕭莫不服了，說道：「是你們居於北地，痛恨血脈混雜，不再如往昔那般高貴，便把這嫡庶之別苛刻了。」

他說的是實情，便如清朝時，漢族地主在政治權勢上拚不過滿人，便拿自族的女人出氣，對她們進行種種限制，那規矩苛刻得令人髮指。

盧俊沉默了，見到蕭莫還時不時地看向張綺，表情痛苦，便認真地說道：「要不要我幫忙？」

他恨鐵不成鋼地說道：「這種出身的姑子，你睡了她，都是她天大的福分。她這般不知好歹，寧可跟一蠻夷也不跟你，我替你教訓她吧！」

看到盧俊言談中，對張綺毫不掩飾的輕鄙，蕭莫卻擔憂起來，不由搖了搖頭。

盧俊譏諷地說道：「你怕我傷了她？這種低賤之人，你也太放不下了。」

蕭莫卻不耐煩別人說張綺的不是，便沉聲道：「她怪我不給她名分。」

盧俊見蕭莫這麼在意，便道：「名分還不簡單？你們不是有『有滕可不再娶』的規定嗎？你就娶了她姊姊，以她為滕妾。等過兩年還是心疼她，便把她姊姊滅了。她雖是妾，上面不再有妻壓著，卻也勝妻。」見蕭莫沉默，他驚道：「你也想過？怎地失敗了？」

蕭莫揮了揮手，苦笑道：「不說這個。」見盧俊還盯著自己，他認真地說道：「她會自己回到我身邊的，你且繼續說說那事。」

眾漢人士族交談正歡，這一邊，宇文月一直在注視兩人。她有點沉不住氣了，深深吸了一口氣，讓自己堵悶得只有發怒才舒服的胸口舒緩一些後，她站起來，朝著宇文護的方向走去。

不一會兒，她便來到父親身邊，偎著他坐下一角，宇文月低聲說道：「父親，你答應過我的，現在提好不好？」她眼巴巴看著宇文護。

宇文護低頭看了宇文月一眼，抬起頭盯向蘭陵王。

見父親眉頭微鎖，宇文月心中一慌：父親不是改變主意了吧？他明明說過，這高長恭看來是個人才，他在齊國不可能真正受到重用，可以拉過來。

她不知道，自見到蘭陵王本人後，宇文護當真有點看不上了。長成這模樣，只怕那所謂的戰功，是他相好的送給他的。

垂眼沉吟了一會兒，宇文護突然展眉，道：「也好。」

宇文月大喜，咬著唇求道：「還有他身邊的那個姬妾，我不喜歡。父親，聽說她本是陳使帶到周地來，應該是送給您的吧？」

宇文護瞪了宇文月一眼，命令道：「回去坐好。」

「是，謝父親。」宇文月歡天喜地地回到自己的榻上。她側過頭看向蘭陵王，又看向他懷中，軟得像沒有骨頭的醜女人，暗暗忖道：一個姬妾，居然敢不分場合地發騷，可別怪我心狠手辣了！

陳齊兩國使者今天剛到長安，本已旅途勞頓，今晚這場宴會與其說是接風洗塵，不如就是走走過場。小皇帝對著兩國使者說了一通話後，一個個歌舞妓翩躚而入，鼓樂聲中，衣袂翩飛。

來到這裡的人，非富即貴，對這種歌舞早已看慣。於是，喧囂聲漸響，蕭莫更是頻頻穿行於各大士族之間，一時笑聲不斷。

宇文護站了起來。他是這個周國名符其實的掌權者，隨著他這一站，四周私語聲小了不少。

只見他提步向蘭陵王走來，看到他的身影，張綺輕輕一掙，從蘭陵王的膝上滑下，然後，她躬身後退，在他身後側的那個榻几上坐下。坐下時，她悄悄瞟了一眼宇文護，秀眉蹙起尋思一會兒後，眼珠子一轉。

只見她身子微微前傾，整個人便似恭順地趴伏在蘭陵王的身後。

隨著宇文護走近，蘭陵王站起，大半光線已被擋住，張綺整個人隱在黑暗中。

宇文護看了張綺一眼，暗暗皺眉。

他早就知道張綺的來歷，本是想著，陳國送這麼一個媚骨天成，出自世家大族的清白姑子來周地，不是給新上任的小皇帝，便是用來討好他宇文護的。只是這蘭陵王膽大，生生截了去。可現在看到張綺這般舉止進退，他卻疑惑了。

她這樣子，分明是早被蘭陵王收服了的。難不成，陳國派此女前來，真是給蘭陵王享用的？

這麼一想，他倒不好開口了。

收回目光，宇文護朝著蘭陵王舉了舉酒樽，朗聲笑道：「自古英雄出少年，蘭陵郡王不僅是英雄，還風姿過人，世所罕見啊！」

眾齊使剛剛響起的笑聲靜了靜。

宇文護是何等身分？他這般稱讚蘭陵王一個後起之秀，本身便值得斟酌。

蘭陵王卻是笑了笑，舉起酒樽，朝著宇文護一敬後，仰頭一飲而盡，淡聲說道：「不敢！」

態度不卑不亢中，透著威嚴。

宇文護又是朗聲大笑起來。笑著笑著，他嚴肅地朝著蘭陵王說道：「蘭陵郡王如此人才，屈於齊地未免可惜，如果郡王願意到我周地來，可為三軍統帥！」

四下更安靜了。

高長恭如此年少，宇文護一開口便許以三軍統帥，這是何等的看重？

只是那三軍統帥之位，許得也太草率了。一直低著頭，如貓一樣伏著的張綺，聽到這裡，抬起頭來。周國與齊國一直不對盤，宇文護這麼當眾稱讚蘭陵王，還盛情相邀，那是什麼意思？想令得齊國君臣生疑嗎？

她不由得替蘭陵王擔憂起來。

蘭陵王卻是嚴肅地拱手回道：「大塚宰過譽了，長恭雖然不肖，家國卻不敢不敬。」這是明說他不會離開自己的國家了。

宇文護順風順水這麼些年，已經沒有聽到過這麼直接的拒絕了。他老臉一沉，大殿中冷了幾度。

轉眼，宇文護又笑了，和藹可親地說道：「蘭陵郡王還是年輕啊！對了，聽說你一直在尋自己的母親？」

母親？自己去了建康三次，都不曾尋到母親的身影，難道她落入了宇文護的手中？

一想到母親至今還被羈押著，蘭陵王的心驀地一沉。

見到蘭陵王臉色微變，宇文護慈祥地喚道：「月兒，過來。」

「誒。」宇文月羞赧地，輕踩蓮步地走了過來。在靠近蘭陵王時，她朝黑暗中的張綺瞟了一眼，動作變得更忸怩了，蘭陵王定是喜歡女子這般嬌柔的！

她走到宇文護身側，學著張綺的樣子，從睫毛下悄悄羞答答地看了蘭陵王一眼後，轉向宇文護，嬌聲喚道：「父親。」

宇文月身長腿長，長相氣質都是大方明豔爽朗，這般學著南方姑子一瞟一喚，蘭陵王垂在腿側的左手猛然哆嗦了下。

宇文護慈愛地看著自己的女兒，轉向蘭陵王驕傲地介紹道：「這是我的嫡長女，不但弓馬嫻熟，而且知書識禮，乃長安明珠。聽說蘭陵郡王還不曾婚配，今日老夫作主，成就一段佳話如何？」說到這裡，宇文護傾了傾身，壓低聲音說道：「郡王成了我宇文護的愛婿，想找什麼人也就容易多了。」

蘭陵王沉吟起來。

張綺悄悄抬頭，再次對上目光如刀般剜來，殺機畢露的宇文月。她連忙垂眸躲開，一顆心怦怦地跳得飛快：如果他答應了，我怎麼辦？那我還是去求蕭莫吧，我跪在他面前求他，讓他帶我回陳國！

宇文護慈和地看著蘭陵王，輕撫長鬚，一副篤定他會答應的模樣。

蘭陵王尋思了一會兒，拱手說道：「此是大事，大塚宰容我思慮幾天，如何？」

宇文護哈哈一笑，深深地凝視著蘭陵王，道：「自是可以。」又舉起酒樽，與另外幾個齊國來使說了一會兒話後，回到了榻上。

倒是宇文月，一直扭扭捏捏地站在一側，不停地朝蘭陵王偷望而來，看那模樣，真是捨不得就此離開。

蘭陵王垂眸，見圍在自己身周的人少了些，便微微後側，嚴肅地喚道：「張氏阿綺？」

「是。」張綺的聲音小小的、嬌嬌的，宛如貓叫，混在這令人燥熱的大殿中，讓人通體涼爽。

蘭陵王命令道：「過來。」

這一次，張綺沒有那麼乖巧，她小心地看著還在不遠處虎視眈眈的宇文月，訥訥問道：「過來幹麼？」

倒會反問了！

蘭陵王眉頭一挑，低沉地說道：「自是坐到我的膝上來！」

「為什麼？」張綺這三個字回得特別快，似乎有點惱，她咕噥說道：「又沒有美姬要來，你還要擋箭牌嗎？」清脆嬌軟的聲音，真真讓人舒暢。

蘭陵王低頭，沉而威嚴地說道：「妳清涼如玉，抱起來甚是舒服，過來！」

便是這個理由？這樣的理由，有必要用這麼威嚴的語氣說事嗎？

張綺哭笑不得，嘟囔道：「我不想……」聲音軟軟。
「當真不來？」他的聲音又低沉威嚴了三分。
「……我不想呢！」更軟乎了。
「是嗎？」這次不止是威嚴，簡直是帶著三分冷漠。
張綺扁了扁嘴，慢慢地，慢慢地從榻上站起。她低著頭走到陰暗處，走到他膝前，腦袋擱在胸口上，說的話帶上了哭音：「還這麼凶……」明明是他提了無理要求，還不許人拒絕，還這麼凶！
蘭陵王嘴角抽了抽，見她磨磨蹭蹭的，便右手一扯一帶，把她重新摟入懷中。
摟著貓狐一樣軟乎的張綺，他像剛才一樣收緊手臂。
張綺好不容易舒服了，又要回到胸悶難當，不由扭了扭，不滿地說道：「別抱這麼緊嘛……」
蘭陵王繼續收緊，把她在膝頭放妥，在張綺以為他不會回答時，他淡淡地威嚴地說道：「這麼抱著更涼爽。」像一塊玉一樣，摟緊一點那涼氣更透人。
張綺張著小嘴半晌，最後只是不甘地，氣呼呼地哼哼幾聲，便安靜偎入他懷中。
不遠處，宇文月不是一個人站著，不知何時被她召到身邊的另一個周地貴女，這時側過頭來，低聲說道：「真好聽。」
「什麼？」宇文月回過神問道。
那貴女悄悄朝著蘭陵王的方向努了努嘴，低聲道：「今日方知，何謂珠玉相擊……他們兩人說話的聲音，真好聽。」雖然一個字也聽不到，可那一唱一和、一長一短，便如琴瑟相和，空山鳥鳴，真真動聽。
怪不得世人都說，蘭陵郡王音色皆美。
如她這麼想的，定然不止一個兩個。現在四周這麼安靜，定是大夥兒也在傾聽。

她沒有注意到宇文月的臉色變了。

宇文月又咬了咬唇，依依不捨地盯了蘭陵王一會兒，想到他還沒有給答案，想到還有的是機會相處，便咬了咬，提步向自己的榻几走回。

張綺窩在蘭陵王懷中，這時她在心裡想著：別看他總是那麼威嚴，老擺出不苟言笑的表情，可他的舉止間分明幼稚得很。居然因為那麼荒唐的理由，便要抱著自己，自己不肯，還威脅……

想到他的威脅，張綺又莫名得有點委屈。她把臉埋在他的懷裡，鼻子縮了縮。

縮一下，他沒理會。

再來幾下。

他依然沒有理會。

再來，再來……

蘭陵王終於低下頭來。

他盯著張綺，低沉威嚴地說道：「冷了？今天晚上我給妳暖被吧。」

他給她暖被？還這麼威嚴地下命令？

張綺嚇得哆嗦了下，連忙陪笑道：「不冷不冷！好了！好了！」

蘭陵王嘴角抽了抽，抬起頭來。

這時，張綺感覺到他手臂硬了幾分。

張綺抬頭看去。不遠處，幾個人連袂而來，滿殿的燈火中，他們舉手投足間，貴氣天成，卻是蕭莫和幾個周地世家子。

所謂：「百年養氣，千年養貴。」

在周地，氣度高貴、舉止雍容自持的，不是那些皇室子弟，而是這些世家子。

他們前來的方向，正是蘭陵王這裡。

這麼幾個俊逸高貴的世家子飄然而來，確是賞心悅目之事。一時之間，吸引了殿中絕大多數目光。他們來到了蘭陵王面前，隨著幾個少年站定，眾人只覺得殿中大亮，似乎這豪華寬敞的大殿，也因為這幾個少年和蘭陵王而顯得簡陋狹小起來。

蕭莫上前一步，嘴角含笑，一派風流地望著蘭陵王。晃了晃手中酒樽，蕭莫低聲道：「半道上雖然相逢，卻不曾與郡王好好說說話。此刻酒溢香，美人在側，蕭某敬蘭陵王一樽。」說罷，他優雅地搖了搖手中酒，仰頭一飲而盡。

因氣度天成，他這一舉一動，無不高貴好看。

蘭陵王瞟了他一眼，拿起几上的酒，沒有說什麼，跟著一飲而盡。

「郡王爽快。」讚了這一句後，蕭莫轉頭看向張綺。

對上緊緊貼著蘭陵王的胸口，光看姿勢便讓人愛憐、讓人熱血沸騰的張綺，蕭莫眸光暗了暗。他與她相處那麼久，還不曾如此摟過她……

一側的盧俊見到蕭莫神態如此，當下越步上前：如他們這樣的世家子，畢生修習的唯風度二字。無論何時，哪怕刀斧加身，哪怕水淹火燒，哪怕生命垂危，這風度、這雍容氣派，定定是不能亂的。

蕭莫是高貴的蘭陵蕭氏的嫡子，他現在雖然還不曾亂，可看他這樣子，怕是容易失控。

盧俊擋在蕭莫身前，他向張綺瞟了一眼後，轉向蘭陵王，然後向蕭莫一指，微笑著說道：「說起來，兩位還有些淵源呢。這位是蘭陵郡王，而蕭郎呢？百數年前，於蘭陵郡一地，百姓父老可是只知有蕭氏，不知有皇家的。」

他風度翩翩，笑容讓人如沐春風，實實讓人大生好感。

所有正宗的世家子，不管其內在如何腐朽荒唐，其談吐舉止總是讓人如沐春風的，哪怕是面對一個賤民、一個奴僕也是如此。

「是嗎？」蘭陵王聽了盧俊的話，淡淡一瞟，低沉有力地說道：「這些我不感興趣。」乾脆俐落地說到這裡，蘭陵王抱著張綺，威嚴地說道：「時辰不早，高某累了，得退了。」今天這樣的宴會本不是正宴，小皇帝說過話後，便隨時可以退席的。

說到這裡，蘭陵王腳步一提，便準備率領眾使離席。

蕭莫站在一側，靜靜地看著，望著蘭陵王要離開，也沒有阻攔。

目送著他們離去，盧俊低聲說道：「這高長恭在齊地也不是個好出身的，不過攀上了高演，這陣子才得意些。」他譏諷地說道：「一朝得志便猖狂。」

蕭莫負著雙手，目送著他們出了大殿，目送著他們消失在視野中，自始至終神色不動，嘴角的笑容始終淡淡的。

這份淡定從容，讓盧俊長嘆一聲，「女色是禍，早知今日如癡迷至此，當初蕭郎便該得了她去。」求而不得才苦，得到了的女人，揮揮手便可甩到腦後。

蕭莫轉過頭來，看了一眼盧俊，仍是沒有說話。

貳之章

宛轉承歡勾檀郎

蘭陵王抱著張綺坐上馬車，依然把她置於膝前，依然緊緊摟住後，他便沉默了。

馬車不疾不徐的行進中，他的沉默使得馬車中很是安靜。

他不說話，張綺便也不動。

又過了一會兒，蘭陵王低聲道：「妳說，我的母親是不是落到了宇文護的手中？」

張綺抬頭看向他。

他並不是要聽張綺的解釋，自言自語道：「他用我的母親來威脅，想要我娶了他的女兒宇文月。」

張綺垂下雙眸，低低說道：「你會不會娶？」

沉默了片刻，蘭陵王道：「許是不會。」

許是？張綺溫柔地問道：「為什麼？」

蘭陵王一笑，向後一倚，眼望著前方，說道：「我母親有沒有落在他手中，還是兩說。高長恭堂堂丈夫，總不能來一個人以我母親作脅，我便妥協了。」他冷笑道：「先拖幾日，走時再回絕吧。」

張綺低低說道：「若是你母親，真在他手中……」那他會不會後悔今日的選擇？

聽懂了她的意思，蘭陵王沉沉地說道：「便是真在他手中，我也不會應承。」在張綺詫異的目光中，他沉聲道：「男子漢大丈夫，豈能受制於人？當年我父皇在識得她之前，行事本不荒誕……是她棄了繈褓中的我，與男人私奔逃離後，他才舉止癲狂。」提到他的母親，他的聲音變得複雜許多。

就在她看向他時，蘭陵王驀然低頭，目光銳利地盯著她，「張氏阿綺。」

張綺眨巴著眼看著他。

蘭陵王盯著她，認真說道：「如果有一天，我如我父皇那般迷戀上了妳……」他伸出手，溫柔地撫著張綺的頸項，似乎迷戀那玉頸的冰涼。他的動作溫柔而緩慢，可不知怎麼的，張綺卻害怕了。

蘭陵王繼續說道：「如果那時，妳敢棄我背我，我不會等到妳與他人私奔。」他笑了笑，唇角露出一個寒惻惻的弧度，「我會在這之前，把妳殺了。」聲音低而冷。

張綺生生打了一個寒顫，忍不住小小聲地說道：「如果、如果你對不起我……」

「沒有如果。」一聲音斬釘截鐵。

聽到他這番話，張綺突然想到蕭莫說過的，齊國皇族高氏的血脈中，流傳著癲狂的因子。

她一直以為，他就是那個世人傳說中的寬厚仁慈的蘭陵王。因為所謂的寬厚仁慈，很多時候它的反面便是婦人之仁，所以她沒有想到，他會說出這麼一番話。

她還一直以為，在他身邊待個兩年，一等情形不對，她可以悄悄離去。她甚至以為，到時她哭哭啼啼一番，說不定他同情她憐憫她，還會賞她一筆錢財。

可他說，只要他對她生了感情，不管她有什麼理由，也不管他有沒有做對不起他的事，他都不允許她棄他背他。

他竟是如此霸道野蠻！

張綺打了一個哆嗦，眼珠子開始轉得歡快。

她想著心事，便顯得異常安靜。尋思了好一會兒，當張綺抬頭時，卻發現掛在對面馬車壁上的劍面上，清清楚楚地映出一張冷漠的俊臉。那臉的主人在看著她，都不知道看了多久。

張綺嚇得又哆嗦了下。

就在這時，蘭陵王把她輕輕一提，雙手一提一轉，便提著張綺面對面地坐在膝頭。他伸手抬起她的下巴，靜靜地盯著她的雙眼。

張綺連忙低下頭，他卻五指收緊，更把她的下巴抬起，逼得她不得不與他對視。

打量著她的眼一會兒，就在張綺以為他要說什麼時，他卻鬆了手，把她按向自己。

便是這一按，張綺再次清楚地感覺到那抵在自己腹部的硬挺。

張綺大駭，渾身一僵。

正在這時，一股溫熱襲來，卻是他低頭含住了她的唇角。

本來還對失身不怎麼在意的張綺，想到他剛才說的狠話，生生木了半邊身子。在一吻襲來時，她小小聲地說道：「你說過給我兩年的……」

對上停止動作的他，她不敢動，只敢小小聲地囁嚅說道：「還、還有一年多的時間。」說罷，她一動也不動地低著頭。只是那低著的頭，那若隱若現的小臉蛋，透露出無盡的脆弱和害怕。

好一會兒，蘭陵王威嚴的聲音終於傳來：「剛才妳在我懷裡時，嬌柔婉轉，百般堪憐。」

胡說！哪有這樣的事？她明明還沒有長大！

張綺睜大了眼，可對上蘭陵王沉凝的雙眸時，卻反駁不出來了。

……難道，他說的是真的？

蘭陵王繼續低聲說道：「今晚過後，整個周地的人都注意到了妳，宇文護、宇文成，還有宇文邕，每個人都在盯著妳。」頓了頓，他說道：「如果讓他們看出妳還是處子之身，於妳不利，對我更是有損名聲。」

他低頭噙住她的唇，吐出的濁氣令得她顫慄不已。

「此一時彼一時，那個承諾，已不能作數。」

他深深吻上了她。

他的吻，強硬而來勢洶洶，陡然而至。一叩開牙關，便橫衝亂撞，遇到她的丁香小舌後，更是緊緊追逐，那般纏繞不休，直令得她喘不過氣來。

張綺想要掙扎，雙臂卻被他緊鎖著，雙腿也被他夾住。

她拚命地搖著頭，想要好好呼吸一番，卻吸進呼出的都是他的氣息。

一個吻下去，張綺已是氣喘吁吁，雙眼迷離。

這還是其次，最可怕的是，她沒有發現，她此時的臉宛如霞染，凡是外露的肌膚，都鋪上了一層瀲灩華濃的逼人豔光。

只是一個吻，她便張開櫻唇喘息不已，粉紅的唇角還流出一縷透明的絲線。那雙眸子更是迷離至極，宛如蒙了霧氣的黑夜之湖。

只是一個吻，她便秀髮傾洩，嬌美的臉蛋無力地垂著，儼然一副任君採擷的媚態。別人的媚，多少是造作，她卻是渾然天成。少女豆蔻華年，通透精美如玉的臉，本是至純至淨的，卻生生染上了這無邊媚光。

蘭陵王本只有三分情慾，對著她的模樣一看，那情慾生生染成了七分。

他雙臂猛然一伸，把張綺生生抱起，緊緊按在胸口。

怦怦怦！

他強而有力的心跳，混合著她的；他濃烈的體息，混合著她的。

一時之間，整個馬車中都充斥著一種極為好聞的，如麝如蘭的氣味。

發現他抱著自己，只是喘息著，卻一動也不動。從迷離癱軟中清醒過來的張綺，心中暗喜。

他是不是打算放過她了？

就在這時，他低啞的聲音在她耳邊響起：「阿綺。」

他的聲音本來極動聽極動聽，這種動聽甚至是天下皆知，後世皆知的，連史書上也說他「音容俱美」。

本來極動聽的聲音，混合著情慾和喘息，竟如琴弦一般，生生撩撥得人心底發酥。

蘭陵王唇湊著她的耳，低低地沙啞說道：「我只是吻了一下，妳便已靡軟至此。天下間任何一個男人見到妳這個樣子，都會難以自制……張氏阿綺，妳從今以後跟了我，可是心甘？」

到了這個時候，他居然問她可是心甘？

張綺眨了眨眼，有點期待，也有點渴望地側過頭，看向他的臉。

對上他墨眸中自己的倒影，張綺嚥了嚥口水，小小聲地說道：「如果我不心甘……」他是不是放過她？

聽出了她話中的意思，蘭陵王一笑。

這一笑，竟是恁地邪魅，彷彿在黑夜中盛開的漫天妖花。

他低啞地，輕柔地說道：「妳忘了我剛才說的……如果我迷戀了妳，而妳若是不願，我會親自了結這孽緣！」

他向來威嚴的語氣，此刻難得的溫柔。

他也只是在她耳邊低語，可張綺卻生生地打了一個寒顫。

她哆嗦著哆嗦著，突然間有點欲哭無淚。

她一直以為他寬厚仁慈。

她一直以為他是個君子。

這個世道是怎麼了，怎麼好好的君子也如狼似虎般駭人？

張綺哆嗦著，終是懦弱又不甘地說道：「你哪有迷戀我？」哪有這麼快？

蘭陵王低低一笑，他的唇貼著她的唇，吐出的氣息溫熱得令人得顫抖，「張氏阿綺惑人而不自知啊……忘了告訴妳，我高長恭一直不喜婦人近身，可今日晚上，我抱著妳直到如今還不願放手。」

我哪裡知道你為什麼不願意放手？

張綺又急又怕又是渾渾噩噩，她還不想失身。

不對，失身沒什麼，是她不能在沒有謀好前程時失身。

就在她又驚又怕，又被他的氣息迷得情不自禁，有點發軟時，張綺突然發現，他雖然這麼說，卻一直沒有對她做什麼。

陡然的，張綺想道：他是唬她的吧？

這時，馬車一停，一個聲音喚道：「到了。」

聲音一落，蘭陵王抱著張綺跳下馬車。在一眾僕人使者都跟上後，他微微側頭，一襲黑髮被晚風吹得四下飄揚，那張無法用言語來形容的絕美至極的臉上，帶著淡淡的紅潤、淡淡的笑容。

這樣的高長恭，眾人哪曾見過？便是一些跟了他數年的僕從，也是第一次看到。

蘭陵王似乎沒有察覺到眾人的驚豔，含笑而立，清朗地命令道：「來人！」

「是。」

「把所有的門窗院落，全部掛上燈籠！」

「是。」

「明日所有人全部著紅！」

「……是。」

於一眾面面相覷中，他微微側頭，含笑的眉眼，溫暖如春風。

這是他長到十九歲，第一次笑得這般燦爛。

他含著笑，看著迷惑不解的眾人，冰玉相擊的聲音，於清脆中透著某種愉悅：「今天晚上，是我納姬之喜。」

眾人恍然大悟，一個個連忙上前恭賀，「恭喜郡王！」、「郡王大喜！」

那個說大喜的使者才出口，便連忙閉上嘴：又不是娶妻，怎麼說是大喜了？

蘭陵王卻像是沒有聽到有什麼不妥，低沉地笑道：「好了，都去準備吧。」

「是。」眾人沒有動，而是站在那裡，看著蘭陵王抱著他懷中的美姬，高高興興地走向他的院落。目送著兩人的背影，一個使者笑道：「郡王還是個孩子，不過納一姬妾，卻歡喜成這樣。」

另一個僕從在後面低聲應道：「是啊，都歡喜成這樣了！」

蘭陵王抱著張綺，大步朝自己的房間走去。

他剛才一連串的命令，還是起了作用。房間裡，婢僕人正急急地忙碌著。望著絡繹掛起的燈籠，還有著錦掛紅的房間，蘭陵王沒有急著入房，而是抱著張綺站在外面候著。

這時，一陣清風吹來，他低下頭看向張綺，「冷嗎？」

明明是關懷的兩個字，卻低沉得透著嚴肅。

被他鎖在懷中的張綺，聞言抬頭看向他。

她的眸光中，有著一抹可疑的淚光。不過很快她便眨了眨，把那淚光隱去，低聲道：「不冷。」

「妳可甘願？」

我便說不甘，又有用嗎？

張綺不願做沒用的事，便把臉貼在他的胸口上，沒有說話。

蘭陵王感覺到她貼著自己的身子有輕微的顫抖，不由低啞地說道：「張氏阿綺。」

「……嗯。」聲音依然顫著。

「我會護著妳的。」

「……」

她不知道，她以前以為他寬厚可欺，現在知道是錯的。

以前也以為他答應了能護她便一定能做到，現在也沒有把握了。

她抖得越發厲害了。

蘭陵王低頭看著她，專注地看著她。

他與蕭莫不同，與那些生下來就擁來一切的人都不同。

這些年他一直隱忍，沒有人知道，為了掌握這一次出人頭地的機會，他付出多少——不出手則已，一出手，就必須一擊得中！這才是他的信念。

現在也是一樣。

懷中的這個姑子，從第一眼見到她起，他就想要她。

這次再見的那一瞬，他的心更在叫囂，他必須得到她！

既然要她，就要乾脆俐落地下手，讓她的身子、她的靈魂，她所有的所有，都烙上他的印記！

一出手，就必須一擊得中。

張綺小小的一團，窩在他懷中不停地哆嗦著。也不知是害怕還是緊張，那張小臉粉紅粉紅的，在燈籠光下映射得鮮豔無比。

蘭陵王低頭看著她。

也許是她哆嗦得太厲害讓他於心不忍，也許是此刻的她太妖美讓他心生憐惜。

他低下頭來，用自己的額頭貼上她的額頭，完完全全地貼上。溫熱的肌膚，略粗的呼吸，絲絲綿綿，寸寸縷縷，順著她的肌膚搔向她的心臟，她終於抖得不再那麼厲害了。

這時，幾個腳步聲傳來，然後，幾個婢女喚道：「郡王，已布置妥當了。」

一句話吐出，張綺又開始抖了。

蘭陵王不再理她，抬起頭，「熱湯可已備好。」

「已然備好。」

「退下吧。」

「是。」

在眾婢的腳步聲中，蘭陵王抱著張綺，大步走向房間。

隨著他走動，張綺的心臟怦怦怦地越跳越快，越跳越快。

她很熱，熱得都呼吸不過來了。

吱呀一聲，房門打開又關上。室內暗紅的燈籠光，暖洋洋的鋪灑在每一個角落。

張綺感到腰間一鬆，卻是被他放在了地上。

她的面前，是一個熱氣騰騰的大木桶。這桶很大，完全可以讓三四個人同時泡在其中。桶中蕩漾的水面上，撒滿了花瓣。在木桶旁邊的榻几上，是一字排開的各色裳服和毛巾等洗漱物。

張綺只是瞟了一眼，頭便垂到了胸口上。

現在她的腿很軟，要不是強撐著，她覺得自己會癱在地上。

一陣響聲傳來，隨後，一雙修長的腿出現在她眼前。

再然後，兩隻大手伸到她面前。

在它們碰到她的衣襟時，張綺白著臉顫聲說道：「我自己來……」聲音低弱。

安靜了一會兒後，她下巴一疼，卻是蘭陵王用食指端起了她的臉。

也許是房中熱氣騰騰，也許是暗紅的燈籠光，也許是從紗窗透射而來的明月光剛剛好，她看到了他明亮深邃的眼，看到了他微顯紅潤的臉……看到了他眸中隱藏的歡喜燦爛。

他本是絕代風華，這般歡喜地、專注地看著她，那光芒直可以灼傷世人。不知怎地，看著這樣的他，張綺的心中也生起一縷微妙的喜悅來。她霞飛雙頰，那哆嗦不已的身子，也在這一刻，由慌亂完全轉向酥軟。

她低下頭來，不過這次是羞的。

他溫熱的手撫過她的頸項，低沉的聲音宛如撥起的琴弦：「阿綺。」

「……嗯。」

「妳可是甘願？」

這是他第三次問這句話了。

張綺不知道，他已拿定了主意要她，為什麼又堅持著反覆問她這句話？

她唇顫了顫，低低地，軟軟地說道：「此身給了郎君，阿綺心甘……」她不甘願，可她必須這樣說。跟了他之後，他就是她的天，是她的一切。她得討好他、迎合他，讓他歡喜滿意。

房中安靜了一會兒，他低沉略啞的聲音傳來：「我知妳不甘。」

五個字一出，張綺猛然一僵。

他瞬也不瞬地看著她，不再說話，只是雙手伸出，堅定而緩慢地解向她的衣襟。

他溫熱的手在她裳上移過，房間濕熱的氣息讓人無法呼吸。張綺張著檀口，小小吐出一口長氣後，顫聲說道：「我自己來。」她的小手哆嗦著靠向衣襟處。

大手沒有讓開，他溫熱低沉的聲音如春風般在她耳邊拂過：「讓我來。」

修長的手指一扯一抽，她的外裳被他扔到了一側。

彼時正是七八月炎暑時，去掉這外裳，便是肚兜了。水紅色的肚兜，緊緊地包在她瑩潤粉嫩的肌膚上。肚兜窄細的帶子，勒得她那水做成的肌膚出了一道道紅印。

她的肌膚真的很細很嫩，在燈籠光下，直是粉光致致，瑩色逼人。彷彿一個指頭按下去，那肌膚上便會留下一個紫印。彷彿搓揉一把，便會變化出任意形狀。

他盯著她的眼神過於火熱，張綺又張開檀口深呼吸起來。這一次，她小嘴剛張，下巴猛然一痛，卻是他低著頭，將唇深深覆在她的唇上。

肌膚相觸，四唇相接，感覺到男子獨有的氣息橫衝直撞而來，張綺身子一軟，癱倒在他懷中。

他摟緊她，加深了這個吻，在把自己的氣息絞入她的氣息時，她隱約聽到他說道：「如此嬌柔，讓人如何忍得？」

舌與舌相纏，呼吸與呼吸相融，張綺直覺得無法呼吸，直覺得心跳得令人幾要窒息……她沒有過這種感覺，記憶中也沒有。這種感覺，讓她又是喜悅，又是想要哭泣。

這是一種讓人窒息的快美。

怦怦怦，她發現自己的心跳得飛快，發現自己整個人軟成一團。

這時，他鬆開了她。

蘭陵王低著頭，專注地看著軟在自己掌心中的張綺。與在馬車上一樣，她再次檀口微張，秀臉無力地垂著，眼神迷茫流媚，燈光照耀下，她每一分每一寸，都寫著任君採擷四個字。

他看癡了去，低低地嘆息一聲，「這便是丈夫之障嗎？」

張綺睜大迷離得無神的眼，傻傻迎視著他。

一隻大手伸出，扯向她的下裳。

轉眼，腰帶被抽，下裳飄然落地。她潔白修長的雙腿，出現在燈火下，出現在他的視線裡。目不轉睛地看了一陣，他伸出手，撫向那瑩白如玉的大腿。

感覺到水嫩的肌膚在自己掌下不停地顫抖著，他垂下雙眸，因帶著情愫，他的聲音暗啞得讓人心酥：「張綺。」

「……嗯。」拖著尾音的嚶嚀聲，令得他呼吸陡然又粗了三分。

他深吸了一口氣，低啞地說道：「妳沒有話跟我說嗎？」

張綺抬頭，霧茫茫的眸子，倒映著他微紅的無可形容的俊顏。望著他，她張著小嘴，喃喃說道：「我想你出一些聘禮迎我入門……」

一句話吐出，她自己啞了。

這是周地，他的家國是齊國，她的家國是陳。

他便是願意出聘禮，那聘禮送往何處？她又從何處出嫁？

不過是癡心妄想而已！

一句話吐出，她的唇便顫抖了，小巧的精美的臉上，露出一抹自嘲的淺笑來。

蘭陵王深深地凝視著她，垂下雙眸，薄潤的唇緊緊抿起，不再多說。雙手一合，托著她的腰，便走向浴桶裡。嘩啦啦的水花四濺聲中，她被他放在了水桶裡。

水花陡然濺滿臉，張綺連忙趴著桶沿，費力地拂去臉上的水珠。當她把眼睛上的水珠拭去，定睛看時，臉陡然一紅。

他站在那裡，正慢條斯理地脫著他自己的衣裳。

這一次，他站得如此近，那雙墨黑的眸子又一瞬不瞬地盯著她，逼得她無法移眼。

她看著黑色的外裳從他身上滑落，看著他脫去那緊束的褲子。

看著他在她面前，一點一點地露出精壯完美的身段。看到那寬肩細腰，看到那緊實的臀……看到他如雕如琢，鬼斧神工下的臉孔上，於威嚴中隱隱露出一絲促狹的笑……

直到他扯去最後一塊遮羞布，那物事嗖地一下彈入視野，張綺陡然羞醒，騰地轉身，雙手緊緊捂著臉，臉還沉入了水中。

一個溫熱的身軀靠近了她。

渾身不著一縷的他，剛一靠近，那強而有力的軀體，還有那侵略的霸道氣息，便令得她急急擠向桶沿，直到進無可進。

一雙溫熱的手裳罩上了她的肩膀。

然後，她感覺到胸前一鬆，看到自己粉色的肚兜被他扔了出去，她也身無寸縷了。

張綺把自己縮成一團，緊緊地縮成一團。

這個動作剛做出，身子騰地一輕，卻是一雙鐵臂把她凌空抱起，讓她正面對著他後，把她攤平著放在桶沿上。他定定地看著，喉頭猛然滾動了幾下，他掬著水，溫柔而仔細地拭向她的臉和頸項。

嘩啦啦的水花聲中，她聽到他低沉的命令聲：「看我。」

張綺小小地睜開一線，看到了他。

他站在那裡，俊美絕倫的臉上，已被水花打濕，長長的墨髮正濕淋淋地貼在肩膀上。

一滴又一滴的水珠，從他寬寬的額頭上順流而下，劃過那高挺的鼻樑，流入他薄潤的唇瓣間。

姿容本已絕世，何況又在動情之中？張綺看著看著，陡然發現自己口乾得緊，心也跳得飛快，直跳得亂得她渾身酥軟了。她微微側頭，不敢再看他。

他深邃如星夜的眸子微微一彎，低而沙啞地喚道：「為什麼不敢看了？」

張綺口乾得太厲害，她嚥了一下口水，感覺到他還在等著她的回答，不由漲紅著臉囁嚅說道：「郎君非凡人，望之心生亂。」也許是她太迷糊了，都不知道自己說出了自己的心聲。

蘭陵王低低笑了起來。

他微微低頭，強而有力的雙臂繼續端著她，每每她想佝起身軀，他又強行把她攤平。

他侵略的目光如火灸一般，一寸一寸地劃過她的肌膚。

他看得太認真太專注，眸光中有著喜悅讚嘆，喉頭不停在滾動。

伸出手，一掌覆向她剛剛長起，還不曾豐隆的鴿乳，他沙啞地低問道：「到了今時今日，心亂又何如？」他慢慢俯首，「阿綺為什麼害怕亂了心？」

為什麼害怕？自是害怕的。心亂了，便不再是自己了，便心不由己，身不由己了。

她沒有回答，他卻沒有再追問，只是低啞地笑著，慢慢地慢慢慢地俯身於她，又慢慢地慢慢地把唇印上她的眼。

薄潤的唇印上雙眸，吮過她長長的睫毛後，如微風拂過，又在鼻尖輕咬一口，再覆向她的唇。

四唇相接，他抓著她的手，摸向自己的身下。

那火熱的物體一入掌中，張綺便驚得迅速甩開。

他輕哼一聲，又抓住她的手，低啞地命令道：「握住它！」

張綺顫抖地握住了。

他含著她的唇瓣，星空般的眸子專注地盯著她的眼，吐出的聲音沙而微暗：「動一動。」

張綺顫抖著動了動。

他呻吟一聲，猛然頭一低，咬住了她左側乳櫻。

輪到張綺低叫出聲。只是她的低叫聲亂而靡，彷若呻吟，直令得她掌中的火熱又大了一分。

他低著頭，一邊含著她的乳櫻，牙齒微微用力，那微痛而酥的感覺直直地彈入膝頭，令得她下肢無力地落了下去。它又直直地滲入下腹，令得那隱祕處好不空虛。

吮吸聲中，他的呼吸越來越急促了。

猛然地，他把她一端，令得她光潔的身軀完全與自己貼合後，他慢慢縮入木桶中坐下。

把一絲不掛的她盤坐在自己腿間，讓自己的火熱重重地抵在她的身下後，他停下了動作。

見他頭擱在桶沿，閉著眼睛大口喘息，張綺詫異地睜開眼來。

她霧茫茫的眸光中透著紅，透著妖色，這般看著他，他只瞅了一眼，差一點便把她重新壓在身下。

他仰著頭，任由水珠順著他線條優美的下頷流向鎖骨，再流向肌理分明的胸口。

她感覺得到，他很難受。

張綺也別過頭去。

房中，只有喘息聲。

好一會兒，閉著眼睛的蘭陵王低聲道：「竟是這般滋味……」轉眼他命令道：「給我搓洗。」

「……嗯。」張綺拿起毛巾，溫柔地拭向他的胸膛。

感覺到他在努力克制自己，她忍了忍，終是小小聲地問道：「你放過……」你放過我了？

蘭陵王沒有睜眼，他知道她要問什麼，看也不看她一眼，低而沙啞地說道：「聽說南人重貞潔，到了榻間再說。」

張綺明白了，原來他是不想在這浴桶中占了她。怪不得那榻間還放著一塊潔白的布帛，原來是想她清清白白地給了他。

張綺側過頭，低弱地說道：「有什麼用呢？」本是什麼也沒有，沒有聘禮，沒有迎納，沒有名分……什麼都沒有，談何清白？

「有什麼用呢？」幾個簡單的字一吐出，他猛然睜眼，瞟了她一眼後，又閉上雙眼。

她垂著眸，毛巾如春風般拂過他強而有力的腹肌，終是囁嚅地問道：「你、你可有妻室？」

他睜開眼來，幽深的雙眸直視著她，絕美無倫的臉宛如一座白玉雕塑，「沒有。」

那一瞬，她有一種他在發笑的錯覺。

感覺到張綺鬆了一口氣，他又低語道：「我說了，我會護著妳。」

張綺咬著唇，感覺到他的目光又炙熱起來，連忙向水裡縮了縮。

一隻手抬起了她的下巴。

他瞬也不瞬地盯了她片刻，猛然站起，隨著嘩啦啦的水花聲，他彎下腰，抱起了她，提步朝榻間走去。走到榻前，他放下她，命令道：「給我拭乾。」

張綺低應一聲，拿起放在榻側的乾毛巾給他擦拭起來。才擦了兩下，他已不耐煩地把毛巾搶過去，胡亂擦了幾下，便扳過她的身子，給她細細擦拭起來。

他盯著她的眼，特別明亮，特別專注，與此相反的是，他擦拭的動作格外溫柔，格外仔細，彷彿藉由這個動作，在細細欣賞著她的每一寸肌膚。

張綺越發低下了頭。

正在這時，一陣腳步聲傳來，接著，一個侍衛的聲音從外面朗朗地傳來：「稟郡王，大塚宰府上送來十名美姬，說是請郡王笑納。」

這時刻，蘭陵王的唇和手已同時落在她翹挺的兩側乳櫻上。他一邊又吻又舔，一邊用力地揉搓，任由少女鴿子般的玉乳在他的掌心變化出各種形狀。隨著他的動作，張綺感覺到自己已無法呼吸，無法思索。她腦中一片空白，雙手卻在不知不覺中摟住了他的頭，同時，腰肢已不可自抑地扭動著，如蛇一樣蹭過，擦過他火熱的下體。

一動情，她那可怕的本能便出來了，她開始不自覺地迎合他。

聽到那護衛的話，蘭陵王沒好氣地喘息著說道：「送回去！」

「可是大塚宰說……」不等那侍衛囉嗦完，他已粗聲厲喝：「閉嘴！」

那侍衛一驚。

就在外面安靜了時，突然腳步聲大作。

得得的腳步聲中，只聽得宇文月嬌滴滴的聲音響亮地傳來：「郡王在忙什麼？怎地都不見客？」她好不羞答答地喚道：「郡王，阿月可以進來見見你嗎？」尾音拖得老長，嬌嗔得讓人直打哆嗦。

她的聲音剛一落，宇文成響亮直接的聲音也傳來：「呵呵，哪有得到美人而不歡喜的？蘭陵郡王莫非看不起我宇文家？」

兩位不請而入的客人，一闖入院落便向這房間大步走來。在他們的侍衛一字排開，把齊地來的眾侍衛擠到周邊時，宇文成看向影影綽綽，紅光流溢的房間，看向那房間中若隱若現的兩個身影，眸光一沉：一得空他便趕來了，才剛到半路，便聽到僕人傳話，這個蘭陵王讓人在各個院落掛上了燈籠，就是要納美姬。他快馬加鞭，緊趕急趕，總算到得及時。聽他現在這語氣，還正是要入巷時……真真好快的手腳！

難得遇到一個媚骨天成的美人，這頭口湯，可不能讓高長恭啖了去！

兄妹兩人一邊說，一邊大步朝這裡走來，轉眼那腳步聲便到了臺階下。

就在這時，蘭陵王低沉微沙的命令聲陡然傳來：「楊成受何在？」

被宇文兄妹帶來的人攔著的一個侍衛大聲應道：「屬下在！」

「攔住他們！」蘭陵王的聲音中帶著冷意和威煞，「堂堂齊國蘭陵郡王的使者府，他們想來就來，倒真是目中無人！擒下他們送給宇文護，我倒要看看宇文護是個什麼意思！」

這話恁地冷峻，而且完全不給顏面。

本來，蘭陵王身邊的侍衛個個都是精兵強將，他們之所以節節後退，不過是念著客居他鄉，對方又打著送美人的名義而來，不知如何處理而已。

此刻，蘭陵王這命令一下，幾十個聲音同時響亮地應道：「是！」

應答聲中，嗖嗖嗖，劍出鞘，刀亮鋒，於燈籠飄搖、清風吹蕩中，竟是一瞬間便成了刀兵相向的戰場。

沒有人會想到他是這個態度！

不管是宇文月還是宇文成，他們因為父親的關係，在周國內都是喊殺喊打，從來沒有人敢反抗的。蘭陵王雖是他國郡王，在他們眼中，也與本地權貴無比，因此，還沒有見過，宇文月便敢以父親的名義誆他。在她和宇文成的眼中，便是他們把蘭陵王囚禁了、欺凌了，也不過是小事……他們在國內經常做的小事。

四下一靜，鋒寒的刀劍光芒中，兄妹倆帶來的草包護衛在一步步後退。對方只是亮了劍，不曾出一句惡語，不曾揮舞一下，可那種萬馬軍中殺出來的血氣和死氣，就足夠讓他們心驚膽戰的了。

僵了一會兒，氣得一張臉發紫的宇文成忍著怒氣，沉聲說道：「蘭陵郡王好大的脾性！在下不過給你送美人而來，你不領受也就算了，竟然無端端地刀兵相向？」

宇文月更是氣得抽噎起來。

房中傳來的蘭陵王的聲音，依然沉靜中透著讓人心酥的沙啞：「送美人而來？送美人有橫衝直撞，不顧主人的意願就想登堂入室的嗎？對不起，兩位，高某正與愛姬行歡喜之事，不願接受爾等好意！」他聲音一提，厲喝道：「送客！」

他說得如此直白了，如此不留半點顏面了！

宇文成氣到極點，尖聲怒道：「好，好你個蘭陵郡王，沒有想到你居然是如此一個好色之徒！」

他的尖叫聲，房中人置之不理，倒是楊成受等幾個侍衛走出一步，手中刀劍一橫，同時喝道：「兩位，請了！」說話之際，刀劍已向他們胸口遞去，逼得兄妹倆不得不步步後退。

宇文成退了一步又一步，他瞪著那暗紅溫暖的房間，心中都是滿滿的不甘。

他是宇文護的長子，這個天下，這個天下的美人，都是他宇文家的，他高長恭憑什麼可以擁有那等萬中難得一見的妖姬？

那尤物本應是他的！

他沉著臉，想要喝罵，可看到步步逼來的森森刀光，卻又有點膽怯。

一側的宇文月，這時已嚶嚶地哭泣起來。她提著聲音，哽咽道：「長恭，你怎麼能這樣說話，怎麼能這樣做？」她比那賤女人美得多，也高貴得多，而且，他們還在議親，他怎麼能為了一個姬妾，便對她置之不理？

見兩人還不死心，楊成受手中長劍一挑，那劍鋒險而又險地掠過宇文兄妹的頸項。

利劍加身，兄妹倆駭得猛然向後一退，臉色蒼白地向下一軟，差點坐倒在地。

看到他們的狼狽樣子，楊成受哈哈一笑，眾齊人也跟著哈哈大笑起來。

劍光和嘲笑終於讓兄妹倆清醒過來：看來真是討不了好了！

當下，宇文成青著臉，陰毒地瞪了房中一眼，尖喝道：「我們走！」手一揮，帶著眾屬下朝外走去。宇文月好生難捨，可看到兄長走出了好幾步，這邊的侍衛又一個個冷眼看著自己，最後跺了跺腳，終於回頭追了上去。

他們一走，蘭陵王便轉頭看向張綺。

這時的張綺，早悄悄拿著放在一側的衣裳把自己包了起來。不但如此，她整個人還躲到了耳房裡，只伸出一個頭，睜著一雙骨碌碌的大眼睛，鬼鬼祟祟地瞅著他。

莫非，她還以為自己會放過她不成？

蘭陵王嘴角扯了扯，朝張綺招了招手，「過來！」

張綺咬著唇，大眼睛水汪汪地看著他，磨蹭了好一會兒，才慢吞吞地蹭出半邊身子。

看到她的動作，蘭陵王的聲音低沉了些：「要我過來請嗎？」

張綺臉白了白，終於低著頭，小小步地踏出耳旁，向他蹭來。

剛剛靠近，他便一把扯著她的手臂，把她重重帶到身前，右手一抓，扯著她包住身子的衣裳便扔到了地上，張綺再次不著一物了。

她連忙佝僂著身子，雙手護著要害，大眼從睫毛下膽怯又祈求地看著他。

蘭陵王盯著她，俊美無倫的臉，在燈火下散發著淡淡的瑩光，那雙可以讓任何女人沉溺的眸子中，滿是認真。

他威嚴地說道：「剛才宇文成為何而來，妳不知道嗎？」他沉聲道：「張氏阿綺，只要明天妳還是完壁，妳就不可能還在我的手裡了。不管是宇文護還是宇文成，妳以為落在他們手中，還會有妳的活路嗎？」

這個張綺其實是知道的，她就是僥倖抱著一絲希望……

見她低著頭，光潤如玉的身子在暗紅的光線下，泛著令人口乾舌燥的豔光，他聲音低啞了幾分：「靠近來。」

張綺慢慢提步，才走一步，他便不耐煩地把她一拖，右手摟著她的細腰，低頭盯著她的胴體，盯著她洗乾淨後，通秀絕美的小臉，低低地，沙啞地說道：「阿綺。」

「……嗯。」

「妳剛才抱我了……甚是舒服，再來。」

誰抱他了？才沒有！張綺紅著臉，剛要反駁，右胸一痛，卻是被他一手握住，狠狠揉搓起來。他低著頭，噙著左側一顆櫻珠輕輕地吸吮噬咬，隨著他的動作，那種酥麻無力再次襲上張綺。她忍不住嚶嚀出聲。

在這個時候，她的呻吟便是最烈的春藥。

蘭陵王雙臂一沉，把她橫抱而起，順手扔在榻上，傾身覆上了她。

他光潔的、溫熱的軀體覆上她的，肌膚與肌膚相貼，心跳與心跳相連，張綺狠狠打了一個寒顫，一雙眼眸，又變得迷離而妖魅。

……這模樣，真真叫人無法忍耐！

蘭陵王猛然低頭，唇覆上她的唇，在與她的丁香小舌相遇後，卻一戲便走。那吻漸漸延伸到了她的下頷，到了玉頸、鎖骨、乳櫻上。

他吻得很重，也很仔細，一寸一寸，隨著他的動作，一朵朵淺紅的吻痕開始浮現在她的冰肌玉膚上。撫著掌下冰涼得讓人舒爽的肌膚，感覺到在自己的覆壓下，這白嫩的軀體像水一樣散開，軟軟的、柔柔的，彷彿他整個人都可以嵌入其中。

真真還沒有入巷，便已銷魂！

他忍不住一手握著她的腰，幾乎是輕輕一扳，她那同樣白嫩滑膩的腿便壓到了腰間，而看她迷離糊塗的樣子，似乎根本就不知道疼痛。

蘭陵王從喉中發出一聲低吼。

他的手從那軟軟的，怎麼摸怎麼舒服的肌膚間移開，迅速摸向下面的花瓣處。

手指剛觸，張綺便是打了一個寒顫。顫抖中，她無意識地張開櫻唇，無意識地挺起雙乳，把自己的乳尖摩挲著他的胸膛後，雙腿夾上了他的腰。她全身的肌膚粉紅致致，呼吸隱隱中透出清香。她雙臂抱上了他的頸，下腹摩蹭著他的硬挺……毫無知覺中，她已擺出最為動情的姿勢，並把自己獻在他面前。

她挑逗勾引著他的慾火，身體自發地做好了迎納他的準備。

只是一觸，便已如此動情，彷彿男人的撫觸便是上等的春藥。

她那輕顫，是如此青澀，她的動作，也是如此青澀，可明明青澀，她卻擺出了最勾魂的姿勢，只等他採擷。這滋味，怎能如此銷魂？

蘭陵王覺得自己硬得疼了，他身子一沉，甚至不需要用手，便在她身體的自發帶動下，把自己的硬挺放入了一個溫軟濕熱的所在。

玉柱剛一挺入，她便發出一聲似是歡喜又似是喘息的呻吟。在他抬頭時，她如蛇一般纏了上來，檀口恰好堵上了他的唇。

兩唇相封，兩舌相戲間，他下身重重一沉。

一個火熱巨大的物事，硬生生地沉入了張綺的體內。少女幼嫩的花心，他只一下便給沉到了底。本是極致的疼痛，偏偏因為那在花心處的一抵一觸，便夾上了極致的快美。無可控制的，張綺發出一聲疼痛中夾著歡喜的低泣。

剛把一個障礙物衝破，封住的小嘴，便發出一聲低泣聲。

蘭陵王艱難地抬起頭，額頭上汗水淋淋而下。

他感覺到自己陷入了一個極快美、極舒服的所在。那裡有百千小舌同時吸吮著他的玉柱，又似有無數個肉圈在纏著它、攪著它……剛一進去，他便差點迸射而出。

幸好聽到了她的低泣聲。

他連忙一動也不動，移開唇，低頭看向仰著暈紅的小臉，肌膚豔紅、靡香隱滲的張綺。明明是初承雨露，明明眼角有淚，可她微張的檀口，檀口旁可疑的銀絲，那貼著自己的身體、那有節奏的顫慄、那摩擦著他的細嫩肌膚，還有那肌膚上，自己掐吻出來的淡紅青紫，無處不透著一個媚，一個豔，一個銷魂！

他再也忍不住了。

他抓著她的細腰，猛然聳動起來。隨著他的衝撞，她烏髮披散，乳波蕩漾，呻吟聲更是無法自抑地傳來。

一把抓起她的右腿，把那腿壓到她的胸口上後，他側過身衝撞起來。初承雨露的小姑，迷離地睜開一線眸子，委屈而又妖媚地瞅著他，似乎在責怪他為什麼要用這麼大的力，更似乎是在羞怯地邀他更深入些。最讓他無法控制的是，這時的她，居然丁香暗吐，眸光流轉間，含怨含泣含情含媚，讓人一看，便移不開眼去。

再也控制不住，他喉頭猛然滾動了幾下，低吼一聲，迸出了他積蓄多時的精華……

他軟倒在她身上，閉著雙眼，把臉埋在她的胸乳間，直覺得身下的嬌軀又涼又軟又清香四溢，比水還柔，比雲還輕。他的身子深陷其中，舒服得連手指頭也不想移開。

也不知過了多久，他聽到了她的呻吟聲，而這呻吟聲一起，埋在她體內的火熱馬上又抬頭了。

這時，他的腦袋被人推了推，一個軟軟的嘟囔聲傳來：「好脹，移開啦！」

只是五個字，埋在她體內的火熱硬生生又大了三分。

已經睜開眼來的張綺，一動也不敢動了。

好一會兒，他抬起頭來。

汗水順著他的額頭，正慢慢流向下巴。張綺不知不覺中，竟拿起一側的毛巾幫他拭起汗來。隨著她一動，他和她同時呻吟起來。

張綺一驚，剛要把毛巾放下，卻聽到他低啞地說道：「繼續。」

張綺只得拿起毛巾，繼續拭起汗來。

她每動一下，他和她都震得渾身一酥。可他不喊停，她只好這樣一下一下地擦下去。

汗水還在順著他結實的背脊，流向她白馥的腹部。

他盯著她，用眼神命令她一點一點地拭下去。

她每一次小心翼翼地擦拭，都令得埋在她體內的他，快美得震顫起來。

這是一種極致的愉悅！

終於，手臂抬得累了的張綺，低聲地求道：「用熱湯洗好不好？」這樣，他就會起榻。

他喉頭滾動了一下，盯著她臉蛋的眸光幽暗而深，「便這樣擦著才舒服。」

隨著他一動，張綺呻吟了一聲，她咬著唇喃喃說道：「我都腫了……」不用看，她都知道自己的私處又紅又腫，可偏偏那來自體內的酥靡無法控制。

他沒有說話，而是伸出手，輕輕撫向她的臉。

修長有力的手指撫過她的媚眼，他低啞地說道：「阿綺，我很快活……我不想離開！」

這一場歡愛似是無窮無盡，他累了便在她身上睡去，又在她不經意的動作中震盪甦醒。他換了無數個姿勢，而懷中的女子渾身便似沒有骨頭，完全可以按照他的意願，揉轉成任何形狀來讓他歡愉。

再次醒來時，已是淩晨。

這一睜眼，他發現自己還埋在她的體內。慢慢抽出，低頭看著她那紅腫得都要閉合的私處，看到她因為自己的動作而蹙緊的眉峰，他抿緊了唇。

蘭陵王睜開眼來。

胡亂披了一件衣裳，他走了出去。回來幫她細緻地上過藥後，又摟著她進入夢鄉。

張綺醒來時，發現自己整個人都窩在蘭陵王的懷中，而他正抬著頭看著珠帳。

張綺眨了眨眼，感覺到身子酸痛得不能動彈的張綺，低聲問道：「什麼時辰了？」聲音啞得靡蕩。

幾個字一出，放在她腿側的硬挺又脹大了。

張綺嚇得立刻閉了嘴。

蘭陵王低下頭，幽深的眸光定定地看著她，直過了一會兒才說道：「申時了。」

申時了？

張綺嚇了一跳，「快到傍晚了？」

「嗯。」蘭陵王應了一聲，他伸手撫著她經過無數場香汗淋淋，依然順滑如緞的秀髮，沙啞地說道：「是，一天一晚了。」

他歉意地望著她，低沉地說道：「妳初承雨露，本應控制……」可他剛一沾她的身，便再也沒有半點理智地歡樂到現在。

他不是一般的世家子，更不是一般的權貴，從小時候起，那忍和克制兩字，便刻在他的心頭。

可他沒有想到，這一次竟然癲狂至此。

他從頭到尾都沒有考慮過她是否能承受，也沒有注意自己的身體是否熬得。

五指穿過她的髮絲，他低啞地說道：「阿綺。」
「嗯。」從他胸口透出來的聲音，嬌軟如貓。
他低啞地說道：「以後，不可讓別的男人近妳的身。」
他抬起她的下巴，聲音沙而沉……只要近過她，沒有丈夫會放手。
張綺眨了眨眼，乖巧地應道：「嗯。」
她把臉擱在他的胸膛，像個妻子一樣傾聽著他的心跳。她的小手撫上他俊美無倫的臉，感覺到手指底下的溫熱，她軟軟地說道：「長恭。」
「嗯。」
「如果我有了孩兒，怎辦是好？」
蘭陵王的聲音淡淡的，理所當然的，「生下來便是。」他伸手，令她更貼緊自己一些。
張綺咬著唇，垂下雙眸，低低地說道：「你的妻子會惱的。」
「不會！」他的回答果斷明快。
張綺咬著唇，眼珠子轉了轉，這時，她的指尖一陣濡濕，抬頭一看，才發現自己不知不覺中，把手指放入了他的唇瓣間。
蘭陵王抿緊了唇，把她的指尖輕輕咬了咬，在令得張綺小臉緊緊埋於胸口時，他張嘴吐出她的小指，低沉地說道：「阿綺，昨晚……傷了妳了。」
張綺抬頭，眨巴著眼，輕聲說道：「我、我不是甚疼。」
這是一件奇怪的事，明明應該很疼的，可她就是感覺不到明顯的痛苦……也許，這個身子天生就是給男人帶來歡愉的吧。
得到她的回答，蘭陵王呼吸變粗了些。

感覺到他又脹大了，張綺結結巴巴地說道：「我、我餓了……」

「我也餓了。」他低低說道，坐直身子，再把張綺抱起。

他一邊走向耳房，一邊說道：「熱湯已經讓人準備好了，我們沐浴過後便可用餐。」

他把張綺放入桶中，自己也跨到裡面。用毛巾幫她清洗著秀髮身子，一陣沉默後，他低低地說道：「我以後會克制的。」

張綺「嗯」了一聲。

她垂下眸，看著破碎水花中的自己，想道：都成婦人了，回不去了，再也回不去了……這個世間，怎麼兜兜轉轉，留給她的路都是那般艱難？

正在這時，外面傳來一個侍衛的稟告聲：「郡王，皇宮派人來催了。」頓了頓，他又說道：「來人說，郡王務必帶上你的愛姬。」

蘭陵王給自己胡亂擦了兩下後，施施然站起，沉聲道：「知道了。」

他自是會帶上，把張綺一個人丟在這裡，他怎麼放心得了？

蘭陵王把洗淨的張綺放在地上，他剛拿過她的衣裳準備給她穿上，張綺已一手接過。連夜的承歡，她的臉白得脆弱，那拿著衣裳的手也有點不穩。

蘭陵王看了她一眼，自己穿上裳服，便走到她身後，看著她艱難地彎腰，一點一點地把衣裳穿上。饒是動作艱難地著裳，在她做來，也是賞心悅目至極。燈籠光照在剛成為婦人的小姑子那白嫩的臉上，其顫抖的睫毛上，留下半邊陰影。

忙著忙著，張綺下頷一痛，卻是被蘭陵王抬起了臉。

他端詳著她，在對上她眸底的水潤和羞澀時，低聲說道：「可是脫力得緊？」要不要休息？

張綺低低地嗯了一聲，慢慢挪到銅鏡前，把長髮梳順，靡啞地說道：「一切聽郡王的。」

蘭陵王不再說話，見張綺已經收拾完後，便喝道：「送些糕點來。」

「是。」

拿著那糕點，把它們放在張綺的懷中後，蘭陵王一把把張綺橫抱而起，轉過身便朝門外走去。

張綺輕叫道：「我頭髮還是濕的。」都沒有挽。

蘭陵王腳步不停，「不要緊。」

「是。」

走到馬車旁時，他回頭朝著楊受成命令道：「多帶二十人。」

「把帷帽拿來。」

「是。」

伸手把帷帽扣在張綺頭上，他翻身跳上了馬車。

馬車不疾不徐地朝皇宮走去。

張綺趴在蘭陵王的懷中，細細地抿了兩口糕點後，拈起一片，輕輕塞到了蘭陵王的嘴裡。

蘭陵王正閉目尋思著，感覺到唇邊一軟，便睜開眼來。

他對上了張綺水潤中還有媚色殘留的雙眸。她已把帷帽放在一側，手中拈著糕點，正專注地往自己嘴裡塞來。

他從來不吃這些東西的。

可她的動作是如此自然，自然得親暱，他不知不覺中張開優美的唇線，把糕點含在嘴裡。

張綺低頭，給自己又塞了一塊，然後把身體的重量都放在他身上。伸出右手，依戀地環抱著他的腰身。張綺小狗般的蹭了蹭，也不知在想什麼，發了一會兒呆後，又拿起一塊糕點送到他嘴裡。

這一次，他一併含住了她的手。

對上張綺水潤含媚的眸光，他低聲道：「我不愛吃。」

張綺眨了眨眼，「可你餓了。」

他嚴肅地看著她。

她卻眨巴著眼，繼續把那糕點向他嘴裡塞去。感覺到他的唇閉得太緊，她終於收回濡濕的手。只見她自然而然，把被他含過的糕點含上一半，然後昂頭貼上他，把含著的另一半糕點朝他唇邊哺來。

她昂頭上貼的身軀，如蛇一樣軟而滑；她那水潤的眸光中，隱隱帶著調皮的妖媚；她那不經掩飾，美麗精透的小臉上，有著光亮。

她在誘惑他。

蘭陵王張開唇，一邊與她的唇相吻，一邊含入那糕點。

剛剛嚥下，張綺便似完成了一件任務般，低下頭，舒服安心地縮了下去，重新軟軟地偎在他懷中，渾然不覺自己剛才的舉動有什麼不對。

看著低著頭，小口小口吃著糕點，動作專注又慵懶的張綺，蘭陵王唇動了動，最終什麼話也沒有說，只是雙臂收得更緊。

他的動作令得她不滿地嚶嚀一聲。可能是已然習慣，只這麼一聲，她沒有掙扎。

不知不覺中，皇宮到了。

望著前方輝煌的燈火，他抱著她跳下馬車。在下來的那一刻，他抓住帷帽遞給身後的侍從。

殿中已經燈火通明，人聲喧囂。

廣場上的馬車旁，也聚了不少貴族。

蘭陵王一下馬車，喧囂聲便靜了靜，眾人同時轉頭，朝著他和他懷中的張綺看來。

這時的張綺，臉貼在他的胸口上，身子縮成小小的一團，正努力讓自己變得不起眼。還是安靜，眾人還在看向這邊。

突然的，一個大笑聲傳來，「蘭陵郡王，你來晚了！」

宇文成在幾個周地貴族子弟的簇擁下大步走來。他臉上帶著朗朗的笑，可是看到他這笑容的人，不由自主地向兩側退去，悄然避開。

宇文成大搖大擺擋在蘭陵王身前，朝著縮在蘭陵王懷中的張綺看了一眼，朗聲笑道：「好一個蘭陵郡王！」他瞇著眼笑著湊近蘭陵王，以眾人都能聽到的聲音笑道：「聽說郡王從昨晚回去後，便與你懷中的愛姬歡娛到此時……有道是春宵一刻值千金，郡王這一次可值得幾萬金了！」

他的話一出，安靜的廣場便嗡嗡聲一片。從昨晚歡娛到現在？當真好體力！這齊國高氏的子弟，果然都是酒色之徒啊！話說這蘭陵王沙場上鍛鍊出來的體力，倒都用在女人身上了。

對著四周突然而起的嗡嗡聲，蘭陵王神色不變。他依然抱著張綺，依然是一雙星空般深邃冷然的眸子定定地看著宇文成。似乎那隱隱而起的嘲笑聲，對他絲毫不起作用。

想來也是，貴族子弟有幾個不荒唐的？這與女人在內室中玩個一二天，算不得什麼。

宇文成臉一沉。

他雙手徐徐一拍。

清脆的巴掌聲中，十個作南地姑子打扮，面目楚楚動人的少女魚貫而出。她們一字排開地站在宇文成的身後，一雙雙美目癡迷又驚豔地看著蘭陵王。

宇文成朝著身後的眾女一指，笑嘻嘻地說道：「昨天晚上，在下想把這十個美人送給郡王，結果郡王不得閒。現在郡王得閒了，還請收下這份好意。」說到這裡，他又看向蘭陵王身後的眾齊使，笑吟吟地說道：「有了我送的這些美姬，也省得有人怪責郡王在周地鬧事，惡意挑起兩國爭鋒了！」

四下又變得安靜了，這不是明逼著蘭陵王收下美姬嗎？當然，美人嘛，總是多多益善的，自己不要，還可以用來籠絡下屬。因此，面對宇文成這個帶著挑釁的好意，包括齊使在內，都帶著幾分認同。他們看向蘭陵王，等著他笑納。

宇文成也在得意洋洋地看著蘭陵王。他目光瞟過張綺，只等蘭陵王收下他送的這十個美人，就開口索要張綺。雖然這個南地小姑已是不值錢的二手貨了，可看蘭陵王這麼著緊的分上，弄過來當面玩死也能出一口惡氣。

蘭陵王垂下眸來。

他伸手撫著張綺的秀髮，隨著他的動作，不知不覺中變得僵硬的張綺，慢慢平靜下來。溫柔的撫摸中，蘭陵王低沉微沙的聲音徐徐說來：「多謝了！不過，長恭早已說過，女人，我有了懷中這個便夠了。」說到這裡，他不再看向宇文成，腳步一提，便朝大殿走去。

還是這般目中無人！

從來沒有像昨晚一樣狼狽過的宇文成，臉色嗖地一沉，他陰森森地喝道：「高長恭，你別給臉不要臉！」

蘭陵王停下腳步。

夕陽下，他含笑的俊臉令得四下有那麼片刻的呆滯。清風拂起他半乾的，不曾紮起的散發，髮梢拂過他的臉龐……靜靜地瞟了一眼宇文成，蘭陵王沉沉地問道：「閣下是何官職？」

宇文成一愣，他還沒有官職。

見他愣住，蘭陵王沉沉地威嚴地說道：「閣下無官無職，便敢當眾辱罵大國使者，威脅我齊國堂堂郡王！宇文成，當真是好威風！」一句話落地，剛才還意動的眾齊使同時羞愧地低下了頭。

蘭陵王轉過身來，抱著張綺繼續向前走去。

隨著他走動，原本堵在過道上的周人，不由自主讓開道來。

就在這時，身後突然傳來一陣哈哈大笑聲，卻是一個精瘦的文士走了出來。

他站在蘭陵王身前，朝他深深一揖，說道：「郡王錯矣！實是郡王懷中的美姬，本是陳國獻給我大塚宰的美姬……如此美人，卻被郡王生生奪了去，我家郎君不憤也是正常。」說到這裡，那文士直視著蘭陵王懷中的張綺，叫道：「張氏阿綺，妳的婢子阿綠都已向我家郎君哭告了，妳便沒話可說嗎？」

阿綠？張綺一怔。

那文士看向蘭陵王，皮笑肉不笑地說道：「郡王何不放下這美姬，讓她自己說個明白。」

蘭陵王低下頭來，注視了張綺一會兒，慢慢把她放下。

張綺一抬頭，無數目光便向她看來。可惜此刻燈火稍暗，眾人還沒有仔細把她的五官神采看清，她已拿過一側的帷帽戴上了。

看到她嬌弱無力地靠著蘭陵王，剛才只來得及看她一眼，還不曾細細體會這美姬之豔的宇文成遺憾地收回眼：光看這姿勢，便知是傾國色，他還真不信，這個美姬如那日初見般尋常。嗯，到了手中，先好好賞玩一番，看個究竟再說。

那文士盯著張綺，皮笑肉不笑地說道：「張氏阿綺，聽說那陳國來使中有不少妳的故交？可惜可惜，他們昨晚在陽春樓又打又鬧，聽說還打死了幾個權貴，便是那個婢子也……哎，也不知能不能留得一條性命回陳地。」

那文士說到這裡，搖頭晃腦，一臉惋惜地看著張綺。

他身後不遠處的宇文成，則是嘴角噙起一朵譏諷的笑容來。

對於這些南地世家來的人，他還是了解的……他們從骨子裡便有著太多顧及，又習慣了事事從名聲上考慮。眼前這姑子便有再多不願，那本性惡毒自私的，對家國之人見死不救的名頭，她也是萬萬不敢承受的。

何況，她便是真一心一意跟了蘭陵王，對家國之人不管不顧，難道就不擔心蘭陵王怪她刻薄無情嗎？她應該知道，自己那樣做會失寵於蘭陵王的。這一次，她不選也得選了。

張綺抬起頭來，帷帽下，水潤的雙眸看向那文士，嬌軟地說道：「不會的。」

「小姑子不信？」宇文成冷笑道：「來人，去把幾個陳人，還有那婢子從大牢裡帶過來！」語氣中滿是狠戾，讓人完全相信，便是阿綠他們幾人沒罪，他也會給他們安上幾條罪。眾陳人雖是使者，可他只動其中幾人，給他們安上幾條莫須有的罪名，那完全是舉手之勞的事。

說到這裡，所有人都看向張綺，等著她承認她實是陳國送給宇文護的，而這蘭陵王，乃是半路把她截去，圖謀不軌之人。

絕對的安靜中，張綺垂眸。也不知怎地，一直強勢的蘭陵王，這一刻也沒有吭聲，他在靜靜地看著她，等著她背叛。

面對眾人的盯視、宇文成的冷笑、那個文士得意洋洋的表情，張綺垂著眸，軟軟地說道：「不會的……大塚宰雖然一言九鼎，可他已經得罪了齊國的郡王，現在又這麼對陳國的使者，那樣很危險的……會逼得齊陳兩國聯手的！」

軟軟嫩嫩的聲音怯怯地吐出，卻令得所有人一怔，嗖嗖嗖，無數目光朝她看去，沒有人敢相信，這樣的話是從這樣一個嬌嫩幼稚，以色事人的小姑子口裡說出來的。

宇文成臉色一變，他冷笑一聲正要說話，張綺那軟乎乎的，似是害怕的聲音還在傳來：「還、還有，你們周國的士人，大臣們便不會問嗎？要是他們知道大塚宰家裡的郎君因為一些小事，便恣意欺凌兩大鄰國的來使，只怕也會生怒……」

她的聲音又軟乎又脆嫩，完全沒有威力。可是她說的話，卻字字中的，直懾得四周再無一個聲音傳出。

那個文士瞪大了眼，他不敢相信張綺能說出這樣的話。這麼短的時間內能想到這些，能說出這種近乎威脅的話來，那說話之人，必是有著極其敏捷的思維和極其精準的判斷力。

難不成是蘭陵王與她閒談時說過類似的話？

眾人都這般想著，一時之間，連宇文成都失了聲音。

張綺被眾人盯著，似是更膽小了，不由更加靠緊蘭陵王，小小的身子都縮到他身後去了。

絕對的安靜中，蘭陵王突然放聲大笑起來。

他難得一笑，這般大笑著，更是罕見至極。眾人同時看向了他，清風捲起他的散髮，吹起他的衣袍，大笑著的蘭陵王，直如神仙中人。

在眾人的注視中，蘭陵王牽著張綺的手，一邊大笑，一邊施施然越眾而出，轉眼便消失在他們的視野中。

目送著他們的背影，宇文成俊臉刷地鐵青。蘭陵王雖然不說一字，可他那笑聲分明是最尖刻的譏嘲。他竟敢笑得這般得意，竟敢這般輕鄙於他！

不說身後炸開了的周人，蘭陵王走了一陣後，慢慢收起笑容，低頭看向張綺，盯著依然怯怯嬌嬌的她，他低沉地說道：「阿綺真真令人刮目相看。」

他伸手抬起她的下巴，仔細打量著她的臉色，嘴角扯了扯後，低啞地說道：「我都看不懂阿綺了……似是寵也驚，辱也懼，卻原來萬事看在眼中，明在心中。那驚懼，不過是做出來博人憐惜的！」

見張綺睫毛不停地撲扇著，聽著自己的話，她的臉上露出一抹惶恐和羞喜，似乎他的評價讓她又是不安又是歡喜一樣。

這個狡詐小姑，作的偽連自己也看不出究竟！

蘭陵王重重一哼，握著她手腕的大手加重了一分力道。

在聽到張綺的悶哼聲時，連忙鬆了開來。

兩人這般目中無人地走開，身後的宇文成已是怒到了極點，他面目猙獰地瞪著蘭陵王的背影，拳頭緊握，牙齒咬得格格作響。

這時，一個侍衛走到他身後，低聲問道：「郎君，陳使那裡還絆著呢，要不要……」為了嚇住張綺，他們找個藉口，把前來入宴的陳使攔在宮門處好一陣了。

宇文成青著臉喝道：「讓他們進宮！」

「是！」

蘭陵王牽著張綺走了幾步，感覺到她步履越來越艱難，不由放慢了步速。

他低下頭，看著雙腿外分，走一下眉頭便蹙一下的張綺，突然伸手把她抱起。

張綺一驚，低叫一聲後，水潤含媚的眸子望向他，不安地說道：「這樣不行，不能這樣入殿的。」哪有在這種場合，抱著一個婦人進入殿中的？

蘭陵王低頭看著她，道：「妳先休息片刻。」

就這麼讓他抱著自己，凌空休息一會兒嗎？

張綺紅著臉，小聲說道：「他們會笑話你。」

見蘭陵王渾不在意，她啞聲道：「便是回到齊國，也會有人藉此說事的。」

蘭陵王卻只是低聲笑道：「這也容易。」他身子一轉，抱著張綺，向一側的內侍問道：「何處可更衣？」

「郡王請隨小人前來。」

在那內侍的帶領下，兩人來到一處裝飾華麗，香氣瀰漫的所在。揮退手捧著甲煎粉、沉香汁、新衣服，專門服侍貴客更衣的華服侍女後，他把張綺放在耳房的榻上，洗淨手，蹲在她面前，朝著她的腰帶解去。

大手剛剛覆上，一雙小手便緊緊捂了上來。他抬起頭，對上一張臉燒得火紅的張綺。見蘭陵王看向自己，張綺低過頭囁嚅地說道：「我自己來。」

蘭陵王沒有勉強，他從懷中掏出一個藥瓶給她，「多上一些。」說罷，他體貼地走了出去。

沒有想到他連藥都隨身帶著。張綺低下頭，在紅腫得都要垂下來的私處塗上藥末後，一步一步地挪了出來。

門外，蘭陵王正望著遠處的地平線，負手而立。風吹起他的墨髮長袍，整個人便似凌風欲去。殿門兩側，一眾打扮華麗的侍女，這時沒有一個注意到張綺的靠近，她們都目不轉睛地看著蘭陵王，表情如癡如醉。

張綺加快腳步，來到蘭陵王身側，看到他皺著眉頭一臉不耐，連忙說道：「我好了。」

他低頭看來，「可走得動？」

「嗯。」這個字剛出口，張綺身子一輕，卻是再次被蘭陵王抱在懷中。

他腿長身長，抱著張綺大步而行，不一會兒便消失在黑暗中。眾侍女癡癡地望著他遠去的身影，好一會兒，一個聲音幽幽響起：「我若是她，馬上死了也心甘……」

蘭陵王走得甚慢，似是想讓張綺多吸收些藥效。

眼看宮殿在望，張綺軟軟的聲音從他懷中傳來：「我舒服了。」

她掙扎著從蘭陵王的身上滑下。剛一著地，一個極為複雜的叫喚聲傳來：「阿綺！」這熟悉的故國腔調！

張綺回過頭去。

不遠處，一行人正急急走來。走在最前面，那個一襲白裳，風度翩翩的少年，可不正是蕭莫？明明只有一天不見，可她與他卻似隔了數載。

在張綺看向蕭莫等人時，蕭莫也在怔怔地看著她。

他把張綺從上到下打量一遍後，那眸中飛快地閃過一抹黯然和蒼涼。

……他以為他不會在意，他都說過，她沒了處子身，也許更懂得把握今天才更重要。

可是，真正看到她嬌嬌弱弱地偎在一個男人身上，看到曾經眉峰緊鎖、稚嫩天真的小姑變成一個婦人，看到她蒼白的臉上染上媚色，看到她因為承歡過度而站立艱難，驀然地，一種難以形容的窒悶感襲上他，讓他幾乎喘不過氣來。

他提步向張綺走來。徑直走到她面前的蕭莫，已看不到蘭陵王，也看不到四周投來的目光。他專注地打量著張綺，細細地看著她眉眼間。

她的眉眼，不曾出現嬌豔歡悅，她，其實不是那麼心甘吧？

放在腿側的手緊緊握了握，蕭莫再次開口時，聲音啞得艱澀：「阿綺，妳還好嗎？」

張綺回得很快：「我好呢……阿綠呢，她在哪裡？」雖然知道宇文成只是虛張聲勢，可她還是不安，還是想向蕭莫確認她的下落。

「她在使館，妳放心。」蕭莫答到這裡，嚥下口中不時湧出的苦澀，喃喃說道：「阿綺，我……」他不知要說什麼了。

等著張綺確認了阿綠平安無事的蘭陵王，在一側開口了：「走吧。」

兩字一落，他牽著張綺的手，便向殿門走去。

他步伐堅定有力，不知不覺中步子在加大。而跟在他身側的張綺，那步伐有點踉蹌，行走的姿態顯得極不自然。

……果然承歡過度！

見蕭莫木然而立，少年的身影這般看去，竟是如此蒼涼落寞。一個陳國副使加快腳步，來到蕭莫身側，與他一樣，目送著張綺和蘭陵王遠去，他低聲勸道：「美人多的是，蕭郎忘了吧。」

「忘了？」蕭莫的雙眼有點昏花，透過迷糊的淚眼看著那雙雙離去的人影，低低笑了起來，「若是從不曾相識，那可多好？」那樣，心便不會痛了，更不會費盡心思，用盡力氣後，還要面臨這般情景。

見從來談笑雍容的蕭莫這般失態，那使者先是一怔，轉眼長嘆一聲，說道：「昔日羊公便說過，世事不如意者，十常八九。蕭郎今日還小，待得經歷多了，便知女色實屬小事。」

蕭莫沒有動，也沒有回答。他只是木然而立，只是望著那越去越遠，漸漸步入玉階的一對身影，一動也不動。也不知過了多久，他突然啞聲一笑，這一笑，恁地滄涼寂寞！

看著他的身影，聽著他的低笑，那使者低聲吟道：「『從今後，勿復相思，相思與君絕！』蕭郎，漢時婦人都能做到這般決絕，你也放開吧。」

「從今後，勿復相思，相思與君絕？」蕭莫低低一笑，啞聲說道：「若是相思這般容易斷絕，佛家也不會把求不得苦列為人生三大苦之一。」他垂下眸來，徐徐說道：「當初在途中，我便不該捨不得讓她難受，不曾下手得了她去。」

蘭陵王與張綺出現在玉階上。

明亮的燈火照在她的身上，嬌小脆弱，彷彿輕輕一掐，便可處置了她。

聽到外面喧譁聲的宇文月，帶著幾女一衝出，便迎面碰了個正著。

她剎住腳，神色複雜地盯了一眼張綺後，抬頭看向蘭陵王。看著看著，她咬著唇低下頭來，似是難受至極。她伸手捂著臉，隨著手腕輕移，兩串珠淚順勢而出。

張綺只是一眼，便差點失笑出聲。這宇文月要學南地姑子的欲語淚先流，居然在手心藏了東西，這不，一擦眼淚便出來了？

宇文月抬起頭，眼眶紅紅，淚水汪汪地看著蘭陵王，哽咽地喚道：「長恭……」

這聲嬌滴滴，脆弱無比的叫喚聲一出，張綺感覺到蘭陵王清楚無比地哆嗦了下。

宇文月還在哽咽，「你……昨晚是我錯了，我只是想看看你……你別怪我！」

不等她說完，蘭陵王已然提步。他面無表情地與宇文月擦肩而過，在她急急的叫喚聲中，張綺聽到他嚴肅地說道：「小娘子，妳手中的生薑掉了！」

什麼？宇文月一驚，連忙把右手張開，看著掌心中還好生生的薑片，驀地一僵。

沒有人發笑，蘭陵王是面無表情，依著他的張綺是嬌小脆弱，在她身後的都是依附宇文家的權貴之女，因此，沒有人發笑。

可這一瞬，宇文月一張臉還是又青又白又紫，她沒有想到，藏塊薑片擦點眼淚出來博取同情，竟被她要討好的蘭陵王本人明明白白點出來了。

蘭陵王沒有理會木在當地，難堪至極的宇文月，提步踏入大殿。

大半權貴已經到達，看到蘭陵王進來，喧囂聲靜了靜。

無數雙目光在轉過蘭陵王後，同時轉向他身側的張綺。

昨天晚上，蘭陵王與宇文成兄妹的衝突已傳遍長安。

也有好一些目光，瞟過蘭陵王後，又看向宇文護。

宇文護的臉上毫無表情，完全看不出喜怒。

小皇帝宇文邕身側的一個內侍，湊近他低聲說道：「陛下錯了，看來這高長恭不過如此……齊國，不足為懼。」

宇文邕還在凝視著蘭陵王，過了一會兒，發育中的少年低聲說道：「看來這南地送來的姑子還真是一尤物，高長恭不過一將帥，便是好色些也是無礙。」他本不是梟雄之才，便是再好色，也不會影響到他統兵打仗的本事。

這時，一個太監走了過來，湊在宇文邕身邊，低低說了起來。

聽了一會兒，宇文邕雙眼一亮，轉頭看向張綺，盯了半晌後，似是有點惱怒地說道：「這個高長恭倒真是囂張……下去吧，此事不可再提，免得傷了阿成顏面。」

在眾人的注目中，蘭陵王牽著張綺，在安排給齊使的榻几上緩緩落坐。

這樣的宴會，女客是不可能戴上帷帽的，所以張綺從踏入殿中時，便摘下了帽子。她低著頭，亦步亦趨地跟在蘭陵王身後，面目身形隱在他高大的身影下。

坐下後，她也是低著頭，讓自己完全置於他的陰影中。猶是如此，還有不少目光打量而來。

喧囂聲還在響起，齊國和陳國的使者絡繹不絕地入席。在蕭莫和衛公直、宇文純入殿時，殿中再次一亮，那些應命參加宴會的貴女，終於把目光從蘭陵王身上移開，看向身後。

這時，嗡嗡大作，卻是宇文兄妹連袂而入。隨著他們走近，好一些周地貴族子弟都圍了上去。

這過程中，不時有人朝蘭陵王的方向看來。

被眾人圍在中間的宇文成，臉色依然鐵青，他推開眾人，大步朝著小皇帝走去。

來到皇帝身前，只見他持手一禮，朗聲道：「陛下，臣聽聞齊國的蘭陵王文武雙全，乃蓋世奇才，齊國使者中，亦是人才濟濟。臣屬下也有幾個能人，願與齊國人一試高低！」

聲音響亮，一殿的人都聽得分明。

於安靜中，小皇帝點了點頭，他還不曾說話，宇文成已自發自地朝前走出幾步，來到殿中，朝著蘭陵王一拱手，笑容可掬地說道：「卻不知郡王敢是不敢？」

他昂起頭，也不等蘭陵王應承，已指著他身後的張綺命令道：「郡王的這個姬妾，我看很是不錯，不如以她作賭，如何？」

從頭到尾，他都是自作主張，小皇帝根本沒有開口的機會，作為使者的蘭陵王，也沒有拒絕的機會。

這個周國，還真是他宇文護家的了！

齊陳兩國使者同時看向剛剛繼位的小皇帝。

小皇帝的臉上帶著笑，這個時候，他竟是討好地看著宇文護，一副習以為常的模樣。倒是殿中的那些周地權貴官員，有一些沉了臉，有的低下頭。

宇文護雙眼微眯，眸光半開半合中精光四射。他朝一側看了一眼，當即朝那方向的一個內侍點了點頭，表示已把殿中對小皇帝有同情、有憤慨表情的權貴官員一一記下了。

宇文成還在盯著蘭陵王，盯著張綺。

他薄而陰沉的俊臉上，扯著一個笑容，那盯著蘭陵王的表情，有著一抹得意、一抹陰毒。

……這是他的地盤，只等蘭陵王一應承，今日便可趁機廢了他。

於鴉雀無聲中，蘭陵王抬起頭來。

他盯了宇文成一眼，低沉動聽的聲音淡淡地響起：「不比！」

這兩個斬釘截鐵的字一出，四下嗡嗡聲一片。宇文成正要諷刺於他，只見蘭陵王雙手抱胸，冷冷說道：「無論弓馬騎射、琴棋書畫，若是你宇文成本人與我比試，倒也無妨。」

宇文成一僵，轉眼他嗤笑道：「莫非齊地除了你蘭陵王，便沒有高人？」他昂著道：「為帥者，只須發號施令便可，何必自己動手？郡王這話恁地可笑！」

他朝著站在角落中的美姬一指，道：「郡王若是得勝，便可以領了這十個美人回去。你放心，她們都是處子，郡王贏了，便可以連做十夜新郎！」他把頭一昂，囂張地大笑起來，「用十個美貌處子，換郡王玩過的一個姬妾，這買賣不虧吧？」

「莫非齊地除了你蘭陵王，便沒有高人？」這句話已是赤裸裸的挑釁，是對齊國國威的挑釁！這句話一出，眾齊使已沒有退路。蘭陵王再推辭，便是膽怯，便是有損國威，不但在周地受人取笑，便是回到齊國，也會被問責。

這事，已不是幾個姬妾的小事，而是國與國之間的較量。

蘭陵王雙眸一瞇。

張綺悄悄抬頭。

黑暗中，她不動聲色地湊近蘭陵王，低軟地說道：「長恭，若是琴書繪畫，阿綺可以一試。」無論如何，她都不能落到宇文成手中。再則，剛才在殿外時，面對宇文成的挑釁，她回應了，而她感覺到，蘭陵王喜歡那樣的她。既然他要她強，她就強。

四周的齊使一怔。在他們的印象中，郡王新得的這個姬妾軟軟弱弱的，從來不知道她也有把話說得這般自信的時候？要知道，這是以一人之力拚一國之力，她就那麼自信，能在琴書繪畫三個方面勝過周人？

張綺一話吐出後，便低下頭，而這時，蘭陵王已沉而威嚴地應道：「好！」

一字吐出，宇文成的臉上露出一抹得意的笑容來。

沉沉地盯著宇文成，蘭陵王緩緩說道：「我既為使，那比試內容當由我而定，宇文郎君認為如何？」他轉向一側的小皇帝，問道：「陛下以為如何？」

小皇帝點了點頭，道：「這是自然。」他轉向一側的陳使，少年尖嗄的聲音響亮地說道：「三國大才都在此地，陳使也一併參加吧。」

這話一出，殿中嗡嗡聲再次大響。

眾陳使湊在一起，商議片刻後，那正使朗聲道：「如此，恭敬不如從命。」

「好。」小皇帝的聲音一落，蘭陵王言道：「便比三場，騎術、射箭，還有琴技。」

這時，蕭莫清朗的聲音響起：「再加一場圍棋。」他緩緩站起，燈火通明中，那襲白裳皎然如月。只見他溫柔地看著張綺的方向，徐徐說道：「我陳國的賭注，也與兩位一樣。贏了，蘭陵王這個新得的美姬便歸了在下；輸了，我願出黃金千兩、駿馬十匹！」

轟！殿中的議論聲都炸開了鍋。

這年輕俊俏的陳國使者真是好生大方，竟以一人之力，開出黃金千兩、駿馬十匹的天價，來換一個他們已經送出去的美姬。

果然是富裕之國來的人，真是視錢財如糞土！這黃金千兩、駿馬十匹對一個國家來說，雖然不算什麼，可比起宇文成只捨得拿出十名普通的美姬，便強逼齊人作賭的行為，那是豪爽得沒邊了！

兩廂一比較，宇文成的行為又嚣張又慳吝，不知不覺中，周人感到有點難堪。

宇文成也很難堪，他陰著雙眼，臉色鐵青地瞪著蕭莫。面對他的瞪視，蕭莫一派雲淡風輕。一個陳使看了看宇文成，擔憂地說道：「蕭郎此舉，可得罪了這個狼崽子了。」

蕭莫卻是看著張綺，低低說道：「我的阿綺，豈是這等禽獸能妄想的？」

沒有想到蕭莫會在這個時候為自己出頭，張綺怔怔地轉過去。就著燈火，看著依然笑得春風般燦爛的蕭莫，看著他眼下黑黑的眼圈，張綺垂下眸來。

喧囂聲中，驀然的，宇文成哈哈大笑起來。

「啪啪啪！」他鼓起掌來。清脆的巴掌聲中，宇文成尖聲說道：「既然如此，還請蘭陵王把你的美人兒讓出來讓大夥兒看看！三國英才爭她一個婦人，不驗驗姿色，怎對得起這段佳話？」

這宇文成還有些急智，這句話一出，便把三個國家之間的爭鬥，變成了純因女色而起的的私人爭鬥。這樣一來，蘭陵王和蕭莫便是贏了，回到他們的國內，得到的也是閒言閒語。

所有人都看向張綺，宇文成這話雖然說得難聽，卻是無法反駁的。

張綺慢慢站了起來，她讓自己呈現在燈火通明中。

這是她第一次，讓完全露出真容的自己，呈現在這麼多人面前。

充斥了一殿的嘻笑聲、吵鬧聲、議論聲，這時陡然安靜了些。

一時之間，不管是齊使還是周人，或是陳人，都恍然大悟。

原來真是個難得一見的絕色，怪不得蘭陵王如此珍愛，宇文成又非要得到她不可，而那陳使，更是開出天價了。

只見出現在燈火下的張綺，娉娉婷婷，不過十四五歲，卻膚光勝雪，眉目如畫，一襲散在背後的墨髮，長達二尺，光可鑑人。光是這般站著，便有一種楚楚之姿，彷彿立於掌心可舞，也彷彿籠著一層煙波的明月光。

可能是小姑新破，嫩蕊初開，少女明透絕倫的精緻中，白膩瑩潤的肌膚底，透著一縷粉紅、一抹媚光。這媚光流轉於她周身上下，讓殿中的丈夫們陡然喉乾起來。

果然，那天見到的不是她的真容！

宇文成呆了一會兒，大聲命令道：「那美人，走到殿中來！」

他冷笑道：「既是作賭之物，自當擺於光亮當中。」

蘭陵王臉一沉，他還沒有開口，垂眸斂目的張綺，已朝著宇文成盈盈一福。殿中，響起她清悅舒緩的聲音：「郎君言過了！妾身本是吳郡張氏之女，身分之貴，不輸郎君多少！」於四周極致的安靜中，她軟錦又清脆地說道：「至於作賭之事，本是郎君貪戀妾身美色，強求而來。妾身與蘭陵郡王兩情相悅，你儂我儂……郎君以地主之誼，行小人蠻橫強奪之事。妾身雖弱，實不屑也！走到殿中之事，郎君就不必再說了！」

說罷，她風擺揚柳般朝著小皇帝和宇文護、蕭莫的方向盈盈一福，重新跪坐於榻几之上。

殿中安靜至極，沒有人想到張綺會這樣說，還說得這麼直接，這麼直直地打宇文成的臉。同樣的話，如果由齊地和陳地的任何一個丈夫說來，難免又被宇文成上升到國家的高度，成為一場說不清的官司。

可說這話的，不過是一個弱稚之女，那這話，便如刀子般，寒森森地剮上了宇文成，讓他直是顏面無存。便是小皇帝和宇文護等周人，也在她這番話語的攻擊下，有點抬不起頭來。

一席話，形勢逆轉。剛才宇文成造成的大好形勢，擺出的咄咄架勢，不但全部被擊潰，還令得他接下來不管勝了多少，得了多少，都顯得可笑之至。因為他是貪求人家愛姬的美色，行小事之事，蠻橫強奪的。

目的既是卑鄙，手段又不光明磊落，這樣勝利了又有什麼好得意的？不過恥辱罷了！

這番話，便把宇文成置於極其狼狽的境地。這種來自小姑的厭惡不屑，直是給每個周人的臉上狠狠扇了一巴掌。

安靜，無比的安靜。

宇文月氣得雙眼冒火，卻只能看著她的父親。

就在一陣絕對的安靜中，眾周人面面相覷，他們不知道還要不要再提比試之事？似乎，比不比試都是顏面無存了。

極致的安靜中，小皇帝咳嗽了幾下，笑道：「好了，不說這個了。」他舉起酒樽，朝著蘭陵王和蕭莫晃了晃，道：「這比試之事，從來有傷和氣，兩位都是遠道而來的貴客，身為主人，沒有讓貴客生氣的道理。來人，給兩位使者各送上黃金百兩、美姬十名。」

在太監的朗應聲中，小皇帝笑咪咪地說道：「比試之事便不要提了，來來來，喝酒喝酒。」說罷，他帶頭把樽中酒一飲而盡。

隨著小皇帝這麼一帶頭，殿中眾人也笑了開來。他們連忙舉起酒樽，與小皇帝虛空對飲。一時之間，剛才劍拔弩張的大殿，重新恢復了熱鬧喧囂。

坐在一側的宇文護抬了抬眼，看了一眼宇文成，沉著臉一哼。

一側的內侍見狀，連忙湊上前，小聲說道：「這小姑子好利的口舌，真真膽大包天了！」

他這是藉罵張綺，想替宇文成開脫。宇文護木著臉，恨鐵不成鋼地說道：「今日要不是陛下替他開脫，老夫真不知他怎麼下這個台！一個小姑都可以逼得他和他的人啞口無言，真是個廢物！」

「大塚宰息怒！大塚宰息怒！」

這邊在喧囂著，那一邊，蘭陵王坐得筆直的身子向後靠了靠，他目視著前方，低沉地說道：「阿綺怎地不怕了？」

張綺垂眸，怕？害怕和眼淚沒有用的時候，她為什麼要怯弱？她從來都沒有想過要依附宇文成那樣的人，為什麼怕得罪他？

見她不答，蘭陵王低低地，沉啞地說道：「阿綺與我，原是兩情相悅，你儂我儂嗎？」聲音輕輕如弦樂，含著某種說不清道不明的美妙。

張綺密密的睫毛撲扇著，低低的，軟軟的，輕飄飄的，彷若那旋轉於春雨中的微風般說道：

「我欲與君相知，長命無絕衰。」

她的聲音很輕很輕，很低很低，彷彿只是唇瓣動了動，彷彿害怕蘭陵王聽到。

說完後，她便垂著眸，長長的睫毛在燈火中，垂下兩道弧形的陰影。

她知道，他聽得到！她也知道，這一瞬間，他那挺直的背脊變得僵硬，那放在腿側的手，慢慢艱難地張開，又合上，而她看不到的地方，那唇線緊緊抿在一起，抿成了結……

參之章

曲意剖白掩意向

蕭莫腦中嗡嗡作響，張綺那一句「妾身與蘭陵郡王兩情相悅，你儂我儂」，一遍又一遍地在他的耳邊迴盪。

見到他臉色發白，一掃剛才的談笑雍容，另一個副使低聲喚道：「蕭郎？蕭郎？」

直喚了四五聲，蕭莫才回過頭來。他看著那使者，低啞地說道：「這個姑子慣會作偽……這話說得便似真的一般。」他的聲音乾啞，那使者聽了個沒頭沒尾，不由詫異地看著他，實不明白他這話是什麼意思。

蕭莫無心理會，他轉過頭，目不轉睛地看向坐在遠處的張綺，今晚的張綺讓他感覺好陌生。一直以來，她不都是怯怯弱弱地躲著，不是讓男人擋著護著的嗎？他從來不知道，她也有這般牙尖嘴利、言辭咄咄的時候。

更讓他想不到的是，她說話的時機、籌措的言詞，竟是把握得如此準確！仔細想來，那席話，雖然在座的所有人都明白，可任何人都不能說，只有她，只有她說了，才能達到現在這個效果。

天下的姑子，不都是躲在男人身後的嗎？

宇文成氣呼呼地回到榻上，剛一坐下，他便看到了自己父親那張毫無表情的臉。他的父親，他還是了解的，此刻宇文護的臉色看似平和，他卻清楚地感覺到積在其上的陰霾。

宇文成臉色一白。

看到他臉色不住變幻著，一個內侍湊近來，小小聲地說道：「大郎君，稍安勿躁！」

稍安勿躁四字一出，宇文成臉色更白了。他明白，這內侍是勸告他，讓他接下來安靜一些，儘量以不變應萬變，不可再主動生事。

被張綺那麼嘲諷一番後，殿中的氣氛都變了，眾人都安靜下來。

小皇帝又站出來說了幾句話後，鼓樂聲響，豔姬美妓翩然而來。

如往常一樣，這些豔姬美妓端著食盒美酒，在每一個貴人的几前冉冉蹲下，然後，她們玉手輕舒，端著美酒，夾著美食，小心而又恭謹地送入貴人的嘴裡。

這種美姬，不止是男性權貴，便是貴女們的面前也有。她們的任務便是伺候貴人們吃飯喝酒。而隨著她們的到來，殿中的男人們放鬆下來。有一些喝了幾口酒後，更是一把扯過美人兒，就著那檀口香唇哺起酒來。

蘭陵王看著蹲伏在自己身前的美姬，此刻，那美姬也在看著他。燈火下，美姬雙頰暈紅，眸中波光流蕩，與殿中的眾男人一樣，一副意亂神迷之相……只不過，那些男人的意亂神迷，是因為身前的美姬，而這個美姬的意亂神迷，是因為近在咫尺的蘭陵王。

蘭陵王垂下眼來，命令道：「張氏阿綺！」

剛一叫喚，他便聽到張綺特別輕快的應承聲：「誒。」

他臉沉了沉，淡淡說道：「過來！」

張綺又應了一聲，朝那目光癡迷的美姬看了一眼，垂下眸忍著笑：這眼神，也怪不得他惱了！她站了起來，輕移蓮步，慢慢挪到蘭陵王身前，然後，低下頭來。

蘭陵王慢慢品著手中的美酒，沒有繼續吩咐。

張綺遲疑了一會兒，移臀入懷。一落到他的膝蓋上，她便縮成一團，讓自己舒服地，以一種整個人都傾倒沉入的姿勢軟在他懷裡。

看到那美姬的目光轉為失落，張綺把臉貼在蘭陵王結實的胸膛上，悄悄瞪了那美姬一眼。

這一眼瞪去，那美姬表情更失落了。她朝著兩人盈盈一福，低著頭慢慢退去。

瞟著那離去的美姬，蘭陵王低沉的聲音從她的頭頂傳來：「她因何而退？」

沉默了一會兒，張綺小小的、怯懦的聲音傳來：「我瞪她了。」

「為何？」這兩個字吐得鏗鏘，簡直粒粒如鐵珠般鏗鏘。

要是旁人聽著這語氣，便以為他在責怪自己了。如果把他看成心上人，聽到他鐵硬的，似是不耐煩的語氣，心口多半會絞悶吧？

張綺垂眸，長長的睫毛撲扇著，小手玩耍著他腰間的玉佩，低低地，軟軟地說道：「她目光似賊，盯著我的檀郎呢！」

這句話，真的很軟很綿，輕幽若怨。

這樣的語氣，配上她靡靡的腔調，便似誦著最動人的情詩。

饒是如此，話一出口，張綺翹起的小腿，還是僵硬地蹬在那裡。

蘭陵王低下頭來。

如果沒有錯的話，他聽到懷中的小婦人在向他宣告她的妒意……不過一逢場作戲都不算的美姬，她用得著妒忌嗎？這狡詐的姑子，是想一步一步地測試他的底線吧？是想看看自己能對她容忍到什麼程度吧？是想告訴他，她厭惡那些想親近他的女人，她是妒婦吧？

他面無表情地看著張綺，一直看著她，直到窩在他懷中的張綺，那玩耍著玉佩的動作變得笨拙，那含羞含媚的純透小臉，隱隱流露出一抹委屈，他才抬起頭來。

他什麼話也沒有說，只抬起了頭。

張綺等了好一會兒，也沒有看到他吭聲，終於小心翼翼地抬起頭來。

蘭陵王俊美絕倫的臉上，沒有笑意，也沒有怒火，這樣一張臉，根本看不出任何情緒……她如此善妒，便對一個不相干的人也要排斥，他怎地不喜也不惱？若是一個輕浮的男人，看到女人為自己爭風吃醋，定然會喜的。若是一個重規矩的男人，看到她一個小小的姬妾這麼分不清自己的位置，會惱也會警告。可他卻不喜也不惱，這是什麼意思？

張綺眨了眨眼，過了一會兒，決定不再揣測他的心思。重新低下頭，她伸出雙手抱著他的腰。

時間一點一滴地過去，漸漸的，明月掛上樹梢頭，時辰過了二更。

熱鬧中，小皇帝也不知什麼時候離了席，宇文護更是早早不見蹤影。

當太監宣布散宴的時候，蘭陵王站了起來。

他自然而然地把張綺抱在懷中，轉身便向外走去。

看到他走動，好一些目光都向他移來。他們看著他，也看向他懷中的張綺，在看到張綺宛若無骨的美妙身姿時，好一些目光中露出了貪婪。當然，連宇文護都要不來此女，他們也只能是想想而已。

外面明月正好，廣場上馬車林立。看到蘭陵王的馬車旁，五十個精壯的侍衛默然而立，一個周人忍不住譏笑道：「蘭陵郡王這是何故？難不成，這皇宮裡還有人要刺殺郡王不成？」

聲音一落，幾個笑聲頓起。

蘭陵王瞟了那人一眼，冷冷地說道：「刺客雖然不曾有，驕橫狂妄、不知輕重的權貴之子還是有的！」這話分明指的是宇文成！

蘭陵王的聲音一落，那幾個嘻笑的人連忙住了嘴，那些看向這裡的目光，都慌忙地轉了過去。

蘭陵王仰頭一笑，衣袖一甩，抱著張綺坐上了馬車。

目送著那遠去的馬車，樹蔭下緩步走來的宇文成，臉孔變得鐵青。他咬著牙，陰著眼，恨聲說道：「便是驕橫狂妄又如何？高長恭，我要你不得好死！」

聲音才落，一個內侍便急急打斷他，「大郎君不可！」

在宇文成騰地轉過頭來，戾氣沉沉的盯視中，那內侍冷汗如雨，哆哆嗦嗦地說道：「大郎君，這是高長恭的計謀。他故意如此說來，便是想傳得路人皆知。到時他要有個什麼事，大夥兒便會怪到大郎君頭上來。」

宇文護在周地雖是一手遮天，可他宇文成不是宇文護，他還有兄弟，他與兄弟間還有明爭暗鬥。在宇文護已經對他不滿的情況下，他再做什麼，都會授人以柄，說不定會徹底失去宇文護的認可。

高長恭不說那話，宇文成還可以有些小動作，可他說了這話，宇文成不但要收斂，甚至他在周地待一天，宇文成就要護他一天。

馬車駛動，在馬車一晃間，張綺看到了同時駛出來的，蕭莫的馬車，以及他那緊緊追隨的眼眸。也許是明月太亮，也許是他身後的天地太陰暗，張綺看到了他緊抿的唇，和那眸光中的哀求和孤獨。

張綺拉下了車簾。

一轉頭，她便看到了蘭陵王。對上她的眼，蘭陵王低沉地問道：「妳感動了？」

張綺低頭，輕聲回道：「嗯。」

是的，她感動了，她從來沒有想過蕭莫會捨得拿出千兩黃金、十匹駿馬來賭她。

她一直以為蕭莫對她的在意，以不傷及他自身的利益為前提。她也一直以為，他從來不在乎她是怎麼想的，他只在乎他自己快不快活。

蘭陵王盯著她，「可想回到他身邊？」

這句話一落地，他便閉緊了唇，而張綺更是錯愕地抬頭看向他……作為一個他強行索來的姬妾，他不應該問這句話。這話，顯得他好似很在意張綺，好似因她對蕭莫的在意而產生了妒忌。

見蘭陵王轉過頭去，一張臉沉肅而冷漠，彷彿高高在上，彷彿他剛才什麼也沒有說，便是說了，也不過是信口而出的一個玩笑。誰若是當真，那才是真正可笑。

張綺扭了扭身子，讓自己更貼緊他之後，伸出雙手，調皮地攀上他的頸。她笑盈盈的明亮雙眸中，含著無邊羞澀和快樂地看著他。見他還是那麼沉肅，她突然挺直腰身，把自己的臉貼上了他的臉，然後，用自己的臉輕輕蹭了蹭他的臉，軟軟的粉唇，更是有意無意間在他的臉上摩挲著。

呼吸相融中，她軟軟地說道：「阿綺只是沒想到，有點意外……阿綺的夫君在這裡呢。」說到這裡，她臉蛋紅紅地湊過粉唇，將自己的唇貼在他的唇上。她調皮的小舌伸出，一邊悄悄勾畫著他的唇線，一邊用力地擠著他的唇瓣。就在他的唇瓣一分時，她的香舌探入他的口腔中，與他的舌頭相嬉。

隨著這一吻加深，張綺倚在他懷中的身子似水般軟了下去。

不知不覺中，蘭陵王摟緊了她，加深了這個吻。

馬車穩穩地駛入了使者府。

蘭陵王抱著張綺跳下馬車，來到院落後，他命令道：「備熱湯。」

「是。」

熱氣騰騰的清水一桶一桶地抬來，蘭陵王看向張綺，道：「去泡一下，我候著妳。」說罷，他從懷中拿出那個藥瓶放在張綺手中，轉身返向寢房。

張綺低下頭，慢慢解去衣裳，讓自己整個人都沉入熱水中。

果然，這般泡著，私處的痛腫又輕了幾分。

舒服地泡了一個澡，張綺給自己上了藥，披上衣裳，令候在外面的婢女把耳旁收拾一下後，她提步朝寢房走去。

寢房中，蘭陵王黑髮披散，身上穿一襲鬆鬆的白色中裳。半敞的衣領下，結實的胸脯在燈火下泛著光。下裳處，那結實有力的大腿，大半裸裎著。

他沒有注意到張綺進來，正低著頭，就著燭火翻看著一卷帛書。他看得非常認真，眉峰微蹙，薄唇的唇緊緊抿成一線。正在這時，一縷清風吹來，那清風吹起他一縷額髮，柔柔地拂過他深邃神祕的眼、高挺明秀的鼻樑。

真真每一道線條都彷彿是蒼天最精心的傑作。耀眼的同時，又讓人沉迷……陡然的，張綺感覺到心口被什麼搔了一下，她連忙側過頭去。

這時，一個低沉的聲音傳來：「洗完了？」

「嗯。」

聽著張綺細碎的腳步聲，他頭也不回，「睡吧，不必候我。」

張綺看著那偌大的床榻，唇動了動，沒有回答，只是紅著臉低下頭。

似是感覺到她太過安靜，蘭陵王放下帛書，低沉地說道：「今天晚上，妳表現很好。」

張綺眨了眨眼，抬頭看向他。

他沒有回頭，只是看著前方，低沉的聲音如絲弦在暗夜中撥過，直勾起人心最深處的顫動，「妳很好……比我想像中還要好。」他低低地說到這裡，又道：「睡吧，我還要忙一個時辰。」

張綺嗯了一聲。她看著他，看著他高大的，足是她兩倍有餘的身軀，看著他那無法用言語來形容的側面輪廓，張綺的心臟不受她控制地急促跳動著。

……蘭陵王的俊，太過華美。他也是知道了這一點，所以長年不假辭色，總是那麼一副威嚴冷漠的模樣。這態度，再加上他在戰場上鍛鍊出來的凜凜殺氣。整個人便在十分的華美外，有了十二分的威煞。

本以五官而論，他已當世無雙，何況這華美中混有威嚴高貴的氣度？有時看著她，張綺都會心生恍惚，都會覺得，這世上能夠對這個男人不動心的姑子，怕是沒有。突然間，她有點怕了，怕接近他了。

想到這裡，張綺垂下眸來。

慢慢的，她在他背後，朝著他盈盈一福，低而清軟地求道：「長恭！」

也許是她的語氣中含著暗啞，也許是那不同於尋常的認真，蘭陵王慢慢收起了卷帛。

張綺還是低著頭，一福不起，顫著聲音，小小聲地求道：「郡王，若是有那麼一天，你厭了倦了，或是他人強索，你能不能別把我送出去？」

她認真地看著桃木地板，喃喃說道：「阿綺會很多東西，彈琴奏瑟，吹簫弄笛，還有書法，還有繪畫、刺繡……便是家國大事，阿綺也不笨的。長恭，阿綺深知，以色事人者，色衰則愛弛。阿綺之色，終是衰時，如今顏色正好，想求得郎君一諾……」

無比的安靜中，只有燭光被風吹得四下飄搖，彷彿下一秒，便會完全覆滅。

好一會兒，蘭陵王冷漠威嚴的聲音才響起：「還有嗎？」他淡淡說道：「在殿中時，妳便對我屢次試探，妳還有什麼要求，一併說出來！」

聲音如斯冷漠！

張綺直冷得向後退出半步，張了張嘴，好一會兒才啞聲說道：「還有的……」

「說！」

張綺垂眸，她這時有點悔了。原以為自己今晚的所為博得他的好感和尊重，自己的身體已令他沉迷，是把話說出來的最佳時機，沒有想到，還是惹惱了他。

咬著唇，張綺低低說道：「阿綺知道，齊之一國，權貴百官，多數只有一妻。齊國貴女善妒性苛，容不得夫君身邊有姬妾。長恭身為郡王，將來娶回的妻室，必定也是權貴之女……阿綺想，如果主母進門，她不喜歡阿綺，郡王能不能……」她說到這裡，倍感艱澀，直嚥了好幾下口水，才把話說完，「長恭能不能，看在阿綺侍奉過的分上，許阿綺一條活路……」

這樣的世道，活路，並不是當時留她一條命，她是求他給她一個妥善的安置，讓她能夠平安地活到老。

聲音娓娓落下，抬眸看了一眼腰背挺直，看不見表情的蘭陵王，張綺慢慢跪下，然後，雙手趴伏於地，以五體投地的，極其卑微的姿勢，求他一個憐憫。

她知道，他未來的妻子會姓鄭，而且這個鄭氏與齊國百官權貴家的妻室一樣，是個眼中容不得沙子的人，她會對他的姬妾趕盡殺絕。

這種在南地陳國不可思議的妒婦，在齊國正常得不能再正常。畢竟，齊國的貴女自小到大，她們的母親都會告訴她們，怎麼去維護自己的領土，怎麼去驅趕那些不懷好意的女子，怎麼去忌妒、去吵鬧，去霸占自己的夫君。

那些有著雄厚背景的妻室們，在齊國有著極高的話語權，不管是官場還是市野，都充斥著她們忙碌的身影。

……鮮卑異族之女，本就有地位得多！

蘭陵王慢慢站起，緩緩回頭。

燭光下，他明亮深邃的眼，靜靜地盯著她。腳步輕移，他來到卑賤地趴伏在地上的張綺身前。望著她烏黑的秀髮、曲線玲瓏的身段，終於，他開口了，聲音低沉有力：「還有什麼要求？」

都求他給她一個妥善的安置了，她還要求什麼？

張綺搖了搖頭，低低回道：「沒有了。」

蘭陵王抬起頭來，靜靜地看著外面的明月，低沉的聲音如流水般響起：「今天晚上，妳當著周齊陳三地的人說，與我兩情相悅，你儂我儂。飲酒時，妳又趕走那侍酒之姬，說什麼，她目光灼灼似賊，盯著妳的檀郎。馬車中，妳又說，阿綺的夫君在這……」說到這裡，他唇角勾起一個譏嘲的笑容，聲音冰冷如鐵，「張氏阿綺，是什麼原因令得妳不向我傾訴深情，而退求活路了？」

他沉沉地盯著張綺，等著她地回答。

張綺的頭更低了。

她能怎麼說？

便是兩情相悅，他便是她的檀郎，是她的夫君……他會不娶那鄭氏嗎？

她只是感覺到，今天自己的表現令他很滿意，很看重，現在的他，絕對不會因為自己一時的冒犯，便動手殺了自己。所以，她想趁這個難得的機會，求一個諾言，求一條退路。

這個乞求，與她之前的柔情傾訴、脈脈軟語，難道相沖嗎？

她難道在哪裡說錯了話？

張綺糊塗了。

這時的她，已然忘記了剛才從耳旁出來，陡然看到他時的心顫，而壓下了心底深處浮出的畏懼，那因為他太美、太好、太出色而產生的畏懼……

蘭陵王還在低頭看著她，看著她。

唇角慢慢一勾，蘭陵王低沉的聲音如晨鐘暮鼓：「原來阿綺對我的深情，便是這般隨時想著退路，想著離去？」他衣袖一甩，騰地轉身朝外走去。

隨著房門砰的一聲打開又關上，張綺收回了目光。

低著頭，張綺一邊慢慢爬起，一邊苦笑著想道：天下的男人都一樣，都想著女人一旦鍾情，便願意為他付出一切，哪怕生命和自由。也許在他們心中，這才能顯示一個女人的深情吧？

這一點，自己原是知道的，可怎麼聽到他那句肯定，便一時昏了頭，過於急躁地向他求了這個要求呢？

應該再等等，再等等的。

激怒了蘭陵王，張綺哪裡還敢入睡。她靠著牆壁站著，低著頭，一邊想著心思，一邊等著他怒氣消退。等著等著，她打起盹來。

也許是這一天一夜折騰得太過，張綺這一打盹，那雙眼便越來越黏乎，到得後來，她是費盡了力氣，也無法睜開眼，無法讓自己清醒。

迷糊中，似乎有人站在她身前，低嘆一聲後，把她抱到了榻上。

張綺再次醒來時，天色大亮。

見身邊空空如也，張綺連忙下了榻。

這一下榻，她發現自己身輕似燕，看來私處的腫痛完全好了。

喚來婢女，細細梳洗過後，張綺走出了院落。

「郡王呢？」

「陛下有旨，入宮了。」

張綺嗯了一聲，正要說什麼，聽到外面喧譁聲一片，又道：「外面怎麼這麼吵？」

聲音剛落，一個侍衛大步走來。他看到張綺，目光先是一呆。轉眼他迅速低下頭，持手行禮，稟告道：「張姬，外面有一女說是妳的婢子……」話還沒有說完，張綺已興奮地打斷了他，「是阿綠，阿綠來了？」她歡喜得雙眼晶亮，聲音都打著顫。

習慣性地朝四周看了看，見沒有人需要她稟告後，張綺提著裳服便朝門口跑去。

一出大門，她便看到了站在樹蔭下的一輛馬車，以及正向門衛苦苦求著的阿綠。

「阿綠！」張綺興奮地喚道。

聽到自家姑子的叫聲，阿綠迅速回頭。四目一對，阿綠嘴一張，哇的一聲哭了起來，「阿綺，阿綺……我好想妳！」

張綺連忙向她跑去。抓著阿綠的手，把嚎啕大哭的她扯到一旁。張綺朝氣色鮮好的阿綠打量了幾眼後，臉一板，認真地說道：「誰讓妳來的？」

她難得這麼認真地斥喝，雖然毫無威嚴感，阿綠還是停止了抽噎，膽怯地看著她。

張綺繼續板著臉，氣呼呼地說道：「妳回去！就待在陳使中間，與他們一道回去！」她自己是蘭陵王的人，先不說蘭陵王將來要娶的那個強悍至極的妻室，便是她昨晚得罪了蘭陵王，也是一件大事。

她現在自身難保，可不能拖累了阿綠。無論如何，便是與阿綠撕破臉，她也要把她趕到蕭莫等人身邊去。

是了，還有金子，等會兒就去把那八十兩金子拿出來交到蕭莫手上。想來自己求他給阿綠置一些田產，他是會幫忙的。

阿綠睜大淚眼，傻呼呼地看著一臉惱怒的張綺。

也不知是張綺的惱怒看起來太沒有壓力，還是阿綠就是個沒心沒肺的，她看著張綺，抽噎了兩下後，眨了眨大眼，突然說道：「阿綺，妳今天好美哦，我都沒有看過比阿綺還要美的！」

初為人婦，又心有憂思，現在的張綺，於通透中帶著妖媚，於妖媚中帶著輕愁，真真楚楚動人，風姿絕麗。

十四五歲，初為人婦的女子，以最快的速度綻放出絕豔的花蕊。

張綺好不容易武裝好，被她這麼一說，頓時士氣大洩。

她恨恨地瞪著阿綠，可這目光實在不見其怒，反而大眼水汪汪的，頗有媚眼傳情之感。

阿綠高興得眯彎了眼，「阿綺，妳真的很美很美！不信，我們去照鏡子去！」她扯著張綺走向馬車，一邊走，阿綠一邊興沖沖地說道：「阿綺，妳知道嗎？剛才我在街上時，聽到好多人說起妳呢。」

有人議論她？

張綺不由問道：「他們說什麼？」

阿綠笑得雙眼彎成一線，得意洋洋地說道：「他們說啊，千年士族，貴族仕女，便是不同。只不過一個私生女，便敢對宇文護的長子說什麼『妾身本是吳郡張氏之女，身分之貴，不輸郎君多少』。他們說，士族豪門的女兒，便是底氣足得很啊，任他宇文護權勢熏天，一個外族蠻夷，便當了皇帝，也比不過世家名門中的一個私生女！」

阿綠興奮至極，她的聲音又脆又快，直是滔滔不絕，「阿綺，妳沒看到，那些人激動得……他們還說著，孔子也說過，『蠻夷之有君，不如華夏之無也』。他們說，華夏之盛，綿延千年，世家之貴，哪是尋常匹夫可以揣度？有些人便是當了皇帝權臣，也不過一跳樑小丑！」

聽著聽著，張綺打斷了她，「街上很多這樣的傳言？」

「是啊是啊！」阿綠點頭如搗蒜。

張綺臉色一白，這時兩人已來到馬車旁。她急急伸手，把阿綠朝馬車上一推，認真地，警告般的說道：「阿綠，妳回去，這陣子都不要來找我！」說罷，身子一轉，便急忙朝院落跑回。

剛剛跑到院落門口，一陣整齊有力的腳步聲傳來，張綺回頭。

這一回頭，她頓時呆了。

只見數十步開外，一襲黑裳的蘭陵王正向她沉沉盯來。而在蘭陵王身後，是那百名鎧甲騎士。

一百個黑衣鎧甲精騎，第二次出現在她面前。
蘭陵王瞟了張綺一眼，回頭命令道：「入府！」
「是。」一百騎同時動了，挾著滾滾煙塵和沖天威勢，向張綺所在的大門處奔馳而來。
轟隆隆的馬蹄聲中，張綺被震得心臟怦怦亂跳，她不由自主地一步步後退著。
就在這時，蘭陵王衝到了面前。正當張綺以為他會帶著眾騎一衝而入時，他突然彎腰，伸手一撈，抓起張綺的腰帶，在一陣天旋地轉中，轉眼便把她置於馬前。
轟隆隆的馬蹄聲中，他摟著張綺，帶著眾騎，駛入了使者府。
百名重甲一入院落，原來空蕩的空間一下子變得逼仄起來。不知不覺中，院落裡的人都屏住了呼吸，低下了頭，慢慢向後退去。
蘭陵王率著百騎衝入自己的院落，翻身下馬。
他熟練地抱著張綺，回頭命令道：「從現在起，你們便駐於此處。」
「是！」百來個中氣十足，殺氣沉沉的應答聲同時響起。張綺的膽子再大，也給嚇得一哆嗦。
蘭陵王低頭看了她一眼，繼續命令道：「保護好她！」
「是！」
蘭陵王提步朝房中走去，直到走入寢房，把張綺放在地上，張綺才陡然清醒過來。
他剛才說「保護好她」，這個她，是自己吧？
他要那百名重騎保護自己？一時之間，張綺癡了去。
在聽到阿綠的轉述後，她馬上明白事情嚴重了。昨晚她說的話，被有心人利用了。
有人要利用她，藉她的話挑起周地世家大族與鮮卑皇室的衝突，她被人硬生生推到風尖浪口。
可她沒有想到，蘭陵王也知道了這件事，還把他的百名重鎧帶到了使者府，用來保護她。

她一個婦人，一個隨手可棄，與牛馬同價的姬妾，竟然被他派了百名重鎧精騎保護。陡然的，張綺覺得胸口湧出一陣難以形容的暖流。

她悄悄抬眸，看著背對著自己，正捲起帛書，拿著佩劍插入腰間的蘭陵王。

張綺唇翕了翕，低低說道：「長恭。」

她悄步走到他身後，伸出雙臂想摟上他的腰，同時，口中愧疚地說道：「長恭，多謝你……」

蘭陵王走出一步，避開了她的摟抱，冷冷地，頭也不回地說道：「妳是我的婦人，妳若出事，我顏面無存！」硬邦邦地丟下這一句，他轉身越過張綺朝外走去。

蘭陵王走到門口，手剛碰到門把，張綺突然一個箭步衝上去，從後面抱著他的腰不放。

腰身陡然被溫軟的小手摟住，被香軟的嬌軀如此緊緊地偎著，蘭陵王不由一僵。慢慢的，他鬆下握著門柄的手，轉過頭來。

低頭看著賴在自己身上的張綺，他唇角不受控制地向上一翹，轉眼他又收起表情。面無表情地分開她的手指，直過了好一會兒，他才說道：「外面很亂……那宇文成，怕是會對妳動手。」

昨天晚上，張綺狠狠地打了宇文成的臉。以他的身分，被一個婦人如此羞辱，只怕生平僅有。何況，今日還謠言四起，牽涉進國家大事裡，一個婦人總是要吃虧的，幸好這次他準備充足，又是使者之身，倒不懼周人怎樣。

見張綺還依戀地把臉埋在自己的衣裳裡，他猶豫片刻後，伸出手撫上了她的秀髮，「身子可好？再睡一會兒吧。」

張綺在他懷中搖了搖頭，沙啞著聲音說道：「從來不曾有人如此護著我……長恭，謝謝你。」

在建康張氏府第時，她便是得罪了張錦或任何一個張府的正經主子，那感覺都像是天要塌下來一樣，因為沒人會護著她。便是蕭莫，也不能……他顧慮太多，便是護也不能護在明面上，只能不動聲色地周轉一二。

如蘭陵王這般，縱使是生氣時，也要派出心腹重鎧，把她當個主子般護衛周全的，她這是第一次領受。

這種不是貨物，不同於牛馬玩物的感覺，真的很好！

張綺的聲音微啞，還帶著嬌嗔，真真靡而清軟，讓人酥到心坎裡。

蘭陵王低著頭，端詳著她，好一會兒，冷著臉的他，低低地沉聲說道：「以後，那種『我與他兩情相悅，你儂我儂』和『他是我的檀郎』這種話，不要隨便說了！」

聲音沉沉。

這是警告嗎？

張綺一僵，他便是為了這些話生氣？可是，男人不是都喜歡聽女人甜蜜又仰慕地哄著嗎？他怎麼就不喜了？

感覺到她僵在懷中，看到她一臉的不解，陡然的，一股莫名的，無法形容也說不清楚，陌生至極的鬱怒，湧上蘭陵王的胸口。

他騰地側過臉去，唇角向下一拉，冷冷想道：原來她當真是信口胡說的！好生可笑！

想到惱處，他拉下張綺的手，驀地轉身，拉開門大步衝了出去。

張綺怔怔地看著他遠去的背影，直是糊塗了：他怎麼生這麼大的氣？

張綺在房中呆坐了一會兒，覺得渾身難受，便喚來婢女，重新洗了一個澡，給自己換了一套色澤明豔的桃紅裳服。這裳服，束腰高裙，腰帶繁複飄逸，配上那拖得長長的裙套，光是站在那裡，便有神女飛天之美。

果然，衣裳明亮漂亮，人的心情也好了些。張綺坐在銅鏡前，一邊梳理著長長的墨髮，一邊尋思著蘭陵王的心緒。

正在這時，外面一陣喧譁聲響起。

喧譁聲中，一個響亮的男子聲音叫道：「就叫張氏阿綺出來見一見！」

叫聲過後，又是一陣亂哄哄的說話聲。再過後，一陣腳步聲傳來。

一個侍衛沉凜的聲音從門外傳來：「張姬，外面有人相找。」頓了頓，他想到蘭陵王的囑咐，又認真地解釋道：「有我等在，姬不用慌亂！」

有我等在，姬不用慌亂！

陡然的，張綺明白了蘭陵王的意思了。

他都派了百名重鎧精銳來保護她，在這種情況下，她還瑟瑟縮縮，未免太上不得臺面。

再說了，在這周地，他便只她一個女人，她的舉手投足代表的是蘭陵王的顏面。昨晚她對宇文成不客氣的嘲諷，蘭陵王事實上是十分高興的，所以，他把他的親衛派過來給她撐腰。蘭陵王本是個極驕傲的人，他這是要她堂堂正正地走出來。

這很容易！

張綺應了一聲，轉身走到銅鏡前，把長到腰肢的黑髮梳順後，也不盤起，只是在桃紅的外裳上，再披一件金色的絲質坎肩。

吱呀一聲，她推門而出。

就在她走出的那一瞬，眾重騎齊刷刷低下頭去。

果然！

張綺走下臺階，隨著她走動，重騎的兩個首領同時提步，走到了她身後。

在他們的簇擁下，張綺緩步走出了大門。

門外，喧囂一片，人頭攢動。來的不止是幾個周地權貴，在他們身後，還隱隱約約可以看到一些世家子的身影。便是街道角落處，都停有華麗的馬車，馬車中有向這裡專注看來的士子。

張氏阿綺昨晚嘲諷宇文成的那席話，在有心人的散播下，以最快的速度傳遍了整個長安。因此，現在使者府外，有很多慕名而來的人。

在這種喧譁熱鬧中，使者府大門吱呀一聲打了開來，兩個黑甲騎士護衛著張綺走了出來。

也許是這個時候，升起不久的陽光太過明亮灼眼，也許是，初初入秋的長安太過明澈鮮亮。隨著張綺走出，眾人只覺得眼前大亮。

四下陡地一靜，無數目光下，那個眉目如畫，通透絕美的臉上，紅霞初染，眼波流媚的少女，娉娉婷婷，風姿楚楚地含笑而立。白晃晃的日頭照在少女的臉上，越發襯得那張小臉通透妖美。

她披散至腰的黑髮，在陽光下發著光，風一吹來，便飄拂而起，拂過佳人那嫩得可以掐出水來的肌膚，拂過那桃紅灼豔的晉裳……

這豈止是美？這是一個遺世獨立的絕代佳人！

佳人還沒有長開，眉目妍麗中還透著稚嫩，可那風情、那妖媚，已難掩難畫。

更何況，桃紅的飄逸晉裳、高貴的金色坎肩，直直把佳人那婉約妖媚的美色中，再染上了一縷高貴明豔。

……傾國傾城，莫過於此！

散在四周的馬車，這時齊刷刷拉開，望著這個飄然若去，如仙如妖的少女，盧俊的眼眶突然一紅，他喃喃低語道：「故國的女兒，都是如此灼華妖豔嗎？」那一襲晉地衣裳，那飄然若去的風姿，已有多少年不曾見過了？只有在祖父、父親的言語中，彷彿提到過。那麼一段太平歲月，有過這種笑得燦爛，衣著繁複飄逸中盡顯風流的美麗少女。

眾世家子悵然若失中，帶著如癡如醉地看著張綺時，眾權貴路人，也看得癡了去。畢竟，這種絕代佳人是舉世難得一見的。

在絕對的安靜中，宇文成帶著幾個權貴子弟越眾而出，走到了張綺面前。

四目相對，宇文成那陰狠蒼白的臉上閃過一抹癡迷，轉眼，他提著嗓子高聲喝道：「來人，把張氏阿綺帶回去問話！」喝到這時，他臉上飛快閃過一抹興奮：沒有想到，這張氏阿綺白日看來，竟美得如此驚豔。此番她落在自己手中，可得好好把玩一番。剛想到這裡，他便覺得下身硬了，呼吸更是急促起來。

他手一揮，四個彪形大漢朝張綺走了過來。

張綺神色不動，她撲閃著大眼，靜靜地看著他們走近。就在四人伸出手，想向她抓來時，嗖嗖，兩道長戟同時向前一伸，寒光閃閃地交叉著擋於張綺身前，卻是站在她身後的兩個黑衣甲士出了手。

見宇文成拉下了臉，張綺眉眼微垂，在清風吹蕩中，朝著宇文成的方向福了福，少女清脆甜美的聲音隨風飄來：「宇文郎君，阿綺雖然是一介婦人，可阿綺的夫君乃齊國蘭陵郡王！郎君如此不顧我家夫君顏面，是想與齊國開戰嗎？」

聲音靡軟，卻生生地逼得宇文成臉色一青。

四周喧譁聲小起。

她張揚地抬起光潔如玉的下頷，目光明亮地看向宇文成，看向眾人。

隨她目光一到，眾人剛起的喧譁聲又小了許多。一一掃過圍觀的周人，張綺燦爛一笑。

這一笑，恁地華美妖豔，直是灼灼如桃，瞬間盛放在爛漫春光中。

見到眾人癡住，張綺抬起下巴，驕傲地，華貴地說道：「諸位都是周地堂堂丈夫，對上我這個婦人，就不要行小人之事了！」她刷地轉身，留下一個無限美好的身影。衣袖飄飛中，眾人聽到她清亮甜美的聲音娓娓飄卷而來：「恁地可笑！」

大門吱呀一聲關上，把那個華美驕傲的身影關在門後，只留下「恁地可笑」這一句餘音嫋嫋的冷嘲。不知不覺中，眾周人臉色青白交加，狼狽起來。

也是，他們都是堂堂丈夫，居然這般利用一個小婦人，還準備圍攻她，也確實太不夠光明磊落了。被一個女人如此不屑地恥笑，本來便能令人狼狽不堪，何況這個美人還是絕代佳人？

更且，這佳人那氣派風華，那舉手投足，渾然昔時王謝子弟。一時之間，眾周人臉上發燙，再也待不下去了。宇文成還在陰著眼冷笑時，待在他身側的少年同伴，還有遠處偷看的世家子，已消失了大半。

盧俊混在一眾悵然若失又有著羞愧的同伴中，安靜地走了一陣後，他目光瞟到一人。

當下，他令馬車向那人靠去。

來到那癡癡出神的白衣少年身邊，盧俊持手一揖，嘴動了動，最後還是自嘲地苦笑道：「怪不得蕭郎傾心於她。」

一瞬不瞬地看著那緊閉的大門的蕭莫，聞言轉過頭來。

他搖了搖頭，低聲道：「我也是今日才知……」今日才知她如此膽大，如此華豔，直勝過陳地那些嫡出姑子太多！今日才知她已出落得如此美麗，如此驚人的美麗！

明明她離開他不過數日，怎麼好似過了一甲子？不經意間，已是天翻地覆，滄海變桑田！

直到眾人散盡，蘭陵王才壓了壓帷帽，跳下馬車，來到大門外。

看到他過來，還在外面閒聊的僕人們連忙拉開大門，迎著他走了進去。

蘭陵王逕自走向院落。

院落裡，張綺正站在一株白楊樹下。她低著頭，華美的桃紅裳服隨風飄揚，看她一動也不動地出神著，蘭陵王腳步頓了頓，慢慢來到她身後。

眼前的少女，腰細不盈一握，長達腰間的墨髮在陽光下閃著光，彷彿有芳香流溢。

他伸出手，正準備撫向那墨黑的長髮，手伸到半空又頓了頓。

負著雙手，他看向她，低聲喚道：「阿綺？」

陡然聽到他的聲音，張綺驚醒過來，急急轉身，仰頭對著一臉嚴肅的蘭陵王，美麗的眸子晶亮亮的，「長恭，你回來啦？」

她碎步上前，端詳他一會兒，伸出手，用衣袖輕輕地沾去他額頭上的汗珠。她的動作是那麼溫柔，眼神是如此明媚歡喜，靠近他時，吐出的芳香之氣，沁人心腹。

剛才當著數千人，言辭咄咄，妖豔高貴的少女，一看到他又變回了小女人。

這樣一個絕美多情又善作偽的小女人，怕是所有男人的魔障吧？

張綺細細地把他臉上的汗珠拭去，拭盡後，她仰望著他，溫柔如水地喚道：「長恭，」她伸出手摟住他的腰，把臉擱在他的胸口，靡而脆軟地喚道：「你別惱我了。」吳儂軟語，這般含情含怨地道出，直能讓人酥到骨頭裡。

蘭陵王暗嘆一聲，伸出雙臂，回摟住她。

低下頭，看著張綺唇角泛起的笑容，他低低地說道：「好！」

蘭陵王凝視著她，對上張綺撲閃的大眼，低啞地說道：「昨晚妳說的事，我應承。」

昨晚求的事？

張綺雙眼大亮，激動起來，顫著聲音，不敢置信地說道：「你、你都應承？」也許是過於激動，她的眸子中飛快湧出兩行淚水，她哽咽地，驚喜莫名地印證道：「長恭是說，如果你厭了倦了我，或有他人索取，你承諾不會把我送出去？」

蘭陵王凝視著她眼中的淚水，應道：「嗯。」

張綺的唇顫了起來，小心翼翼地又說道：「若是將來的主母容不下阿綺，長恭也願意許阿綺一條活路？」她這句話說得很小心很小心，彷彿怕自己的語氣重了，說得急了，他便會反悔了去。

蘭陵王凝視著那順著她的臉流下的淚珠兒，雙臂陡然一緊，把她按在胸口上，低聲道：「是，我會給妳一條活路！」

他說得斬釘截鐵。

隨著蘭陵王的聲音一落，一種難以形容的狂喜湧上張綺的心頭。她從來從來沒有想到，自己心心念念的事，居然這麼快就得了他的應承？他居然應承了？她還以為他與天下的男人一樣，看到罕見的美人，便把她當成自己的禁臠，便是自己不要了，也斷斷不會放她的自由。

無邊的狂喜一波又一波襲來，夢中那劇烈的痛楚、醒來後處處逢迎的小心、午夜夢迴時的擔憂，這一次，全部都化成了煙灰。

他答應許她活路了！

他答應了！

也許是喜悅太強烈，也許是這個壓在心頭的巨石太沉太沉，無邊的狂喜之下，張綺頭一栽，竟是暈了過去。

直到她軟在懷中，急急摟住的蘭陵王，才發現她竟是喜得暈厥了。

……這個小婦人，任她千般狡詐，所求所思，卻只是這般卑微嗎？

他雙臂一收，抱著她走向寢房。

張綺睜開眼時，第一反應便是含著笑。頭腦還處於渾沌中的她，一時還沒有想起蘭陵王的承諾，她只是本能地記得，自己很高興很高興。

傻笑了一陣後，雙眼漸轉清明的她，記起了昏迷前發生的事，她側過頭去。目光一掃，她看到了坐在五步處的榻几上，正蹙眉書寫著什麼的蘭陵王。

聽到窸窸窣窣的響動，蘭陵王放下手中的筆，低聲道：「醒來了？」

「嗯。」張綺從床上爬起，歡喜地跑到蘭陵王腿前，跪坐在桃木地板上。她抱著他的大腿，把臉枕在他的膝頭傻笑起來。

蘭陵王低頭，看著歡喜成這樣的張綺，嘴角一揚。

伸手撫著她的秀髮，他突然說道：「阿綺，若是妳有了孩兒，那又如何？」

張綺一呆。

她小心地，透過眼睫毛看向蘭陵王……他陡然問起這個問題，她實在不知道如何回答。她不知道怎麼回答才不會激怒蘭陵王，他與她才剛剛和好呢。

尋思了一會兒後，見蘭陵王還盯著自己，還等著她的回答，張綺低下頭玩著手指，小小聲地說道：「我不知道……我沒有過孩子，不知道呢。」

剛說到這句話，張綺心口驀地一痛，突然記起，前世時，她在當人姬妾時，便被下了藥。直到她跟了那夫君數年都生不出孩子。去找一個著名的大夫診治時，她才知道自己永遠也不會有孩子。

這不奇怪，如她這樣出身的妓妾，很多都會被主母下藥。她也知道，憑自己現在的樣貌，蘭陵王只要一訂下婚約，他的妻室和岳母家裡便會千方百計給她下這種藥……狐媚的女人，最是招人痛恨，不絕了她的後路，難道等她找機會翻身？

記憶中的那種藥，十分傷人身子。前世時，她雖然也是美貌無匹，可那美貌純粹是屬於婦人的妖媚，遠沒有現在這麼健康而清澈通透，鮮豔欲滴。

想到這裡，張綺小小聲地說道：「我真不知道。」

蘭陵王伸出雙手，放在她的腋下，把她提起置於膝上。凝視著她的雙眼，他低低地說道：「如果此番回到齊國，妳發現自己有了身孕，又當如何？」

張綺眨巴著大眼，傻呼呼地搖著頭。

他把她按在懷中，沉聲說道：「妳記住，妳是我的婦人，只要我活著，便會護著妳。」所以，不要想那些有的沒的。

張綺聽懂了他話中的意思，原來他那麼爽快地答應給她自由，是肯定她離不開自己。

張綺沒有反駁，不管如何，他都應承了，都給了她諾言。到得那一天，她會想法子逼他兌現諾言的。畢竟，他是這麼驕傲的男人！

放下心結的張綺，懶得尋思了。

她摟著他的脖頸，臉摩挲著他初生的青青的鬍渣子，自顧自地傻笑起來。

這婦人，竟是快活至斯！

蘭陵王突然也不想說什麼了。他抱緊她，任由她傻呼呼的一會兒笑著，一會兒轉過臉，在他的臉上胡亂親著，直親了自己一臉的口水。

暖洋洋的陽光，透過紗窗照在兩人身上，直讓人懶得連一根手指頭也不想動。

也不知過了多久，一陣腳步聲傳來。

一個侍衛的聲音從門外朗朗地傳來：「郡王！」

「什麼事？」因為摟著張綺，享受著她的胡亂親吻，雙眸微閉的蘭陵王的聲音中，透著罕見的慵懶。

「周國大塚宰在府中設宴，請郡王攜愛姬一併與宴。」

「知道了。」

外面的人並沒有離開，他頓了頓後，又說道：「映月公主與眾位貴女遞上帖子，說是仰慕張姬，想邀她明日一道冶遊。」

蘭陵王沉吟了一會兒，道：「不必了。」

「是。」那個腳步聲剛剛離去，又是一陣腳步聲傳來，這次的腳步聲多了些，有點雜亂。不一會兒，腳步聲便在門外停了下來，一個有點年邁的聲音響起：「郡王！」

「什麼事？」

「河間王率領秋公主到了周地，明日可入長安城。」

蘭陵王摟著張綺的手一鬆，轉過頭，蹙眉問道：「國內發生了什麼事？」

「十二天前，太皇太后下令，廢高殷為濟南王，高演即帝位於晉陽，改元皇建。屬下以為，河間王此次前來，是邀請周人參加我國新帝即位之慶。」

這個消息對蘭陵王來說，是好消息，他微笑道：「我知道了。」

那人退下後，蘭陵王放開張綺，展開帛書快速書寫起來。

忙了半個時辰後，他頭一轉，看到張綺還站在旁邊，只是看著紗窗的目光怔怔的，顯然在出神，不由問道：「想什麼？」

張綺抬頭看向他，先是反射性地嫣然一笑，然後才低聲說道：「我們，快要回齊國了嗎？」雖笑得燦爛，可掩不去那惶惶不安。

蘭陵王凝視著她，溫柔地說道：「嗯。」頓了頓，他輕輕說道：「不用擔心。」

張綺嗯了一聲，側過頭看著他，好奇地問道：「秋公主是什麼人？」

「秋公主？」不明白張綺怎麼提起她，蘭陵王蹙起了眉。

張綺抿唇悄笑，小聲說道：「出使外國這等事，她一個公主要不是有什麼事，是不會來的。」

蘭陵王瞟向她，搖頭說道：「妳倒是心細。許是來玩的吧。」說到這裡，他看向一側的沙漏，道：「中午了，妳睡一下。」

張綺嗯了一聲。

蘭陵王提步就走，剛握上門把，不知想到了什麼，突然回過頭來。

看著張綺，他唇動了動，終是什麼也沒有說便走了出去。

⁂ ⁂ ⁂

太陽漸漸西沉，今天的大塚宰府第十分熱鬧，只是這種熱鬧與往昔不同，隱隱中，有著幾分古怪。來來往往的賓客，便是滿面含笑地寒暄著，那笑容底，也透著幾分小心。

大紅的燈籠掛滿了府中的每一個角落，大門外更是紅緞鋪開，一直延伸了百米遠。

這一點，在向來講究奢華氣派的陳國，是很常見的，可在這提供節儉的周地，卻難得一見。

十幾個美貌婢妾穿著華服，站在道路兩側，恭敬候著貴客臨門。不遠處，更有幾顆腦袋鬼祟地伸出，不時向前方的路口眺望著。

「那蘭陵王來了沒有？」

「還沒呢。」

「好想看看他那張姓姬妾美成什麼樣！」

「噓，小聲點！」

……

熱鬧的大堂處，有幾個手持佛珠，低頭念著佛語的光頭特別顯眼……這宇文護設宴，也把長安附近的幾位高僧也請了來。

一個十三四歲的樸素少女，和眾人一道看向路口處，她低聲問道：「吳媼，那個張氏阿綺真有那麼美嗎？」

吳媼是個佝僂的老婦，聞言她慈愛地一笑，道：「傻孩子，那種姬妾最美最能幹又怎麼樣？她是翻不了身的。」

剛說到這裡，她急急把少女一拉，兩人向後退了幾步，躲在一根大柱子後，悄悄看著走來的一隊盛裝女子。

看著那走在最前面的少女，吳媼低聲道：「女郎，女孩家不可輕易對丈夫心動，妳看妳那大姊姊，生得美又怎樣？最得寵愛又怎樣？這兩日瘦了多少？看她這樣子，這道坎過不去，怕是永遠也不快活。」

少女連忙點頭，可她明顯對張綺更感興趣，眨巴著眼，又小聲問道：「可是媼，我聽說那個阿綺是吳郡張氏的姑子呢……她又生得這麼美，那吳郡張氏怎麼就不多疼她一點，非要把她送給齊人作妾侍呢？」

「吳郡張氏？」那吳媼冷笑一聲，認真地說道：「女郎，她便是吳郡張氏的姑子，也遠遠不能與妳相比！妳可不是那些可憐的，把嫡庶看得比天還大的漢家子！妳是破野頭家的女兒，妳的父親是周國宇文護，便是生母地位最低，這個周國也沒有人能逼得了妳的父親，就更沒有人能脅迫妳去為人姬妾。再過一年，會有很出色的丈夫手持大雁前來，他會為妳卻扇……孩子，這種明媒正娶的風光，那張氏阿綺永遠也不會有，妳千萬不要羨慕她。」

明年？年方十三的少女臉紅了紅，咬緊了唇。

這時的女子普遍嫁得早，十四歲嫁人的比比皆是。

正在這時，喧譁聲四起，好一些聲音同時叫道：「來了！來了！」才叫到這裡，那些人感到不妥，便又急急住了嘴。

雖然不再有人叫喚，可這時，所有人都專注地看向路口。

路口處出現了一輛馬車。馬車旁，各有十個黑衣甲士隨侍。

看著那華麗的馬車越駛越近，越駛越近。在馬車停下後，車簾一掀，一個黑衣青年走了下來。

黑衣青年一走出，人群驀地噪聲大作，饒是一再壓抑，也有十幾個少女同時輕叫道：「啊，蘭陵王！」叫聲雖輕，卻掩不去那狂喜和渴望。

吳嫗旁邊的少女，這時緊緊揪著她的衣角，她呆呆地看著蘭陵王，突然發現自己的心怦怦地跳得又慌又亂，覺得臉孔熱熱的，一種難以形容的衝動，一種喜悅夾著酸澀，同時湧出心田。

就在這時，蘭陵王轉過身去，他伸手從馬車中抱下了一個少女。

隨著他把那少女朝地上一放，隨著那少女抬起頭來，吳嫗感到手腕一痛。

她低頭看去，只見自家的女郎白著臉，喃喃說道：「也只有她這樣的，才配得上他……我要是也這般美，可多好？」那樣，就不會在這裡空自相思了；那樣，看到了中意的人兒，便敢大大方方地站在他面前；那樣，不管那人是如何了不起，自己也可以給他一個驕傲的笑容。而不似現在這般，只能藏著躲著，黯然渴望著。

吳嫗看著自家女郎又是自慚形穢，又是失魂落魄的模樣，心下一急，連忙扯著她向後退去。不一會兒，兩人便消失在樹林中。

與那少女一樣，此刻失魂落魄的女郎不知有多少。

蘭陵王牽著張綺的手，朝著大門走去。

隨著他的到來，四周越來越安靜，越來越安靜。

正在這時，一個笑聲傳來，「蘭陵郡王駕到，有失遠迎了！」笑聲中，大步走來的是宇文護的第二個兒子宇文秀。

宇文秀是宇文護的嫡次子，他沒有宇文成那麼會討父親的歡心，這一次要不是宇文成一再落了臉，也輪不到他出來待客。因此，宇文秀看向蘭陵王時，眼神便和善多了。

宇文秀的聲音一落，一個清亮的笑聲隨之傳來，「蘭陵郡王好大的福氣，想當初我等在建康皇宮挑選世家姑子時，簇簇一堂的美人中，你這位張姬面目最普通……怪不得當時郡王定要索她為姬，原來這美人兒是藏了的。」

說話的聲音清亮儒雅，說話的人長身玉立，修勁如竹，皮膚白淨，氣質沉穩，正是曾經出使過陳國的周地三大美男之一的宇文純。

圍在宇文秀身周的眾周地貴族子弟，都沒有聽過這段故事，現在宇文純這麼一說，頓時都有了興趣。

此起彼落的取笑聲中，蘭陵王低頭看向自出現在眾人面前便低眉斂目，安靜乖巧的張綺，笑了笑，沒有答話。

這時，從後面大步走來的衛公直也不無遺憾地說道：「是啊，當初我還是第一個選的，可選來選去，卻漏掉了最美的那顆珍珠。」

衛公直與宇文純言笑晏晏，話裡話外，卻是把張綺卑賤的身分道了個明白。

一時之間，上午時，被張綺那華美驕傲的一筆震住的少年人，同時嘻笑起來，看向張綺的眼神中，也多了幾分輕薄和無禮，彷彿她還是那個任人挑選，可隨意把玩的姬妾。

聽著這笑鬧聲，張綺清楚地感覺到，蘭陵王握著自己的手硬了硬。

……天下的丈夫，很少有不愛顏面的，這些人著意輕賤自己，也是在落蘭陵王的臉。

嘻笑中，一個有點尖哨的大笑聲傳來，「不過話說回來，張姬之美，實實是罕見。高長恭，上次我拿十名美姬換你這個婦人，你不肯，這一次我再加一把價，二十名美姬和上等駿馬二十匹換她一人，如何？」

他咧嘴一笑，陰森森地說道：「本郎君最近發現，新艷的婦人，那陰谷最能夾人，其滋味之美無可比擬……」聲音一出，四周原來響亮的女子嬌笑聲都是一止。而站在兩側的美貌婢女們，更是齊刷刷白了臉。

開口之人，正是宇文成。這個宇文成，一出口便是天價，而他索要張綺的目的，並不是用來把玩，而是要把她弄死，要玩她的屍體。

當然，他把話說到這個分上，那麼用天價索要張綺就是藉口了，他只是要羞辱張綺，激怒蘭陵王而已。

感覺到蘭陵王握著自己的手驀地大緊，心知他不能出面的張綺，連忙輕輕的反手一握。她慢慢抬起頭，隨著她一抬頭，眾人只覺得眼前容光勝雪，眉目秀致如湖山落日，直是逼人雙眼。

在一瞬短暫的安靜中，張綺轉眸看向宇文成，與被宇文成的一席話駭得破了膽的眾女不同，她的眼神明澈如水，從容中透著說不出的瀲灩。

靜靜地看著他，直盯得宇文成臉色一沉，忍不住要向她發火時，張綺憐憫地輕語道：「宇文郎君，你失態了……既驕且躁，惡毒醜陋，郎君是潑婦嗎？」聲音輕緩從容，婉轉嬌柔而來。最平常寧靜的語氣，卻因她那一份憐憫、那一縷不屑和高高在上的指責，硬生生地，把宇文成映襯成了一個愚魯粗鄙之人。

剛才眾人還在恥笑張綺身分卑賤，這一轉眼，這個身分最為卑微之人，卻用一種極為矜貴和高高在上的目光，憐憫地教訓了宇文成一番。

此刻，這個出身卑賤的少女，哪裡還有半點卑賤之處？

其舉止做派、眼神語氣，渾然一副最最高貴的世家嫡女模樣……

不遠處，正與眾世家子並肩而來的盧俊等人，看到美麗中儘量華貴的張綺，不知不覺中竟是想道：也不知那遠在建康的吳郡張氏，知不知道她們棄去的私生女是這般風姿？這張氏阿綺，只憑今日之舉，便已舉世矚目，成為名士紛紛結識，眾生傾倒不已的風流人物了。

可惜，今不如昔。現在的世道，出身是嫡還是庶，遠比才華學識風華更重要！

隨著宇文成氣得鐵青的臉，和那氣急敗壞的喘息聲，蘭陵王嘴角一揚，他走上一步，擋在了張綺身前。

蘭陵王伸手按住了腰間的佩劍，而宇文成則是頸項青筋跳動，暴戾之氣無可掩飾。他其實不是一個擅長言語攻擊的人，更不是一個真正沉穩有度的人，此刻被張綺如此犀利地反擊了一把，除了暴怒之外，他已無法理智地應對此事。

再這樣下去，要鬧出事了。

見勢頭不對，宇文秀連忙朝左右瞟了一眼，當下，幾個高大的侍衛走上前來，他們扶住宇文成，不容他反抗地低語道：「大郎君，還是去歇歇吧。」說話之際，他們硬生生把宇文成架了過去。

宇文成一退，宇文秀轉向張綺，對上她絕美的小臉，他瞇起雙眼，秀氣的臉上帶著冷笑，「所謂言能殺人，真沒有想到，張姬有這麼利的口舌！」

已小勝一籌的張綺，卻是又退後一步，怯生生地躲在蘭陵王身後，緊緊牽著他的衣角，那脆弱而又柔美至極的模樣，哪有半分剛才的凌厲？

宇文秀其實是非常興奮的，他想，被這個張姬這麼一說，自己那大兄怕是難以翻身了……他壓住心頭的愉悅，朝著張綺深深地凝視了一眼後，轉向蘭陵王行了一禮，道：「郡王，請！」

蘭陵王沒有提步，他轉過頭看向宇文純和衛公直等人，淡淡說道：「那一晚，阿綺之所以掩去面容，便是不想被你等擇了去……她眼力向來不錯！」

語氣淡淡的，卻是十足嘲諷，配上剛才張綺諷刺宇文成的話，簡直是在說，這宇文純和衛公直兩人也不過是小丑般的人物，張綺的身分再是卑賤，卻也不屑跟隨。

說到這裡，他牽著張綺的手，大步跨入院門。而在他的身後，還被張綺剛才流露出的華美震住的衛公直和宇文純，臉色同時變了變。陡然地，他們同時自慚形穢起來，想道：早知道張氏阿綺是這般華美逼人的佳人，剛才便不該說那種話，她現在只怕像輕鄙宇文成一樣，也輕鄙著自己吧？

目送著那一對漸漸消失在視野中的璧人，吳嫗聽到她的女郎低低說道：「嫗，我不妒忌她了。」

十三歲，容顏剛剛長開的少女，眼中泛著晶瑩，她仰望著那連袂而去的身影，喃喃說道：「嫗，我總是聽人說，昔日的漢家子，有什麼瑯琊王氏、陳郡謝氏，他們容止出眾，舉手投足盡風華，他們雍容華貴，可以讓人一見便傾倒不能自已。可我明明看到的世家子都不是這樣的，我便以為那是假的。」

少女顯得有點興奮，雙頰紅紅，目光明亮地說道：「可我現在知道了，那不是假的！妳看，只是一個南地來的，那什麼吳郡張氏的庶女便是這般風姿了，那些王謝大家的郎君們，定當琳瑯滿目，風儀醉人！」

這種事，吳嫗說不上話，可她看到自家女郎這麼快就從對蘭陵王的癡迷中清醒過來，那是由衷地歡喜著。

直到陷入憧憬中的少女滔滔不絕地說了好一通話後，吳媼才小心地提醒道：「女郎，老奴不知道什麼風姿風儀，老奴只知道，貴賤之別，不亦天塹。這個張姬最有風姿，也只是一個姬妾，而且永遠只是一個姬妾。再說，她長成這樣，也不知將來的郡王妃能不能容得下？如果容不下，這樣的美人兒，很快會枯萎下去，最終死都不知道怎麼死的。」

一席殘酷的話，把興奮仰慕中的少女拉回了現實。她呆呆地立在當地，久久不能吭聲。

⁂

此時陽光正好，又還沒有到開宴的時候，宇文府中的花園裡、過道間，到處都是周地的年輕貴族。蘭陵王瞟了一眼紛紛向他看來的周人，眉頭蹙了蹙，低聲說道：「宇文府的東西，妳都不要碰。」她實在是把宇文成得罪得狠了，此刻到了他的家裡，還是小心點好。

張綺嗯了一聲。

聽著她嬌軟的應答，蘭陵王低下頭來，伸出手，在她披散的墨髮上撫摸著，「剛才，妳很好。」自感覺到蘭陵王喜歡摸她的頭髮後，張綺便很少盤起。

他知道她聰慧，可沒有想到她聰慧至此。那麼短的時間內，她便判斷出自己便是受了宇文成的侮辱，也不能輕舉妄動，更知道他一個行軍打仗的丈夫，不擅長如那些腐儒一樣做口舌之爭。

他原以為這羞辱得生生受了去，沒有想到她竟是挺身而出，輕描淡寫的一句話，便令得宇文成無地自容。

……這個姑子，在自己面前婉轉嬌柔，可面對強橫之人時卻從無退縮，而是直面相對，美麗得華盛，驕傲得雍容，令得任何人都不敢小看她。

得到他的讚美，張綺歡喜得眼睛都瞇了起來，她嬌嬌軟軟地喚道：「真的嗎？」她歡喜的聲音像蜜一樣甜，彷彿得到他一句認可比什麼都重要，都更讓她開懷。

正在這時，一個黑甲衛大步走來，湊到蘭陵王的耳邊低語了幾句。

聽著聽著，蘭陵王蹙起了眉，他朝那黑甲衛吩咐道：「派幾人看顧好她。」說罷，他轉身大步走開。蘭陵王一走，幾個黑衣甲衛便走了過來。不過，他們並不是緊緊跟著張綺，而是散立在十步外的樹林中。

張綺看了他們一眼，見他們不動聲色間便布在自己四周。想來不管出現什麼突然情況，他們都能應對。心下一鬆，難得自由的張綺，便信步朝前面的花園中走去。

花園中，原是人來人往，張綺的存在，更令得眾人頻頻看來。只因有那幾個黑衛在，眾人心有顧忌，不便跟上。不一會兒功夫，便讓張綺來到了一個相對安靜的所在。

走到一片竹林處，張綺彎下腰，扯了扯被絆住的裳角。

這時，她聽到隔著一片竹林，一個少年的聲音傳來：「便是這裡嗎？」

「是約了這裡。五郎，你別走這麼快啊，那書天天都讀呢，耽擱一天沒事的。」從竹林的一側，走出一個小廝。

那五郎的聲音有點沉：「聲音小一點。」那小廝應道：「郎君不用擔心，小人聽說大塚宰的女兒個個都是美人，七娘子也不會例外。」

那五郎嘆道：「怎麼不擔心？大塚宰的女兒身分顯貴，也不知那脾氣是否驕矜？娶了他家女兒，這一生都不能再有第二個女子，不小心不行啊！」

從這裡聽來，那五郎的聲音清脆有力，倒也動聽。

那小廝聞言，聲音壓低了些，抱怨道：「以五郎的身世才學相貌，配哪家嫡女不可以，幹麼要相看一個庶女……」

主僕兩人越走越近，見他們竟是朝自己這個方向走來，張綺有點奇怪，她回過頭去，這一回頭，恰好看到百步開外，四個年齡相仿的少女正向這邊走來。可能是看到了散在張綺身邊的黑甲衛，她們走著走著，腳步遲疑起來。

自己攪了他人相看了！

張綺轉過身去，她剛剛提步，便聽到那個五郎彬彬有禮的聲音傳來：「這位女郎，妳是……」雖努力克制，他的聲音中還是帶著幾分緊張。

張綺回過頭來。

那五郎正雙手作揖，目光則緊緊地看著她。隨著張綺的面容一露，一抹驚喜伴隨著癡迷，浮現在這個長相俊俏，一派斯文書生樣的少年眸子裡。

這時，一個黑甲衛大步向她走來，低聲道：「郡王叫您了。」

張綺應了一聲，連忙跟在他身後朝外走去。

那五郎癡癡地目送著張綺離去，慢慢的，一縷紅暈染上他的耳尖。

目送著張綺消失，他朝小廝說道：「我們回去。」那小廝應了一聲，伴著少年越去越遠。

張綺不知道自己無意中招惹了一段情債，她快步來到大道上，正好看到向自己望來的蘭陵王。反射性地，她嫣然一笑，提步向他小跑而近。

跑到他面前，張綺依戀地喚道：「長恭。」喚過後，她抱上了他的手臂，「是不是你的那個什麼兄長已經到了？」

「嗯。」

這時，鼓樂齊響，宴會開始了。

宇文府中的這場宴會很熱鬧，不過這些熱鬧都與張綺無關。她一直安靜地靠著蘭陵王，哪裡也不去，什麼也不吃。宴中，也有數人問她的話中帶上了攻擊，可張綺低著頭怯怯地受著，與先前的張揚完全不同。

當然，這宴會關係到宇文府的顏面，席中，他們也不可能做出太過分的事。

轉眼間，宴席散了。

回到使者府後，張綺感到十分疲憊，泡了一個暖暖的澡後，她把自己丟在榻上，連蘭陵王什麼時候回來了都不知道。

張綺再次醒來時，外面鳥鳴啾啾，一輪紅日掛在東方，居然到了第二天了。

她伸手一撐，卻碰到了一個溫熱的軀體，側頭一看，正是蘭陵王。他正背對著她，睡得甚香。

今天他也睡得這麼晚？

張綺伸出手去，剛碰上他的肩膀，蘭陵王身子一翻，把她的手壓在了身上。看著正面對著自己的蘭陵王，張綺悄悄抽出手，原本推向他的動作也改為撫摸。

蘭陵王的眉眼只能用美來形容，肌膚是那種怎麼曬也曬不黑的白淨如玉，從眉峰到唇線，無一處不完美，無一處不耀眼。

如今他睡著，臉部的線條便完全褪去了威嚴沉肅，那斜飛的眼角、上翹的唇線，彷彿隨時隨地一睜眼，便會眸光流波，勾人魂魄。

她真不知道，有著這樣面目的他，是怎麼變成今日這般威嚴高貴的？

不知不覺中，張綺的手指伸入他的唇瓣中……

陡然地，砰的一聲，一人破門而入，伴隨著急衝而來的腳步聲的，還有一個女子嬌柔清亮的叫喚聲：「孝瓘！」

叫聲中，一個少女旋風般的捲進了寢房。歡叫聲才剛落地，她整個人便呆若木雞地怔在當地。

蘭陵王慢慢睜開眼來，他吐出含著的張綺的小手，再順手拿起被子把她蓋實，然後坐直，蹙眉看去。一看到來人，眉宇稍稍放開了些，「阿瑜？妳怎麼來了？」

面目秀美中，有著鮮卑女孩特有的雪白肌膚的阿瑜，根本沒有聽到蘭陵王的叫喚。她睜大眼，瞬也不瞬地盯著張綺，轉眼間，她的眼眶中淚水汪汪而出，「孝瓘，你納姬妾了？」

她有點失魂落魄，只是目不轉睛地盯著低下頭，一襲墨髮罩住臉孔的張綺，語無倫次地說道：「你納姬妾了……你怎麼納姬妾了？」

蘭陵王蹙緊眉峰，沉聲說道：「阿瑜，妳出去！」他聲音微重，「出去候著吧！」

阿瑜還處於渾渾噩噩中，被他提著聲音一喝，鼻子一縮，兩行淚水滾滾而下。轉過身，阿瑜深一腳淺一腳地走了出去。隨著房門一關，院落中幾個少女嘰嘰喳喳，關切的問候聲次第傳來。

張綺低下頭，安靜地拿過衣裳穿起。那個阿瑜傷心中帶著不敢置信的話語，在她的耳邊響起……總是這樣，她總是這樣，好似不管來得多早，在別的女人眼中，她總是多餘的，是插入他人感情中的第三人。

不過，不要緊，她已有了高長恭的承諾，他許了給她活路，他一定會給她活路……

張綺赤足走下床榻，安靜地，默不吭聲地把裳服穿妥。

這時，蘭陵王低沉的聲音傳來：「給我著裳。」

「嗯。」張綺走到他身前，拿起衣裳給他穿戴起來。

沉默中，她幫他穿好衣褲，套上靴子，然後低聲喚道：「進來吧。」

「是。」幾個婢女清脆地應了一聲，捧著洗漱之物依次進入。在她們巧手的穿梭下，兩人很快便煥然一新。

婢女們一退，蘭陵王便提步朝門外走去。走了幾步，見張綺沒有跟上，皺眉道：「怎麼了？」

張綺低眉含笑，溫柔地問道：「長恭，阿瑜她，姓鄭，對不對？」

蘭陵王回過頭來，盯著她，眉峰微蹙，「妳不須在意這些。」

張綺沒有如往常那般安靜下來，而是又問道：「這個阿瑜，是與長恭一塊長大的吧？」

看那神情，定是曾經親暱無間過。

蘭陵王不在意地應道：「別問了，走吧。」

沉默了會兒，張綺應道：「是。」

她低著頭，緊走幾步跟上了蘭陵王。

隨著他跨出門檻，張綺突然發現，自己竟是沒有想像中那麼害怕。是了，她現在得了蘭陵王的承諾，她有了退路。她想著，只要被傷害一次，她就可以藉機離去。

嗯，在以後的歲月裡，齊周陳三國，只有陳地最安全，她到時得了蘭陵王贈給的安家費用和人手，便回到陳地，回到故土去。嗯，到時再把臉抹黑一些，平安度過此生是沒有問題的。

只是在這之前，她一定要表現得好一些。如果被傷害了，一定要顯得很淒慘，很可憐才好。還有，對蘭陵王來說，給她錢財不算什麼，可給人就有問題了。要讓他心甘情願地給她一些精銳，又要讓那些精銳心甘情願地跟著她前去陳地，她還要下一些功夫。

想到這裡，聽著外面眾女的嘰嘰喳喳聲，張綺突然期待起來。

院落裡，站了三個貴族少女。中間的，打扮最為華貴的，是一個容長臉的清秀少女。這少女的旁邊，除了那鄭瑜外，還有一個十六七歲的貴族女子。

三個少女看到蘭陵王走出，同時住了聲。那華貴女子走出一步，朝著蘭陵王嘻嘻笑道：「孝瓘，為了給你一個驚喜，我們的阿瑜可是緊趕急趕喔！」說到這裡，她目光轉向躲在蘭陵王身後，低下頭亦步亦趨的卑賤女子，慢慢蹙起了眉。
三女都在盯向張綺，眼神中不掩鄙夷和好奇。
感覺到她們的注視，張綺越發低下了頭。
這時，那華貴女子輕緩地喚道：「孝瓘，這位妹妹便是來自南地陳國的張姬？可以看看她嗎？」
這是要張綺抬頭了。
蘭陵王無所謂地低下頭，這一看，赫然發現張綺悄悄躲在了自己背後，那嬌小美好的身子，這時刻竟有點瑟縮……
他垂下眼，伸手握緊張綺，淡淡地說道：「嗯，她是張氏阿綺，我的愛姬。」
那「我的愛姬」四字一出，鄭瑜的臉色慘白如雪，而另外二女則同情地看向她，華貴女子更是悄悄伸手握住她的。
蘭陵王伸手把張綺拉到身前，看向三女，蹙眉說道：「妳們剛到長安，旅途勞頓，定然是累了，不如先休息一番吧。」
委婉地下了逐客令後，他在三女臉色大變中，伸手把張綺橫抱而起，提步朝外走去。
看著他頭也不回地便要離開，鄭瑜顫聲喚道：「孝瓘……」
聲音脆弱得彷彿一吹便破的紙片，讓人不由自主地心生憐惜。
蘭陵王回過頭來，溫和地看著鄭瑜，聲音放緩，柔和地說道：「先去休息吧，我有事要忙。」
看到他轉頭便走，那華貴女子叫道：「孝瓘！」她叫住蘭陵王，「你這樣抱著她，會讓人覺得你是一個好色之徒的！」聲音殷切，盡是關懷。
蘭陵王看了懷中的張綺一眼，便是這一眼，令得鄭瑜的臉色更白了。望著懷中的張綺，蘭陵王淡淡說道：「那又如何？」在三女的沉默中，他揚長而去。

目送著他遠去的身影，一直沒有吭聲的另一個貴女低聲說道：「他看這個姬妾的眼神，妳們注意沒有？從來不近女色的人一旦近了女色，便會與以前大不同，只怕這一次難辦了。」

這話一出，鄭瑜再也扛不住，雙手抱頭，嗚嗚地痛哭起來。

她一邊哭著，一邊朝地上蹲去，努力地把自己縮成一團。

鄭瑜在小時候受過許多委屈，這些年好不容易得到了她應得的，變得活潑開朗，這一下又打回原形了。兩女大為心痛，連忙跟著蹲下去，一左一右擁她入懷。

張綺縮在蘭陵王的懷中，臉貼在他的胸膛上，一直安安靜靜的。

沉默中，他抱著她跳上了馬車。馬車一動，他便把她置於膝上，下巴擱在她的秀髮上，右手指節在車壁上輕輕叩擊著，也不知在尋思什麼。

張綺安靜地縮在他懷中，兩人都沒有說話。

馬車駛動的聲音不徐不緩地傳來，好一會兒後，張綺輕聲問道：「去哪裡呢？」聲音綿軟甜美如音樂，令人心情愉悅。

蘭陵王低沉地說道：「去陳使府中。」

感覺到張綺身子一僵，他低頭看著她，突然說道：「阿綺，妳的婢女在陳使手中，怎地從不見妳提起，妳不想討回嗎？」

他聲音很沉，張綺抬眸看向他，對上他深邃美麗的眸子，她低下頭扭著自己衣角，輕聲回道：「阿綠在建康還有舅父親人，我想她能回到故土，回到親人旁邊。」

「是嗎？」

感覺到他的懷疑，張綺連忙大力地點頭，「嗯，是的。」

蘭陵王兀自盯著她，揚了揚唇，淡淡說道：「我還以為阿綺是沒有把我當成最後的歸宿，不想誤了妳那小婢女。」

這話……恁地尖刻入骨！

張綺一時不知要怎麼反應，在蘭陵王的盯視中，她胡亂地搖著頭，連聲道：「不是，怎麼會呢……」說到這裡，感覺到自己的話沒有說服力，她連忙伸手摟著蘭陵王的脖頸，湊上櫻唇在他的臉上「啪唧啪唧」地亂親一通。

自昨晚做了這個動作後，她便感覺到他喜歡她這樣。果然，隨著她的胡亂親吻，隨著她口水塗滿臉，他銳利的眸子微微閉合，俊美絕倫的臉上也露出一抹慵懶之色，已是享受起來。

張綺吻了一陣後，也有點累了，便把臉貼著他的臉，手指玩耍撫摸著他的喉結，小小聲地，無意識地嘟囔起來：「長恭最好了……阿綺最愛最愛長恭了……」

她在哄孩子嗎？蘭陵王瞟了她一眼，卻也懶得阻止，一時之間，馬車中便只有她軟乎乎的帶著誘哄的嘟囔聲傳蕩著。

過了一會兒，蘭陵王低沉地說道：「這一次，蕭莫會與周使一道前去齊地。」

什麼？張綺大奇。

在張綺詢問的不解的眼神中，他說道：「蕭府出了一些麻煩事。」見張綺豎起耳朵認真傾聽著，他仔細說道：「蕭府二房的嫡子叫蕭晏的，一狀告到你們的陛下那裡，說什麼蕭莫並不是蕭氏骨血，而是吳郡張氏十二郎，也就是你的生父與他的妻子蕭氏的第三個兒子。當年張蕭氏與多年不孕的蕭王氏同時有孕，蕭王氏早一日生產，在你們大夫人老張蕭氏的操縱下，她們將蕭王氏所產的女兒，與張蕭氏新生的兒子調換了。」

見張綺瞪大了雙眼，一臉的驚駭，蘭陵王瞟了她一眼，繼續說道：「具體內幕，我也只知道這些。現在張氏大夫人已經承認了。吳郡張氏雖然也是高貴世家，可蕭莫這些年來在蕭府一直是當族長繼承人培養的，特別是蕭策死後，他更是蕭府呼聲最高的嫡子，是未來的蕭氏族長。如今身分這一揭穿，蕭氏眾人自覺受到愚弄，大為氣惱，而張氏也有不滿的聲音，蕭莫在陳國的處境變得尷尬起來……南陳貴族圈中最重聲名，這個蕭莫，以後怕是寸步難行了。」

是了，蕭莫是蕭氏長房唯一的嫡子，一出生便是蕭氏族長最強而有力的候選人，何況他又如此優秀。那個蕭晏，只怕找他的錯處已有一些年。查到了這麼驚天的消息，怎麼著，也會讓蕭莫再無翻身的機會。

蘭陵王又道：「這個消息知道的不多，蕭莫是聰明人，已在那裡鼓動另外幾個陳使，說是一道前赴齊國慶賀新君繼位。」

「那、那個蕭王氏換過來的女兒呢？她是誰？」難道是張錦？

蘭陵王回道：「那個女兒先天體弱，不過百日便夭折了。」

張綺呆了半晌，又反應過來，「可是，他們帶的禮物不夠啊！」代表一國祝賀另外一國的國君繼位，怎麼也得備有厚禮。他們這次帶來的禮物都是給周國的，到齊國，總不能空手去吧？

蘭陵王挑了挑眉，「只這幾天功夫，周地的世家，蕭莫已結識大半，那些眼高於頂的郎君，更以他馬首是瞻，財物問題對他而言只是小事。」說到這時，他的語氣中不免帶上了讚賞。

蘭陵王撫著張綺的墨髮，狀似不經意地說道：「那蕭莫是個能屈能伸的，我看他此次以使者身分前赴齊國，未必沒有長留之意。」

以使者身分求齊君收留，那起步便高多了。

蘭陵王的聲音還娓娓傳來：「不管是在周還是齊，以他的能耐，用幾年爬上權臣之位，不是難事。」他頓了頓，說道：「我已給陛下去信了，請他許以高官厚祿，留下蕭莫。」

他語氣中有著幾分篤定，似乎對留下蕭莫頗有信心。注視著低頭尋思的張綺，蘭陵王卻是想著：便是為了妳，那蕭莫也會有幾分留意……

張綺陡然聽到這等事，心下激蕩不已，一時之間思潮起伏。

怪不得大夫人那麼反對張氏女嫁給蕭莫了，原來他與張錦是同父同母的嫡嫡親兄妹，與自己也是同一個父親。

轉眼，她又想道：要不是一開始鬧到大夫人那裡，還扯上了張錦，要是蕭莫只是用手段把自己求了去，說不定大夫人見他執著，給自己下一副絕子藥，便默許了。可他偏偏扯上了張錦，還令得張錦情根深種。

在她的意識中，蕭莫的身分暴露，與她們三人的糾葛肯定有必然的聯繫。蕭晏等人，怕是從大夫人的態度中察覺到了疑點，進而調查此事，進而發現了蕭莫的身世。

她還想到，當年蕭莫的養母，身為長房正妻，卻數年無子，好不容易懷了孕，又是個一看就知道體弱多病的女兒。為了把住那蕭氏掌權人之位，同時也保住自己的正妻之位，想出這種偷龍換鳳之策，也能理解。再加上張蕭氏也姓蕭，她生下的兒子多半會有幾分蕭家人的長相……

在張綺的胡思亂想中，馬車晃了晃，停了下來，侍衛的聲音從外面傳來：「郡王，到了。」

蘭陵王應了一聲，縱身跳下，回頭掀開車簾，他低聲說道：「妳便待在這裡。」說罷，他放下車簾，大步走開。

張綺悄悄掀開車簾，正好看到大門洞開，含笑迎來的陳國眾使。而走在眾使最前面的，正是白衣飄飄的蕭莫。

與以往一樣，蕭莫俊俏的臉上帶著笑，舉止之間風度翩翩，目光明亮，神采飛揚。遇到了這等絕望之事，他卻一如以往的雍容倜儻，風流都雅。

彷彿感覺到張綺在看向自己，他目光一轉，朝她的方向凝視而來。

與以往的任何時刻都不同，這一眼，特別專注，也特別複雜，彷彿隱藏著太多的痛苦，也彷彿有千言萬語，放不下道不出……陡然對上他的眼，張綺只看了一下便不敢再看，連忙側過頭去。

蕭莫收回視線，重新面對蘭陵王時，那含笑雍容的樣子，哪裡還有半分剛才的複雜，也沒有了以前兩人相對時的劍拔弩張。

張綺目送著蘭陵王在蕭莫等人的陪伴下，跨入大門。她慢慢拉起車簾，低下頭來。

蕭莫的事，還在她的心頭激蕩，剛才遇到的鄭瑜，也讓她心神有點亂。

倚著車壁，張綺胡亂尋思著，也不知過了多久，一陣腳步聲傳來。

蘭陵王跳上馬車，重新把張綺摟在膝上後，馬車駛動了。

張綺安靜了一會兒，終是忍不住問道：「他們，會去齊地吧？」他這次上門，是代表齊國邀請他們，一定會應承吧？

「嗯。」

又過了一會兒，張綺低聲道：「我們這是去哪？」

「到了自知。」

蘭陵王是去迎接剛剛抵達長安的河間王。按正常路程，秋公主三女也得這個時候進入長安，不過她們急於見到蘭陵王，便脫離隊伍先行出發了。

馬車駛向城門方向，感覺到蘭陵王蹙著眉，表情有點冷，張綺在他懷中蹭了蹭，溫柔地問道：「長恭不喜歡河間王？」

蘭陵王「嗯」了一聲，冷笑道：「驕矜之徒！」

張綺連忙摟上他的頸，在他臉上啪唧兩下以示安慰。

看來她還真把自己當孩子了！

蘭陵王有點哭笑不得，伸手撫著張綺的墨髮，低聲道：「回到國內，我就向陛下請旨，讓他給妳我賜婚！」

張綺聽不懂了，喃喃說道：「賜婚？」

「嗯，給妳一個名分。」他低下頭，見張綺還在傻傻地看著自己，小嘴微張，那模樣說不出的妖美，不由把她摟緊了些。

張綺玩著自己的手指，小小聲地說道：「可是……阿瑜會同意嗎？」

蘭陵王眉頭緊蹙，「我納妾，關她什麼事？」

張綺明白了，那鄭瑜還沒有與他訂下婚約。

她悄悄地，從濃密的睫毛底瞅向蘭陵王，又小小聲地說道：「那你的未婚妻室和她的娘家，會同意嗎？」

「未婚妻室？」蘭陵王挑起了眉，「我什麼時候有未婚妻室？」他把張綺的臉按在自己胸口，威嚴地說道：「以後有話明說便是。」不用這般試探！

他後面的一句話，張綺根本沒有聽到，她只是歡喜地想道：原來他還沒有訂下婚約，他還是自由之身！

只是，蘭陵王虛歲也有二十了吧？到了這個年齡還沒有訂下婚約，可以想像他以前有多不受人待見。是了，剛剛繼位的皇帝是看重他的，這次回去肯定多的是人願意與他結親。說不定這次前來的鄭瑜，便是懷著這個意圖的。

可不管如何，張綺終是鬆了一口氣：那個鄭瑜，來得比她遲，所有女人都來得比她遲！

心情一放鬆，她又在蘭陵王的胸口上蹭了蹭。感覺到他摟著自己的手臂有點緊，張綺抬起臉，小嘴一伸，便堵住了他的唇。
丁香小舌俏皮地探入，令得蘭陵王滿口生香。他情不自禁地低下頭，輾轉之間加深了這個吻。不過片刻，他已呼吸微粗，那抵著張綺小腹的物事，更是又硬又熱。
就在他的吻向下移動，牙齒已囓上那精美的鎖骨時，張綺嘀咕道：「出城門了！」
四字一出，蘭陵王驀地清醒過來，他現在是來迎接河間王的，可不是能歡愛的時機。
迅速側過頭，他把張綺微微推開，咬著牙，平復著身體的衝動。
深呼吸了一陣，好不容易平靜了些，他一眼瞟到悄悄打量著自己，那表情頗有點鬼祟和俏皮的張綺。
她是故意的！
蘭陵王猛然低頭，隔著夏日的薄衫，一口叨住了她的左側乳櫻。而他的雙手，更是提著張綺的細腰，讓她實實地落坐在自己又硬又熱的玉柱上。
……
一陣馬蹄聲傳來，緊接著，一個侍衛在外面叫道：「郡王，河間王的旗幟出現了！」
蘭陵王此時臉孔還泛著潮紅，他正在艱難地別過頭呼吸著，而坐在他膝上的張綺，正用手支著下巴，歪著頭，眨巴著大眼，天真又純潔地瞅著她。
一眼瞟到張綺這模樣，蘭陵王咬了咬牙，回答外面時，便不是好聲好氣了：「打出旗號！」
「是。」
河間王雖然比蘭陵王大不了多少歲，卻肥肥胖胖，前額的頭髮沒有幾根，五官明明生得好，卻因這一份胖，那好便全部掩去了。
看到蘭陵王跳下馬車，他上上下下打量了一眼後，目光逕自眺向蘭陵王的馬車，尖聲說道：

「聽說長恭新得了一個尤物，出出入入都把她抱在膝上賞玩……怎地不讓她出來一見？」

聽著河間王輕薄的口氣，蘭陵王已沉下臉來，沉聲說道：「我的愛姬，不是任人觀賞的玩物！」

河間王叫道：「哎喲，小長恭好有氣魄呀！莫不是打了一次仗，便連兄長也不放在眼裡了？」

蘭陵王冷冷地盯著他，也不回話，便這般看傻子一樣地任河間王說下去。

河間王冷嘲熱諷了一陣，見蘭陵王渾若未聞，臉上的肥肉狠狠跳了幾下，轉眼又笑嘻嘻地說道：「既然長恭不願，我這個做兄長的只好自己出馬了。」說罷，他艱難地從馬車上挪下來，在兩個侍女的扶持下，邁著外八字，一搖一晃地走向蘭陵王的馬車。

他剛來到馬車旁，正要掀開車簾，突然間，一道寒光閃過。

卻是蘭陵王抽出佩劍，寒森森的劍鋒抵在了他的胸口上。

河間王驀地臉色大變，他被肥肉擠得細小的眸子一瞇，轉過頭，朝著蘭陵王尖聲叫道：「長恭脾氣長了啊！怎麼，你敢對你的兄長動手？」

蘭陵王寸步不讓，沉沉地說道：「不敢！只是我剛才說了，我這愛姬不是讓他人隨意賞玩的！」說罷，他手腕一掠，倒柄劍鋒，向右後側重重一插。

隨著噗地一聲長劍入肉的聲音傳來，只見蘭陵王手中的長劍，竟是狠狠地插入了身後拉著馬車的駿馬頸項上。寒劍一入，一道鮮血衝天而起。那鮮血來得又急又猛，那角度更是古怪，朝天噴薄而出，竟生生地淋了河間王旁邊的侍婢一頭一身。

那侍婢哪裡經過這種陣仗，尖叫一聲暈了過去。便是河間王，陡然聞到這血腥惡臭，看到這漫天血雨，也給嚇得雙腿顫慄，嚎叫一聲，朝回跌跌撞撞地跑去。

目送著嚇破膽了的河間王，蘭陵王冷冷一瞟，慢條斯理地掏出手帕，把劍鋒上的鮮血拭乾，然後跳上馬車，沉喝道：「時間不早了，進城吧！」

他出身寒微，在河間王帶來的眾人心中從無威嚴，可這一刻，沒有人敢輕視他。因此，蘭陵王命令一下，眾人立刻勒馬的勒馬，驅馬的驅車，便是河間王，也被幾個侍衛推上了馬車。

見到車隊啟動了，蘭陵王輕蔑地回頭盯了一眼，嗖地拉下車簾。

他的馬車，帶頭駛向長安城。

看著坐在車廂裡，一襲黑衣，身姿筆直，腰間暗含勁力，彷彿隨時準備捕獵的，宛如黑豹的蘭陵王，張綺伸出手握上了他冰冷的大手。

她跪坐在他身前，臉擱在他的膝頭，清澈而妖媚的雙眼，全心全意地，信賴而仰慕地看著他。

蘭陵王低頭看了她一眼，心頭一鬆，只覺得被她的小手這樣握著，整個人都是暖暖的。

車隊剛來到城門口，幾十個侍衛簇擁著三輛馬車迎面而來。看到蘭陵王的馬車，他們齊刷刷拉起了車簾，露出了三張嬌容，卻是鄭瑜和秋公主三人。

鄭瑜的馬車衝在最前面，她擔憂地看向蘭陵王，輕喚道：「孝瓘，他有沒有又欺負……」剛說到這裡，她似想到了什麼，溫婉地轉了口，「我和秋公主來接你了。」

蘭陵王懶洋洋地抬眼看了她一下，說道：「走吧。」不解釋，也不多話。

鄭瑜看向馬車中，嬌嫩無骨地偎在蘭陵王膝前的張綺，低下了頭。

蘭陵王的馬車一越而過，三女的馬車連忙調了一個頭，緊隨其後。

三女中最為華貴的少女便是秋公主，她擔憂地看了臉色蒼白的鄭瑜一眼，在馬車靠近後，輕聲說道：「別在意，不過是個姬妾。」過了一會兒，她又說道：「妳與孝瓘自幼一塊長大，他待妳從來與別人不同，這次回去訂下婚事後，他自會對妳歡喜尊重，絕不會因為一個姬妾玩物便令妳傷心。」

「是這樣嗎？」鄭瑜淚汪汪地看著秋公主，眼神中盡是迷茫和不自信。

看到她這樣，秋公主忍不住生心憐意，她連忙點頭道：「自然是這樣，我可以向妳保證！」

鄭瑜也沒有問她憑什麼向自己保證，只是在那裡破顏一笑，秀美的臉上雲破月來，光亮無比。

看到美麗的鄭瑜，秋公主不由眺向前方蘭陵王的馬車，暗暗忖道：這一路，所有人都說蘭陵王得了個尤物，可我就不信她能美到哪裡去。

打了兩個照面了，張綺一直低著頭，秋公主三人雖然覺得她肌膚極為白嫩，身形也是軟得沒有骨頭似的，可終究沒有正面看過她。

肆之章

貴女挑釁露痴想

一入長安城，蘭陵王便不再理會被前來迎接的周國官員包圍的河間王等人，逕自回了使者府。

進了院落，蘭陵王便對那些黑衣甲士沉喝道：「剛才是誰放了秋公主進門？」

眾甲士一凜間，兩人低頭走出。

蘭陵王冷冷說道：「拖下去，各打十棍！」

「是！」沒有人反駁他的話，更沒有人質問為什麼在鄴城時，她們可以想來就來，在周國怎麼就不行了？

聽著外面悶悶的行杖聲，蘭陵王沉著臉，一字一句地說道：「河間王等人馬上便會入駐行館……若是再讓我知道有人隨意放他們進入這個院子，格殺勿論！」

原來是要防著河間王！

當下，眾甲士凜然應道：「不敢！」

「退下吧！」

「是！」

蘭陵王交代過後，轉向張綺吩咐道：「好生待著。」說罷，他轉身朝外走去。

張綺知道河間王新到，他肯定有很多事要辦，便乖巧地福了福，轉身朝回走去。

此時天空微陰，張綺睡在榻上，瞇著眼睛看著外面的天空，這時的她，什麼也不想做，什麼也不想想。也不知過了多久，一個侍衛清亮的聲音從外面傳來：「張姬，陳使求見。」

陳使？

張綺喚道：「有請！」

「有請！」

清亮的叫喚聲中，一個腳步聲傳來，不一會兒，房門吱呀一聲被推開。

沒有想到對方來得這麼快，正一邊整理衣服頭髮，一邊急急趕到客房的張綺，連忙向後一退，躬身行禮後，才小心地抬起頭看向來人。

這一抬頭，她便是木住了。

站在門口的，卻是蕭莫。

竟然會是蕭莫！

見張綺呆在那裡，身子還不曾直起，蕭莫緩步走來。他扶著她的肩膀，令得她站直後，嘴角一揚，風度翩翩地背轉身，打量起房中的布置來。

踱了幾步後，他低啞的聲音響起：「阿綺，我會與妳一道前去齊地。」他微微側頭，目光晶瑩地看著她，淺淺笑道：「妳高興嗎？」

張綺嘴張了張，又張了張，是了，發生在建康的隱密事，知道的人不多，他不會以為蘭陵王知曉，更不知以為自己知曉。

微微抿唇，張綺低聲說道：「你們都去嗎？」

「嗯，都去，阿綠也去。」

張綺嗯了一聲，看著蕭莫俊俏的側面，忍不住低低說道：「你、你還好嗎？」

「好得很。」蕭莫笑容如春風，他溫文爾雅地說道：「我們會一道前去齊地，阿綺，如果妳在蘭陵王身邊受了委屈，記得要告訴我……我帶妳離開！」

他說，他帶她離開，可他們明明是兄妹！

張綺眨了眨眼，眨了眨眼，終是側過頭，低聲說道：「我知道了。」

蕭莫驀地轉頭看向她。

張綺咬著唇，十指相扣，小心地說道：「我什麼都知道了……蕭郎，你是我嫡親兄長！」

你是我嫡親兄長！

你是我嫡親兄長！

聲音如羽毛般輕輕落下，彷彿說話的人無比小心，無比慎重。

驀地，一陣低笑聲傳來。

這笑聲，低沉中，隱含著說不清道不明的澀意。

好一會兒，蕭莫收住笑，道：「妳竟是知道了？高長恭告訴妳的？不過，那又如何？」

張綺猛然抬頭看向他。

蕭莫正在盯著她，目光晶瑩坦蕩，他微微笑道：「這世間荒唐的人事多了去，我想得到我的妹妹，有什麼不可？」

張綺張著嘴，一時之間，她頭腦渾渾噩噩，眼神癡癡呆呆，竟是聽傻了。

蕭莫見到她的模樣，垂下眸，側過頭去。他背對著她，溫柔地，低而有力地說道：「阿綺，妳記著，如果有了什麼委屈，一定要來找我……我等著妳。」

他轉身朝外走去，來到門口時，他腳步一頓，也不回頭，只是溫柔斯文地說道：「現在沒人阻著我們了，如果妳回來，我會娶妳為妻！」扔下這句話，他拉開房門大步離去。

一直到蕭莫走得很遠很遠，很久很久了，張綺才向後倒退一步，一屁股軟在榻上。

多少年了，她那麼渴望有個不錯的男人對她說，我會娶妳為妻。

可是，那渴望太遙遠太飄渺，令得她自己也知道自己只是癡心妄想。

結果，她今天聽到了什麼？蕭莫居然對她說，他會娶她為妻。

她的親兄長對她說，會娶她為妻！

蕭莫帶來的衝擊太多，接下來的幾個時辰裡，張綺一直渾渾噩噩，木木呆呆。

下午時，一個侍衛在門外說道：「張姬，郡王令妳帶一身女人的衣裳去見他。」
蘭陵王？
張綺回頭問道：「郡王回來了？」
「還沒有。」
還沒有回府嗎？
張綺想了想，應道：「是。」
稍稍梳妝一下，她走出房門，在一列黑甲衛的陪伴下坐上馬車，駛向了使者府。
街道上，正是繁華熱鬧時。也不知怎麼的，張綺感覺到今天的馬車駛得特別快速，駕車的馭夫連連低喝，熟練地驅著車，在人群中穿來梭去，轉眼間，便來到了一座院落前。
這院落極為普通，青磚碧瓦掩映在重重樹木裡，在白灼灼的逼人陽光照耀下，倒是顯得極為清涼。隨著馬車駛來，大門吱呀一聲迅速打了開來。馬車剛進去，那大門又被緊緊關上。站在大門旁的四個齊地侍衛同時上前一步，一副死守大門，不容人進出的模樣。
院落裡十分熱鬧，天井處，圍著秋公主、鄭瑜三女，連同她們的婢女，另外還有幾個面生的婢子。此時，眾女正在那裡說著什麼，嘰嘰喳喳的，甚是鬧人。
陡然看到張綺的馬車衝進來，她們靜了靜，同時轉頭看去。
四個守在一處房門外的漢子，這時認出了馬車中的人是張綺，他們同時鬆了一口氣，大步朝她走來。四人微微躬身，朝著馬車中喚道：「張姬，郡王令妳馬上進去。」語氣有點古怪。
張綺嗯了一聲，走下馬車。
她一露臉，眾女便刷刷刷地向她看來。
這一次，張綺沒有如以往那般低著頭不敢看人，在眾女的注視下，她靜靜地抬起了頭。

隨著她面容一露，秋公主旁的那齊地貴女倒抽了一口氣，而鄭瑜則是倒退一步，臉色更白了。

在秋公主瞪大的雙眼中，張綺嫻靜地朝前走去。此時的她，步履雍容，姿態曼妙，溫柔中透著平和，給人的感覺，渾然是世家名門所出的貴介女子，而不再是一個小小的姬妾。

在幾女異樣的沉寂中，她步上臺階，推開了房門。

一進房門，張綺的腳步便是一僵。

房間裡有四個人。

一襲黑裳，衣襟處明顯被扯脫，露出小半結實胸膛，束髮扯散，俊美無儔的臉上，不知是喝多了酒還是氣惱著，染上了淺淺的紅暈。唇破了皮，左臉頰則被抓出三道淡淡的指甲印的，正是蘭陵王。

此刻，蘭陵王正倚著榻几，慢慢地舉酒慢飲。那半開半合的雙眸，於沉肅底，另有一種冷漠和慵懶。而那半倚於榻的身子，那披散在裸裎胸膛上的墨髮，那被長髮遮住了一半的眸光，又於慵懶中，有著讓人心弦亂顫的絕美和邪魅。

蘭陵王的腳下，離他不到一米處，跪著一個春光外洩的半裸女子。這女子外裳脫盡，只著了薄薄的肚兜，下身包著一床薄被，大半的白肉裸裎著，卻是宇文月。

宇文月跪在地上，滿臉都是眼淚鼻涕，正哭得哀哀的。在宇文月的身後角落處，還有兩個瑟瑟縮縮的婢女。

看到張綺進來，哭泣著的宇文月，目光中閃過一抹狼狽和恨意後，又抹起淚來。

聽到張綺的腳步聲，舉酒慢飲著的蘭陵王眸光一掠，似笑非笑地朝著宇文月的方向一瞟後，慢慢說道：「阿綺，這位女郎非要纏著我負這個責，妳說，如何是好？」

聲音低沉、慵懶，帶著淺淺的笑和冷。

他如此緊急地把自己叫來，原是為了這事……看來是焦頭爛額了，只能指望自己給他解圍了。他既信任她，她就放手施為吧！

張綺轉眸，提步朝宇文月走去。

來到宇文月身前，張綺微微彎腰，伸出青蔥玉手，優雅地抬起了宇文月的下巴，令得涕淚交加，臉給糊成一團的宇文月正面對著自己。

張綺本是傾國之色，這般近距離地望來，可以讓任何一個女人為之自慚形穢。

宇文月一對上她，便急急地側過頭去。

這時，張綺溫軟微靡的聲音從她耳邊低低傳來：「好醜！」

她說她好醜！

兩字一出，宇文月的臉陡然漲得通紅。

一邊說著，張綺一邊伸出冰涼的手，撫向宇文月光裸的胸口。

青蔥玉指如按琴弦，一邊在她肚兜周邊漫不經心地遊走，一邊輕聲說道：「這裡也好小……」

宇文月氣得顫抖起來。要不是她實在衣不遮體，只怕這時已站起來與她廝打了。可偏偏她又是羞愧，又被張綺容光所懾，只能被氣得不停地哆嗦著。

張綺目光轉向宇文月的腰腹處，看著看著，嗤地一笑，「腰身好粗……臍眼居然還是黑的？」

這句話一出，宇文月尖叫一聲，胡亂扯著衣裳包住了自己的身子和頭。

張綺慢慢站了起來，居高臨下地看著宇文月，溫柔地說道：「有所謂聘則為妻奔為妾，阿月此番向我家郡王獻身，是想當他的妾室吧？」

看到宇文月掙扎著動了起來，張綺又噗哧一笑，輕輕說道：「是了，妳是宇文護的女兒，以妳父親的權勢，倒是能逼著郡王在周地娶了妳。」看向被自己的話提醒，明顯鎮定下來的宇文月，張綺溫溫軟軟地說道：「可是，我記得阿月的奶奶，還在齊國做階下之囚喔……阿月還是可以嫁的，不過到了齊地，是為妻還是為妾呢？或者，阿月去跟妳的奶奶做伴？每日裡不短了衣食，一直活到頭髮白了也見不到一個外人？」

宇文月猛然哆嗦起來。

張綺收回目光，淺淺笑道：「以阿月的這身皮肉、這個姿色，又是自動送上門，哭著求著倒貼來的，怕也只能這麼著了……郡王，她想嫁，你就娶了她！」

這般優雅冰冷，評頭品足如看貨物，這般毫無感情，分析出的情景殘酷又現實。她說出的每一句、每一個字，都如針尖一樣，一下一下地扎著宇文月的心臟。

就在張綺提步走向蘭陵王時，陡然地，宇文月尖叫一聲，她從地上掙扎著爬起，披頭散髮，再也沒有半點搔首弄姿地嘶聲說道：「不……我不嫁！我要回家，我要回家！」

看到她近乎癲狂的模樣，張綺右手一扔，把裝了衣物的包袱扔到宇文月的身上，軟軟地，純稚可人地說道：「這是衣裳，好好收拾下自己……妳放心，今天的事沒有人會吐出半個字，也不會影響到妳嫁人。」說到這裡，她轉向蘭陵王，含笑打量了他幾眼後，懶洋洋地伸出手，摟住蘭陵王的脖頸。

軟玉溫香一入懷，張綺卻是突然間頭一仰，咬上了他的臉頰。

這一口咬得重，蘭陵王痛得悶哼一聲。

他蹙眉瞪向張綺，想要把她推開，手伸到一半又垂了下來。

張綺狠狠一口，在他的臉上咬出幾個清楚的牙齒印後，伸出雙手捧著他的臉，低聲呢喃道：「這下好了，左臉被我抓破，右臉又被我咬了，長恭，天下人都會罵我妒婦的！」說到這裡，她眼眶泛濕，真是好不委屈。

她把自己咬了，令得自己這張臉變得左右對稱，出門被人看到，都成了一樁奇談，她還委屈？她真是為了掩飾他臉上的抓印？不是尋機洩憤？蘭陵王深深地凝視著她，從鼻中發出一聲輕哼，伸手把她攔腰抱起。便這般橫抱著她，邁開大步走出了房門。

陡然聽到房門重重關上的聲音，秋公主和鄭瑜等人齊刷刷掉過頭看來。對上衣裳不整，墨髮披散，模樣既狼狽又俊美得勾人的蘭陵王，以及被蘭陵王抱在懷中，同樣衣裳不整的張綺，眾女的表情複雜至極。

她們剛才就站在門外，而房間裡面，張綺吐出的每一個字，她們都聽得一清二楚。

她們清楚地聽到張綺是怎麼嘲諷宇文月的長相和身材的，又是怎麼以一種刻薄又殘酷的語氣，讓宇文月認清現實。

……這樣的張綺，是她們從來沒有見過，甚至想都沒有想過的。

她們從來不知這世上還有這樣的女子。

這麼看起來溫軟糯綿，實則冰冷、殘酷又理智。這麼幼嫩，卻是通曉世事；這麼華美絕倫，明明卑賤，卻似高高在上……她，怎麼可能只做一個小小姬妾？

在張綺到來之前，她們也對宇文月罵過、嘲諷過，甚至威脅過，可她們的行為與張綺的表現一比，顯得格外粗鄙又無力。

面對面地看到張綺，想到她剛才嘲諷的話，反射性地，秋公主雙臂一抱，捂住了自己的胸。這個動作剛剛做到一半，又清醒過來。當下高高地昂起頭，傲慢地盯向張綺。

不過，這個時候，張綺哪裡有時間注意她？她只是低下頭，安靜乖巧地藏在蘭陵王懷中。

對上眾女，蘭陵王沉沉地說道：「今日，我只是與我的愛姬玩耍了一番，除此之外，再無他人，再無他事！」

他目光如箭，銳利地掃過那幾個宇文月帶來的，剛才還準備衝出去，帶人前來捉姦的婢子。在盯得她們縮成一團後，蘭陵王說道：「進去吧，妳們女郎在裡面等著。」

幾女早就被他嚇破了膽，聞言連忙應是，戰戰兢兢地進了房間。

打發了那幾婢後，蘭陵王瞟向秋公主三女，正要說什麼，他懷中的張綺軟軟地說道：「她們不會說的。」那鄭瑜也想做他的妻子，怎麼會把此事說出去，怎麼會讓那宇文月搶了自己的位置？

蘭陵王蹙眉想了想，朝著三女點了點頭，便這般抱著張綺，大步朝著馬車走去。

目送著兩人遠去的身影，一直安靜待在一側的，另一個齊國貴女李映說道：「不過是個私生女！」她看向鄭瑜和秋公主兩人，認真地說道：「這樣的私生女，在陳地不過一妓妾……便是僥倖學得兩手才藝，難道還能改變蒼天賜給她的卑微命運？」

這種命授於天，富貴天定的觀念，正是當世最流行，貴族們世代誦記，刻在骨子裡的。

因此，這句話一出，剛才張綺帶來的衝擊迅速消逝了，秋公主和鄭瑜同時平靜下來。瞪著那漸漸不可見的馬車，秋公主冷哼道：「不錯！不管她如此囂張，賤民便是賤民！」說到這裡，她朝兀自躲在房間中的宇文月等人瞪了一眼，喝道：「不知羞恥的東西，活該！我們走！」

馬車駛出了大門，摟著張綺的蘭陵王，呼吸急促，臉色潮紅，呼出的氣息中，帶著淡淡的酒香和另一種花香。

張綺抬頭。

被她生生咬了一口牙印的蘭陵王，正正襟危坐著，他腰挺得筆直，雙眼微閉，一動不動的。要不是那一向嚴肅的俊臉上被印痕和潮紅填滿了，定然顯得十分威嚴，高不可攀。

感覺到有人在打量自己，他睜開眼來，見到張綺，長吁了一口氣，臉上表情更是一鬆。

他把張綺重重扯入懷中，沉啞著聲音對外面吩咐道：「走偏靜之處，慢一點行駛！」

話音一落，他低頭吻上了張綺的粉唇，感覺到她掙扎了一下，蘭陵王抱緊她的腰肢，低聲道：「別動……我一直忍到現在，甚是難耐。」說話之際，已扯開了她的腰帶。

張綺感覺到他濃烈的氣息籠罩著自己，不由呼吸也有點亂，她軟軟問道：「被下藥了？」

「酒裡有一點。」他喉結滾動得厲害，溫熱的唇瓣已從她的唇角迅速移向下巴、玉頸、鎖骨、胸口。隨著他一路吻下來，那呼吸越來越急。

張綺好奇了，她昂起頭，迷糊地任由他吻著，嘴裡卻還在問：「有多久了？」

「兩個多時辰。」他的聲音啞得厲害。

被下了藥，居然還能忍兩個時辰？忍了這麼久，藥力還沒有退，居然還能讓她聞到香味，這是什麼藥？真猛啊！

正在這時，他已胡亂扯下她的肚兜，一口咬住她的左乳。

張綺嚶嚀一聲，又是問道：「她們都在……還有婢子，你為什麼要忍著？」

在張綺的見識中，從來不知道男人有了衝動還須忍耐。左右不過多一雙筷子，實在不行，可賣可打發，還可順手殺了，為什麼要忍？

蘭陵王兩隻大掌攏著她的雙乳，合在一起，一邊舔咬著，一邊不耐煩地哼道：「又不是妳，自是得忍！」說到這裡，他實是不耐煩被張綺問來問去的，手一揚，把剛剛扯下的她的中裳塞了一角在她嘴裡。

這個世界安靜了。

他得意地輕呼一聲，覆身壓下了她，將那熱漲得幾令他發狂的玉柱，重重沉入她那細嫩美妙的所在。隨著火熱巨大的物事緊緊塞入，兩人同時滿足地呻吟起來……

馬車回到使者府時，已是一個時辰後。還沒有下車，便聽到外面傳來的喧囂聲，同時，還有一個陰陽怪氣的男子聲音傳來：「咦，這馬車晃得好生厲害……高孝瓘，你說要來拜見我，這就是你的拜見？」

正伏在張綺身上的蘭陵王一怔，連忙坐起，也不顧自己衣裳大解，一把扯過脫下的外袍，把張綺從頭到腳緊緊包住。

果然，他這個動作剛做完，只見車簾一晃，一人已把它掀了開來。

這人肥頭大耳，正是齊國河間王。

河間王一掀開車簾，便探頭看來，可他看到的，只是裸著上身，猶帶紅色的眼眸，冷眼看向自己的蘭陵王。至於讓他大為好奇的那個張姬，卻被蘭陵王包得緊緊的，從頭到尾連根髮絲也不見。

河間王抬頭打量著蘭陵王，口裡嘖嘖有聲：「整整讓人候了三個時辰，孝瓘能耐不小啊！在馬車上都能玩三個時辰，現在還這麼龍虎精神，了得，太了得了！」

在河間王陰陽怪氣的讚美聲中，蘭陵王嘴角一沉，沉聲道：「長恭明明約的是兄長，可喝過酒後出現在長恭面前的，卻是一些婦人……今日，便是兄長不來找長恭，長恭也得上門求見了。」

話一說到這裡，幾乎是突然的，就在馬車中，蘭陵王身子一探，右手閃電般的伸出。

他五指一伸，竟是緊緊扼住了河間王的頸項。

他這個動作快如閃電，更重要的是，河間王萬萬沒有想到，被自己欺凌了十幾年的高長恭，居然敢這麼做。頸喉被制，一陣窒息感傳來。就在這時，蘭陵王手臂一提，扼著河間王的咽喉，把他提到了半空中。

這個動作一出，外面的人縱是剛才沒有看清，現在也明白了。河間王帶來的人同時哇哇大叫起來，就在他們撲向馬車時，嗖嗖嗖數聲佩劍出鞘聲傳來，卻是眾黑甲衛同時走出一步，擋在了他們的去路上。

被蘭陵王這樣提著，河間王一張肥臉紫漲紫漲的，舌頭更是半吐著，那雙吊在半空的腿在車外不停地撲踢著。緊接著，一股惡臭從下裳處傳來，哪裡還有半分囂張？

見狀，蘭陵王冷冷一哼，手一鬆，把河間王的肥胖身子扔到了地上。

把他扔出車外後，蘭陵王百忙中低頭看來，見張綺依然被自己包得緊緊的，這才跳出了馬車。

大步走出馬車，他一腳踩在正掙扎著要爬起的河間王肚腹上，低下頭，對著像條出了水的魚一樣不停翻著想爬起來的河間王，嘴角一扯，殺意森森地說道：「高孝琬，你給我記著了，我高長恭的婚事，自有我自己操心，輪不到你來支配！」

他右手一伸，從一侍衛手中接過佩劍後，把那寒光熠熠的劍鋒指向河間王，冷冷地，一字一句地說道：「可聽到了？」

寒劍加身，隨時會洞穿自己的頸項。

要是以前，河間王敢肯定高長恭沒那個膽，可現在他不敢這麼想了，他覺得眼前的人瘋了。他顫慄著，在那劍鋒慢慢刺入喉結時，連忙嗄聲叫道：「記著了，我記著了！」

蘭陵王輕哼一聲，放開了河間王，才退後一步，便把劍還給侍衛。

蘭陵王沉沉地盯著河間王，又說道：「今日之事，你要是敢胡言亂語半句，高孝琬，你相不相信，我便是殺了你，也沒有半個人會懷疑？」

這點，河間王現在相信了。這裡是周地，高長恭隨便找一個藉口，說是遇匪，說是他惹了事被刺殺，齊國的人想查都沒得查處。

看到河間王一張臉又青又白，流下的惡臭熏得張綺都在自己懷裡蹭來蹭去了，蘭陵王這才冷哼一聲，沉聲喝道：「好自為之吧。」一說罷，他抱著張綺踏入了寢房。

隨著蘭陵王一走，一眾被黑甲衛壓制的河間王的侍衛們也得到了自由。在一陣忙亂後，他們扶著雙股軟得站不起來的河間王，匆匆離開了院子。

進入房中，蘭陵王便吩咐道：「準備熱湯！」

「是。」

他把張綺放了下來。

張綺一得到自由，不顧衣裳盡褪，便扶著他的胸口張著嘴，大口地呼吸起來。

呼吸了一陣，張綺慢慢平靜下來。感覺到蘭陵王的目光緊緊盯著自己，不由抬起頭，軟乎乎地問道：「郎君看我做甚？」

蘭陵王盯了她一眼，沉吟著說道：「阿綺，妳現在不能有孩兒。」蹙眉尋思一會兒，他朝外面喝道：「去煎一份避子藥來。」

見張綺垂著眸，他想了想，終是溫柔解釋道：「只是現在不能要。」

張綺沒有讓他說下去便嗯了一聲，應道：「我知。」

她當然知道，蘭陵王這一次回去便會議親，在這個節骨眼上，她便是懷了孩子，那孩子也留不得。與其到得那時被虎狼藥流下孩子傷了身子，不如現在避一避。

前陣子，他或許是開玩笑，或許是沒有想得那麼深，曾說過她如果有了孩子又當如何。可那話，是當不得真的。她一直知道，男人很多話都是當不得真的。這人在世上，能夠掌握的，除了自己，還能有誰？

想到這裡，張綺抬起頭來，朝著蘭陵王優雅地一笑，淺淺揚唇，輕喃道：「我知。」

她嫣然一笑，翩躚後退。儘管身無寸縷，那動作間，卻是風流無限。

蘭陵王一瞬也不瞬地看著她退開，不知怎麼的，胸口悶了起來。當下，他轉過身去，大步走入了耳房中，空留下寢房中靜靜屹立的張綺。

自從張綺想嫁寒門高官的夢破滅後，她就從來沒有想過能夠給哪個男人作正妻。

這個世間是很殘酷的，任何一個有權勢的男人，他要鞏固自己的地位，要過得順風順水，聯姻，借助女方的勢力是必不可少的。有的甚至不是要借助女方的勢力，他們娶妻只是為了門當戶對，為了自己出門在外，不受世人白眼和嘲諷。所以，不管男人出自哪個方面的考慮，都不可能娶她為妻。

除非，那男人如現在的蕭莫那樣，沒有了家族，完完全全白手起家。

在張綺看來，蕭莫便是現在想娶她，一旦得了手也會後悔的。畢竟，她對他毫無助益，她的長相甚至還會讓他遇到很多麻煩。

思忖到這裡，張綺有點不明白了，這麼明顯的道理，前一世她怎麼就想不通呢？還心心念念地想著要當那個男人的正妻？

不止是前一世，便是前不久，她不是還在慶幸著，慶幸自己與蘭陵王相遇得夠早？

哎，貪心不足，是會死無葬身之地的啊！

幸好，她清醒得很快。

剛才蘭陵王說的話，已完全是她意料中的事。最後她做出那番模樣，不過是想讓他對她多有一些愧疚罷了。

現在的她，唯一的夢想便是有一天能夠帶著錢財和人手離開，能夠隱居起來，在陳地的某個偏遠沒有戰亂的所在，度過此生。

……此生繁華應倦，何不一人一竹一隻影，淡看他人榮華寵辱？

看著房門吱呀一聲被打開，眾婢抬著熱水湧入耳房，張綺轉過頭，拿起自己的衣物，細緻地穿戴起來了。

這一次，阿綠也會隨著她前去齊地，有了機會，還是把她要到身邊吧。嗯，從秋公主、鄭瑜等人便可以看出，這些齊地貴女對蘭陵王是相當有獨占欲的。蘭陵王的婚事不定下來也罷，一旦定下，對她的傷害便會馬上跟進。

說不定，去了齊地沒有一個月，她就得到離開的機會了。

想到這裡，張綺側了側頭，看著一窗的濃綠，不由思忖道：阿綠的家鄉不錯，那裡的父老淳樸，又難見戰亂，到時便去那裡吧……有幸得到自由，可在院落裡種上一大片的野菊花。到得秋天，還可以把緞子鋪在菊花叢中睡覺呢。

與那些貴女不同，張綺從來不喜歡什麼牡丹、月季的，她愛的，其實只有那金黃的小小的，鄉間到處可見的野菊花。

想到那情景，張綺雙眼都瞇成了一線：到時，我一定要使勁地睡，睡很久很久。有人來了，我不想笑便不笑，我想瞪眼便瞪眼，想不睬便不睬。到時，我便是最隨意，也一定不會激怒到什麼人。

張綺抿著唇微笑起來。

在她浮想聯翩時，房門打開又關上，張綺探頭一看，卻是蘭陵王出去了。

她剛把頭縮回，一隊婢女進進出出，只見她們重新把水換掉，然後對著張綺躬身行禮，「張姬，請沐浴。」

「嗯，出去吧。」

⁂

傍晚時，秋公主等三人進了院落。

與前兩次見面時不同，這一次相見，鄭瑜的臉上紅通通的，眼眸明亮至極，整個人由裡到外都透著喜悅。看到張綺，三女傲慢地瞟過她後，便不再理會。

在三女進入堂房等候蘭陵王時，張綺令婢女把榻搬到院落裡，就著金燦燦的夕陽光，認真地繡起花來。

三女一邊說著話，一邊時不時地看向張綺，可張綺自始至終都安安靜靜地坐在院落裡低頭繡花，不見前來獻殷勤，也不見半點排斥，竟是安靜自在若此。

盯了她一眼，秋公主突然聲音一提，響亮地說道：「阿瑜，等妳嫁給了孝瓘，可不許還這麼老實喔！有些不知天高地厚的人，妳可得收拾了，不然我們可饒不了妳！」

秋公主一邊說，一邊惡狠狠地盯著張綺。

她就是討厭蘭陵王的這個姬妾，明明只是一個卑賤得等同貨物的人，卻一次又一次在不經意間把她們給比了下去，令得自己這個堂堂的公主看到她時，都有點自慚形穢。

秋公主的那番話，響亮清脆，整個院落的人都聽得一清二楚。

這番話分明是衝著張姬來的，一時之間，眾婢都同情地看向張綺，又飛快地低下頭去。

在眾人的注視下，張綺還是低著頭，安安靜靜地刺繡著。她絕美的臉上一派嫻靜，嘴角始終含著笑，穿針走線的動作沒有半點遲鈍，彷彿秋公主說的話根本就沒有傳入她的耳中。

這女人，竟是鎮定到了這個地步！

秋公主一頓間，李映在一側笑道：「是啊，便是我們放過了妳，妳的母親也不會放過呢！咱們齊地的貴女，可不興丈夫納妾！」頓了頓，她殘忍地說道：「當然，如果當時駁不過孝瓘，也可留待日後慢慢懲治！身為主母，難道還能讓一個小小的姬妾翻了天去？」

同樣，這話一清二楚地傳到了張綺的耳中。

同樣，院落的眾人都在注意張綺的神色。

張綺依然是頭也不抬，依然是穿針走線，一絲不苟，彷彿她們說的話只是過耳的風，吹過後，便沒了痕跡。

三女盯了張綺一陣子，見她不是作偽，竟是真真正正地不為所動，不由相互看了一眼，同時迷惑起來。

她們之中，以秋公主這個道地的鮮卑人性格最為藏不住事，她騰地一聲站起，大步走到張綺面前，直到把她的光亮擋住，令得她刺繡的動作頓住後，她才尖著聲音冷笑道：「張氏阿綺，妳不對妳的主母行禮嗎？」

見她還是不理自己，秋公主右手一伸，抽去了張綺膝上的繡棚。

張綺無奈，只得抬起頭來。

抬頭看向秋公主的張綺，眼神明澈，嘴角輕揚，表情自在又恬靜。

看著固執地瞪著自己的秋公主，張綺輕嘆一聲，點頭道：「妳們的話，我都聽到了。」

聲音嬌軟動聽，怪不得連蘭陵王那等從不為女色所動的男人也迷惑了。

在秋公主越發厭惡的眼神中，張綺溫溫軟軟地說道：「這個不用急的……等主母敲定了，會有阿綺前去行禮的時候。」

她的意思是說，她們急了？

秋公主一口氣噎在了胸口，瞪著張綺，恨不得打掉她這張看似冷靜的臉。

張綺還在淺笑，軟綿地說道：「我說完了，可以把繡棚給我嗎？」

秋公主頭一昂，把那繡棚藏到背後，尖著聲音問道：「妳一點也不怕，不在意？」

院門處，正要進來的幾個身影這時頓住了。

張綺垂眸，淺淺笑道：「我怕啊！」

可妳這樣子，哪裡有半點像在害怕？

見秋公主一副不肯甘休的架勢，張綺幽幽一嘆，道：「放心……如果將來的主母要我走，我不會留戀的。張氏阿綺雖然出身不夠好，骨子裡也是個驕傲的。主母容不得阿綺與她分享夫君，阿綺也是一樣，不喜與他人分享寵愛。」

見秋公主呆住，張綺從她手中拿回繡棚，低下頭，一邊在那爛漫的遍地金黃中添上一線，又溫溫柔柔，如水般清軟地說道：「妳們不必把阿綺視作敵手……阿綺很聽話的，時機一到，便會老老實實地離開，再也不給誰添堵。」

她想，秋公主三人已把自己視作眼中釘肉中刺，是時候把話透出一些了。這樣，她們便是無法完全釋懷，想要害她時，下手也不會太絕。說不定，還可以與她們商量一下，從她們手中得到錢財和人手離開，應該比從蘭陵王的手中容易吧？

想到這裡，張綺有點出神，她咬著多出的線條，尋思起這種計謀的可能性來。

院落裡安靜下來，就在這時，鄭瑜溫柔的聲音輕輕地傳來：「張姬，妳千萬不要這麼想。妳是孝瓘的心上人啊，妳離開了，他一定會不開心的。以後，咱們都好好地過日子，好不好？」聲音溫婉，目光更是誠懇。

看到她走到自己面前一福，張綺睜大了眼，簡直不敢相信這話是她說出的。

不止是她，秋公主也傻愣愣地看向鄭瑜。

就在這時，幾個婢女齊刷刷地喚道：「郡王！」

原來是蘭陵王到了！

一襲黑衣，身上猶帶風塵的他，大步走向張綺。

一直走到張綺面前，抿緊唇的蘭陵王突然沉喝道：「都出去！」

這喝聲一出，鄭瑜馬上蒼白了臉，她含著淚看向蘭陵王，見他根本毫不顧及自己，不由拭著淚，溫柔地說道：「是，我們這就出去。」說罷，她主動扯著秋公主，又拖上李映，匆匆退出了院門。

她們一帶頭，眾婢僕哪敢停留？當下腳步聲亂響，轉眼間，一院子的人便退了個乾淨，空留下瞪著張綺的蘭陵王和張綺兩人。

自蘭陵王一進來，張綺便也白了臉。

她沒有想到自己好不容易找個機會把態度擺明了，居然被他撞了個正著？

從來沒有一刻如現在這般讓張綺後悔，她緊緊咬著唇，頭都擱到了胸口上……一直以來，她都是習慣了暗暗籌劃，再不動聲色地行事，怎麼這一次她就把心思說出來了呢？說出來也就罷了，要是只有鄭瑜等三女聽到，她們定然會勒令眾婢不得透露給蘭陵王，定然還會助自己一臂，幫著自己離開他。

可是，她竟然讓蘭陵王逮了個正著！

她怎麼能犯這麼低級的錯誤？

蘭陵王目光冷戾地盯著張綺，她雖然很快地低下了頭，可那表情變化，已被他收入眼底。

……她剛才說的話，全是發自肺腑的！

便是現在，被自己逮著的現在，她也沒有半分對自己的不捨。她害怕的，只是她說的話被他聽了個正著吧？

天下間，有哪個女人對得了自己身子的丈夫如此不在意的？這陣子的朝夕相處、耳鬢廝磨、溫言軟語、眷戀纏綿，對她來說，難道都只是逢場作戲？
從小到大，蘭陵王已學會越是憤怒，便越要鎮定，越是在意，便越得藏起。因為，有很多很多人不想看到他好過。
他咬了咬牙，閉上雙眼，再睜開眼時，眼睛一片清明，雙手負在背後，更顯得身姿挺拔。
他靜靜地看著張綺，吐出的聲音平靜如水：「妳很想離開？」
這聲音不但平靜，甚至還有幾分溫柔。
張綺的頭越發低了，她瑟縮了一下，軟軟地，有點急，也有點脆弱地說道：「不，不是……剛才她們逼我，我只能這樣說。」
悄悄抬眸，對上蘭陵王含著笑，眸中卻冰冷一片的模樣，她駭得迅速低下了頭。嚅了嚅，張綺小聲說道：「秋公主要那個阿瑜嫁給妳後，就不能老實了，像我這樣不知天高地厚的人，要好好收拾，另一個還說，便是阿瑜不下手，阿瑜的母親也會替她下手……」
「是嗎？」蘭陵王低低一笑，啞聲說道：「因此妳告訴她們，妳一點也不稀罕我，妳巴不得馬上就離我遠遠的？」
張綺啞了。
蘭陵王負著雙手，目光眺向遠方。
安靜了一會兒後，他低沉的聲音平靜地傳來：「張氏阿綺，我曾經說過，如果有一天我對妳上了心，而妳卻心有離意，我會親手扼殺這一切，妳還記得嗎？」
什麼？張綺嚇得臉都白了，她再也顧不得裝愚守拙，縱身一撲，掛到了他的頸上。
張綺緊緊摟著他，小嘴不停地在他臉上親著，一邊親吻，一邊淚汪汪地說道：「我不是，我真不是……都是她們威脅我，我才怕了，才胡說的……嗚嗚……」

她淚如雨下，每流出點眼淚鼻涕，還不忘記朝他身上一抹……

蘭陵王側過頭去，瞪著遠方濃綠的樹林。

他自是唬她的！

今天上午，她突如其來咬他一口，還咬得那麼重，他都捨不得推開她。現在，哪裡可能因為她的一句話，便對她下狠手？

他只是心口堵得慌，不說幾句重話，不嚇她一番，那口氣無從宣洩。

現在，她摟住他了，用那種黏乎乎的聲音騙著他，說什麼自己是被嚇住了，還擺出這麼一副無比歡喜他的模樣。

他歡喜她這樣，可是，他更明白，她剛才的話，剛才那一臉的不在意和冷傲，才是真的。

這女人，對他薄情至極！

想到恨處，饒是軟玉溫香緊緊地貼在身上，他的身子也是又冷又僵。終於，蘭陵王唇角一抿，伸手把張綺扯下，把她重重一推後，轉身走出了院落大門。

✖ ✖ ✖

張綺是在睡夢中被他弄醒的。

她睜著迷糊的雙眼，望著伏在身上舔吻著的男人，沙啞地喚道：「長恭……」

聲音如水，真個柔情無限！

聽到她的聲音，伏在她身上的男人僵了僵，轉眼，他右手一扯，「滋滋」聲中，她身上的內衣已被撕了個粉碎。

這一晚，喘息聲徹夜不息。

雞鳴第一次時，蘭陵王終於從她身上挪開。

被折騰得筋疲力盡的張綺睜開眼來，她軟得手指頭也不想動一下，身邊蘭陵王的輕鼾聲已不停傳來，可她偏偏沒有捶意。

張綺微微側頭，看向背對著自己的蘭陵王。他背部的肌理結實有力，彷彿可以讓人依靠……想著想著，張綺無聲一笑。就在這時，蘭陵王突然坐了起來，睜開了雙眼。

「長恭？」靜夜中，張綺的聲音軟軟的，帶著幾分疑惑。

蘭陵王沒有回答，而是避開她，翻身下了榻。

歡愛了這麼久，他上裳都褪到了腰間，結實有力的大腿完全裸裎，只有飄搖的裳襬遮著光裸的下身。

見他提步便朝房外走去，張綺急忙從榻上滾下，抱著他，伸手把他的上裳繫好。一邊繫，一邊擔憂地看著他：此時的他，明明雙眼睜開，卻似沒有焦距一般。

他是怎麼了？

就在張綺疑惑不安時，蘭陵王突然頭一歪，燦爛一笑。

這一笑，不止是燦爛，簡直還帶著幾分童真。他爛漫而又快活地笑著，低低的嗓音，更沒有經過特意的壓沉，顯得十分瑩潤動聽，直能讓人癢到心田。

「阿綺！」

他在喚她。

張綺抬頭。

年方十九的少年，目光越過她，看向她身後的黑暗，笑得特別純真，他輕而靦腆地說道：「阿綺，妳喜歡我的臉，對不對？」

張綺動了動唇，在還不知道要不要回答時，突然地，蘭陵王垂著眸，羞澀一笑，他慢慢地慢慢地扯開剛被她攏起的上裳。

他羞澀地把上裳脫去，然後把它溫柔地塞向前方，嘴裡則靦腆中帶著愉悅地說道：「阿綺也喜歡我的身體，對不對？」他唇角上揚，幸福地說道：「我知道妳喜歡……妳現在看，看多久都沒有關係！」

這、這、這？

張綺睜大了眼，傻愣愣地接過了他手中的上裳。

這時，他完美的唇線一彎，鳳眸彎成了一線，羞澀歡喜地說道：「阿綺，抱抱我……」聲音脆弱如嬰孩。他抬頭看向張綺的後方，目光中流露出一抹迷離和脆弱，「阿綺，我很怕黑，妳呢，妳怕不怕？」

張綺張著小嘴，正不如如何是好時，蘭陵王忽然轉過身，迷迷糊糊圍著榻轉了兩圈後，重新爬到榻上。他雙手置於胸前，規規矩矩地朝榻上一躺，便閉上雙眼。

張綺還在發怔時，他的輕鼾聲已在殿中迴盪……

這、這、這是怎麼回事？

張綺側過頭，眼睛一眨不眨地看著蘭陵王。看著他輕鼾陣陣，看著他又翻過身背對著她。

直到凌晨時，張綺才迷迷糊糊地睡去。

當她睜開眼時，枕畔已空，外面白日掛於中空。

張綺睜大眼，發了一會兒呆，這才慵懶地起了榻。

洗漱後，她揮退婢女，就著銅鏡梳理起秀髮來。

秀髮如緞，光可鑑人，銅鏡中的少女，眉目中還有一份稚嫩，卻已婦人風情畢現。

張綺伸出手，怔怔地撫著白嫩如雪的臉蛋，正在這時，一陣腳步聲傳來。

她連忙收起表情，綻放出一朵笑容。

蘭陵王高大的身影出現在房門口。看到張綺，他沉著臉提步走來，逕直來到她身後，面無表情地拿起玉梳，細細地幫她梳理起來。修長有力的手指每一次穿過，墨髮便紛紛而落。

他的動作很溫柔，特別特別的溫柔……

張綺巧笑嫣然，看著銅鏡中的男人，低低地，軟軟地說道：「長恭……」

「嗯？」

「你昨晚……」

「昨晚怎麼了？」男人抬頭看向她，嚴肅的俊臉上，那雙眼睛正深邃地，詢問般的緊盯著她。

張綺嘴張了張，溫柔笑道：「沒事……你好像夢囈了。」

「夢囈？」男人皺緊眉峰，說道：「從來沒有人說過這事。我在夢中說了什麼？」

張綺從銅鏡中悄悄看向他，軟軟地說道：「你喚我了，喚我阿綺……」

「哦。」男人渾不在意，淡淡地說道：「這兩天妳日夜在我身側，我喚妳很正常。」

看他這樣子，似是真沒有印象？

也許是張綺欲言又止、悄悄打量的目光被蘭陵王發現了。

他眉頭大皺，沉沉說道：「到底有什麼事？痛快說出來！」語氣中已有不耐煩。

張綺一驚，連忙說道：「沒事！」見他臉上烏雲密布，她馬上找了個藉口，「我、我剛才要了……管事說，沒有你的吩咐，那避子湯，他不能呈來。」她甜笑道：「你說一說吧，再拖下去，我怕藥效沒了。」

從昨晚與他歡愛到現在，也有六個時辰了吧？還有，第一次他與她弄了那麼久，都沒有服藥，也不知會不會……

張綺認真地尋思起來，她沒有注意到蘭陵王的動作僵住了。

他一瞬也不瞬地盯著銅鏡中，華美含媚的張綺。

慢慢地，他垂下眸，聲音冷凝地問道：「妳很想服那藥？」

什麼叫她很想服那藥？這不是他所希望看到的嗎？昨天不是命令她服了嗎？

張綺眨巴著眼，從銅鏡中看著沉沉地盯住她的蘭陵王，小嘴微張，喃喃說道：「我……」

才吐了一個字，蘭陵王陡然把手中的玉梳朝几上重重一放。隨著「啪」的玉碎聲，他衣袖一拂，大步走了出去。

張綺愣愣地看著蘭陵王遠去的身影，呆了半晌。

他竟是這麼生氣！

張綺看著他離開的方向，十指絞動著，直過了好久，才低下頭，看著銅鏡中那張白嫩絕美的臉蛋，喃喃說道：「不管怎樣，還是得服藥的……」

蘭陵王議親的事迫在眉睫了，她是無論如何也不能有他的孩子。

今天看來，他是不高興她避子的，可明天呢？說不定明天他又覺得自己應該避著。不管如何，身子是她的，這個險不能冒。

想到這裡，張綺喚道：「把管事叫過來。」

「是。」

不一會兒，一陣腳步聲傳來，「張姬，您喚小人？」

「進來吧。」

「是。」

身材高大，一看就是行武出身的漢子走了進來。

對著恭敬候立著的管事，張綺說道：「剛才郡王交代了，令你準備一些避子湯。」她凝聲道：「以後我有吩咐，你就令人煎好端來吧。」

方老抬頭看向她，見張綺靜靜地盯著自己，那表情與平時完全不同，竟是不怒而威，他反射性地應道：「是。」剛應完，他又有點遲疑，便問道：「郡王他沒有直接……」

不等他說完，張綺已沒好氣地命令道：「去準備吧。」她的聲音很冷，「這是婦人內室的小事，難不成，也非得郡王親口跟你說？」

聽她語氣不善，方老連忙稱是。

他一邊退去，一邊卻是想道：可張姬妳的事，郡王都是自己經手的啊……

方老捉摸不定蘭陵王的心意，最後還是令人端了一碗避子湯過來。

他思忖道：暫且聽著張姬的，等見了郡王，再確定一下吧。

揮退管事後，張綺坐在院落裡刺繡。她的繡活非常出色，傳承數百上千年的世家，經常有很多珍藏的，不會流傳到外面去的絕活。雖然大多數是在書畫琴棋等方面的絕技，如瑯琊王氏的書法等，可也有一部分是屬於女眷的。而吳郡張氏，最拿手的是一手花鳥山水繡。這種繡活練到深處，可以栩栩如生，繡出的鮮花，連蝴蝶都纏著飛。

兩世為人，張綺於刺繡一道，已是當世無匹的高手。

她不知道在齊周這種北地，刺繡能不能售個好價，可她還是想試一試。要是能多得幾個銀錢，也可傍身。

她手中的這副野菊繡屏，那金黃花朵盛開的秋日陽光下，燦爛得彷彿裡面的光芒都要溢出來。

到了現在，也只差一些邊角功夫了。

蘭陵王和秋公主等人到來時，便看到了這麼一幅畫面：還有點稚嫩的絕色美人靜坐在陽光下刺繡，她的眉眼中充盈著寧靜和溫柔。而她身前的繡棚上，一大片的金黃野菊混合在陽光下，偶爾還有兩隻蝴蝶飛來，繞著繡棚翩躚起舞。

這一刻，美人如玉，陽光盛開，連風也是輕柔的，帶著亙古的寧靜，讓每一個人的腦海同時泛出了四個字：歲月靜好。

鄭瑜才看了幾眼，馬上轉頭看向蘭陵王。

蘭陵王一臉沉肅，倒是看不出什麼表情來。

正在這時，身後一陣腳步聲響，卻是一個婢女端著一碗湯藥走來。

那婢女看到蘭陵王後，連忙福了福，恭敬喚道：「見過郡王。」

蘭陵王蹙著眉，問道：「這是什麼？」下意識中，他不想驚擾院落中的美景，聲音壓得很低。

婢女恭敬地答道：「是避子藥。剛才張姬找管事要了，管事讓婢子端來。」

這藥，是方老在知道自家郡王回來的聲息後，臨時令她熱一熱端過來的。這話，也是方老交代的。方老跟著蘭陵王行武出身，深知自家郡王治家之嚴。他不想違背張綺的吩咐，又不敢得罪蘭陵王，便想到了這一齣。

「避子藥」三個字一出，秋公主點了點頭，鄭瑜也是美目顧盼。而那個貴女李映，看向張綺的眼神中也帶上了一分柔和。

蘭陵王卻是抿緊了唇，直直地盯著張綺。

張綺顯然沒有發現他們已經到來，表情一派嫻靜。那墨髮紅顏、皓腕明眸，是如此的動人，整個人被陽光照耀著，彷彿發了光的寒玉……

「不必了！」在秋公主等三女不敢置信的眼神中，蘭陵王認真地說道：「告訴方老，這些東西不必給張姬備著了。」

他嚴肅著，也不知是對鄭瑜等人，還是對那婢子，認真地強調道：「我年紀不小了，也該有自己的骨血了！」

他年紀不小了，便非要一個姬妾生的子女？不是一回去便會議親嗎？議親了，娶了妻，還怕沒有子女嗎？

秋公主看了一眼鄭瑜，只覺得替她堵了一口氣。她瞪著蘭陵王，想了想，儘量溫和地說道：「孝瓘，這長子是有說法的……」雖然明知道他也是堂堂王孫，不可能不知道這其中的竅門，可秋公主還是很溫和地準備跟他辯一辯這事的嚴重性。

話剛出口，蘭陵王已轉過頭來。

他冷冷一瞟，這一眼，恁地不耐煩！

秋公主一驚間，蘭陵王已是沉沉說道：「孝琬快要出發了，妳們且休息一下，長恭會儘快出來。」說罷，他提步朝前走去。

秋公主見他這樣對待自己，一口氣堵在胸口，怎麼也散不了。她眉頭一挑，正準備說些什麼，衣袖被人扯了扯。秋公主低頭一看，卻是鄭瑜，她眼中含著淚，正乞求地望著自己。

秋公主到了嘴邊的話，給嚥了下去。

而這時，聽到外面動靜的張綺，已放下繡棚針線，娉娉婷婷地走來。對上大步走來的蘭陵王，她福了福，乖巧地喚道：「郡王！」又轉向秋公主幾人行了一禮。

秋公主心情正不快著，對上張綺，只差雙眼沒有冒火。而鄭瑜那泫然欲泣的模樣，也讓張綺大為好奇。她還想再看時，手臂一疼，自己已被蘭陵王撈到了身邊。

感覺到疼痛的張綺，回過頭來，對上蘭陵王陰沉的臉，連忙嫣然一笑，在笑容炫花了幾人後，她雙手抱著他的手臂，乖巧地喚道：「長恭……」聲音又柔又嗔，直讓人連骨頭也酥了。

這叫喚一出，蘭陵王的臉上好了些，而一側的秋公主等人，那臉色就更難看了。

張綺自不會在乎她們的臉色，不管將來如何，蘭陵王現在是她的主子，是她的依靠，她不討好他，還能討好誰？再說了，以她和三女的立場看來，便是她什麼也不做，彼此之間也是仇人，討好都沒有用的仇人。

蘭陵王側過頭，看著張綺眨巴著如小鹿似的水汪汪的大眼，諂媚地看著自己，不由暗嘆一聲，伸了雙手把她攔腰一抱，便這般走向院子裡。

目送著兩人的身影，三女站在院落門口，一時進也不是，退也不是。從剛才蘭陵王要她們休息片刻的話看來，分明是不想她們打擾了兩人。

秋公主尋思到這裡，臉色已是相當難看。她瞪向鄭瑜，低聲罵道：「阿瑜，妳就是太好說話了！妳看，這親還沒有議，已被人欺到頭上了！」轉眼又咒罵道：「又不是腳斷了，怎麼每次都要人抱？」

她的聲音又急又快，眼看秋公主說話的聲音越來越大，鄭瑜連忙扯著她，垂著淚說道：「正是親還沒有議，我、我才不能說話！」

秋公主一怔：也是，親都沒有議，阿瑜便要管也師出無名！再說了，依孝瓘那脾氣，逼急了，說不定他便不娶阿瑜了！

明白了這一點，秋公主點頭道：「好，這口氣我先吞下去！」她瞪了院落中的兩人一眼，惡狠狠地說道：「反正她也蹦躂不了多久！」

這話不止是李映，連鄭瑜也連連點頭。

心情調整過來的秋公主，揮手招來幾個婢女，在她們的帶領下，三女在外面的花園裡轉悠起來。

❖ ❖ ❖

蘭陵王把張綺放在腿上，他大手撫摸著她的細腰，低下頭，認真地看著她美麗的眉眼，溫聲說道：「以後，那避子藥不用服了！」

什麼？張綺瞪大了眼。

對上她不敢置信，甚至有點煩惱的表情，蘭陵王側過臉去。他直深吸了幾口氣，才轉向她，放低聲音，認真地解釋道：「有了孩子，我會善待他的！」

張綺的聲音卻是有點急，她絞著十指，喃喃說道：「可是，萬一懷了個兒子怎麼辦？你的長子，豈能由我這個小小的姬妾生出？」

她想到那些正妻、那些名門世家中主母的種種手段，不由打了一個寒顫。

張綺白著臉，呆呆地說道：「長子何等尊貴？被我這樣的母親生出的孩子白白占去名號，那豈不是生生地打你未來岳家的臉？便是皇室……你出外冶遊時，也會有很多人笑話你。還有，你善待他又怎麼樣？一個孩子，又不是生出就夠了的。他那樣的身分，這一生不知會受多少白眼，遇到多少明槍暗箭，毒害攻擊。」

她顯然是真的很害怕，說這話時臉白得像紙，而且眼眶中泛著淚，身子不停地打著哆嗦……

蘭陵王垂下眉眼。

張綺急急抬起頭來，看著他，低聲求道：「長恭，你聽見了嗎？這事不行的，真的不行……」

他可以一時任性，可不管是她，還是她的孩子，卻得用一生來承受這任性的後果！

蘭陵王卻是靜靜地看著她，見到她淚珠直在眼中打轉，聲音又慌又亂，臉色也白得可以。

他低啞地問道：「妳以前，也這樣嗎？」

什麼？

對上張綺不解的眼神，蘭陵王低沉地問道：「妳以前，也總是每件事都想這麼多嗎？妳的家族中，出現很多這樣的例子？」

他雖然出身也不好，可他是王子，他的出生是很多人期待的。他都沒有想過，會有女人對自己孩子的出生，存著這麼嚴重的恐懼和憂思。

張綺小嘴張了張，最後點了點頭，輕聲說道：「是……我自己便是不應該存在於這世上的！」

聲音一落，蘭陵王陡然摟緊了她。

他摟著她，低聲而嚴肅地說道：「我們的孩子不同！」他盯著她，徐徐說道：「我年紀不小了，也該有孩子了。」

聽到這裡，張綺簡直急了，他要兒子不要緊，可那兒子不能是她生的，她不配啊！

蘭陵王低下頭，看著急得額頭直冒汗的張綺，忍不住雙臂又收緊了些。

他垂下眼，慢慢說道：「那我暫緩議親！」

什麼？

在張綺傻呼呼的目光中，他深邃如星空的眸子閃過一抹溫柔，聲音更是如春風拂過：「我會緩半年再議親。」

他低下頭，在她的額頭上印上一吻，認真地說道：「還有，妳不用害怕……我的妻子，若是連妳也容不下，我又何必娶她？以後我會長年出征在外，不管在哪裡，我的身邊有妳一個就夠了，娶妻也就是鎮鎮宅子罷了。」

他喜歡看到此刻張綺眸中閃動的亮光，因此又在她眼上親了親，吐出的聲音更是溫柔中隱隱帶著笑意：「阿綺，一回國，我便向陛下要求賜婚，等妳有了正式的名分，也就不這麼害怕了。」

他的目光晶亮著，唇角更是帶笑。

張綺也含著笑看著他。

從那日河間王與宇文月聯合算計他一事便可知，齊國境內，定有很多人不想看到蘭陵王崛起，更不希望他能結交到一個強而有力的岳家……他能對她承諾緩半年議親，已是把她放在心坎上了。要知道，那樣強勢的岳家，不是他想挑就能挑的。

這一緩便是半年，也不知會不會激怒對方。

他已為她擔了很大的風險了。

蘭陵王事務繁忙，與張綺耳鬢廝磨了一會兒，便又匆匆離去。

這陣子，張綺實是把宇文兄妹得罪狠了，無形中，周地任何一個貴族都不敢邀請她參加宴席。所以蘭陵王把她放在使館裡，派上黑甲護衛著，他自己則與河間王等人一道，出入各種場合。

蘭陵王一走，張綺已無心刺繡，只是怔怔地看著前方出神。

蘭陵王要她生下他的孩子，他對她，是上了心的。

可是，她不敢！

她真的不敢，也不能！

在對他、對未來沒有六成的把握前，她不能冒冒然地生下孩子，讓自己由主動變為被動。

她垂下眸，伸手撫摸著繡卷中的野菊，低低說道：「如果有一天不再以色事人，許能要了。」

在建康張府中，她學的不止是琴棋書畫等，還有一手所有名門世家的嫡出姑子們都必須學會的：閨閣內宅術。這門學術，不以公開的方式，而是在她們刺繡時，會有幾個資深的婦人以偶爾點撥的方式來教授。同樣，這門學術中，便有一招避子法——當然，這裡的避子，是教授嫡女們一旦成為他人正妻後，怎麼對付夫君的姬妾們的。

張綺雖然沒有資格學習這個，只是在她刻意的留神下，也偷學了一兩手。其中有一手，便十分的簡單，而且對身體傷害也小一點的，現在可以拿來一用了。

想到這裡，張綺喚來一個侍衛，遞給他一份帛書，垂著眉，微有點羞澀地說道：「按上面的購一份來。」

那侍衛低頭一瞟。帛書上，只有幾個簡單的字：孕陰丹一百粒。

當今世道，煉丹之術橫行，同時，房中術也流行。這種孕陰丹便是葛洪道祖為房中術而煉。它通過加強婦人胞宮之陰氣，來幫助與這婦人交合的男人採陰補陽。

也就是說，這丹藥是對自家郡王有利的。

葛洪所煉的丹藥，各大世家和皇室都有收藏，便是要買也不難。

那侍衛連忙收起帛書，認真應道：「是。」

他轉身走了出去，不一會兒功夫，一百粒孕陰丹便到了手。張綺拿出一粒混著茶水服下後，一粒貼在臍眼上，其餘的都收藏起來。

這種孕陰丹與大多數丹藥一樣，含著少量的汞，而兩粒孕陰丹這樣使用，恰好能避孕，對身體的傷害主要是癸水不調，以及長年使用可致中毒。

雖然大多數含有汞的丹藥都能避孕了，可這孕陰丹除了對身體的毒性較小外，還有一樁妙處。長期貼在臍眼，能令身體發出芳香之氣……這才是張氏的嫡女們代代使著，口口相傳的主要原因。

晚上時，蘭陵王回來了。他沐浴過後，便回到榻上，把睡著了的張綺抱到了胸口上。

被他這麼一折騰，張綺睜開迷離的雙眼，咕噥道：「長恭回來啦？」因為睡意猶存，她雙眼睜得十分辛苦。

美人眼迷離，那慵懶之色，直能勾魂，蘭陵王不由在她的臉頰上輕輕一吻，啞聲道：「嗯，回來了，睡吧。」

「哦。」張綺嘟囔一聲，老實地伏在他的胸口準備睡去。

蘭陵王卻沒有睡意，他撫著她的墨髮，低低說道：「阿綺，再過兩天，我們便起程返齊了。」

就要回齊國了？

張綺一驚之下，睡意全消。

蘭陵王低頭看著她，手指纏著她的秀髮直轉動著，又說道：「高孝琬，也就是河間王，見人便誇妳美貌過人……只怕到了齊地更會如此。」他怕張綺聽不懂，低下頭在她秀髮上親了親，沉沉說道：「他從來如此……自小到大，我若在意什麼，他必定想毀了去。」

話音一落，感覺到懷中的張綺身軀僵硬，他連忙摟緊，低聲承諾道：「妳放心，便是陛下開口，我也斷斷不會應允……陛下也不是那種人。」他沉聲道：「只是妳記著，那個人說的任何話，妳都不可信，我若不在，更不可隨他離開。」

張綺連忙嗯了一聲，軟軟說道：「我明白。」

「睡吧。」

「嗯，長恭也睡。」

明明簡單的一句話，可能是她吐出那個「睡」字時，微靡的吳儂軟語讓人浮想連翩，因此話音一落，她就清楚地感覺到身下的他那裡又硬挺起來。

張綺連忙一動不動。

蘭陵王深吸了幾口氣後，苦笑道：「阿綺太過誘人，成日這般行事，怕是鐵人也熬不過。」

張綺連忙說道：「我睡那邊。」

哪裡知道，她才一動，蘭陵王的雙臂卻越發收緊了。

他閉著雙眼說道：「我忍一忍便是……妳便這般睡吧。」

便這麼睡在他的身上？

不過，這些日子，兩人一直都是這般廝纏著入睡，張綺也習慣了。她嗯了一聲，老老實實地趴在他的胸口上，不一會兒便進入了夢鄉。

而蘭陵王的呼吸，直急促了小半個時辰，才慢慢平復。又過了一個時辰，他才跟著入睡。

兩天一轉眼就過去了。這一日，到了使者離開長安的日子。與在建康時一樣，這一日，長安的少女們，含著淚叫喚著蘭陵王和蕭莫的名字，百里相送。

而張綺，也是這場送別之宴的主客。無數少年郎或驅著馬車，或策著馬，緊緊跟在蘭陵王的馬車後，更有一些少年不停地向他求道：「聞郡王有一絕色美人，何不讓我等也賞一賞？」、「今日一別，今生怕是再無相見之時，郡王何必太苛？」、「讓我們看看這個吳郡張氏的小姑子吧！」

……

在車隊快要駛出城門時，一個小廝踮起腳眺望著這一幕，好一會兒他才依依不捨地回過頭來。見到自家才華橫溢的郎君只顧著低頭看書，小廝不由扯了扯他的衣袖，笑道：「五郎五郎，他們都在鬧著要看蘭陵王的寵姬呢！」

那五郎抬起頭來，俊秀的臉上全是冷淡，「那等女人有什麼好看的？」說到女人，他不由轉頭，目光中帶著期盼和歡喜地看向宇文府的方向，暗暗想道：天下間最美的女人，也不可能美過我的阿興。

這個五郎，大名蘇威，其家是京兆武功大族，父親蘇綽更是西魏名臣。至於他本人，幼承家學，小小年紀便表現出非同一般的才幹和睿智。因反覆搬家，他的婚事一直給拖到了現在。來這周地後，做過幾樁事的蘇威露出了崢嶸頭角，使得周地想與他結親的不知有多少。

那一日，宇文護提出過把自家的庶女許他為妻。蘇綽原是不肯，蘇威自己也有點憤怒的。備受家族之累，異地飄零多年的兩父子，一不在乎女方是不是世家或權貴之女，二不在乎對方有多少陪嫁，唯一要求的，是女方人品必須賢淑。想那宇文護行事囂張霸道，他的女兒人品怕也有些問題。可不知怎地，本來憤憤不平的蘇威去了一趟宇文府後，便改變了主意，不但首肯，還表現得迫不及待。

他向來心志專一，不管是讀書還是行事，不做便已，一旦做了，便專心致志，心無旁騖，便是天動山搖，也不會令他改變初衷。因此，雖然身前身後的同齡人都在鬧著叫著要看一看蘭陵王的寵姬，他卻是捧著書本，毫不猶豫地朝家中走去。他身後的小廝雖然哀叫連連，卻也只得跟上。

眾少年少女折柳相送，直送了百餘里，少年們也沒有機會看到蘭陵王的寵姬。在一陣陣嘀咕聲中，他們不得不告辭離去。

送別的人走了，會合了齊周陳三國使者的隊伍，還是浩浩蕩蕩一大堆。

張綺一直縮在馬車裡，不管外面的人叫得多麼熱鬧，蘭陵王沒有鬆口，她便沒有伸出頭。

眼看四下恢復了安靜，張綺悄悄掀開一角車簾，看向駛在前方的陳使隊伍。

隔了這麼十幾米和這麼多人，她都能聽到阿綠歡喜的大呼小叫聲。張綺自己心思重，便特別喜歡阿綠的單純快活。光是聽到她的叫聲，她便忍不住微笑起來。

正在這時，與另個使者交談正歡的蕭莫頭一轉，正好看到了盈盈而笑，歡喜看來的張綺。

他有多久沒有看到她這樣的笑容了？

蕭莫木了一陣後，已無心思與那使者交談，隨意說了幾句，與他別過後，便候在那裡等著張綺的馬車過來。

她的馬車一過，他便令馭夫靠近來。

不一會兒，兩輛馬車已是並排行駛了。

蕭莫把車簾完全拉開，轉過頭朝著張綺看來。

一側策馬而行的蘭陵王，朝這方向瞟了一眼，也沒有阻止。

「阿綺。」蕭莫斯文的聲音傳了過來。

張綺抬起頭，四目相對，蕭莫唇角一彎，他溫柔地說道：「阿綺好似又長大了些。」不只是長大，是又變美了。成了婦人的張綺，正飛快地，以幾天一變的速度，轉化成一個絕代佳人。

張綺低下頭來，輕聲回道：「蕭郎過獎了。」

「還是叫我阿莫吧。」這一次的蕭莫，似乎眼中的陰霾盡去，談笑舉止中意氣風發，比在陳地時也沒有差別。

蕭莫示意馬車再靠近一些，他湊了過來，認真地說道：「阿綺，那幾個齊地貴女，與高長恭是有瓜葛的吧？」

他專注地盯著她，輕聲說道：「我那日說的話，妳可以考慮一下了……妳我都是世家出身，自是知道，那些做人主母的，有的是千般手段毀去妳。」

聽到他這認真無比、關切無比的話，張綺突然抬起頭來。她張了張嘴，終是忍不住說道：「蕭郎便是不同嗎？蕭郎真得了阿綺，便不會厭？若有他人向蕭郎索要阿綺，蕭郎應了，名聲全毀，不應，仕途艱難。一日兩日的艱難也就罷了，時日一久，蕭郎便不會厭了、悔了、恨了嗎？」

她垂下雙眸，低低地，誠摯地勸道：「蕭郎，你忘了阿綺吧……以蕭郎的才貌，不管是在周地還是齊地，都可以配一個優秀的，娘家勢力雄厚的大家嫡女。」

說到這裡，她緩慢而又堅定地拉下了車簾，把自己和他，隔絕在兩個世界裡。

就在馬車中的張綺，果斷地背轉身去時，外面傳來一聲低低的，似含著無盡的苦澀，又似有著無邊惆悵的聲音：「若是能忘，早就忘了……」

情不知所起，卻一往而深了啊！

伍之章

巧言拒婚慰綺娘

這邊，蕭莫的馬車一離開，蘭陵王便驅馬而來。

看到他，張綺笑得甜美，「我剛才只是說說話。」

她在解釋，是怕他不舒服嗎？

蘭陵王瞟了她一眼，淡淡說道：「無妨，我允許的。」

他允許的？

張綺看著蘭陵王。在她眨巴的大眼中，蘭陵王的表情很平淡，「由妳開口，許能令他死心。」

他就這麼肯定自己會說最後那番話？

張綺怔了怔，轉眼，在蘭陵王向她看來時，她連忙低下頭，盈盈笑道：「還是郡王了解阿綺。」

蘭陵王沒有回答。

這時，一個侍衛策馬來到他身邊，湊近蘭陵王低聲說道：「河間王在那裡發笑，說郡王為了一個姬妾，竟是推掉這等天大的好婚事，看來是個無福之人。」

這話聲音雖輕，卻清楚地傳到了張綺耳中。張綺咬著唇，頭越發低了：他，不會悔吧？

蘭陵王低沉平靜的聲音傳來：「還有嗎？」

「鄭氏阿瑜哭得很厲害。」

「知道了，退下吧。」

「是。」

那侍衛一退，蘭陵王也策馬離去。張綺悄悄抬頭，目送著蘭陵王離開的身影，一時之間，心潮起伏，直令得她心慌意亂地好生難受。

她沒有注意到，與她已經隔了二三十步遠的蘭陵王，正向她的方向瞟來。在看到她的臉色後，他唇角挑了挑，一直深邃中透著明澈的眸子，這會兒竟有了幾分詭譎。

因隊伍人數眾多，精壯的侍衛更多，這一路上沒有半個盜匪敢於挑戰，兩個月不到，隊伍便順順利利地來到了齊國的別都晉陽。

齊國的都城雖然是鄴城，可這晉陽是高氏父子的創業之地，如今的新帝更是在晉陽繼位。歷年來，這裡大興土木，宮殿林立，還在晉祠和西山修築離宮別墅，鑿建石窟寺廟。可以說，晉陽比鄴城更像是齊國的都城。

張綺從陳國建康出發時還是夏天，到了晉陽，已進入冬日。明明前幾天還是天高氣爽，這一轉眼間，便降了二十度的溫，彷彿這天氣一下子由秋日變成了寒冬。

自氣溫降下後，張綺便包上了厚厚的裘衣，腳上也學著北人一樣，套上了靴子。

在馬車中，雖有暖炭燃燒著，可張綺還是被這陡然而來的乾冷天氣刺激得瑟瑟發抖。

坐在一側，正翻看著緊急送來的文書的蘭陵王，朝著張綺的方向瞟了一眼後，右手一伸，一把把她撈了過來。將她置在胸前，雙臂收緊，感覺到她不再發抖後，蘭陵王道：「放心，晉陽冬日雖冷，卻無嚴寒。」

張綺嗯了一聲，在他的胸口上蹭了蹭。

蘭陵王低頭看向她，穿著厚厚的白狐裘衣的她，在寒風吹拂下，小臉越發紅紅的，襯得整個人白裡透紅，鮮妍瀲灩。

她縮在自己懷中的身子那麼軟，直如一團水。

……這小姑子，她難道以為沾了她的男人，會有捨得放手的一天？居然還曾那麼苦苦求他，不要把她送給別人。

也許，是時候改變一些做法了。這人作偽作久了，連自己也以為自己是那般性格……

正在這時，一個侍衛在馬車外稟道：「郡王，婁陽明等人過來了。他們正大呼小叫，口口聲聲說郡王得了一美姬，想要見識一番。」

蘭陵王神色不動，只是淡淡說道：「他們倒是消息靈通。」

那侍衛稟道：「河間王的人先一步進了晉陽。」

意思是，這次前來的紈絝子弟，是在河間王的鼓動下來的了。

「是嗎？」蘭陵王嘴角勾了勾，突然命令道：「給我備馬！」

「是！」

不一會兒，他的坐騎便送到了馬車旁。

蘭陵王把車簾一掀而開，單手摟著張綺，一個縱躍便跳到了馬背上。

一手持韁，一手摟緊張綺，蘭陵王低下頭，嚴肅地說道：「阿綺，妳不是倦了馬車嗎？我這就帶妳馳騁一番！」

我說過這話嗎？在張綺傻呼呼的注視中，蘭陵王清喝一聲，右手一揚，雙腿輕踢，他跨下的大宛名馬，便以閃電般的速度，風馳電掣而出。

他這馬顯然剛馴服不久，奔跑起來頗有點狂猛顛簸。張綺只來得及低叫一聲，便伸手緊緊抱住了他的腰，臉更是連忙埋在他的胸口上，根本不敢露出來。

馬行如龍，風一般的捲出，轉眼間便衝出了數百米。

而這時，前面一支由數十輛華貴的馬車組成的隊伍，正鬆鬆散散，稀稀疏疏而來，估摸是到了地方，正吆喝著準備停下。

那隊伍正嘻笑熱鬧看，陡然看到這一急馳而來的兩人，不由一怔。轉眼，一個怪笑聲從最前面的馬車中傳來：「高長恭，你倒是懂事，這就把姬妾帶來了！」聲音囂張中，帶著傲慢的得意。

可是，急馳而來的蘭陵王，卻是表情嚴峻至極。

那人的聲音還不曾落下，他已緊張得嘶吼道：「快，快快散開，我這馬不聽使喚了！」說時遲那時快，他的聲音還未曾落地，他跨下的大宛名馬已四蹄翻飛，瘋癲一般直直地撞向車隊正中。

見自己的馬就要撞上走在最前面的婁陽明，當今太后娘家的侄子的馬車。蘭陵王顯然更急了，他連連急喝道：「畜生！爾敢！」他一邊喝叫，一邊揮動長鞭，抽向坐騎。

他不抽這馬還罷，這一抽，那馬嘶叫一聲，竟是前躍而起，如一頭巨虎一樣，撲向眾馬車。

這些紈絝子弟哪裡經受得起這個陣仗，同時尖叫起來。在一陣亂七八糟的嘶叫聲中，蘭陵王一邊大聲喝罵，一邊又急急揮出了手中的長鞭。

鞭去如龍！

啪的一聲，它擊過空氣，在發出一聲尖銳的急叫後，生生地抽爛了婁陽明的車簾，露出白著臉坐在裡面，直是瑟瑟發抖的青年。

接著，那鞭梢勁勢不減，呼呼而過時，把婁陽明頭上的金冠重重一削，令得他尖叫著披頭散髮後，那鞭子才抽到了馬腹上。

這麼阻了兩下，鞭勢已減，蘭陵王跨下的駿馬發出一聲不痛不癢的嗚叫後，繼續衝向前方。

轉眼間，它衝過了第二輛、第三輛馬車，在令得急急躲避的眾馬車東倒西歪，最終摔成一團後，蘭陵王一聲清喝，終於令得這發瘋的駿馬立起，漸漸安靜下來。

他一手摟著張綺，縱身跳下了馬背。

而這時，摔成一團，直是頭破血流的婁陽明等人，終於被各自的侍衛扶起。他們一看到懷抱美人，好整以暇的蘭陵王，頓時氣不打一處來。那婁陽明指著蘭陵王，尖叫道：「你、你，好你個高長，你等著！」

在眾少年的指責和憤怒中，蘭陵王面無表情地一拱手，說道：「高某這匹馬乃是新得，本想與愛姬一道玩玩，卻沒有料到牠發了瘋。」說到這裡，他眉頭一挑，沉著臉認真地說道：「這馬雖然名貴，此番驚擾了各位，卻是其罪難恕！」

嗖地一聲，他從腰間抽出佩劍。然後，那劍鋒一橫，在陽光下流離出七彩寒光後，蘭陵王沉聲道：「現在，高某便給各位一個交代！」

話音一落，他手中長劍橫掠而出，噗的一聲，竟深深地刺入了那匹千金也購不到的大宛名馬的頸中。劍一入肉，只聽得嘩的一聲鮮血噴湧聲，混合著馬臨死前的慘啼撲面而來。

只這麼一下，馬頸處已鮮血噴湧而出，一衝兩米高。那鮮血，生生地噴在眾紈絝腳前，令得他們尖叫著跳後幾步才漸漸止息。

陡然看到這情景，聞到這血腥味，眾紈絝臉色一白，更有人驚叫道：「高長恭，你瘋了，這是千金難買的名馬！」

那人的話音一落，蘭陵王已靜靜地接口道：「再是名貴，誤了我事，便不得不殺！」

聲音一落，他右手又是一劍。

噗的一聲，又是一道鮮血噴薄而出。

地下的鮮血已匯流成溪，眾紈絝不得不白著臉，忍著作嘔，又向後退出兩步。

蘭陵王似是不知道他們已被自己的舉動嚇著了，手中的劍，一下又一下的，寒森森地刺入馬頸中。隨著一道又一道鮮血湧出，他面無表情的臉，在血色的映襯下，生生帶著幾分猙獰可怖。

不由自主地，眾紈絝又向後退了幾步。

這時，他們離蘭陵王已有二十步遠了。

在那名馬一聲慘嘶，無力地倒斃於地時，蘭陵王嗖地一聲還劍入鞘。他抬頭看向眾紈絝，拱了拱手，「諸君，這惹事的馬，高某已誅殺了！」

他雙眸微微瞇了瞇，露出雪白的牙齒溫和一笑，道：「諸位特意前來迎接高某，卻受了這等衝撞，實是晦氣！到了晉陽，長恭必當設宴請罪，自罰三杯！」

說到這裡，他挑了挑眉，像想起什麼似的，詫異問道：「不過，高某不記得與諸位有這麼深的交情啊？這般百里相迎，實是令得長恭感嘆啊！」

沒有人回答他的問話。不管是之前的衝撞，還是剛才的殺馬，蘭陵王的舉動，都令得從紈絝嚇破了膽。他們白著臉，雙股顫慄，哪裡還說得話出來？

便有幾個膽子大的，這時也目瞪口呆地看著倒斃於地的大宛名馬，一邊心疼，一邊卻被蘭陵王表露出的殺戮果斷，視千金如糞土的做派給震懾住了。

……怎地去了一次周地，眼前這人，不再是以前溫和好說話的高長恭了？

這時，他們也注意到了被蘭陵王摟在懷中的張綺，雖然她一直把臉埋在蘭陵王的懷中，可從那耳後的白膩肌膚，還有那柔若無骨的嬌軀，都能看出她是一個難得的極品美人。

本來，他們還準備好好欣賞一下這個美人，如果實在有高孝琬所說的那般出彩，便擠兌住高長恭，把她強要了去。可現在，他們神不守舍，哪裡還有這個想法？便是眼前的高長恭，明明還是溫厚依舊，卻因他那毫不留情的殺戮，生生染上了三分血戾之氣。

在眾紈絝的沉默中，蘭陵王挑了挑眉，突然把張綺的身子一扳，令得她正面面對著眾紈絝。

這一照面，張綺的美色便照花了眾少年的眼，令得他們在驚慌中，平添了幾分驚豔和色相。

蘭陵王低下頭，他一邊溫柔地把張綺蹭亂的墨髮解開，用手指梳順，一邊介紹道：「諸位，這是我的愛姬。」他慢慢勾起唇角，瞇著眼睛溫柔地說道：「我的女人很美吧？她可是我心尖尖上的人。」他歉疚地繼續說道：「諸君，我的愛姬看來受了些驚嚇，高某就不奉陪了。」說罷，他把張綺抱在懷中，再不理睬眾人，大步流星地走向眾黑甲衛。

婁陽明目送著蘭陵王的身影，咬牙問道：「你們看，剛才那高長恭是不是故意的？」頓了頓，他又說道：「他最後說那個寵姬是他心尖尖上的人，本郎君聽了，怎麼似是在警告？」

他們本是衝著蘭陵王的這個愛姬而來，雖然人還不曾看到便嚇破了膽。

眾人沉默過後，白臉少年鄭飛恨聲說道：「不管如何……有了這一曲，只怕朝中的宿將們，會更看重他而貶低我等了。」

同樣是弱冠少年，他高長恭殺戮果斷，棄千金名馬如糞土，這等行為、這等決絕，肯定會得到那些宿將的喜愛。好不容易在他初立功勞時逼著他出使外國，而自己等人則拉人的拉人，表現的表現，終於令得眾臣同意把蘭陵王馴好的黑甲衛收回交給他們率領，可高長恭突然來了這麼一下，只怕會把之前的努力全都推翻。

明明計畫好的，怎地出了這種差錯？這馬，早不瘋遲不瘋，偏這個時候瘋了，難道說，是高長恭故意的？可他便是故意的又能怎樣？衝撞了他們的名馬，他都捨得殺了來示歉，難不成他們還能咬著不放不成？

就在眾紈絝你看著我，我看著你時，已趕到了面前的使者隊伍中，也響起了一片嗡嗡聲。

走在最前面的鄭瑜，這時雙眼噙淚。她咬著唇，朝著秋公主哽咽著說道：「阿秋……他為了給那張姬撐腰，連大宛名馬也捨得殺呢……還當著這麼多人的面，說她是他心尖尖上的人……她是他心尖尖上的人，那我是什麼？晉陽、鄴城的貴族，都知道他正在與我議親……嗚嗚，我還有什麼顏面？」

秋公主和李映這時也是憤怒無比，特別是秋公主，她本來還沒有想得這麼深，聽到鄭瑜一說，這才明白過來，原來蘭陵王此舉，純是為了懷中的美人才去震懾眾紈絝。也是，平素他雖然不苟言笑，可不曾這麼狠辣可怖過。

還有，他當著這麼多貴介子弟的面，說什麼那賤婢是他心尖尖上的人，這與當著天下人的面宣布有什麼區別？

為了一個美姬，他就這麼去甩一同長大的同伴的臉子，便連青梅竹馬，共患難過的阿瑜，也不在意半點了？

阿瑜和自己等人，都是堂堂貴女，可這麼高貴的我們，在他眼中算什麼了？難道還真壓不過一個以色事人的姬妾？

一時之間，根於骨子裡的，對那些以色事人的狐媚女子的無邊痛恨，都湧出秋公主和李映的胸口。想到氣憤處，秋公主咬牙切齒地說道：「阿瑜，妳別傷心，這裡是晉陽，一個小小的姬妾翻不了身去！我這就回宮跟太后說道說道，妳也跟妳父親提一提，只要訂下了婚事，那張姬有的是法子對付！」

有了這麼一曲，眾紈絝也罷，秋公主三人也罷，都沒有心情了。漸漸的，他們的馬車加速，離開了隊伍，率先入了晉陽城。

馬車中，張綺窩在蘭陵王的懷中，一動不動著。

在馬車駛動中，蘭陵王低下頭，看著張綺一陣，突然說道：「剛才，妳不怕？」便沒有被他突然殺馬的行為給驚住？

張綺白著臉點了點頭，「我怕的。」她摟緊他的腰，「想著你在，我又不怕了。」

蘭陵王雙臂收緊。

他的胸膛確實很溫暖，不但溫暖而且有力，氣息也極好聞。有時張綺都想著，如果跟了另一個男人，她一定不會這麼依戀對方的懷抱。

想到這裡，她又蹭了蹭。才蹭兩下，感覺到臀下那處又硬了，張綺嚇得一動不動。過了一會兒，她忍不住小聲嘟囔道：「大白天的……」大白天的，怎麼能隨時動情呢？真是的！

聽到她的抱怨，蘭陵王苦笑了一下。

這個阿綺，前陣子天氣晴好時，明明體涼如玉，今日這身子，卻恁地溫暖如棉，柔滑如緞，直是又香又軟，又是舒服至極，連那手爐都可以扔到一邊去。直讓人一抱便沉溺其中，恨不得把她緊緊嵌在身體裡，再也不離左右。

兩個半時辰後，車隊離晉陽城不過幾里遠了。

因陳使和周使一併到來，這一路上，齊帝已派了幾批人相候，引著他們離去。

當蘭陵王的車隊進入晉陽城時，天色早已入晚，那為了他們而特意打開的城門，在最後一人入城時，「滋」一聲重重闔合。

這便是晉陽城了。

張綺抬著頭，好奇地打量著這座北方名城。可惜天空已暗，除了街道兩側偶爾掛著幾個燈籠，便只有天空淡淡的明月光輝。

看著看著，她不由回頭看向坐在馬背後的蘭陵王。

他遠道歸來，卻無一人相候……

感覺到她的目光，蘭陵王低下頭來，黑暗中，他雙眸特別明亮深邃，見她看向自己的目光中盡是溫柔，他溫柔一笑。這一笑，天地失色。

伸手把她摟緊，他低沉地說道：「可是冷了？回馬車中去吧。」

張綺搖頭，把臉埋入他的胸口，軟軟說道：「這樣甚好。」

「嗯，我不慣坐馬車，妳現在習慣也好。」

張綺輕應了一聲。

兩人這般緊緊偎著低語，不知不覺中，已進入了另一條街道。這是一條主街，街道兩側都是紅樓豔館，還有權勢人家設立的酒樓茶肆，是整個晉陽城出了名的銷金窟。

走著走著，極為突然的，前面一陣遙遠飄渺的鐘聲響來。

鐘響只是三聲，卻悠遠而長，蘭陵王慢慢勒停馬繩，瞇著眼睛傾聽起來。

就在他停下腳步的同時，那鐘聲嫋嫋的禪音中，陡然的，一道清笛聲破空而起。

「咚——咚——咚！」

笛聲如月，破雲而來。隨著它清越高昂地響起，只見街道兩側，一盞、兩盞、三盞、四盞……一盞盞燈籠從遠處次第亮起，一直延伸到蘭陵王兩側時戛然而止。

街道兩側的燈籠同時大亮，照得天地間宛如白晝，彼時，那笛聲驀地一沉，取而代之的，是一陣渺渺傳來的琵琶聲。琵琶聲神祕流暢，帶著隱隱的感傷，彷彿在向來人訴說著別情……

聽到這裡，張綺也不由一臉陶醉。

琵琶聲與笛聲一起一落，間有鼓聲點點，於無邊歡樂中，混合著禪音，又於天道飄渺中，帶上了幾分惆悵。

……

如同突然而來一樣，突然的，所有的樂音都消失了。只有兩側的紅樓豔館，酒樓茶肆的閣樓上，再次燈光大亮，幾十個衣袂翩翩的美人出現在燈火下。

伴在美人左右的，還有幾十個大袖翩翩，做士人打扮的漢族青年男子。

這些美人站在樓閣上，同時盈盈一福，最後，由那站在最中間的一位青年男子朝著蘭陵王深深一揖，朗聲說道：「精歌妙舞，猶需長恭一顧！金戈鐵馬，向有蘭陵一舞！得知蘭陵郡王今日歸來，我等特候於此！」

他的聲音一落，眾美人同時嬌聲齊喚：「還請郡王一聽！」

聲音落下，樂音再起。這一次，於漫天響徹的鐘、磬聲中，夾上了飄轉而來的琴瑟之音。與之前的音樂不同，這一次的音樂，華美而盛大，開闊且遼遠。就在樂音隨著寒風飄蕩而來時，兩隊身著霓霞舞衣，修身長頸的美人翩躚舞來。居然就在街道兩側，圍著蘭陵王舞了起來。

她們如扇般舞聚，又一分而開。於那中間，一個宮裝美人冉冉升起，卻是數十個美人把她舉到了空中。

於數十個美人舉起的銅盆中，嬌小精緻的美人羅足纖纖，在空中作著掌中之舞。而此時，樂音再次大作，明明是極柔極美的舞蹈，硬是添上了極剛極強的鼓樂和磬音。

就在那掌中美人冉冉伏下，向著蘭陵王深深折腰時，一個高昂響亮的男音破空而來：「敕勒川，陰山下。天似穹廬，籠蓋四野。天蒼蒼，野茫茫，風吹草低見牛羊……」

一時之間，香風飄蕩，玉光致致，不知不覺中，原來安靜的，似乎沒有多少外人的店鋪中，從窗戶、欄杆，還有屋頂處，出現了黑壓壓一片人頭。

樂音還有飄轉，美人已舞起了汗水。

張綺怔怔轉頭，呆呆地看著眼睛半合，眸光深邃幽然的蘭陵王。

是了，她記起來了。齊之蘭陵王，音容俱美，素喜舞蹈。由於他在這方面無與倫比的天賦，所以世人都在傳說，任何音樂，能讓蘭陵王顧盼了，方是上等之樂；任何舞蹈，能令得蘭陵王駐足了，才能登大雅之堂。

前一世時，齊國不管是宮庭還是民間，不管是雅樂還是俚曲，凡是上等之技，都喜歡在樂曲的名字上標一個「蘭陵王」。如蘭陵王入陣曲，如蘭陵王春日舞，如蘭陵王賞月樂……

也只有冠上了他的名字，那樂和舞才算是被上流社會，被主流社會所承認，才應該傳於後世。

至於這些人當街阻道，只為他一舞，卻是因為蘭陵王性子寬厚又事務繁忙，平日裡要為了此等事找他，殊屬不易，只有這種場合，他避不開便不會去避。

轉眼間，樂音轉渺，而眾美人也衣袂一捲，開始折腰後退。

她們恭敬地退到兩側。

那站在紅樓中間的青年深深一揖，緊張地問道：「郡王，此舞如何？」

蘭陵王低潤動聽的聲音傳來：「此舞何名？」

「陰山舞。」

「此詩何名？」

「敕勒川。不知作者何人，兩個月前才傳入齊地。」

蘭陵王點了點頭，道：「可！」

這個可字一落，陡然的，街道兩側、上下兩道，同時傳來了一陣歡呼聲。這歡呼聲混在少女們的笑聲中，特別的昂揚，讓眾人一下子回到了暖暖春日。

那紅樓中間的青年更是興奮至極，他衣袖一揮，大聲叫道：「諸位，這舞，以後便喚『蘭陵王陰山舞』！」

他這麼一宣布，又是一陣鋪天蓋地的歡呼聲傳來。

於歡喜中，候在街道兩側的美人中，各走出四名首領，她們朝著蘭陵王盈盈一福，歡喜地說道：「郡王遠道而歸，妾等願一路相送。」

說罷，她們翩躚退去，就在她們的身影隱沒在黑暗中的同時，樂聲再起，同時隨著樂音響起的，還有朝著遠方延伸而去，次第燃起的燈籠光，以及一陣陣飄渺的歌聲：「瞻彼淇奧咦……綠竹猗猗兮……有匪君子，噫……如切如磋兮……如琢如磨呀……瑟兮僩兮……赫兮咺兮……有匪君子噫……終不可諼兮……」

看那淇水之灣啊，有綠竹叢叢。謙謙的君子啊，在那裡刻苦學習。這君子態度莊重，神情威嚴；姿容美麗得煥發出光芒，排場盛大顯出身分的高貴。這樣有才能的君子啊，怎麼也忘不了啊！

歌聲婉轉，飄渺中，含著濃濃的讚美和癡癡的仰慕。這歌聲，一直綿延，一直綿延。這邊的數十美人的歌聲才落下，那一條街道，又是幾十個少年伴和而起，再次唱來。

這歌聲，和那次第燃起的燈籠光一道，一直送著蘭陵王等人來到了蘭陵王府外，才漸漸消失在天際處。

府門此時已經洞開。

蘭陵王摟著張綺，從馬背上跳下後，把坐騎交給管家，抱著她便朝院落中走去。

一晚過去了。

張綺睜開眼，看著陌生而華麗的房間，直是呆了呆。

可能聽到裡面的響動，一個婢女在外面恭敬地喚道：「姬可醒了？」

是了，她到了齊地了，這是蘭陵郡王府。

張綺應了一聲。

她的聲音一落，四個婢女流水般的走了進來。她們手捧著毛巾、水盆等洗漱用具，一入房間，便朝著張綺打量著。

張綺臉一沉，淡淡說道：「郡王府的婢子，都這般看人的嗎？」

她的聲音雖然沒有威力，可她目前卻是唯一得寵的。

撲通幾聲，四婢連忙跪倒在地，齊聲道：「婢子不敢！」

張綺哼了一聲，從榻上走下。

隨著她的走動，一股芳香之氣在室內流淌。睡了一晚剛剛起榻，不但沒有難聞的體味，反而芳香至此。低著頭的四婢同時想道：怪不得從不喜女色的郡王對她愛不釋手，直接把她帶到他所居住的聞香閣，還不願另外安排居處給她。一副要與她同起同落，宛若明媒正娶的妻室模樣。

「還愣著？」溫軟的聲音也是動聽得很，天生便帶著靡蕩。

四婢很快清醒過來，再次請罪過後，急急圍上張綺，幫助她梳洗起來。

這梳洗的過程中，她們也是幾度失神。

對著銅鏡中又見妍麗的面容，張綺問道：「郡王呢？」

一婢恭敬地回道：「郡王一早接到旨意，已經入宮了。」

入宮了？

張綺嗯了一聲。

一大早，蘭陵王便接到了太后諭旨。

現今太后是婁氏。婁太后是鮮卑勳貴，性子強硬，向來厭惡漢人。

剛剛繼位的皇帝高演，睿智通達，本身對漢臣是相當看重的。畢竟，齊國的開國皇帝高歡，便是個道道地地的漢人。他高演也罷，高長恭也罷，真算起來，都是道地的漢家血脈。

不過，高演性直，以前屢次被親哥哥高洋鞭撻，有很多次差點人頭落地，都是太后極力相護。太后又是高演的親母，高演一直對她孝順有加。

可以說，在當今齊國，太后的權勢是極大的。目前齊國出現漢臣處境不佳的局面，太后刻意針對占了主因。

蘭陵王的馬車，慢慢駛入了宮門。

因是別都，這裡的宮殿不似鄴城那麼大氣壯闊，而以精美為要，房子也不多，不過百餘間。

望著前方的宮殿群，蘭陵王低聲道：「到了。」

慣常跟在他身側的貼身侍衛高文遠湊上前來，小聲說道：「昨日秋公主三女和河間王，一進宮便見過太后了。」

蘭陵王點了點頭。

這時，馬車停了下來。在幾個太監的帶領下，一行人朝著太后所在的秋華宮走去。

一進入秋華宮，蘭陵王便深深一禮，朗聲稟道：「臣高長恭，求見太后。」

「太后正候著呢，郡王請。」

蘭陵王一入秋華宮，首坐上的太后便慈祥地喚道：「長恭過來，過來。」

蘭陵王連忙提步上前，不等他再次行禮，太后已扶著他的肩膀打量起來。她把他上上下下打量一遍，含著淚說道：「我的孫兒瘦了、黑了。」

一個命婦在旁邊笑道：「娘娘這是偏心啊，秋兒也瘦了呢，娘娘都不心疼。」

太后笑道：「偏妳這猴兒多嘴！」在一片笑聲中，她牽著蘭陵王的手，讓他在自己身側坐下，慈祥地說道：「長恭，這一年又是赴陳，又是赴周，可累了吧？」

蘭陵王連忙恭謹地說道：「孫兒不累。」他並不是太后的親孫兒，身為高歡正妻，她要是真重視蘭陵王，蘭陵王幼時，也吃不了這麼多苦。

太后卻是撫著蘭陵王的臉，兀自嗟嘆著。嗟嘆一陣後，她又笑道：「聽說孫兒昨晚抵達晉陽時，鼓樂齊鳴，燈火輝煌得很？」

聽到太后這狀似調侃的語氣，蘭陵王卻絲毫不敢懈怠，他連忙站起，認真地說道：「孫兒不敢，只是一些樂……」

「好了好了，你這孩子，奶奶不過是開玩笑的，你也當真，真是一點也沒有以前可愛。」

太后的話，再次激起了殿中命婦們的笑聲。

蘭陵王重新坐好後，太后關切地說道：「阿瑜那孩子這次到了周地，可給孫兒添麻煩沒有？」

到了正題了！

蘭陵王恭謹地回道：「阿瑜性子向來溫馴，怎麼可能給孫兒惹事？」

「那就好那就好！」太后看向左側的一個命婦，笑吟吟地說道：「長恭啊，這次奶奶可要恭喜你了……」

她這是要提婚事了！

太后才說到這裡，便看到蘭陵王歡喜得俊美絕倫的臉上都流著光。她微微一怔間，蘭陵王已從榻上站起，朝著太后深深一禮，恭謹而又歡喜地說道：「原來奶奶也知道了？是，孫兒這次在周地得了一婦。」

他說到這裡，似是有點不好意思，俊美的臉上還紅了紅，在房中幾婦明暗不定的臉色中說道：「以前奶奶總是說，要賜婦給孫兒，孫兒總是不應，這一次，孫兒自己求了一婦了。」語氣中有點得意。

太后慈祥地看著他，道：「是哦？我家的玉駒子，總算也曉得要女人了。」

她這句調侃的話一出，殿中笑聲一片。

蘭陵王被笑得手足無措了一陣，突然向後退出幾步，朝著太后一跪，低下頭，老老實實地說道：「稟過奶奶，這個張姬，甚合孫兒心意。孫兒想向奶奶求個恩典，給她一個正式的名分。孫兒歡喜她，想讓她高高興興地待在孫兒身側。」

說到這裡，他似是嫌殿中不夠安靜，兀自有點不好意思地說道：「孫兒還許了她，這半年裡，孫兒什麼女人也不要，只守著她……」

這話一出，四下鴉雀無聲。

坐在左側的命婦鄭氏，以及右側的兩個皇妃、一個太妃，都是臉色難看。

在這種安靜中，太后卻是依然慈和，她摸著佛珠嘆道：「你這孩子……以前那麼多好女郎要跟你，你卻是固執不理。沒有想到這一開竅，卻是個癡的。罷了罷了，你既應了，奶奶自不能讓你食了言去。」

這話一落，周圍幾婦臉色更加難看了。

這時，蘭陵王已歡喜地應道：「多謝奶奶。」他站了起來，有點笨拙地說道：「孫兒改天就帶她進宮來拜謝奶奶。」

拜謝她？一個來歷不明的姬妾，夠格嗎？這個孩子，還真是歡喜傻了……還真與他那父親一樣，被一個來歷不明的狐媚子迷失了魂。

太后大笑道：「看你這孩子歡喜得……罷了罷了，時間不早了，你還是快快回去摟著你那婦人睡覺吧。」

這話依然是帶著調侃，傳出去卻是大不雅。可是，不管是太后還是蘭陵王，似乎都沒有想到這一點，蘭陵王歡歡喜喜地退出了秋華宮。

一看到他出現，高文遠便長呼了一口氣。他連忙湊近，低聲問道：「郡王？」

「太后允了，但沒有下旨。」蘭陵王伸手揉搓著眉峰，「不過，這也正常。那麼多命婦在，她已允了我半年不議親，要是再許我納妾，也太掃她們顏面了。」

高文遠卻是沉默著，好一會兒，他才低聲說道：「郡王龍子鳳孫，要是有個好的岳家，必能助得郡王再上一層樓。」

他的話音一落，蘭陵王已冷笑道：「我已是龍子鳳孫，再上一層樓，想上到哪裡去？」

高文遠滿頭大汗，連忙行禮。

蘭陵王阻住他，徐徐說道：「反正你記著，不止是河間王，便是太后，也不喜歡我結的親太強勢。對了，你出去後，便向眾人散布說，太后都說了，要高長恭快快回家摟著婦人睡覺。」

高文遠驚道：「可是，郡王……」

「去，儘量傳遠些。」

「是！」

這時，一個太監走來，他朝著蘭陵王說道：「陛下說了，今日不便，郡王改日再來。」

「是。」

蘭陵王一回到府中，便聽到一陣悠遠空靈的琴聲傳來，不由腳步放緩。

院落裡，張綺正在奏琴，她長長的墨髮剛剛清洗過，濕淋淋地披在背上。陽光照耀下，那烏黑的長髮，發出幽亮的光芒。

今日陽光燦爛，一掃昨日的陰寒乾冷。張綺看起來很歡喜，小臉上紅撲撲的，抽了條，如嫩柳一般的身段，縱是跪坐著，也給人一種清雅嫵媚的風姿。

就在這時，張綺手指一頓，錯了一個音。

蘭陵王回眸看來，恰好這時，感覺到他到來的張綺，也抬頭看去。

這一看，她對上了他深邃幽亮的眸子。這眸子，清明洞徹，溫柔而多情。彷彿在問她，怎地彈錯了？

這眸子，極深極深，彷彿能把人的靈魂吸進去，讓張綺一見之下，心弦不由自主顫抖了下。

她終於明白了為什麼三國那句「曲有誤，周郎顧」流傳至今。實是那一回眸、那一詢問，實實地勾魂蕩魄，極深邃的同時又極溫柔，天下的女人，有哪個能抵得住這回眸一顧？

感覺到張綺撫琴的手有點顫抖，蘭陵王走上前去，把她的小手包在掌中，一邊溫暖著她，一邊低聲說道：「冷嗎？回房去吧。」

張綺搖頭，慢慢伸手，在那手觸到他的衣裳時，白嫩的十指猛然用力伸直，狠狠地伸直……

直過了一會兒，她才嫣然一笑，摟住他的腰，把臉在他懷中蹭了蹭後，軟軟地嘟囔道：「怎麼就回來了？陛下跟你說了什麼？」

蘭陵王一笑，「太后允了我半年後再議親。」

「真的？」張綺驚道：「太后竟同意了？」

聽到她話中的不敢置信，蘭陵王眉頭微微蹙起，他盯著張綺，慢慢問道：「阿綺似乎沒有那麼歡喜？」歡喜是有的，卻沒有他想像中那麼歡喜。

他伸出手，溫暖而有力的手掌輕輕撫摸著張綺墨髮，又慢慢移到玉頸處。

他的碰觸明明溫柔，可不知怎地，張綺直是打了一個寒顫。她連忙伸臂摟著他的頸，嘻嘻笑道：「高興啊，阿綺當然高興……就是有點意外。」她臉貼上他的臉，低低地說道：「太后怎麼會同意呢？」

蘭陵王深深凝視了她一眼後，平靜地說道：「許是被我的誠心所動吧。」

被他的誠心所動？

張綺怔住了。能打動一國太后，難道他為了她，屈膝懇求了？

要是別人說這話，張綺或許會想著，對方是哄自己的。可說話的人是蘭陵王，是一貫嚴肅，從來不隨便開口的蘭陵王，她便不由自主地相信了。

低下頭，張綺把彎成了月牙兒的雙眸努力睜大。情不自禁地，她偎在他頸側，在那搏動的脈管上輕輕吻了吻後，她摟緊他，什麼話也不想說了。

兩人相互依偎著，在這轉暖的冬日，靜靜地感受著對方的心跳。

張綺心頭滿滿的，一時不想說話，蘭陵王也沒有開口。

直過了許久，蘭陵王才低沉地說道：「我向太后求了賜婚。」他歉意地說道：「提的時機不對，當時殿中還有幾個命婦。等找到了機會，我再開口。」

張綺乖巧地應道：「好。」能不能當他的妾室，她其實沒有那麼在意。反正有沒有這個名分，他將來的妻子鄭氏，也不可能容得下她。在這個時刻，在他願意為她屈膝懇求，在他的身邊只有她一個女人的時刻，她只想多高興一會兒。

轉眼，一晚過去了。

這晚上，蘭陵王發現了張綺貼在臍眼上的孕陰丹，問過這丹藥的名字後，他不再說什麼，只是那動作間，於一貫的生猛中添了幾分溫柔。

第二天，氣溫再次陡降，黃葉紛紛落下，掃也掃不淨。原本鬱鬱蔥蔥的樹木，也漸漸現出乾禿蒼涼之象。

張綺再次換上狐裘和長靴。一大早，蘭陵王便離去了。張綺有心想問他陳使安置的事，看能不能見一見阿綠，問問她的意願，可見不到蘭陵王，她也只能在院落裡欣賞這落葉翻飛了。

一陣急促的腳步聲傳來，一僕遠遠朝著張綺一禮，大聲稟道：「張姬，廣平王妃來了！」

廣平王妃？

這個名字有點熟悉。在張綺可憐的，實在不多的記憶中，凡是她有點印象的，多半是個大人物。當下張綺連忙回頭，「快請。」

不一會兒功夫，一陣環佩叮噹聲伴和著輕笑聲專來。

轉眼間，只見一個美麗的王妃在秋公主、鄭瑜等人的簇擁下緩步而來。

張綺盈盈一福，喚道：「婢妾見過廣平王妃，見過秋公主殿下。」

廣平王妃胡氏一張容長臉，眉骨高挑，丹鳳眼明而長，隱隱有斜飛桃花之相。見張綺行禮，她緊緊打量幾眼，轉向身後笑道：「世人都說，昭信皇后美色無雙，依我看來，這張姬之美，怕是在昭信皇后之上！」

昭信皇后又名李祖娥，在天下宗室都認為漢人女子不能為皇后時，高洋堅持立她為后。高洋荒唐，淫亂其性，經常任意擊殺被他寵愛過的姬妾，便連大臣之妻也不放過，唯獨對這個皇后寵愛有加。

去年，高洋病死後，太子高殷繼位。如今，高演廢掉高殷，自己當了皇帝，李祖娥便隱居在昭信宮當了昭信皇后。此時，李祖娥還不過二三十歲，正是女人最美的年齡。

李祖娥作為齊地出了名的絕代美人，胡氏一來便把她與張綺相比，秋公主等人正要反駁，一見立於楓樹之下，墨髮披散在肩膀上，身著白色狐裘，越發襯得眉目如畫般精美，肌膚如紅玉般通透明豔，翩然如仙，又豔媚如妖的張綺，那反駁的話，便說不出口了。

此時的張綺，雖然不一定比昭信皇后更美，姿色卻絕對不在她之下。

她現下還是年幼，要是再過幾年……

胡氏嘴裡稱讚著張綺，表情卻是高高在上的。她圍著張綺轉了一圈後，嘖嘖說道：「怪不得美人無數，高長恭卻從來不屑一顧，卻原來，他眼高著呢！」

胡氏這話一出，站在秋公主身後的鄭瑜，頓時臉一白。

只見她以袖掩嘴，杏眼中淚花滾動，卻是在強忍著傷心。

胡氏本來說得痛快，轉眼看到鄭瑜這模樣，雖然心裡不以為然，但也忍不住嘆息起來。

幾個貴女更是圍上了鄭瑜，七嘴八舌地勸道：「阿瑜別哭了。」、「她再美又怎麼樣？不過一姬妾。」、「對啊，她不是連個名分也沒有嗎？」、「不過是個狐媚子！趁著年輕哄一兩個男人，過幾年什麼也不是！」、「就是，我們都是生來便為人正妻的，何必跟個姬妾一般見識？」

……

有所謂人以群分，看到鄭瑜的悲傷和絕望，眾貴女都湧起了兔死狐悲之感。想到自己和自己的母親，哪一個的人生，不是與那些狐媚女在爭鬥？爭鬥也就罷了，可恨的是，那些個男人，一見這些狐媚子便失了魂，自己便是鬥贏了，那心也拉不回來了。

勸慰中，眾貴女看向張綺的目光裡，已絲毫不掩其厭惡憤怒之情。

張綺靜靜地看著這一幕。

明明，她什麼也沒說，什麼也沒做，在這些貴女眼裡，卻似她做了極端讓人厭惡的事一樣。

這個胡氏前來，如果只是意外也就罷了，如果……是鄭瑜把她特意找來的呢？胡氏的這個性格，應該知道的不少。她只要把胡氏弄來了，只要讓胡氏說了這通話，哪怕鄭瑜她自己什麼話也不說，什麼也不做，只流一流眼淚，便會激起貴女們廣泛的同情和支持。她是希望從此後，蘭陵王便是用了最大的力氣，自己也無法融入齊國貴女圈中吧？

還有，自己的美色傳得越廣，蘭陵王遇到的麻煩便會越多，鄭瑜是希望，總有一天，喜歡簡單寧靜的蘭陵王會不堪重負吧？

張綺靜靜地聽著鄭瑜的哽咽聲，還有眾貴女的勸慰。

在這些聲音稍稍安靜些時，張綺垂眸，靜靜地說道：「可笑！」

她的聲音不大，可是，在所有人都注意著她時，這不大的聲音，還是令得四下安靜了，令得眾貴女不敢置信地看向她。

張綺抬眸，明澈妖媚的眸子，平和地看著鄭瑜，說道：「聯姻，自古以來都是結兩姓之好，這是關係著家族前途的大事，是任何丈夫都不敢輕視的。女郎，妳高估阿綺的作用了。」

她靜靜地，彷彿陳述一樁事實般的說道：「妳應該明白，蘭陵王不管選擇妳還是不選擇妳，都是因為在與鄭氏聯姻上，他有著自己的考量……現在他不過是把議親推遲半載，阿瑜便慫恿著長廣王妃和秋公主前來，還因為自己美色不如蘭陵王的姬妾，便哭得這麼凶。作為一個尊貴驕傲的鄭氏嫡女，阿瑜，妳可憐又可笑。」

張綺這般冷靜地道出事實，一時之間，眾貴女都呆了呆。

是了，她們怎麼忘記了，她鄭家與蘭陵王都不曾議親呢。要說有什麼關係，也不過是雙方曾經有過那麼些意思。

還有，半年時間，那變化大著呢。聽上面傳出的消息，太后都不怎麼中意鄭氏與蘭陵王之間的聯姻呢。這個時候，鄭瑜不去想著說動太后，安撫家族，以及對蘭陵王本人下功夫，卻把心力放在眼前這個姬妾身上，還與一個沒有任何後臺，隨時會被男人拋棄的姬妾來攀比外表之美，真是本末倒置了。

再一想，自己等人，特別是廣平王妃，還真是鄭瑜特意叫過來的。明明她以前與廣平王妃關係不好，這一次卻特意相邀，自己等人還曾納悶著呢……

這個鄭瑜……不但小家子氣，沒有名門嫡女的驕傲和自信，還喜歡用一些上不得臺面的小手段。

秋公主在一側喝道：「妳這賤婢！妳憑什麼說阿瑜可憐又好笑？」她實是替鄭瑜不平，又憤怒地扯著脖子叫道：「這裡要不是蘭陵王府，本公主非得甩妳幾個巴掌不可！」

秋公主與鄭瑜一向交好，她聽不進張綺的話，倒也正常。

只是另外一些人……感覺到眾貴女的疏離，鄭瑜氣得眼淚滾滾而下。她又怕被人罵作小家子氣，便雙手捂臉，哽咽著朝外跑去。

鄭瑜這一跑，秋公主連忙跟了上去。另外也有幾個與兩人關係近些的貴女，也跟著跑了出去。

只有廣平王妃胡氏，還目光熠熠，饒有興趣地打量著張綺。

就在這時，一個清潤低沉的聲音突然傳來：「這是怎麼回事……鄭氏？鄭氏阿瑜，妳怎麼哭了？」這聲音低沉有力中透著威嚴，卻是張綺從來沒有聽過的。她連忙抬頭，朝著來人看去。

只見王府正門大開，一個修長俊雅的青年，在眾人的簇擁下緩步走來。這青年長相俊美，氣質高華，目光極明亮銳利，龍行虎步，有著王者之氣。

看到這青年，鄭瑜等人連忙退後幾步，福了福後喚道：「陛下！」

是高演！高演來了！

高演朝著眾女略略點頭，轉眸看向張綺時，一陣馬蹄聲傳來，卻是蘭陵王匆匆趕來。

他翻身下馬，把坐騎交給僕從後，大步走向高演，一邊走，一邊朗聲道：「微臣不知陛下駕到，有失遠迎！」

他大步走到高演面前，肅然一禮。

張綺一聽到鄭瑜等人喚著陛下時，連忙低下頭退到一側。因此，高演眺來時，看到的只是一個嬌弱堪憐的身影。

瞟了一眼，高演便收回目光，見蘭陵王匆匆趕來，他微笑道：「不必多禮。」一邊說，他一邊上前扶起蘭陵王。

高氏的這兩兄弟都生得好，不過比起蘭陵王的臉白如玉，唇潤而紅，偏向陰柔的俊美絕倫，高演則是長方臉型，輪廓鮮明，線條清晰瘦削，於三分冷峻凌厲外，另因眸光溫和，不語先笑，氣質儒雅，便添了七分的俊雅從容。只是不知是受了傷，還是生過病，臉色有點蒼白。

他扶著蘭陵王，朝他上下打量一番後，道：「昨天朕沒有見到你，今日便過來了。」來得這麼早？看來新帝是真的看重蘭陵王了。

高演兀自盯著蘭陵王，打量一陣後，笑了起來，「長恭越發的氣質出眾了，看來有了婦人，就是不一樣啊！」

說笑一陣後，他轉向站在一側的鄭瑜和秋公主等人，略略瞟過後，又看向急步走來，正向他行著禮的廣平王妃，和角落處，同樣一福不起的張綺。

收回目光，高演又向蘭陵王笑道：「長恭匆匆忙忙趕回，是為了見朕呢？還是怕你的小婦人受到了欺凌？」

這受到欺凌幾字一出，鄭瑜等貴女臉色一白，而廣平王妃胡氏，也有點不自然了。

……陛下乃金口玉言，他是說得隨意，可那話中，便沒有敲打之意？

蘭陵王感激地看著高演，深深一禮後，道：「陛下說笑了。」說到這裡，他向張綺喚道：「阿綺，過來。」

他這麼一喚，嗖嗖嗖，所有的目光都轉向了張綺。特別是跟著高演前來的那些人，更是光明正大地朝著張綺打量起來。

低著頭的張綺，聽到蘭陵王的叫喚後，低低地「嗯」了一聲。

這一聲低柔靡軟的輕應一出口，令得眾男人眼前一亮，目光越發專注了。

張綺提步向蘭陵王走來，來到蘭陵王身後，怯生生朝著高演又是一福，喚道：「見過陛下。」聲音婉轉動聽，令得眾人目光盯得更緊了。

高演微笑地看著她，溫和說道：「妳是張姬吧？不要怕，抬起頭來。」

高演的聲音溫和低沉，只是在張綺聽來，卻有一些中氣不足。

皇帝開了口，張綺自是抬起頭來。

這一抬頭，眾人只覺得眼前華光大盛，一時之間，竟是說不出話來。

高演也看呆了去，不過，他定力驚人，朝著張綺盯了一眼後，轉向蘭陵王，伸手在他肩膀上拍了拍，苦笑道：「你這小子……」語氣中，多多少少有著責備。

蘭陵王低下頭，他知道，陛下是怪自己千挑萬選，卻選了這麼一個禍水……自古以來，除了帝王，得到這種絕色美人的丈夫，有幾個有好下場的？

他朝著高演深深一禮，認真說道：「陛下……有此婦在側，臣心甚安！」

有此婦在側，臣心甚安！

他說，有此婦在側，臣心甚安！

一時之間，不管是高演，還是鄭瑜，都給驚住了。

高演定定地看著蘭陵王，慢慢地，他的薄唇由抿緊變成了舒展，那瞟過張綺的目光，也壓抑了那份微不可見的專注……

高演轉過頭，朝著張綺認真看去。細細打量一陣後，他點頭道：「目光明澈，舉止雍容，不愧是陳地名門之女。」

這是肯定了！

這樣的肯定，不出幾日便會傳遍晉陽，不過一月便會傳到鄴城。以後，便是有人說張氏卑微，也斷斷不會罵她狐媚子。因為，連陛下都親口說了，她目光明澈，舉止雍容，是大方得體的名門閨秀，是值得人尊敬的。

他畢竟是疼愛蘭陵王的，哪怕對他選的這個女人再不滿意，一聽到他說他需要這個女人，高演便二話不說地站出來支持。

蘭陵王長長一揖。

「來，陪著朕走走。」

「是。」

君臣兩人一邊說著話，一邊向前走著。當蘭陵王經過張綺身邊時，朝她瞟了一眼。

張綺明白了，當下她福了福，退後幾步後，挺直著腰背，風姿曼妙而秀逸地帶著僕人，退回了院落。

把兩人的交流看在眼裡，高演嘆道：「果然是個知心知意的。」不過一個眼神，便能明白男人的心思，這種婦人確實不多。轉眼，他又嘀咕道：「只是太美了。」這一句他的聲音很低，除了蘭陵王，沒有別人聽清。

皇帝來了，張綺也退了，眾貴女也是連忙告退。

一直到退出了大門，秋公主才小跑到鄭瑜面前，她扯了扯逕自前行的鄭瑜的衣袖，擔憂地喚道：「阿瑜！」

鄭瑜回過頭來。她小巧的唇緊緊咬著，因咬得太重，唇瓣都沁出血來。她的臉色也異常蒼白，不過，她的眼中沒有淚水。

她既然沒有流淚，那就不用擔心了。秋公主鬆了一口氣，拍著胸口笑道：「可嚇死我了，我還以為妳聽了孝瓘那句話，正傷著心呢！」

鄭瑜搖了搖頭，低低說道：「我傷心的……阿秋，妳說，我那麼歡喜他啊，這些年，我努力變成他喜歡的樣子，可為什麼他去了一趟周地，就再也看不到我了？」她喃喃說道：「我那麼喜歡他……都把自己給丟了啊！」鄭瑜的聲音很乾澀，語氣也異常平靜，眸中更是沒有半點淚水。

秋公主同情地看著她，好一會兒，她才無力地說道：「不會的，我們的阿瑜這麼好，孝瓘只是一時被迷惑了！」

皇帝一走，蘭陵王便召來了管事。

「郡王！」

「她們什麼時候到的？」

「一切如郡王所料，您走後，不過大半個時辰她們便到了。」

「都說了些什麼？」

方老把廣平王妃與張綺所說的話重複了一遍。

聽完後，蘭陵王抬起頭來，蹙著眉望著遠處的藍天白雲。許久許久以後，才低沉地說道：「方老，你說她在想什麼？明明我才是她唯一的依靠，明明她在我面前時，也是千依百順，恭謹又依戀。可為什麼，在我看不到的地方，她總是這麼冷靜自持？」

方老沒有回答。

他知道，自家郡王從小便是這樣，有什麼煩惱，會悄悄地跟他說。他也不是要自己回答什麼，只是希望有個人能傾聽。

轉過眸子，他看向張綺所在的院落，慢慢說道：「都是我的女人了，不想與我同生共死，還把自己保護得那麼好……」他嘴角一壓，壓出一個意味深長的，似笑非笑的表情來。

好一會兒，他放低聲音，認真地說道：「方老，你讓那些伺候她的人，好好跟她說一說我這個高氏家族的故事，特別是男女之間的。」

方老聽到這裡，詫異地瞪大了眼。

高氏家族男女之間的故事？

……若論荒唐，天下間沒有一個家族超過皇族高氏。若論禽獸，這家族裡的男人更是一個勝一個。好生生的，郡王為什麼要人跟張姬說些這個？不怕把她駭壞嗎？

蘭陵王長長的眼眸微微瞇起，深邃明亮的光芒在其中流蕩，他的聲音於低潤動聽中，隱帶了幾分愉悅，「記得讓她知道，這裡的權貴，可沒有幾個如我這般溫和寬厚。這裡握有實權的郡王，也不像她今天看到的陛下那般不為女色所動。去吧，去交代一下。」

方老應道：「是。」

張綺手持著繡花針，人卻有點心不在焉。聽到蘭陵王進來的腳步聲，她連忙抬起頭來，歡喜地，軟軟地喚道：「長恭。」

她碎步走近他，仰著小臉看著他。眸光流轉中，張綺羞喜地說道：「長恭，剛才多謝你。」多謝他在陛下面前說出那句：有此婦在側，臣心甚安的話。

這是多麼動聽的情話啊。她從來不知道，自己也能讓一個男人感覺到心安。更沒有想過，陛下會這麼讚美她。

他在努力地讓她獲得地位……鄭瑜的擔憂果然是對的，蘭陵王真是想抬高自己的地位。

面對張綺滿心滿眼的感激，蘭陵王面無表情地說道：「不必謝我，不過實言相告而已。」

他這麼嚴肅地說出這話，似是不知道那句「有此婦在側，臣心甚安」是多麼讓人心動的情話。

他更不知道，她聽了他這句「不過實言相告」，心中更加歡喜不盡，直是壓也壓不住。

美目漣漣的，張綺撲上前抱著他的腰，把臉埋在他的懷中，喃喃說道：「長恭，我很高興！」

她是真的高興。

他看重她，不是因為她的美色，不是因為她的逢迎討好，而是因為，她讓他心安。

面對張綺滿滿的感動和歡喜，蘭陵王依然沉肅著臉。只是不知不覺中，他習慣性地伸手，把她抱在了懷裡。抱著她，他一邊慢騰騰地朝前走去，一邊問道：「剛才秋公主她們來了，沒有欺負妳吧？」

張綺搖頭，甜美地說道：「沒有。」

蘭陵王看了她一眼，又問道：「那她們可以說什麼刻薄的話傷妳？」

張綺搖頭，她笑了起來，「沒有呢！」

蘭陵王嗯了一聲，緊緊地盯了她一眼，又問道：「那有誰罵妳了沒有？」

張綺兀自笑得快樂，「才沒有。」

在她看來，胡氏說的話，雖然別有目的，卻每一句都是對她的稱讚。鄭瑜什麼話也沒有說，只是流了淚，還被自己修理了回去。至於其他的貴女，雖然說了刻薄話，可她們影響不到自己。

只是歡喜的她沒有看到，蘭陵王望向她的目光中，越發的溫柔寬厚了……

蘭陵王溫柔地看著張綺，好一會兒，才輕聲說道：「阿綺。」

「嗯。」

「我曾經跟妳說過，不拘我到哪裡，都會帶上妳，便是出征也是……看來要食言了！」

對上張綺撲閃的不解的眸子，他苦笑道：「陛下剛才說了，妳容顏太盛，帶到軍中那種遍是丈夫的地方，容易出事，要我把妳留在家中，我也答應了。」

他低頭在她的臉上親了親，低聲說道：「再過一月，我便要去練兵。阿綺，妳要保護好自己！」

張綺愣愣地點頭，沒有注意到他眸光中的詭譎。

當蘭陵王離開時，她撐著下巴，暗暗忖道：再過一個月他就要出去練兵？一個月時間太短了，他又沒有議親，看來是不會放我離開的。嗯，他不在時，我得多繡些什麼，看看能不能弄些錢。

她的骨子裡是有著自己原則的，直到現在，便是再重視錢，也沒有想過要向蘭陵王討要。就像在南地時一樣，便是知道陳國有「妻死可不再娶」的規定，也從來沒有想過通過這種方式，做個妾上無妻的妾。

在她的胡思亂想中，時間過得飛快。

下午時，方老自己過來了。他站在張綺面前，一本正經，面無表情地跟她講起齊國的各大權貴，重點則放在皇族高氏身上。對他們的每個人的名字、性情和情況，都說了一個大概。

張綺知道齊國高氏荒淫，可她從來不知道他們荒淫到了這個地步。

傍晚蘭陵王回來時，張綺還沉浸在方老所描述的現實中。

感覺到腳步聲傳來，她迅速抬起頭來。

這一抬頭，她對上了蘭陵王溫柔深邃的眸子。他看到她白著臉，低沉地問道：「怎麼啦？」

話音一落，張綺已縱身一撲，緊緊抱住了他。

她抱著他，身子用力地朝他懷中擠去，直是瑟瑟發抖。

蘭陵王連忙摟緊她，溫柔地問道：「阿綺，出了什麼事？」

張綺搖頭，只是摟緊他的腰，用盡全力摟著，拚命地用他的體溫來溫暖自己。

好一會兒，張綺軟軟的，脆弱的聲音從他的胸口傳來：「長恭……」

「說。」

「你別離開我……便是去練兵，也帶著我，可好？」她抬起發白的小臉，淚水盈盈地看著他，表情中盡是乞求。

蘭陵王嚴肅著問道：「到底出了什麼事，令妳這般害怕？」

張綺把自己的身子擠入他的懷裡，說道：「方老跟我說了一些事。長恭，如果你不在，我會害怕的。你以後不管到哪裡，都帶著我好不好？」

見蘭陵王沉默，她有點慌了，咬著唇，張綺踮起腳便把紅唇送去。一邊胡亂吻著他的臉，她一邊軟軟求道：「長恭，好不好？」從上午便可以看出，他與陛下關係親厚。只要他願意，是可以說服陛下帶自己一道去的。

蘭陵王沉吟片刻，頗有點為難地說道：「有些不便……」

才吐出這四個字，張綺真的急了。從方老所說的，齊地高氏的那些大權在握的男人們，別的愛好還可以容忍，那荒淫好色卻是一個賽一個，更可怕的是，他們最喜歡對自己兄弟叔侄的妻女動手，而且手段極其殘忍，有時還是虐殺。

自己長成這樣，沒有蘭陵王在旁護著，那……無論如何，便是出於未雨綢繆，只要還沒有離開他、離開齊國，她都要跟緊他。

因此，蘭陵王四字才出，張綺便哇的一聲哭了起來。才哭了兩聲，她記起自己的身分，害怕惹得蘭陵王不喜，便又強行忍住。只是那淚花不停地在眼眶中轉動著，鼻子還一抽一抽的，配上白色的狐裘，挺像一隻被遺棄的小狐狸。

張綺抽噎著，見蘭陵王只是冷眼看著自己，一點也不為所動。她牙一咬，雙手摟著他的頸，朝上一跳，然後雙腿夾著他的腰間，整個人都緊緊貼在他的身上。心裡暗暗惱道：便是他發火，我也不放手，便這般纏著他答應為止！

蘭陵王面無表情任她攀著吊著，見張綺紅紅的眼睛可憐兮兮地看著自己，他慢慢皺起了眉頭。

慘了，他要惱了！

張綺有點慌，咬唇想了想，乾脆把臉埋在他的頸窩上，也不看他的臉，也不下來。

用。」

蘭陵王一邊走動，一邊冷眼看著掛在自己身上的張綺，淡淡說道：「下來。」

「我不！」軟軟的嬌嗔中還帶著點鼻音，直是鐵人聽了也會化掉。

蘭陵王沒有化掉，他繼續慢步而行，走了幾步，又沉著聲音說道：「事關重大，賴皮也沒用。」

張綺悶悶地說道：「就要賴皮！」說完還一抽一抽的。

感覺她在向下滑，蘭陵王手臂伸出，輕輕扶住她的臀，讓她依然掛在自己的身上後，輕嘆一聲，道：「別哭了！」

聽到他話中的憐惜，張綺眼圈一紅，哇地哭出聲來。

讓她不要哭，她還哭得更厲害了。

蘭陵王苦笑道：「好了好了，且容我想一想吧。」語氣已是鬆動。

張綺大喜，連忙雙手捧著他的臉便是一陣猛啃。待啃得他滿臉口水牙印時，蘭陵王雙眸已轉為幽深。就在張綺的紅唇轉向他的唇角時，他猛然雙臂一收，側過頭加深這個吻，身子一轉，大步朝寢房走去。

這一晚上，張綺磨了又磨，還使出十八般武藝把蘭陵王服侍得通身舒爽，終於得他首肯，這次練兵會帶上她。

近兩天，晉陽的天氣又陰又冷，寒風呼嘯而過時，捲得黃葉漫天飛舞。

一連忙了兩天後，第三天晚上，蘭陵王也不顧廣平王府有宴，找了個藉口便留在家裡。

揮退婢僕後，此刻的寢宮中，只有他與張綺兩人。

飄搖的蠟燭光、大紅的燈籠光，還有暖暖的燃燒的炭爐，令得房中像春天一般溫暖舒服。

鋪了獸皮的暖榻上，蘭陵王斜斜地倚著。

他喝了點酒。

如他這樣的人，從小便學習了克制，不管什麼時候，他從來都不會讓自己喝醉。

……自知美色太過，他不敢喝醉。

可是現在，他卻喝醉了。

酒醉後的蘭陵王，跌跌撞撞地回到寢房中，也不顧張綺的阻攔，一邊歪著衝她直笑，一邊自顧自地，胡亂地扯下身上的裳服，換了一襲淡金色的外袍。

長得拖曳於地的袍子裡，空無一物，露出他那結實強健，曬也曬不黑的玉白胸膛，以及同樣白淨的，光裸有力的大腿。

行走在桃木地板上，他雙足是赤著的。與他的臉孔和身材一樣，蘭陵王身上，無一處不是蒼天精心雕琢而成，那雙大足也是如此，縱使足趾上還長著幾根半寸長的汗毛，卻絲毫無損它的完美。

此刻，他微微斜倚，俊美無儔的臉上，因酒意而帶著三分暈紅。

他眸中波光流轉地看著張綺，完美的唇線微微上翹，表情似笑非笑中，透著慵懶，還有讓人心跳加快的誘惑。

他顯然心情十分愉悅，這般暈紅著臉，波光流媚地瞅著張綺，他低啞地說道：「阿綺。」

被他的變化先是驚得愣住，後又怕他病倒不停地燃放炭盤的張綺，聽到他的叫喚，回過頭來。看著這般半裸著的他，她臉孔紅紅的，目光更是掬得出水來，「在呢。」

蘭陵王歪了歪頭，任由滿頭墨髮如瀑布一般洩於榻上。月光下，他的眸光燦爛如星空，豔如紅月，「我為妳彈琴，妳為我一舞，如何？」

他雙眼微瞇，眸光如月下流蕩的溪水，「便作妳最擅長的春月舞。」這春月舞，是她那一晚求他帶自己一道前去練兵時，和盤端出來的才藝。

他的聲音清潤悠揚，如最最動聽的弦樂。

他這般含醉微醺，這般春光外洩，這般凝視於她，張綺直覺得一顆心怦怦地跳得飛快。直覺得一張臉，紅得滾燙了了。直覺得雙腿，都有點虛軟。

她慢慢站起，側頭躲避著他的目光，臉紅紅地笑道：「好。」

「去換了舞衣吧。」他的聲音啞而磁，彷彿在枕畔低語，「剛製好的，在床榻左側櫃子裡。」

連舞衣也備好了？

張綺紅玉般的臉再次透出一抹羞澀，輕輕應道：「好。」

她轉過身，朝著寢房走去。

不一會兒，張綺走了出來。

她一走出，已醉了七分的蘭陵王雙眼陡然一亮，原本慵懶斜倚的姿勢，更是變成了前傾。

他直勾勾地看著張綺。

此時的張綺，與任何時候都不同。一襲流雲紗衣披在她的身上，連裡面白色的胸衣、堪堪可見的乳溝和雪白纖細的腰肢、形狀完美的小圓臍，都清楚可見。至於那修長的玉腿，更是一覽無遺。

雖然床幃間，兩人已恩愛過無數次，可這般半裸著相對的機會還是不多。看著他，張綺又羞又喜，她絕美的小臉紅紅的，如畫的眉眼中，帶著三分羞澀、三分春意、三分妖媚，還有一分竹子般的清雅皎然。

她真的很美，很美很美！

蘭陵王癡癡地看了她一會兒，突然低低一笑。在笑聲飄蕩時，他低喚道：「我的阿綺……」聲音如水般溫柔。

張綺聽到了，因此，她的眸光更豔了。

蘭陵王支撐著站起，他拿過放在几上的玉笛，放在唇邊吹奏起來。

……他正是背對著紗窗。

今天晚上是十五，圓月掛在澄澈的天宇間，皎潔的銀光透過紗窗，從後面鋪射在他高大英偉的身影上，鋪射在他俊美無倫的臉孔上，直是，模糊了五官，模糊了他眸中流淌的春光，也模糊了這世間燦爛的美好。

笛聲嫋嫋而來。

蘭陵王於樂器上的造詣已登峰造極。他不知道張綺的春月舞，具體應該配什麼樂。不過，自然而然的，他的笛聲已勾勒出一副燦爛的春光、流銀的明月，還有無暇的歲月。

漸漸的，笛聲一轉，由悠揚轉為低沉。

而這時，張綺雪白的紗袖一甩，纖美的赤足一踮，已翩躚舞出。

與蘭陵王一樣，她於舞技上，也有著天生的造詣。特別是這種魅惑混著純潔，若有若無的勾魂蕩魄的舞蹈，更是本能的擅長。

此時，她雖然年幼，可成為婦人後，那身材日漸豐潤。這般舞出，細腰豐乳隆臀，每一下起伏，都在燈火飄搖中，勾出令人口乾喉燥的魅惑。

春月一舞，本屬掌上之舞。講究的是輕盈、飄渺，還有搖盪的春情。

因此，燈火飄搖、明月流輝中，一襲白紗的她，隨著笛聲旋轉在流光裡，彷彿，一陣春風吹來，她便會吹去；彷彿，一陣寒風吹來，她便會化去……

蘭陵王的笛聲更纏綿了。

笛聲纏綿悱惻中，他高大的身影，在月光的投射下，漸漸與她纖細美好的身影重疊。她一直看著他，她為他而舞，眸光中情意流溢。她向他甩出長袖，腰肢一折一旋間，明明飄然而來，卻剛剛想抓住想留著時，卻又如煙雲一般飄逝而去。

……

這世間，最最美好的東西，是無法用言語來形容的。

此刻也是。

只知道，這一刻，從蘭陵王府飄蕩而出的笛音，逗停了些許行人。左右的華府大院中，更有好些閨閣少女走出，她們扶著玉欄，怔怔地對著天上的明月出神。

只知道，這一刻，那映在紗窗上，染在明月中的翩躚身影，令得一行大步走來的客人，猛然一頓，一個個看癡了去。

也不知過了多久，那走在最前面的俊雅青年喉結滾動了下，他低沉地說道：「原來如此……」他的聲音有點乾。

在他身後的眾人，明顯沒有回過神來。

嘴角一抿，青年提了步，他大步來到臺階下，負著雙手，看著寢房中流淌的春光，和重疊成雙的一對華美身影。

站在他左側的，另一個白皙陰柔秀美的青年正要開口，他卻是手一舉，斷然制止。便這般負著雙手，他靜靜地透過紗窗，看著裡面隱隱約約舞動的身影，傾聽著那飄飄嫋嫋的樂音。

這時，站在青年身側身後的眾人，已完全清醒過來。他們饒是心癢難耐，恨不得馬上衝進去，可站在前面的那個高貴青年不動，他們也只好緊盯著那若隱若現的翩躚身影止渴，只好聆聽著那難得一聞的天籟出神。

陸之章

前程反覆尋依傍

不知過了多久，樂音止息。

彷彿害怕裡面的美人悄然離去，幾乎是笛聲一止，那陰柔秀美的青年也不管身前尊貴的兄長，腳步一提，便匆匆衝了過去。

他撞開房門，人進去了才大聲笑道：「好你個高長恭，我的宴會你不參加，卻與美人兒在這裡嬉玩！」嘴裡說著話，他目光急迫地尋向張綺。不過，早在房門破開時，張綺已急促一個旋轉，如風一般飄入了內室中，他哪裡看得到什麼？

蘭陵王緩緩放下玉笛，帶著酒意的嗓音中有點不愉，「高湛，這是我的寢房！」

高湛放聲一笑，毫不在意地說道：「知道這是你的寢房啊！」說到這裡，他朝內室昂首看去，咂著嘴巴巴地說道：「長恭，聽說你得了一個絕代佳人？叔叔連自家的宴會也懶得耍了，便是想過來看看！去，把她叫出來讓叔叔看一眼！」

他說得嘻皮笑臉，語氣頗為不恭。也是，身為蘭陵王的叔叔輩，他真沒有必要對這個比自己卑微得多的侄兒客氣。

他的話一說完，卻見蘭陵王臉一沉，眉宇是戾氣隱現。難得看到這樣的高長恭，高湛又是一陣大笑，也不等他再說什麼，甩了甩衣袖便退了出去。

把房門一關，高湛對著站在臺階的俊雅青年拱手道：「九兄，你知道長恭那小子在幹麼嗎？他脫得光光的，喝得醉醺醺的，只著一件外袍，吹著笛，與那美人兒玩樂呢！」他大笑道：「真不愧是我高家的子孫，對尋歡作樂一事，教都不用教！」

俊雅青年靜靜地微笑著，聽完後，他輕喝道：「胡鬧！」目光一轉，盯了一眼寢房中，他沉聲說道：「長恭從不飲醉，今日醉酒，定是心中無比歡喜……我們不必打擾他了，走吧！」說著，他衣袖一甩，帶著眾人提步離去。

他們一離開，張綺便從內室中走出。

走到蘭陵王面前，張綺盈盈跪倒，她仰著頭，雙手抱著他的膝蓋，喚道：「長恭……」

「嗯？」蘭陵王睜開迷離的醉眼，不解地看著她。見她似是冷得很，伸手把她提到膝上坐下，問道：「怎麼啦？」

張綺抱著他的腰，把臉埋在他懷裡，搖了搖頭。

方才在內室，她聽到高湛的笑聲，不知怎麼地有點害怕。

要是以往，張綺害怕了，會自己一個人躲起來，而不是如現在這般跑出來抱住蘭陵王……

讓張綺沒有想到的是，便這麼幾天，似乎整個晉陽人都知道了，蘭陵王新得一個寵姬，愛之珍之，天天只想守著她，與她一道玩樂。

一時之間，蘭陵王都被傳成了一個癡迷女色的人。

不過，高湛說的對，這尋歡作樂，對高氏子弟來說實在不算什麼。因此，蘭陵王沉迷女色，也沒見什麼人指責他罵他，倒是半個月後，皇帝下旨，允許他的私兵增至一百八。同時，也因為蘭陵王對新得愛姬的極度重視，那些蠢蠢欲動，頗想一睹美人風采的權貴官宦，也都安靜下來。

蘭陵王深得新帝愛重，又是個有才華的宗室，再加上他身邊只有這個婦人。他的女人便是最美，也犯不著這個時候去冒犯。

日子這般一天天過去了，在一種極致的寧靜中，張綺甚至沒有機會見到陳使，更無法知道蕭莫、阿綠等人的情況。她只是日復一日地與蘭陵王在府中耍玩嘻鬧。

轉眼一個月過去了。

到得這時，晉陽正式進入了冬天。在寒風呼嘯中，蘭陵王帶著張綺，駛向了宜陽城。

四個月後，去宜陽時，正是冬雪霏霏時，回來日，已是春暖花開，楊柳依依的二三月。

不過，這一次他們回的不是晉陽，而是齊國的都城鄴城。

再過幾天，張綺便滿十五虛歲了。

十五歲的張綺，身段如柳條般又抽高了一截，舉手投足間，屬於婦人的嫵媚和少女的空靈明透交融在一起，已是真正的傾城佳人。

十五歲的張綺，不再是前一世時，被下了絕子藥的那副破敗身子。這由裡到外的健康愉悅，令得她的人如春花盛放，於妖媚中有著勃勃生機，靈氣逼人。所以，也不是前一世時，那種有點病態，有點頹廢的美麗，而是更美、更靈透。

這幾個月裡，發生了一些事。如，周陳兩國的使者在春暖花開前，已經起程離開。如，蕭莫留了下來。因才華橫溢，處事幹練，令得有心一統天下的皇帝高演極度看重。如今，已是大齊正三品的吏部尚書。

在這麼短暫的時間內，便當上了正三品的大官，蕭莫的才華，超過了張綺的預料。

便是對漢家子頗有微詞的太后，對蕭莫也是認可的。畢竟他是來自陳國高門大閥的天之驕子。他能留在齊地，本身便是齊國值得驕傲的一件事。

同時，張綺也知道了，阿綠並沒有隨陳使回國，而是與蕭莫一道留在了齊國。

蘭陵王歸來日，官道上空空蕩蕩，不見迎接的人。

望了望漸漸可見的城門，蘭陵王策馬靠近馬車，早就換了一襲便裝的他，面容越發沉肅。

他看著大掩的車簾，聲音有著他自己都不曾發覺的輕柔，「阿綺，要進城門了。」

聽著馬車中傳來的靡軟輕應聲，他低嘆道：「阿綺，妳怎地不曾有孕？」

馬車中的人一僵，直過了好一會兒，張綺才喃喃說道：「便是有孕，又能如何？」

若是有孕，我許能以我已有子嗣，婚事無須著緊的名義，再拖上一陣。當然，只是也許。

蘭陵王看著搖晃的車簾，終是沒有回答。

沉默了一陣後，馬車中，張綺再次低低地問道：「長恭，若是有孕，又能如何？」她的聲音有點顫，含著她自己也說不清道不明的期待，或渴望。

蘭陵王嚴肅地眺向遠方，許久才道：「沒什麼，我們常自歡愛，也該有了。」

馬車中，張綺嗯了一聲，似帶著隱隱的失望。

正在這時，一個黑甲衛叫道：「有人來了！」

蘭陵王抬起頭來，這一看，他眉頭一鎖，徐徐說道：「是蕭莫！」

出現在他們視野中的，確實是蕭莫。已是三品大員的他，依然是一襲白衣，長髮用玉冠束起。饒是坐在馬背上，他也是一派閒適都雅，風姿翩翩。

張綺遠遠地看到束了髮，似是長高了些，明顯成熟了的蕭莫，不由奇道：他好像還沒有到二十啊，怎麼就戴冠束髮了？

轉眼，張綺明白過來。蕭莫與她一樣，已是無家族的飄零人，這二十而冠的舊習，也就沒有必要守了。他戴冠束髮，是在告訴自己，自己已是一個成年人，從此之後，寵辱獨擋，盛衰自取吧？

一騎捲著風塵急馳而來，一直來到隊伍前二十步處，蕭莫才一聲輕喝，勒停了奔馬。

他的身後沒有隨從，昂著頭，蕭莫瞟過蘭陵王，然後轉頭看向張綺的馬車。望著那飄蕩的車簾，他垂了垂眸。轉過頭來，蕭莫朝著蘭陵王拱了拱手，微笑道：「去時冬雪霏霏，來時楊柳依依，郡王，好久不見了！」

聲音低啞中，帶著濃濃的思念。

他思念的，自不會是蘭陵王。

蘭陵王抬頭看了他一眼，唇扯一扯，冷漠地說道：「蕭尚書特地相迎，長恭愧不敢當！」

他的聲音一落，蕭莫突然放聲一笑。

他的笑聲，於放曠中有著清亮。大笑中，蕭莫拱了拱手，「當得的！當得的！」

他含著笑，認真地盯向張綺的馬車，也不看向蘭陵王，徐徐說道：「半載期限快過了……想來過不了多久，郡王便會議親吧。」明明是跟蘭陵王說話，他卻是目光直直的，瞬也不瞬地盯著張綺的馬車，聲音已微微提高，「你們齊地的習俗，蕭某是知道的。蕭某此來只是為了跟郡王說一句，馬車中的婦人，你若是護不了，蕭某願意接手！」

說著這麼斬釘截鐵的話，他的態度、他的笑容，卻悠揚自得，渾然一派名士風流的派頭。

這種根於他骨子裡的風度，在齊地難得一見。張綺從縫隙中看著他，竟是想道：難怪他不管是到了周地，還是在這齊地，都能很快就與眾漢家的世家子弟打成一片，有執牛耳之勢。

蕭莫說出這席話後，見到蘭陵王臉色沉了下來，不由仰頭一笑。大笑聲中，他朝著蘭陵王再次拱了拱手，雙腳一踢，驅著馬調了個頭，轉眼間馬蹄得得，又朝著來路奔回。

這人風塵僕僕，匆匆而來匆匆而去，便是為了說出這通話嗎？

這邊蕭莫的身影剛一消失，城門的方向又駛來了好幾輛馬車。馬車還沒有靠近，一陣嬌滴滴的女子聲音混合著清亮的少年聲便爭先恐後地傳來。

亂七八糟的叫喚聲中，一聲叫喚特別不同。

「長恭……」大掀的車簾中，笑得甜美而又燦爛的，正是許久不見的鄭瑜。這次的她，已完全掃去了數月前的陰霾，甚至比張綺初見她時笑得更燦爛、更美好。藕荷色的褙子，襯得她臉蛋白裡透紅，真真面如桃花。

鄭瑜笑盈盈地，歡喜無限地看著蘭陵王，脆生生地喚道：「長恭，你回來啦！」她的眸光且羞且喜，整個人卻落落大方。

什麼時候，她也改了稱呼了？

在張綺的詫異中，七八個少年男女圍上了蘭陵王，七嘴八舌地說了起來：「好你個小子，一出使便是經年！」、「長恭，好久不見了，怪想你的！」、「聽說你得了一個絕色的姬妾？在哪裡，亮出來讓我等瞅一瞅？」、「我特意趕到晉陽過元正，滿以為朝會中會看到你，卻不料你竟然去了宜陽！」

笑鬧聲中，鄭瑜伸出頭，笑著打斷他們的話，「好了好了，安靜一些。」然後，她抬頭看著蘭陵王，聲音一提，認真地說道：「長恭，陛下有令，要你入了城不忙著回府，直接去皇宮見他。」她嘴角一揚，輕快地說道：「對了，你那姬妾在吧？陛下也要見見。」

這一路，眾少年男女團團圍住蘭陵王，令得張綺都沒有與他交流的機會。

在他們的簇擁下，車隊很快便進入了鄴城。

鄴城，自古為帝王之都。這樣的陽春三月，抬頭處處可以看到盛放的桃花、梨花。不管是桃花還是梨花，都是在乾禿禿的樹幹上結出一個個花朵，很少看到樹葉。

街道上有點髒，顯然不久前剛颳過一陣風沙。

張綺注意到，一到鄴城，蘭陵王的臉上便露出了一抹喜悅，顯然，能夠回到家鄉，他是很期待的。可她，並不期待。張綺看著他臉上的笑容，不知怎地，有點悶。也許在她下意識中，曾經希望過，一旦情形不對，他能與她一道離開這裡吧？

在鄴城，也有專門的蘭陵王府，這可不是建在晉陽的那種暫居之所。

馬車經過蘭陵王府時，並沒有停留，而是直接朝皇宮駛去。

不一會兒，眾少年的嘻笑聲漸漸止息，取而代之的，是安靜沉悶的馬蹄聲。

進入宮門，當馬車停下時，蘭陵王跳下馬背，朝著馬車中的張綺伸出手，「下來吧。」

張綺低應了一聲，伸手扶住了他的手，走了下來。

眾少年少女，連同鄭瑜在內，都目光賊亮地看著這個方向。待見到張綺，他們同時感覺到了失望。特意面見君王，她居然還戴著帷帽。

到得這裡，眾少年少女已不能同行了，揮別過後，蘭陵王牽著張綺，在太監的帶領下，來到皇帝的書房外。

剛剛站定，高演儒雅清亮的聲音傳來：「長恭來了，進來。」

「是。」蘭陵王應聲入內，而張綺，也摘下紗帽，亦步亦趨地跨入了書房中。

兩人一進去，連頭也沒有抬便同時行禮，因而沒有注意到，書案後，年輕的皇帝正抬著頭，他的目光掠過了蘭陵王，正在認真地打量著張綺。

端詳一陣後，高演的唇角彎了彎，溫和地笑道：「不必多禮。長恭，過來坐。」

「謝陛下。」

蘭陵王坐好後，作為他的姬妾，張綺便跪坐在他的身後側。

剛剛坐好，張綺便感覺到一道目光又盯向自己。

才剛進來，他就盯了好幾眼了，還盯得這麼認真！

襦裙下，張綺雙手交叉，不安地扭動起來。

高演轉向蘭陵王，慈和地笑道：「長恭，這四個月來辛苦你了，連元正也在宜陽度過，定然很孤單吧？」

蘭陵王溫厚地答道：「臣不孤單。」他轉向張綺，在對上她的面容時，眼神變得十分柔軟，「臣有此婦，臣不孤單！」

臣有此婦，臣不孤單！

這句話一出，書房中小小地安靜了一下。

高演微不可見地蹙起了眉：自己才開口，長恭便用這句話相堵，他是不是已經知道自己此次令他入宮的用意了？

安靜了一會兒後，高演嘆了一口氣，斟酌著字句，慢慢說道：「長恭，你年紀不小了，又不曾生有子嗣。這與婦人玩樂之事，你雖然喜歡，可也不能耽誤了娶妻生子的大事！」

高演說得緩慢，聲音有點沉。這哪裡是勸說？分明已是他早有決定！在他眼中，蘭陵王對張綺再好，那也只是與婦人玩樂的小事。他的正事，應該是娶了鄭瑜，並與鄭瑜生下子嗣。

張綺一直知道會有這麼一刻，可當這一刻真正來臨時，卻感覺到心口絞得疼痛。

也是奇怪，在難受得讓她無法呼吸的時刻，她的心腦卻少有的清醒得很。一時之間，關於蘭陵王的，關於陛下的判斷，都閃電般的浮現於她的腦海中。

吸了一口氣，張綺從進這個房間後，第一次抬起頭來。

她抬著頭，眼睛濕漉漉地轉向蘭陵王。恰好這時，聽出了陛下意思的蘭陵王，也轉頭看向她。

四目一對，蘭陵王怔住了。

他從來沒有像現在這般，這樣直接，這麼明顯地感覺到張綺的心意。

她雙唇緊緊抿著，眼眶中淚水滾動，用一種癡苦又絕望的眸光看著他。彷彿他下面所說的話，會成為刺入她心口的毒劍，會令得她再無容身之地。

不知不覺中，蘭陵王給震得遲疑了。

而坐在主榻上的高演，把她的眼神收入眼底的高演，這時慢慢蹙起了眉頭。

這小婦人明明是個識大體，恭謹溫馴又守本分的。怎麼這一去宜陽四個月，變得這麼心高了？也是，長恭從不曾有婦人，得他這麼專寵，難免容易讓人變得驕狂。

高演幼懷大志，喜讀史書。他一直知道婦人的勃勃野心能毀了一個男人，而一個絕色美人的勃勃野心，更能毀掉一個國家。

他想到這裡，看向張綺的眼神中，便漸漸有了些許思量。

癡苦地望著蘭陵王一陣，張綺終於垂下雙眸。只是扇動的睫毛底，一抹說不出的脆弱和淒然慢慢地流溢而出。美人便是美人，明明什麼話也沒有說，只是一個眼神、一個動作，便令得書房中的氣氛變得死寂。

不一會兒，高演輕咳一聲，他向後一倚，盯著蘭陵王沉聲說道：「長恭，你能走到今日，有多麼不易，這個不需要九叔來跟你說明。」他瞟了一眼張綺，又轉向蘭陵王，聲音微沉，不怒而威地喝道：「男子漢大丈夫，做事當有自己的思量！」

這話很重，只差沒有直接說出蘭陵王不能被美色給迷惑了。

蘭陵王似是清醒過來。他抬起頭，懇切地說道：「陛下，臣說過半年內不議親。這時間不是還沒有到嗎？臣現在不想談這件事。」說到這裡，他朝張綺說道：「妳出去一下。」

「是。」張綺福了福，慢慢地退了出去。

來到院落裡的一株白楊樹下，張綺望著不遠處的姹紫嫣紅，漸漸的，唇抿了起來。

這半年的相處，讓她知道，高長恭對她很好很好，而且，她也在不知不覺中，已經喜歡上了他。既然如此，那就搏一搏，大不了失敗，大不了到頭還是一個離開。

一直以來，張綺從來不缺乏的是審時度勢，見風使舵。現在，她知道自己可以適當地驕狂了。

她在這裡打定了主意，書房中，君臣正是相談甚歡。

本來，高演準備了很多說辭，哪裡知道他才開口試探，眼前這個聰明的侄兒便給截了去，便直接說出「臣有此婦，臣不孤單」，生生把他後面要說的話都堵了回去。

婚事和對張綺的安排不好說了，君臣兩人談的都是政事軍務。

直聊了小半個時辰，蘭陵王才告退離開。

他一出房門，便看到了站在白楊樹下，仰望著藍天出神的張綺。

他大步走近，喚道：「阿綺。」

突然聽到他的叫喚，張綺一驚，急急轉身，水意蕩漾的眸子溫柔深情地癡望了他一陣後，突然間，她也不管這是什麼場合，縱身一撲，雙臂一摟，便吊在了蘭陵王的頸上。

緊緊地摟著他，纏著他，張綺顫聲道：「長恭……別讓你和我之間，還有他人，求你了……」

「別讓你和我之間，還有他人。」是近年來流行於齊國上層的一句情話。出身高貴，不可一世的胡女們，經常會在新婚之時，便對丈夫說出這句話，深情而又堅決地向良人表達自己的立場。

因此，張綺的話，倒是說得不唐突，唐突的只是，她的身分，以及她說這話的地點。

書房中，年輕俊朗的陛下負著雙手，靜靜地看著這一幕。他的眉峰慢慢蹙起，直至眉心成結。

……這婦人雖美，可這性情也未免太恃寵而驕了！

蘭陵王自是不知道皇帝的失望，他被張綺的告白實實嚇了一跳。

直過了許久許久，他才聲音乾澀地說道：「先下來。」

「嗯。」張綺不再任性，乖巧地從他的身上滑下。

目送著牽手離去的蘭陵王兩人，一個太監走到高演身後，小心地說道：「陛下，蘭陵王對此婦，太過癡迷了！」語氣似是不滿，悄悄看向皇帝的眼光中，卻透著幾分清明。

高演自是聽出內侍是在點醒自己，他淡淡說道：「知道了……長恭還是年少了，再等等吧。」

坐上馬車，蘭陵王驀地把張綺轉過來，令得她面對著自己後，他抬起她的下巴，專注地，一瞬不瞬地盯著她。

張綺沒有避開他的目光，她抬著頭，水漾的雙眸迎上了他的。

感覺到他審視的目光是如此凝重，張綺伸出雙手。

她捧著他的臉，凝視著他深邃的眼。她含著淚水，卻笑容燦爛如花。

「長恭。」張綺抬起下頜，那絕美的臉上，第一次流露出一種任性，一種脆弱的驕傲。明明是很驕狂很自以為了不起的動作，在她做來，卻生生透著一種絕望。她話還沒有說出，淚水已順著臉頰流下，「長恭。」

我歡喜你！

她縮了縮鼻子，笑容燦爛地說道：「我歡喜你！」

她的淚水流得很歡，那笑容卻越發的燦爛，下頜更是抬得高高的，說話的語氣，像個宣布自己領土的女王，可那發白緊咬的唇瓣，卻流洩著無邊的緊張。

咬著唇，張綺繼續燦爛地宣布道：「我歡喜你，癡迷於你……每日睡在你的身畔，我的心一直是滿滿的，一時沒有見你歸來，我便害怕著。你對我好時，我擔憂過你有一天會把這份好，轉給另一個比我更美更動人的女人。知道你總有一天會娶妻，我會在無數個午夜醒來，一直睜眼到天明。可再多的害怕，再多的擔憂，也無法掩去我對你的歡喜。長恭，我想與你在一起，日日夜夜，歲歲年年……如果你戰死了，我會自刎在你身側；如果你功高震主，被無法容忍的陛下賜了毒酒，我會用一丈白綾與你同歸。」

她捧著他的臉，睫毛撲閃如冬日的蝴蝶，彷彿華美燦爛，也不過是在這一個晴日裡，待得明朝風霜來臨時，便會折翅身殞，死無葬身之地。

她瞬也不瞬地看著他，癡苦地，低低地求道：「長恭，請允許在你的陵寢之側，給我留下一個位置！請別讓我生無所依，死無所歸！」

她說得緩慢而認真，目不轉睛地看著他，沒有放過他任何一個表情。她那捧著他臉的顫抖的手，彷彿在等著他下一刻的直接拒絕，或把她斷然推開。她準備好了被他斷然拒絕，卻依然堅持，任性而驕傲地說出這席話。

在她的目光中，蘭陵王有點艱難地轉過了頭。

他的喉結滾動了下，好一會兒才啞聲說道：「這話以後再說吧。」

沒有斷然拒絕，也沒有不屑而笑。

張綺見好就收，軟軟地應了一聲：「好。」應過後，她縮在他的懷中，伸手摟著他的腰，呢喃道：「長恭，阿綺唱一首曲給你聽，可好？」

也不等他應承，她軟而靡蕩的歌聲，便順著春風吹出，迴盪在桃紅柳綠中。

「子之湯兮，宛丘之上兮。洵有情兮，而無望兮。坎其擊鼓，宛丘之下。無冬無夏，值其鷺羽。坎其擊缶，宛丘之道。無冬無夏，值其鷺翿……」

宛丘之上，流傳著你的傾城之舞。我愛你戀你，卻不敢抱以希望……

張綺的歌聲，是用陳地建康口音，標準的吳儂軟語哼唱而出。其音綿綿，其曲蕩漾，其情纏綿，其渴慕癡得讓人絕望。

看到蘭陵王的馬車駛出，從一側巷道中，連忙行出了一輛華貴的馬車。兩車相距只有十來步時，那馬車的車簾掀開，鄭瑜帶著驚喜又嬌俏的臉露了出來，她嬌俏俏地脆聲喚道：「長恭，好巧哦……」話還沒有說完，餘音便啞在了她的咽喉中。

鄭瑜睜大雙眼，怔怔地看著那擦肩而過的馬車，以及從馬車中飄蕩而出的，華美纏綿的女子歌聲，不由轉向馬車中問道：「她唱的是什麼？」

馬車中的兩婢搖了搖頭。一年長一點的婦人恭敬地說道：「她是用陳地語言唱的，奴不懂。」

不過，這歌聲真是又怪又好聽，綿綿水水的，便如蘭陵王所得的那個寵姬一樣。與這齊地鄴城的歌曲也罷，女郎也罷，是完全不同。

鄴城的蘭陵王府，足有四個院落，七八十個房間，整體布局顯得恢宏大氣。

馬車一駛入府中，蘭陵王便摟著張綺跳下馬車，看著恭恭敬敬候立兩側的婢僕管事，他板著臉吩咐道：「這是張姬，是你們的女主人。」

介紹到這裡，他扯著張綺，大步朝自己的寢房走去。

他的院落裡面種滿了桃花，大大小小的花骨兒開滿了枝頭，陡一看去，那亭臺樓閣隱在花海中很不起眼。這院落裡，只有一棟兩層的木樓，寢房在樓下，書房在樓上，左右兩側各有一個偏殿。

蘭陵王一進入院落，便揮退婢僕，轉過頭看向張綺。

他的表情很古怪，極嚴肅，簡直是嚴肅得沉重，又透著一點古怪，彷彿欲言又止。

最後，他只是低低說道：「去收拾一下，把妳的東西放在左側偏殿。」

張綺應了一聲，提步離去。

他望著她的身影，久久沒有動彈。

這個晚上，第一次，蘭陵王沒有抱著她入眠，而是各睡各的房間。

張綺知道，隔壁的正殿中，不時傳來他舞劍的聲音，她也知道，他時不時地在殿中走動著，有好幾次都走到了她房間的外面，卻又收回了腳步。

張綺靜靜地跪坐在床榻上，與蘭陵王不同，她是一動也不動。

靜靜地看著黑暗的虛空中，張綺毫無睡意。

今天皇帝的態度讓她害怕，讓她如芒刺在背。幸好，她反應夠快，想來現在在陛下眼中，自己是個有點不知分寸的女子。這樣的女子美則美矣，沒有好好調教過，收用後是不能省心的。

還有，今天鄭瑜的態度，還有蕭莫說的那番話，再加上陛下說的話，他的婚事，只差正式下旨了吧？

咬了咬唇，張綺轉頭看向隔壁房門處透過來的光亮。

這四個月，是她平生過得最安穩，不憂衣食，無人譏諷打罵，沒有明槍暗箭，更沒有生命危險，還被男人全心全意寵愛呵護照顧著的日子。

這樣的日子很溫暖很美好，很讓人留戀。看著視野中那唯一的一縷光亮，張綺絕望地想著。

她不想留戀，不想癡迷的，便似她從來不想依賴任何男人，卻不得不依賴一樣。

一晚過去了，這一晚，正殿的燭光一直燃到了天明。

春光爛漫中，一輛馬車正緩緩駛向街道。

馬車中，鄭瑜茫然地看著外面喧鬧的人群，低聲問道：「阿秋，妳聽到了嗎？」

秋公主知道她是問什麼，當下譏笑道：「自是聽到了……真可笑，我今天才知道這世上有這麼看不清自己位置的賤民！」說到這裡，她看向鄭瑜，「咦，阿瑜，妳怎麼啦？難道妳還以為她那種不守本分的賤婢，能得到什麼好處不成？」

鄭瑜依然表情茫然，在秋公主的一再追問中，她不安地說道：「我母親剛才說了，有個這麼不安分的姬妾待在後苑裡，不是做主母的福氣。她說，如果非要與長恭結親，首要一條便是驅了這個婦人！」

她看向秋公主，咬牙說道：「我母親的意思是，便是給那個婦人一些錢財也好，反正她是不能留在長恭身邊的。」

秋公主理所當然地應道：「這是自然！這種女人，當然不能留下！只要她願意走，給點錢財又算什麼？」

鄭瑜苦笑道：「阿秋，妳沒有聽明白我的意思，我是擔心長恭那裡！他對那個女人這般癡迷，真要逼著他放棄她，他會受不了的！現在我母親的語氣很硬，府中的那些長者都與妳一樣，支持我母親的做法，可我知道長恭，他必定不願的……我怕這婚事又會不順！」

她以前想過，先順著高長恭，一切等嫁過去了再慢慢收拾。可昨天那賤婢這麼一說，還是在皇宮中，當著陛下的面這麼一說，結果一天不到，整個鄴城都傳遍了。

明明一切都計畫好的，可現在，不管是自己還是長恭，都給逼住了。她相信母親的那個要求一出，這樁婚事又會起波瀾。可問題是，母親如果不提這個要求，整個鄭氏一族在權貴圈裡都抬不起頭啊！

秋公主聽到這裡，也擔憂起來，「那怎麼辦？阿瑜，我們現在還去蘭陵王府嗎？」

鄭瑜點了點頭，她垂眸道：「我要與她談談。」

「嗯，談談也好。」

馬車很快便駛到了蘭陵王府，與管事略略說了幾句話後，在僕從的帶領下，張綺出現在小花園中。這花園裡桃紅柳綠，景色秀美絕倫。秋公主和鄭瑜坐在亭臺上，直直地看向曼步走來的張綺。

此時的張綺，完全看不出昨日的癡情，更看不出往昔的伏低做小、嬌弱可憐。她絕美的臉上笑容淡淡，抽高的，如嫩柳般的身段隨風擺動著。

不過四個月不見，她越發的美了。不但美，小小年紀還豔得很，隨著她走動，那胸乳還一晃一晃的。

與秋公主一臉的厭惡不同，鄭瑜的臉色更加添了幾分凝重：這賤妾美成這樣，她要是蘭陵王，也捨不得放手。不行，等了這麼久了，她不能再等個半年一年的！如果她不識相，那就怪不得自己下手了！

張綺在離兩女只有五步處時，停下了腳步。她伸出豐腴白嫩的小手，一邊漫不經心地折起一根柳枝，一邊睨向兩女，含笑問道：「兩位女郎找我，有何見教？」

以往的她，哪一次不是恭敬地行禮，本分地陪著笑？現在這麼輕浮自在，她以為她也是鄴地大世家的嫡女嗎？

鄭瑜伸手按了按就要暴起的秋公主的手，淺淺笑道：「是有一些事。」

她也不廢話，靜靜地看著張綺，問道：「妳想要什麼？」她問道：「這裡只有我們三人，妳有什麼要求儘管提出來，我只要妳離開長恭。」

離開高長恭嗎？只是聽到這麼簡單的幾個字，張綺的胸口便是一陣絞悶。這時的她，沒有看到一個大步走來，在聽到這句問話後，又急急剎住，並隱身於桃樹後的身影。

張綺看向了鄭瑜，這時刻，她的臉上依然帶著溫柔的笑，表情更是嫻靜如水，自在又自如。

她的唇動了動，在最初的胸悶過後，她的理智告訴她，她的機會終於來了！正如鄭瑜所說的，這裡只有她們三人，她可以提出自己的要求，相信鄭瑜會樂於完成它。

可是，她只是唇動了動，終是閉上了嘴。

她輸不起，所以不能輸！

在秋公主不耐煩的瞪視中，張綺啞聲一笑，輕緩地說道：「這話，可是經過長恭允許的？如果他許了，我會離開。」

說到這裡，她衝著兩女展開一朵燦爛的笑容，優雅轉身，折下楊柳枝，一邊輕甩著，一邊哼著不知名的陳地小曲，自顧自地離她兩人而去。

秋公主的火氣不打一處來，她咬牙切齒地喝道：「真個無禮的賤婢！」

連咒了幾句後，見鄭瑜一直看著張綺的背影出神，秋公主說道：「阿瑜，妳不生氣？」

鄭瑜搖頭，兀自盯著張綺隱入桃花叢中的身影，說道：「她不會與我共夫的。」

「妳說什麼？」

對上聽不明白的秋公主，鄭瑜認真地說道：「到了這個地步了，陛下只差沒有下旨的時候，她在妳我面前還是如此直率又無禮，不給以後的相處留半點餘地。要麼，是真的想獨霸長恭，妄想做他的妻子。不過，這點太離譜了，我想應該是另一個原因，她是在告訴我，她願意離開。」

說到這裡，鄭瑜笑顏逐開，她站了起來，快樂地說道：「她既有這個心思，事情就易辦許多。阿秋，我們走吧。」

張綺走出百來步後，緩緩轉身，回頭看來。

目送著喜笑顏開的鄭瑜離去，她慢慢地垂下眸來。

這個鄭瑜是個聰明人，自己的意思，她看來是明白的。

這樣很好，很好……

現在就看蘭陵王的了。

他如果真心不想放手，就要做些什麼了。

他如果最終還是妥協了，讓自己走了，自己也不能悄悄離開。整個鄴城的權貴都知道自己長得好，只怕前腳離開蘭陵王府，後腳便被他人擄了去，自己還得布置一番才成。

張綺收起笑容，轉過身去。這一轉身，差點撞上了一個高大的身影。

就在張綺急急收腳，抬頭看來時，負著雙手，靜靜凝視著她的男人，低啞地開了口：「她們來找妳做什麼？」

他目不轉睛地看著她，一向嚴肅的俊臉上，這會兒更是看不出半點想法。

張綺垂下眸，輕聲說道：「她們來勸我，要我離開你。」

「哦？」蘭陵王的聲音波瀾不起，他問道：「那妳怎麼回答的？」

張綺抬眸看了他一眼，略略側頭。

凝視著遠方的桃花流水，張綺低啞地說道：「阿綺能說什麼？此身本是浮萍，起起落落全賴東君。」她的聲音一落，蘭陵王卻低低地笑出聲來。

他低低笑著，笑著，在張綺不解的目光中，嘶啞地說道：「阿綺如果真心戀我如癡，怎會把離開的話說得這麼輕易？」他閉上雙眼，自嘲地說道：「虧我還差點信了！」

在他說不出的失望中，張綺沒有像往常那般驚惶失色，或淚水交加。

她側過頭，依然靜靜地看著那一株株開得燦爛的桃樹。等完全安靜下來後，她才低聲說道：「信了又如何？郡王會娶我嗎？」在他看不到的地方，她盈盈一笑，眼中秋波橫渡，「郡王也想岔了。阿綺昨日說出那番話，只是覺得，有些話也該說出來了。阿綺可沒有想過，這一生一世定要死皮賴臉地待在郡王身邊，哪怕為奴為婢，哪怕主母不容，哪怕你的未來岳家馬上便要伸出毒手處置了阿綺。」

她明眸流轉，朝他燦然一笑，這一笑如此的華美，卻也隱帶譏嘲。

她再不理會蘭陵王，衣袖飄飛間，靜靜地走向遠方。當她的身影消失在桃樹叢中時，一曲曼妙纏綿的歌聲在風中輕輕飄來：「子之湯兮，宛丘之上兮。洵有情兮，而無望兮……宛丘之上，流傳著你的傾城之舞。我愛你戀你，卻不敢抱以希望……」

此刻，她離開的身影那般驕傲，彷彿有一日不得不離開他時，她也會如此刻這般驕傲而華美。

彷彿，她為他流的淚水，昨日已流盡。從此後，她只會這般笑著，不管他棄她，還是不棄她。

這時的張綺，高貴而雍容，比任何一個名門貴女還要優雅，還要美麗。

明明，一個人如果愛著另一個人，是無法承受必須分離的那一天，可為什麼她卻表現得如此曠達，倒把他給比了下去？

蘭陵王胸口大悶。

那四個月中，他用盡了法子，終於讓她歡喜上了他。可他沒有想到，昨天才說已對他情深一片的張綺，這一轉眼間，便可以把自己摘得那麼清，便可以把背挺得那麼直。

想到恨處，他沉著臉，冷冷地衝著桃樹林中，張綺若隱若現的背影說道：「我以前對妳說過，只要我對妳上了心，哪怕是殺了妳，也不會讓妳有離開的機會！」

他嘴角一扯，似笑非笑地說道：「張氏阿綺，妳莫非忘了這話？」

張綺依然頭也不回，春風吹來她漫不經心的一句話：「這性命輕賤得很，你要想取，便取了吧。」她發過誓的，這一生，不會再對任何男人動真情。因為她輸不起，所以她要守著自己的心，好好地活下去。

可是，這不容易，這一點也不容易……

既然活在這世間，永遠沒有一樣東西能真正屬於自己，既然這來來去去，免不了輾轉飄零，那她也累了、倦了，便死了，也無甚大礙。

萬萬沒有想到會得到這個回答，蘭陵王蹙緊眉峰，一動也不動地杵在了當地。

經過這麼一次攤牌後，張綺面對蘭陵王時，終於一掃之前的卑賤、逢迎討好，還有百般獻媚。她變得清冷自持，不管有他沒他，她都穿著最美麗的陳地裳服，穿行在美麗燦爛的桃樹梨花之間。便是在床笫間，她也放開了自己，想呻吟時，便大聲地呻吟，興盡了，便把他推開，自顧自地提步離開。

她的變化太突然，蘭陵王冷眼旁觀一陣，見她確實是發自內心地在放縱她自己，那種熟悉的胸悶心絞，便不期而來。

而這時，大半個月一眨而逝，他許過她的那半載期限也到了。

蘭陵王跳下馬背，把韁繩交給僕從後，大步走到管事面前，低聲問道：「她現在，在幹什麼？」

管事抬起頭來，看著消瘦了不少，面目更加沉肅的蘭陵王，擔憂地說道：「在刺繡。郡王，你……」他的話沒有說完，蘭陵王已揮了揮手，大步走了進去。

不一會兒，他便來到了主院處。望著那出現在視野中的苑門，不知為何，他腳步有點遲疑了。猶豫了一會兒，他才放輕腳步，走了過去。

張綺是在院落裡，她手裡晃著一根桃枝，一邊哼著曲，一邊旋舞著飄向安在另一側桃樹下的繡棚。今天的她，經過精心的妝扮，雖然天生麗質，不曾敷上白粉，紅潤小巧的櫻唇上，卻是塗上了脂粉，額頭上也貼了額黃。

她那光可鑑人的墨髮，學著宮中美人一樣高高地挽起。身上穿的是晉裳，上身是聯珠經錦半臂窄袖衣，下著間色裙，肩披金黃印花帔。

她年紀還小，便是再豔再嫵媚，面目中也透著股稚嫩。可現在，經過這麼一妝扮，似是大了三四歲，一種美豔貴婦的氣勢便撲面而來。

彷彿知道他的到來，她停下舞步，微微側頭，嘴角含著溫柔中透著矜持，疏遠地笑著。這般靜靜地，像看陌生人一樣地看著他。

她的笑容，他看過無數次，她的面容，他也已經熟識。

可這一刻的張綺，讓他感覺到陌生。彷彿，她已成了宮中一美人，而他於她，已成一個過客。再次相遇，不過是這般疏遠而矜持一笑，轉眼擦肩而過，一人朝東，一人朝西。她自有她的男人要溫柔相待，她在床第間的百般風情，也自有人獨享。

他便是千方百計見到，也不過是她的一句問候、一個矜持的笑容罷了。

蘭陵王只覺得胸口被重重一擊，不知不覺中冷了臉，大步朝她走來。

張綺沒動，她依然含笑而立，安靜地迎著他。

蘭陵王在她的身前停了下來。

張綺沒有像往常一樣仰著頭，歡喜又依戀地看向他。而是這般站得筆直，靜靜地平視著他的襟領處，淺淺笑道：「郡王回來了？」她揚唇愉悅地喚道：「來人，給殿下更衣。」

把婢女們叫來後，她朝他盈盈一福，然後轉身，翩躚而去。

她像一隻蝴蝶一般，姿態曼妙地舞到一株桃花樹下，然後跪坐在榻上，重新拿起那繡花針，專心地刺繡起來。

蘭陵王風塵僕僕而來，氣勢洶洶地逼到她面前，她卻是渾若無事人一樣，既看不到他的辛勞，也無視他的不悅，嘴一張，把他交給別人，便自顧自的了。

饒是有一肚子的話，這時候，蘭陵王也給悶了下去。

他沉沉地盯著她，盯了一陣後，他徐徐說道：「張氏阿綺，妳在做什麼？」

他是她的男人，她的天，她這般無禮，到底想怎麼樣？

張綺把繡花針放在髮間拭了拭，含著淺笑，溫柔地說道：「刺繡啊！」

他問的不是這個！

蘭陵王覺得胸口的那股鬱氣堵得更重了。

他沉聲說道：「妳到底想做什麼？」

「我想做什麼？」張綺回眸，她淺笑著，似是怪他明知故問般，略帶責怪地看著他，「郡王不是知道嗎？阿綺在刺繡，在等著郡王對阿綺的處置結果呢！」

蘭陵王黑著臉，冷冷說道：「我為什麼要處置妳？張氏阿綺，別弄這些有的沒的手段，我說過，我不會放手的，妳就死了那些心吧！」

那日在宮中，她也不管陛下就在書房裡，便那麼抱著他說出那番話。當時他雖然震住了，可是很快，他便明白了她的狡猾。

她是在將軍，在將他與鄭氏一族的軍！

可饒是明白，他卻沒法責怪，甚至，沒法去想，他只是不由自主地，陷入她後面的多情表白，以及隔日的絕情相待中……

張綺繡上一針，她的眼睛專注地看著繡棚，回答便顯得有點漫不經心：「這是郡王能夠決定的嗎？」她輕輕一笑，燦爛中似帶譏嘲，「郡王的岳家，不是要郡王趕我出去嗎？還有陛下那裡，也在希望郡王識情知意，把阿綺主動獻上吧？」

如此輕描淡寫，如此冷漠，如此譏嘲！

蘭陵王只覺得胸口傳來一陣羞辱似的疼痛，他死死地盯著張綺，冷冷地瞪著。這種戰場上練出來的殺氣、死氣，震懾過無數的大丈夫，可對她似是一點作用也沒有。她依然好整以暇地刺繡著，眼也不抬下。

蘭陵王氣得臉都青了，可他能怎麼樣？這般嘲諷輕視，近乎侮辱他的不是旁人，而是他的阿綺。他對她連個手指頭也沒有加過身，除了這般瞪上幾眼，威脅幾句，他還能怎樣？

氣到了極點，院落裡只剩有蘭陵王的喘息聲。

好一會兒，他啞聲說道：「我高長恭頂天立地，不會送上自己的婦人以媚好於上！」

他的話說得斬釘截鐵，張綺卻眉頭也沒有動一下，似是毫無所感。

一口氣堵了下不去，蘭陵王恨恨地想道：哼！這世上又不只有這個婦人！

他衣袖一甩，大步朝外走去。

聽著他的腳步聲，張綺頭也不抬，靜靜地，淡淡地提醒道：「郡王，請不要忘記你答應過阿綺，給阿綺活路的……你該準備錢財人手了。人手就用罪奴吧，精壯孔武一些的，我想回陳地去，怕那路上不太平。」

蘭陵王剛衝到苑門口，便聽到了她這一段話。

他腳步急急一頓，然後轉過身來，看著依然專注刺繡著的張綺。

不知怎地，剛才的恨惱，這時已消弭大半。

……她既不想入宮，也不想回到蕭莫那裡……離了他，她沒有想過再跟什麼男人……

她只打算著，從自己這裡離開後，便帶著人手財物回陳地。

從鄴城到建康，少說也有一千里，這漫漫征途，她以為自己便是給了她錢財人手，就憑她，能鎮得住那些罪奴？真是一個笑話！

他認真地看著她，想了想後，無話找話地問道：「妳整日地刺繡，是喜歡嗎？」

張綺咬斷一根線，又拈起另外一根紫色的紗線，對著陽光瞇起眼睛穿起針來。

一邊穿著針，她一邊淺笑著回道：「喜歡也是喜歡的，我還想換些銀錢！」

還想換些銀錢？這些繡品有多少錢？值得她沒日沒夜地繡著，便不怕熬壞了眼睛！

蘭陵王側過頭去，低沉的聲音已有些沙啞：「妳可以找我開口的。」

她跟他這麼久，除了幾身冬日裳服後，他什麼都沒有給過她。倉庫裡滿滿的，金銀錦帛應有盡有……他卻忘記了給她一些。

她這麼可人疼，只要開口，自己哪會吝嗇了她？便是蕭莫那裡，也會願意給她花用的，可她就是從來也沒有開過口。不但沒有說過，甚至連半點意思也不曾漏過。因此，他忘記了她也要銀錢傍身，也要月例打發下人，也要上街買些自己歡喜的物事。

當初在建康時，他還記得給她金子，可她跟了自己後，自己卻給遺忘得一乾二淨了，還要讓她靠著刺繡養活自己。

是了，她在自己看不到的地方，總是這麼堅韌、倔強地自立著。她從來沒有貪戀過他的榮華，更沒有貪戀過蕭莫的富貴。

他望著她，望著陽光下，因寧靜而自在，因溫柔而甜美的張綺，望著她那挑不出任何瑕疵的絕世容顏，喉結滾動了下，終是低聲說道：「妳無須如此！」他抬起頭，認真地說道：「妳永遠無須如此！」說罷，他轉過身，大步走出了院落。

一直到他走出很遠，張綺都還在專注地刺繡著，不曾回頭，不曾動容。

蘭陵王去的地方，是廣平王在鄴城的一處酒樓。

此時，酒樓的閣樓上，跪坐著一個打扮華貴的中年婦人，還有幾個高大儒雅的丈夫散在四周。在閣樓的側間，鄭瑜正坐立不安地走來走去。看到她這樣子，秋公主小聲地說道：「阿瑜，妳不用擔心，他一定會同意的。」

鄭瑜白著臉，低低說道：「可我還是怕。」

「別怕。」秋公主站起身，握緊了她的雙手，似乎想藉由這個動作，給她力量和支持。

「他一定會同意的。陛下和太后都有這個意思了，他最是忠心不過的一個人，斷然不會駁了兩位的好意。」一說到這裡，秋公主轉向一邊的李映，「阿映，妳說是不是？」

李映看向秋公主，遲疑了一會兒，說道：「還是不能逼得太過。」

秋公主有點生氣了，「阿映，妳怎麼都不安慰一下阿瑜？」

鄭瑜打斷了秋公主的指責，苦笑道：「他拒絕去鄭府中談這事，也不許我母親前去王府，而是選在這種地方……這說明他在排斥啊！我怕那事，他沒這麼容易答應！」說到這裡，阿瑜聲音轉沉，「都是那個張氏逼的！」

正在這時，一陣腳步聲傳來，接著，一個婢女衝了進來，小聲說道：「來了，蘭陵王來了！」

蘭陵王來了！

鄭瑜三女連忙安靜下來，她們各自坐好，大氣也不出一聲，只是張著耳朵，聽著側面的樓梯口越來越清晰的腳步聲。這腳步聲清晰有力，每一下都敲打在鄭瑜的心臟上。

不一會兒，一個僕從清亮的聲音傳來：「郡王請！」

接著，又是一陣腳步聲響起。再然後，傳來榻几移動的聲音，酒水汩汩流動的聲音。

等這些聲音都消失後，鄭瑜聽到她的母親說道：「孝瓘瘦了！以往孝瓘風采照人，每每見到，都讓人感慨驚嘆。整個鄴城的人，無論老少男婦，都口口相傳『蘭陵郡王風調開爽，器彩韶澈。』」

她說到這裡，便停下來了。

雖然沒有再說下去，可這裡的每一個人都不是蠢人。她是想說，他的張姬便是一個妖物吧？有了她，註定得家宅不寧，男人也疲於奔命。便是他蘭陵王，也被磨得風采大不如昔。她那樣的女人，於男人的事業前程大有阻礙吧？

這些話，她要是直接說出來，未免招人反感。這般只說一半，還是能起作用的。

蘭陵王沒有回答，只有喝酒的聲音不時傳來。

鄭夫人跟著沉默一陣後，不得不打破這種局面，「孝瓘，這次我們為何事約見，你可知情？」

不等他回答，鄭夫人認真地說道：「太后和陛下，昨日召見我了，他們的意見與我們鄭氏的意見一致。」

這是在拿太后和皇帝壓人了。

鄭夫人繼續娓娓而談：「斛大人、段大人那裡，也派人跟孝瓘見面了吧？兩位大人乃國之良將，齊之棟樑，他們一直都很看好孝瓘。相信孝瓘態度端正一些，他們也會再給孝瓘機會的。至於那些被調到河南王手中的黑甲衛，還有勒令孝瓘解散私軍的事，我家大人正在運作，想來過不了多久，孝瓘又可以出去領軍了。」

解大人又叫斛律光，段大人叫段韶，這兩人都是北齊的頂尖名將，是宿臣老帥。在北齊，他們是撐起了這個國家的人物，朝野都尊敬有加，威望極大。剛剛起步的蘭陵王，必須得到兩人首肯，才有出征或參加重大軍事的機會。

侃侃說到這裡，鄭夫人親自提樽給蘭陵王倒了一杯酒，慈愛地說道：「孩子，你也是苦中來的，應該知道在這世上，丈夫沒了權勢，便如老虎沒了牙，是任何人都可以欺凌的。你那個張氏，你要是實在難捨，不妨在外面置一間宅子安置。孩子，整個鄴城都沒有一府權貴人家允許這樣幹的。我們阿瑜為了給你爭取，在祠堂裡跪了三天三夜啊！」

聽到這裡，秋公主刷地轉頭，不敢置信地，也有點惱火地瞪著鄭瑜：她怎麼能這樣心慈手軟？那樣的婦人就應該趕盡殺絕，許她做蘭陵王的外室，這不是放縱了蘭陵王，也便宜了那賤婢嗎？

鄭瑜卻沒看她，而是豎著耳朵，一動不動地傾聽著外面的動靜，等著蘭陵王的回答。

在鄭瑜緊張得心跳都要停止時，她終於聽到了蘭陵王低沉的說話聲：「不必了！」

不必了？這是什麼意思？

鄭瑜瞪大了眼，便是秋公主也蹙起了眉，而裡面的鄭夫人更是微微欠身，眼睛一瞬不瞬地盯著他，等著他說下去。

蘭陵王站了起來，他靜靜地看著鄭夫人，明明面無表情的臉，不知怎地，鄭夫人卻感覺到他在冷笑。而他的聲音低沉中透著平靜，隱有金屬鏗鏘之音，「丈夫當自重橫行！那黑甲衛和私軍，長恭自己會想法要回來。斛大人和段大人那裡，長恭也會自己上門賠罪。這些都是長恭的事，就不勞夫人費神了！」

這話不但不恭，還不留一點餘地！

鄭夫人惱了，她的呼吸聲明顯加粗，聽到這裡，側間的鄭瑜更是白著臉，她急急站起，咬著牙，忍著破門而入的衝動。

在一陣難堪的沉默中，鄭夫人開口了，她笑得勉強，「孝瓘，年輕人太過意氣用事，並不是聰明之舉！」

蘭陵王施施然站起，似笑非笑地看著鄭夫人，淡淡說道：「那屈於強權，任人以勢相壓，便是應當了？」

這話說得恁地難聽！

鄭夫人騰地站了起來。她氣恨地瞪著蘭陵王，幾乎不敢相信，這個從難處過來的年輕人，會如此不知天高地厚，如此輕浮草率！現在是意氣用事，硬著骨頭的時候嗎？

蘭陵王卻不再理會鄭夫人，他嘲譏地瞟了她一眼，衣袖一甩，提步便走。

「等等！」鄭夫人尖叫一聲，深呼吸著讓自己喘息稍定後，說出的聲音還有點尖利，「高孝瓘，你別看不清自己的處境！」

眼看還有難聽的話會從她嘴裡吐出，鄭瑜呼地一聲衝了過來。她衝到鄭夫人面前，撲通一聲跪下，抱著她的雙腿叫道：「母親！母親……」

鄭夫人正是氣惱之時，聽到愛女這麼一叫，低頭看到她眼眶中滾動的淚水，那剩下的話，便生生嚥了下去。

見母親忍耐下來，鄭瑜連忙朝著蘭陵王追去。
她追到提步走下樓梯的蘭陵王身後，一把伸手緊緊揪著他的衣袖。
蘭陵王回過頭來，對上鄭瑜含淚的眼。
鄭瑜乞求地，淒苦地看著他，沙啞地求道：「長恭，你別那麼生氣，你聽我說！」
蘭陵王停下腳步。
鄭瑜開心一笑，臉上淚痕猶在，卻這麼一笑，使得那美麗的面孔，直是動人了三分。
她看著他，壓低聲音認真地說道：「長恭，我都想過了，只等這次的風波平了後，我就把你的阿綺抬進來。你不是想給她名分嗎？我向你發誓，最多一年，最多只要一年，我會求得太后和家族中人的允許，給她一個貴妾之位。」
她誠懇地看著他，無比認真地說道：「長恭，我也見過張姬，與你喜歡她一樣，我也喜歡她。她那麼美麗，那麼聰明有骨氣，便是面對宇文成那樣的強權，她都不卑不亢，這樣的姑子，沒有人會不喜歡的。你放心，我一定會和你一樣地愛護她，我不會允許任何人傷害她的。」
她的聲音真誠，目光溫柔而坦誠，她的每一個表情都在訴說著她的誠摯。
見到蘭陵王只是盯著自己，她生恐他不信，把手一舉，低聲道：「長恭，我可以發誓！」
對男人，她也是了解的。很多男人總是以為自己的女人不管有多少，是有可能和平共處的。自己愛的女人，別的女人也會看到她的美好，並願意去愛她。
她說得很真誠很真誠。
蘭陵王看著她，目光慢慢轉為柔和，沉吟了一會兒，他慢慢說道：「妳回去吧。」
說罷，他扯開她的手，提步下了樓。
目送著他離去後，鄭瑜一回頭，便對上秋公主和母親那不滿的眼神。

蘭陵王回來時，張綺還在刺繡。

他站在她身後，端詳了一陣後，朝著管事命令道：「把倉庫的鑰匙一份給張姬。」他認真地命令道：「以後張姬凡有所求，一律允許。府裡的金銀錦帛，任她使用。」

四下安靜了些。

他下這樣的命令，把就要入門的郡王妃置於何地？

見到左右沉凝，蘭陵王沉怒道：「怎地不聽？」

方老上前一步，湊近他低聲說道：「郡王，這是不妥的……張姬現在連妾也不是，得到太多，對她沒有好處的。」他這個小主人，從小便失了母親。後來開了府，身邊也沒有過姬妾之流的女人，他又一門心思放在行軍打仗上。他就沒有想過，婢僕們是要用月例的，姬妾們也是要有賞賜的——這些都怪他，他一直以為蘭陵王如此寵愛這個張姬，在銀錢上面定然會有專門的供應。卻沒有想到，有很多大家都知道的規矩，他是不懂的。

方老說到這裡，苦笑地看著蘭陵王。小主子也真是的，要麼一分不給，這突然間，又準備傾其所有地相待。

蘭陵王聽進了方老的勸告，他蹙著眉峰，沉聲說道：「不必理會旁人，去配一份鑰匙吧。另外，再給她配十個貼身侍衛，以後不可讓她獨自一人出門。」

見他堅持，方老只好無奈地應道：「是。」

「都退下吧。」

「是。」

眾人一退，蘭陵王再次看向張綺。

他看著埋頭刺繡，對突然得到巨大的許可權置若罔聞的張綺，心口悶了一下。轉眼，便又忖道：她既然在困難時都不曾想過要向他人索取錢財，那說明她本是把銀錢看得淡薄之人，現在得了這麼多，依舊無動於衷也是正常。

低下頭，他憐愛地看著張綺，低聲說道：「剛才，我見到鄭夫人。」

話音一落，張綺的手便被繡花針扎了一下。她舉起食指想含住時，白嫩的手腕一緊，卻是被蘭陵王握住了。他蹲跪在她面前，拿過她的小手，張嘴含住了那滴出一顆血珠的傷口，一雙深邃神祕的眸子，溫柔含笑地凝視著她……

張綺低下頭來，看著手中的繡棚，好一會兒後，才輕輕地問道：「你和她，說什麼了？」她問得小心，因為緊張，聲音中透著幾分澀意。

這是數日來，她第一次用這種緊張又溫軟的語氣跟他說話。

蘭陵王嘴角揚了起來，他低沉著聲音，把剛才在酒樓時，鄭夫人的話，以及他的回覆重述了一遍。只是最後鄭瑜對他說的話，他覺得沒有說出來的必要，便不曾道出。

張綺一怔。她沒有想到，為了她，他承受了這麼大的壓力。

只怕憑鄭氏一族，還沒有這麼大的能耐。這事的背後，陛下也有出手吧？說不定蕭莫也有。

她，真的不是好的女人，總是要給他人帶來這樣那樣的煩惱……

張綺轉眸看向他。

她看著他，慢慢的，長長的睫毛撲扇了幾下，「我是不會做外室的。」

她慢慢移開榻，也跪了下來，仰頭看著他，伸出雙手摟住了他的腰。

在她伸手環上自己的那一刻，蘭陵王清楚地感覺到，自己那數日奔波，已倦得疲憊的心，一下子炸了開來……

他伸出手回摟著她。

兩人這般跪在地上，緊摟彼此，誰也沒有說話。

這時刻，時辰不曾流逝，春風酥軟醉人。這一刻，桃花在風中飛舞，燕兒鳴聲交織成曲。

把臉埋在蘭陵王的懷裡，感覺到他由衷的喜悅，張綺想笑，卻有點笑不出來。

她和他都知道，這僅僅只是一個開始。那被轉給了別人的黑甲軍，還有屬於他的私軍，想要回來，並不是努力就行的。

蘭陵王慢慢低頭，正好這時，張綺也在悄悄看他。

對上她眸中的憂色，蘭陵王蹙起了眉頭。他伸出手，溫柔地撫平那眉間的皺痕，認真地說道：「我知道，便是斛將軍和段將軍站在了我這一頭，我那黑甲衛和私軍也不是能輕易拿回的。」

見他主動說起，張綺顫聲說道：「那怎麼辦？」

仰著頭，見到他眉眼間滿是疲色，原本俊美絕倫的面容都布滿了消瘦憔悴，她的聲音有點啞，有點無力，「如果你實在承受不住……」

蘭陵王看著她，苦笑著搖了搖頭，喃喃說道：「別擔憂，終會有法子的。」說是這樣說，他的聲音中，卻透著一種無力。

他已經很少感到無力吧？

想他幼時艱難，從小到大不知受了多少人的白眼和嘲諷。再則，他外表出眾，只怕明裡暗裡的侮辱，更不知多少。那麼多人想看他笑話，而她卻……

想到這裡，張綺只覺得一顆心揪成了一團。

她咬著唇想了想，終是忍不住啞聲說道：「如果你實在承受不住，就把我送給蕭莫吧。」

她既然是他煩惱的中心，那她一走，他的煩惱也就不藥而癒了。

所謂的禍水東引，便是這個意思吧？

相比起其他的男人，她在蕭莫手中最大的好處是，說不定有一天他被逼無奈，還會想著送她前去陳地。只是兜兜轉轉，繞了大半個中原，卻還是要回到蕭莫身邊嗎？

這不是蘭陵王要聽的。

他把她一甩，騰地退出一步。

嗖地轉身，他大步朝外走去。剛剛走出兩步，他又停了下來。

慢慢的，他轉過身來。

冷冷地看著她，他冷冷地宣布道：「我可以護著妳！」他嗤地一笑，冰冷也傷心地說道：「在妳心中，我卻是連蕭莫也不如？」

那不同的。他的身分特殊，不想他好的人太多，盯上他的人也太多，蕭莫卻是沒有這些顧慮的。再說，像她這樣的婦人，到了哪個手中，便禍害著哪個，得了她，又有什麼值得高興的？

張綺連忙站起，正要解釋，蘭陵王打斷了她。

他盯著她，冰冷地，一字一句地說道：「妳死心吧，我不會把妳送給任何人，也不會放妳回陳地！」他騰地轉身，丟下一句話，「妳也好自為之！」

卻是因她說了蕭莫的名字，氣得幾欲發狂嗎？

望著旋風般衝遠的蘭陵王，張綺慢慢地，慢慢地跪坐在榻上。

蘭陵王旋風般的衝出了正院。

看到他腳步踉蹌，臉色發黑，放在腿側的雙手因為生氣，都在一個勁地顫抖。候在門外的方老嚇了一跳，急急跟了上去。

跟著蘭陵王衝出了百來步，方老終於趕了上來。

他連忙拉住他的衣袖，緊張地叫道：「阿瓘，阿瓘，你怎麼啦，出了什麼事？」

方老的驚慌，令得蘭陵王從氣苦中清醒過來。他猛然一個急剎，因為動作突然，緊揪著他衣袖的方老向前一衝，險些栽倒在地。

蘭陵王連忙上前扶住他。

方老一站穩，便急急看向蘭陵王，見他表情緩和了許多，這才鬆了一口氣，「阿瓘，出了什麼事，令你惱怒至此？」

蘭陵王剛才是被氣糊塗了，這一冷靜，馬上揣測到張綺說那話的真意，整個人也從妒恨中平靜過來。他扶著方老在一側的假山上坐下，低聲說道：「陛下收了我的黑甲衛和私軍。」他苦澀地說道：「方老，我努力了十九年，眼下又要一無所有了。」

「什麼？到底怎麼回事？」面對方老的連聲追問，蘭陵王把最近發生的事，小聲說了一遍。

他聲音一落，方老點頭道：「阿瓘，你表現得很好！男子漢大丈夫，豈能被妻族如此要脅？」方老是看著蘭陵王長大的，對他的性格行事，一直有著深遠的影響。聽了方老這話，蘭陵王點了點頭，道：「我也是這樣想的。」

他站直身子，轉過頭，瞇著眼睛看著西邊的落日，冷冷說道：「我姓高，便是毫無才能，也是宗室皇親，沒有人能短了我的衣食！陛下不是要收了我的權力嗎？那我就當一個閒散宗室吧！」

說到這裡，他轉頭看向方老，對著還有些憂慮的老人，低聲解釋道：「陛下和太后向來多疑，上一次，太后還不願意我與鄭氏聯姻，這次卻又莫名其妙地鬆了口。方老，我怕他們收了我的權，是想看看我的品性，想知道我是不是對權勢戀棧不捨，甚至為了權勢，不惜卑躬屈膝！」

這話有理！

方老點頭說道：「那郡王就好好休息休息。」

蘭陵王點了點頭，伸了一個懶腰，「這陣子一直勞心此事，倒是真的應該好好休息了。」

他揉搓著眉心，苦笑著，頗有點無力地說道：「本來我一出酒樓，便想明白了這個道理。沒曾想才逗著她，令她感動了一會兒，卻又被她氣得衝出來了。」

他轉過身，笑聲低沉中透著調皮，「說起來，我那愚頑婦人與我一樣，也有好一陣不曾踏實睡過了。方老，你吩咐下去，這幾日不拘什麼人來了，一律不給進。若是陛下或鄭氏派人來問，你便直接說，我正抱著我那婦人徹夜玩樂呢。」

柒之章

自殘訴情懾四方

一天過去了，第二天是個大好的晴天，金燦燦的陽光從東方冉冉升起，穿過垂楊白樺、層層疊疊的房舍店鋪，灑落在街道上。

此時天已近午，一輛馬車歡快地，迫不及待地駛向蘭陵王府，在馬車的後面，還跟著三輛普通的牛車，以及十來個僕從。

而走在最前面的馬車中，秋公主正不滿地說道：「阿瑜，妳也太在乎他了。妳得想著，現在的高孝瓘，正是知道妳在乎他，才在妳母親面前那麼強硬。我敢擔保，他現在已是熱鍋裡的螞蟻，慌著呢！」

打扮一新，穿著盡顯華貴氣派，光那雄厚的底氣，便可把張氏那等以色事人的姬妾震得後退三步的鄭瑜，絞著手中的帕子，深吸了一口氣，輕聲說道：「可我就是不安。」

幸好，他一直知道自己的母親脾氣不好，不然，她真怕他會傲得再也不理自己了。

見鄭瑜這樣子，秋公主氣得直翻白眼，她忍不住大聲說道：「阿瑜，妳倒底在怕什麼？告訴妳，高孝瓘除了妳，再找不到第二個有這麼好的家世，又長得美，還對他一心一意的貴女了！呸！他自己為了一個低賤的姬妾不顧妳家體面，妳倒好，在這裡擔心來擔心去的！我敢跟妳保證，他現在心裡不知有多樂意妳前去找他呢！」

她放低聲音，得意地說道：「我聽母親說啊，這男人一旦嘗了權勢的滋味，便再也戒不掉了。那是最美的女人也比不上的美味……高孝瓘那一千私軍才得手四個月，便被裁了去，妳以為他受得了啊？他現在啊，亂得很呢！」

鄭瑜聽到這裡，目光亮了些，小心問道：「當真？」秋公主的母親那是誰？她說的這話，可值得好生回味回味啊。

「自是當真！」

鄭瑜一笑，只是那笑容剛剛綻放卻又凋落，她低嘆一聲，苦澀地說道：「我們一起長大，那時候他總是護著我，眼裡也只有我……只不過去了周地一趟，想他多看我一眼，還得依靠家族勢力……阿秋，我心裡好難受！」

秋公主大大咧咧地說道：「怕什麼？等妳悄無聲息地除了那張氏，再過個兩年，他會把她忘乾淨，然後一門心思只惦記著妳的。」

在她的敘述中，鄭瑜抬起頭來，她雙眼明亮地看向前方，那模樣，似是在幻想著數年之後，她與他之間再無第三個女人的恩愛美滿情景。

她是吃過苦的，這輩子，最不少的就是耐性！

很快的，這掛著鄭氏標誌的馬車便來到了蘭陵王府。

望著那大閉的府門，秋公主掀開車簾，命令道：「去敲門！」

「是。」

砰砰砰的敲打聲響了好一陣，鐵門才吱呀一聲緩慢地打開。望著這年邁的門子，秋公主蹙眉叫道：「怎麼回事？大白天的關什麼門？你們家郡王呢？」

那門子支支吾吾半天沒說清，方老已急步走來。他看到姿態優雅，盛裝打扮的鄭瑜和秋公主兩人，長長一揖，朗聲道：「兩位女郎，我家郡王今日不待客。」

「不待客？」鄭瑜知道這方管事在蘭陵王心中的分量，因此笑得溫婉又客氣，「這個時候，長恭怎麼能不待客呢？」

秋公主更是在一側叫道：「去告訴孝瓘，便說阿瑜說動了段家大郎，約好今日下午一道前去見過段老將軍呢！」說到這裡，秋公主一臉得意，一側的鄭瑜也是雙眼亮晶晶的。她們看著方老，等著他喜形於色。

方老沒有喜形於色，他一臉為難地看著兩女，終於嘆了一口氣，說道：「可我家郡王說了，這陣子他不想見任何人。」

鄭瑜慢慢收起笑容，上前一步問道：「長恭呢？他到底在幹什麼？這個節骨眼上，他不但把府門關了，還不想見人？」她的語氣有點急，只差沒問他到底在想什麼？

方老低下頭，良久才說道：「我家郡王他昨晚睡得晚了些，現在還沒有起榻……他吩咐過的，這陣子不想出府門，也不想見任何人。」說到這裡，他抱歉地道：「兩位女郎，實是抱歉了。」

一邊說，他一邊示意那門子關上府門。

鄭瑜還在呆愣中，直到秋公主把她扯了幾下，她才清醒過來。她猛然上前一步，攔著那想要關門的門子，急促地問道：「你說什麼？他為什麼昨晚會睡得晚，現在還沒有起榻？」

「這……」方老有點不好啟齒，在鄭瑜直直的急迫的盯視中，緩了一口氣才說道：「我家郡王說，美人懷中一個杯酒，哪裡是千軍萬馬浴血廝殺能比的？他現在覺得做個閒散宗室挺好的！」

「什麼？」一向楚楚動人的鄭瑜這一聲驚叫有點尖銳。她不敢置信地瞪著方老，一直瞪一直瞪著，直瞪得府門緩緩關上，直瞪得四周的人聲馬車聲安靜了又重新變得喧譁。

突然間，她只覺得一陣天旋地轉。

她慢慢地，慢慢地蹲了下來，全然不顧自己精心化出的妝容，不顧那華貴氣派的新裳地蹲在地上。轉眼間，兩行淚水從她的指縫中流出。

秋公主一低頭，便看到鄭瑜捂著臉，哽咽得喘不過氣來的傷心模樣。

她有多少年沒有哭過了？這該死的高孝瓘！真是該死！

秋公主慌忙蹲下，緊緊抱住了鄭瑜。

她一抱，鄭瑜便低嚎一聲，返身撲入她的懷中。她埋在秋公主的懷裡，抽噎著說道：「阿秋，他怎麼能這樣？他怎麼能這樣？」

鄭瑜顯然氣到了極點，她一貫溫婉的聲音少了寧和，全是恨苦，「失了黑甲衛，他不在意，私軍撤了，他也不在意，陛下和太后的意思，他更是視若無睹。他的心裡，便只有那個妖婦，便只有與她尋歡作樂一事嗎？阿秋，他以前不是這樣的，他怎麼能這樣，怎麼會變成這樣？」

相比起蘭陵王對那個張姬的在意，她和她的家族、她母親的威脅，還有那給了他又奪走的，讓任何人都無法割捨的，只等著他巴巴要回的權勢，都成了一個笑話。

原來他根本就不在意！他什麼也不在意！他唯一在意的，只有那個妖婦！那個可怕的，禍人美滿姻緣的妖婦！

鄭瑜一邊說一邊哭，因傷心太過，一口氣堵得有點喘不過來。

剛才還信心滿滿的秋公主，這時也是呆呆的。

好一會兒，她才傻傻地說道：「這可怎麼辦？」

鄭瑜也在問著，「阿秋，他那麼迷戀那個張氏，可怎辦是好？他的事業，那滔天的權勢，竟然都比不上一個婦人的笑容！阿秋，我怕，我好怕……」

秋公主自是知道她在怕什麼，她怕自己永遠也無法取代那個張姬，她怕她對蘭陵王的癡戀，永遠也得不到回報。她怕他一生都放不下那個婦人，不管她是生還是死。她怕輸，怕這個爭鬥還沒有開始，她已輸得連翻盤的機會都沒有。

站在大門後的方老，聽到外面傳來的哭泣聲，搖了搖頭：剛才命令自己時，恁地得意囂張！果然，有時以退為進，比一味的前進更有效果！

他提步朝主院中走去，人還沒有靠近，院落中已傳來一陣歡笑聲。男子渾厚低沉動聽的笑聲，和女子甜美的美聲夾雜在一起，讓人一聽便打心底感到愉悅。

方老站在院門口，看著正把張綺舉到空中，飛快地旋轉著的蘭陵王。

這兩人，倒成孩子了！說起來，郡王從八歲起便沒有這麼天真過了！

方老搖了搖頭，提步入內。

他的腳步聲終於驚醒了兩人，笑得俊臉放著光的蘭陵王，把張綺放下來，轉頭看向方老。

「怎麼樣？」

方老管事自是知道他要問什麼，他上前一步，把剛才的一幕細細說了一遍。

聲音一落，蘭陵王已沉下臉，淡淡說道：「怪不得先賢總是說，無欲則剛！」他摟著張綺，一邊撫摸著她的墨髮，一邊看著天邊的地平線，聲音有點啞，「我只是喜歡馳騁沙場的痛快而已。權勢二字，不過是錦上添花。」他轉眼又冷笑道：「方老，你這樣回答好！再有人問，你還是這樣說！他們都用權勢兩字來要脅我，我偏要讓他們都知道，那些東西，對我不過雞肋罷了！」

「是！」

送走方老，蘭陵王沉吟一陣後，低頭便對上張綺亮晶晶的雙眼。

見她正溫柔地看著自己，他也溫柔地回以一笑。伸開雙臂，把她摟在懷中，一邊把臉埋在她的頸窩，聞著她身上的芳香之氣，他一邊低聲說道：「阿綺。」

「嗯？」

「給我生個孩兒吧，我們便在院落裡享受含飴弄子之樂。」

還含飴弄子之樂呢！

他以為他真的就此放下了權勢，一門心思只與她待在這院落裡，不理世事？

張綺仰頭看著他，想取笑他在胡說，想點醒他這是不可能的，可不知為什麼，話到了嘴邊，她卻是甜甜地笑道：「好。」

她的雙眼彎成了月牙兒，絕美的臉全然是一派幸福，彷彿他說的話，正是她的夢想。
歡笑中，張綺抱緊他，她把唇堵上他的唇，低低地，愉悅地又說道：「好！不要忘記，這是你自己說的！」
蘭陵王哈哈一笑，道：「好，這是我自己說的！」
他一把舉起張綺，再次旋轉起來。隨著他的動作，一陣銀鈴般的笑聲飄散在空氣中。
方老候在院落外，聽著裡面傳來的歡笑聲，也露出了一個笑容。
與別人不同，他是看著蘭陵王長大的，自家郡王什麼時候笑過，他已不記得了。便是天下人都罵張綺是妖女，但對方老來說，能令得他家郡王由衷而笑的，便是好女子。
這時，一陣腳步聲傳來，一個僕人湊近稟道：「廣平王府來人了。」
方老點了點頭，跟著那僕人走了出去。
王府大門已經打開，門外站了一排人，看到方老走近，一個中年胖子上前一禮，朗聲道：「蘭陵郡王可在？我家主人說，上一次宴會，郡王摟著美人兒醉酒歡歌，顧不得前去參加，今兒又有宴會，想問蘭陵郡王去是不去？」
這中年胖子的聲音又大又響，逗得四周的行人頻頻回頭看來。
明明府門緊閉就是想要拒客，這胖子明知故問，是想坐實他家郡王的荒淫之名吧？
不過，這高氏子孫，還真不怕被人罵荒淫無度了。
方老還以一禮，苦著臉回道：「郡王他今日不待客！」
「為什麼不待客？」
聽到這胖子毫不客氣地質問，方老眼睛一瞪，「我家郡王為什麼不待客，好似不是閣下能夠質問的吧？」

這話一出，胖子訕訕而笑。

方老又說道：「還請回稟廣平王，我家郡王身有不適，這幾日不方便待客。」說罷，他示意門子上前，吱呀一聲把大門關緊。在關上大門的那一刻，方老訓道：「郡王的話，都當耳邊風了？以後不管誰來，通稟一聲就是，不用打開大門。」

「是。」

把眾門子教訓了一通的方老，佝僂著腰回頭走去。走了幾十步，卻看到一個曼妙風流的身影，卻是張綺。

她曼步朝著方老走來，在她身後不遠處，蘭陵王正一邊擺弄著金鉤，準備在魚塘裡釣魚呢。

「張姬。」

面對方老，張綺不敢受他的禮，她避開半步，盈盈一福，「不敢。」

她抬眸看向緊閉的院門，低聲道：「誰來了？」

「是廣平王府的人。」

張綺嗯了一聲，似有點出神。

方老正要離開，卻聽到張綺溫柔的低語聲：「郡王他，很愛他的家國，對不對？」

方老一怔，回頭看向張綺，但是張綺容光太盛，饒是他年歲已老，也有點不敢直視。

他低下頭拱手回道：「當……」

不等他說完，張綺已是認真又誠懇地說道：「方老，妾是真想知道。」

方老更迷糊了，他猶豫了一會兒，道：「姬還是親自去問郡王吧。」

他轉身欲走，卻聽到張綺喃喃的低語聲：「世道荒唐，當今聖上尚為明主，若是聖上不在，這江山這性命，可以依託何人？」她說到這裡，卻是一笑，居然低低吟唱起來，「有道是，不如歸去，不如歸去！」

她轉身便走，身姿在陽光中，竟似若隱若現。

方老忍不住說道：「陛下尚且年少。」

翩躚離去的張綺低低一笑，輕柔的聲音被春風捲得飄渺，「齊國已然故去的兩位先帝，也都年少！」她再不回頭，美妙的身影漸漸消失在樹叢中。

自那日見到廣平王妃胡氏後，張綺又記起了一些事。今日跟方老說這些話，她是想了又想的。

蘭陵王自己年少，正是意氣風發時。在他看來，一償所願，飲馬河山，比平安終老重要得多。可方老不同，他是老人，做為一個老人，一個長者，最大的願望，便是盼著後輩平平安安，健康長壽。

當然，她也不指望自己這番話現在起什麼作用，她只是先埋下一個線頭，或許以後用得上，或許用不上，誰知道呢？

蘭陵王養了七八天的「病」後，有人坐不住了。

這一天，河南王納妾，遍請諸位王孫權貴。蘭陵王本不想去的，哪曾想到，宮中內侍來傳，說是陛下與他數日不見了，今日有宴，便一道聚聚。那內侍臨走時，還順帶說了一句，讓他把張綺也帶上。

沒奈何，蘭陵王只得與張綺打扮一番，坐上了前去河南王府的馬車。

馬車中，蘭陵王頻頻看向張綺。

每看一眼，他的唇角便扯了扯，又看幾眼，終是忍不住低笑道：「阿綺這樣，倒也有趣！」

今日的張綺，與往時大不同。

也不知是什麼時候準備的，她身上的裳服，竟與蘭陵王一樣，都是一身黑。

黑底紗羅金紋衣，黑色曳地紗裙，肩披深紫流金帔。

黑，當真黑得徹底！

他就沒有見過有婦人敢這樣穿，可偏偏張綺穿了，不但穿了，還穿得頗有風姿。

她肌膚白嫩水透，眉目如畫，極致的白配上極致的黑，竟有種至清至豔中，凜然絕美的風姿。

她的墨髮上沒有珠釵，腰間也不曾戴有玉佩，可越是這種簡潔純粹，越有一種華服盛裝也無法比擬的清貴和幽冷，便如黑暗中盛開的曼陀羅花。

張綺跪坐在一側，正提著酒壺，靜靜地倒著酒水。馬車搖晃中，她的動作安穩從容。當酒水汩汩倒了半樽，她白玉般的手舉起酒樽時，本以為她會把酒樽送到自己唇邊的蘭陵王，卻驚訝地看到張綺頭一昂，把那酒水一飲而盡。

青透的美酒，順著她白嫩的下巴緩緩流下，不知不覺中，蘭陵王的喉結動了動。

他沒有像往時那般，手一伸便把她摟到懷裡。

一襲黑裳的張綺，有種難以形容的清貴和不可攀折，令得他無法做出褻瀆她的舉動。

這時，馬車一晃，一個聲音叫道：「郡王，到了！」

竟然這麼快就到了！

蘭陵王一下馬車，才發現四周燈火通明，人頭湧動。也許是這陣子他對張綺的癡迷已傳揚開來。幾乎是他一出現，四周的人便不約而同轉過頭看過來。

他剛出現，另一輛馬車便在旁邊停下，緊接著，一個歡喜中帶著思念的女聲傳來：「長恭！」

正是鄭瑜的聲音。

鄭瑜掀開車簾向他看來，經過精心打扮，頭戴雙鳳騰雲釵，腰佩鑲金飛龍玉，帶著紅玉血琉璃耳環等太后所賜之物，貼著額黃，華貴氣派的鄭瑜，雙眼癡慕地看著蘭陵王。見他看來，她展顏一笑，只是笑容有點蒼白，似乎這陣子為了他，擔了無數風雨。

蘭陵王目光溫和地看著她，見她望向自己的眼眸中，水光隱隱，彷彿含著無邊相思。他眉頭蹙了蹙，轉過頭避開了她的目光。

抬頭看向自己的馬車，一襲黑裳，高貴威嚴的蘭陵王，朝著馬車中伸出手來。

一隻纖纖玉手伸出來，握住了他的。

在眾人瞪大的雙眼中，一個黑裳黑服的美人，被蘭陵王扶下了馬車。

恰好這時，一陣春風吹來。張綺的衣袖寬廣，風一吹，那廣袖便飄散而開，再配上長得拖地的黑裙也被吹開，直達腰間的墨髮給吹得纏上她雪白的頸項，整個人瞬間盛開得如同一隻在月夜中翩躚而舞的蝴蝶，極美的同時，也極幽暗。

一個低低的聲音傳來：「這便是張姬？怎地看起來如此清華高貴？」

嗡嗡的議論聲中，鄭瑜聽到一個貴女低笑著說道：「這妳們就不知道了，張姬是傳承了千年的吳郡張氏之女，那高貴，是從骨子裡發出來的……有些人雖然得勢，卻不過是暴發戶而已，便是珠玉堆了一身，也只顯得可笑！」

那貴女一邊說，一邊嘲弄地看向鄭瑜。不止是她，四面八方，好幾十雙目光都同情中帶著譏笑地看著鄭瑜。

鄭瑜的臉漲得通紅。裙底下，她一雙手絞得發白，可在無邊的憤怒中，她依然淺笑盈盈，似乎四周的嘲諷譏笑都與她無干。

這時，蘭陵王已牽著張綺走得遠了。

兩人著一樣的黑裳，又是並肩而行，看起來便似一對天造地設的璧人。光是站在那裡，哪怕一個字也不說，也可以令得所有對他們心存企圖的人自慚形穢。

鄭瑜四周的笑聲更響了。

一個貴女更是對著她笑盈盈地勸道：「阿瑜，我看妳還是放手吧。有那個張姬在，他蘭陵王看得到妳嗎？人家鴛鴦成雙，妳插在中間成個什麼樣？」

她插在中間？

鄭瑜氣得哆嗦起來。她唇動了動，還是沒有反唇相譏，倒是另幾個貴女齊聲附和道：「就是，還把自己打扮成一個首飾架子呢！」、「嘻嘻，她這是想用太后來壓人！」、「可惜，人家不著一物，也比有些人顯得尊貴！」

亂七八糟的嘲諷聲中，鄭瑜再也維持不了臉上的笑容，她急急提步，在兩個婢女的扶持下，朝著大殿匆匆走去。

目送著她的背影，又是一陣笑聲傳來。

張綺和蘭陵王來到了大殿門口。一到這裡，張綺便從懷中掏出一支金釵來。這釵子尖端呈稜角，鋒利無比，在燈火下，散發著金光。

他們來得有點晚，殿中人頭湧動，權貴們來了大半。看到兩人踏入殿中，四下靜了靜。

對上一雙雙瞪大的眼，蘭陵王握緊張綺的手，含著笑，低語道：「總算知道，阿綺為何要如此妝扮了！」

不，他不知道的！

張綺笑了笑，突然說道：「到了殿中，不管我有什麼異動，你不可插手！」

這是什麼意思？

蘭陵王詫異地看向她。可是，張綺顯然沒有解釋的意思。

黑衣白膚的她，在通明的燈火下，格外清冽和凜然。

蘭陵王靜靜地盯了她兩眼，點頭道：「可以。」她做事向來有分寸，且由著她吧。再說，這是張綺來到齊地，來到鄴城後，參加的第一場宴會。在這場宴會後，她的形像、她的一切，將會以最快的速度傳揚出去。

兩人低語間，一陣大笑聲傳來。

笑得爽朗，越眾而出的，不是今日的主人河間王，而是那美得陰柔蒼白的廣平王。

廣平王大搖大擺地走到蘭陵王面前，擋住他的去路後。他朝著張綺上上下下打量一番，轉向蘭陵王嘻嘻笑道：「還是孝瑜有面子啊，他一請，長恭就來了。而我呢，請了兩道，長恭卻只顧著與美人兒歡愉。」

嘻笑到這裡，他也不等蘭陵王回答，而是轉頭看向張綺，咧著雪白的牙齒，突然笑道：「小美人兒，其實本王也很美貌，更且溫柔難得，不如，妳跟了我吧？」

張綺卻是淡淡一笑，晃了晃衣袖，漫不經心地拿出藏在袖間的那支金釵。

見她對自己視若無睹，廣平王有點不高興，正準備再次開口時，卻見張綺玩著手中的金釵。突然間，她右手拿著金釵，朝著自己的虎口重重一插。

釵尖鋒利如劍，這一插，幾乎穿過了大半個手背。在四下驚亂的喧譁聲中，張綺也不抽出那金釵，她似乎很是享受這種疼痛，在眾人的注視中，漫不經心地抬起手，用唇吮著那傷口。

鮮血從金釵旁噴湧而出，卻一一被她吞入腹中。雪白的肌膚、嫣紅的唇、金黃的釵尖，還有奪目的血光交映在一起。

張綺漫不經心地把傷口的鮮血吞下，似是才聽到廣平王的問話一樣，她抬起頭迷茫地問道：「你說什麼？」一縷鮮血順著她的唇角流下，張綺似是毫無所覺，她眨著眼睛，清軟地說道：「啊，你是要我跟著你？不，我不跟！除了長恭，我誰也不跟！如果長恭死了，我就自刎了陪他！」

她天真地笑了起來，「其實死一點也不可怕的，我試過喔……」

她眨巴著眼，很是認真地看著廣平王，那模樣，似是努力地想讓他相信。

廣平王自是相信，不止是他，在場所有的男人都相信。

大殿門口，雍容而來的皇帝，以及落後皇帝幾步的鄭瑜等人，也都相信。

被金釵刺穿了大半個手背還渾若無事一樣的女子，吞著自己的血如飲美味的女子，哪裡是尋常稚女？

這時的廣平王，直覺得眼前的美人在絕色外，還有著蛇蠍之惡。他猛然向後退出一步，拱了拱拳，強笑道：「是本王說錯了。」

他看了一眼兀自插在美人虎口處，隨著她移動還一晃一晃的金釵，又胡亂交代了一句後，急急退了回去。

蘭陵王牽著張綺的手繼續朝前走去，眾人聽到他在說著：「把傷口包一下吧。」

「我不！」張綺的嬌嗔聲又軟又脆，她嬌慵地說道：「我喜歡這樣痛著呢……」

這話說得！

蘭陵王瞪著她，有點想笑，卻發現胸口似是被什麼堵著一樣，滿滿的、酸酸的、暖暖的，令得他眼中很是酸澀，根本笑不出來。

他的阿綺，他花兒一樣嬌弱，一伸手指便可取了性命去的阿綺，在用這種方式宣告她的凜然不可侵犯，宣告她的此心不二！

這時，大殿安靜了些。

卻是陛下來了。

權貴們齊刷刷地站起迎上時，張綺也跟著站起，她似是沒有察覺到那一雙打探的目光，老實地低著頭，趁陛下被眾人迎向他的榻位時，悄悄伸手，把虎口處的金釵刷的一聲抽出。

金釵一起，一串鮮血噴出，有幾滴濺在了張綺的白玉般的下巴上，給那份玉色添了幾點妖豔的血紅。她這個動作自以為做得隱密，可在釵落血出時，不管是陛下、廣平王，還是鄭瑜，動作都僵了一下。

特別是看到低眉斂目的她，做出這個動作不但沒有半點怯意，甚至在血珠飛濺後，那小巧嫣紅的舌頭還舔了舔唇角，露出的淺笑，更帶上了幾分愜意時，他們的心裡都冒出一股寒意。

四下嗡嗡，慢慢的，眾人的注意力終於從張綺的身上移到了陛下那裡。

蘭陵王轉眼看向她，「可以了。」他伸手按住她那傷口外翻，鮮血兀自汩汩而出的虎口，沙啞地說道：「以後，不可這樣！」

他的聲音很啞很澀。

張綺抬眸，看不到他眸底的複雜。眨了眨眼後，她軟軟地說道：「如果有需要，還是會的。」

這話一出，按著她傷口的手陡然用力。見張綺呼了聲痛，他迅速鬆了開來，唇抿成一線，從中衣下撕了一塊布帛，抓著她的手包紮起來。

這過程中，蘭陵王面無表情，張綺也沒有吭聲。

良久良久，他啞聲道：「妳要我如何做來？」他的聲音有點焦躁。身邊的婦人，總是能輕易地讓他失控。

妳要我如何做來，妳才願意安安分分地跟我過日子，不再折騰這些有的沒的，也不再時而拒我於千里之外，時而捅自己一釵來駭我傷我……

終於問出這句話了。

張綺垂眸，靜靜地說道：「別成親……如果要娶妻，便娶我好了！」

如此平靜，如此簡單，如此的理所當然！

蘭陵王騰地抬起頭來。

他有點想笑，事實上，他應該覺得好笑，可嘴角剛剛扯了一下，卻有點笑不了：她是認真的！便似那日在陛下書房外的表白一樣，她非常的認真！

也不知過了多久，蘭陵王才低低地解釋道：「阿瑜不會傷害妳，她說過，會與我一道愛妳！」

他的聲音堪堪一落，便聽到張綺嗤的一聲笑了出來。

這一笑，恁地譏嘲，似乎他所說的，是天地間最可笑的笑話。

蘭陵王嚴肅地盯著她。他有點生氣，他很想生氣。怪不得世人都說，婦人最易恃寵而驕。你給她一分，她總是要求三分；給她十分，她會連你的身家性命都想控制！

可饒是這般氣惱，看著燈火下，黑衣凜然的她，他卻發現自己厭惡不起來。不但無法厭惡，他還軟言軟語地解釋道：「阿瑜是個心地善良的人，也本分安靜，阿綺，妳可以試著相信她。再說，以後妳們也不會住在一起，我會帶著妳四處征戰，她只是守在鄴城郡王府，幫我留意一下朝堂裡的諸事變化。」

他握緊她的手，用一種他也沒有發現的語氣求道：「妳們可以相安無事的，相信我！」

相信他？

張綺有點好笑。事實上，她的嘴角也噙出了一朵笑容。眨了眨長長的睫毛，張綺輕輕地說道：「郡王何必跟我說這些呢？」她輕輕抽出自己的手，低頭打量著自己的手指甲，微笑著說道：「其實阿綺先前說的，要郡王娶我的話，只是玩笑而已……郡王只記著一條，如果某一天，有人傷害了阿綺，哪怕只一次，郡王也要給阿綺人手錢財，讓阿綺離去！」

蘭陵王盯著她。

通明的燈火中，一身黑的美人兒，已沒有了一分往昔的軟弱。在那下巴處，不曾拭盡的血珠點綴下，多的是妖豔、決絕。

他看著她，看著她，這般陌生的，膽敢嗤笑於他，不像對主人，倒像是與他平起平坐的張綺，他無法厭惡，不但無法厭惡，還忍不住有點心疼。

……也許是在沙場上拚殺慣了，連帶這眼光也變了！也許是只因為她是阿綺，所以不管她說什麼、做什麼，他只感覺得到歡喜。

蘭陵王苦笑起來。

看到他轉過頭去，張綺也見好就收，她乖巧地把頭倚在他的肩膀上。感覺到她的動作，蘭陵王身子沉了沉，在讓她更舒服地靠上自己後，摟上了她的腰。

……她那麼不知好歹，怎麼自己就無法記起她的可惡之處？

蘭陵王又苦笑起來。

一個內侍走了過來，他朝著蘭陵王低聲說道：「郡王，陛下令你帶著張姬過去。」

「是。」蘭陵王應了一聲後，牽起張綺的手便向皇帝的方向走去。

兩人這一起立，又是無數雙目光嗖嗖地投來。

蘭陵王大步來到高演身前，行了一禮後，在高演的示意中坐下。

他坐下後，張綺沒有如往時那樣安靜地，乖巧地伏在他的膝旁蹲下，而是坐在他旁邊的榻位上，渾然不顧陛下在場，懶洋洋地偎進了蘭陵王的懷裡。蘭陵王低頭看了她一眼，沒有把她推開……這種宴會本就是不用拘禮的，張綺的舉動雖然不夠溫馴，卻也不唐突。

可饒是如此，周圍的聲音還是安靜了幾分。

英俊冷峭的，比蘭陵王大不了幾歲的年輕皇帝，挑了挑眉，轉眼看向張綺。

盯著眉目如畫般清透豔美的張綺，高演慢慢地說道：「張氏，妳不怕朕？」

張綺眨著靈動的雙眸，天真地說道：「怕啊！」這兩字，她當真回答得乾脆又流利。

年輕的皇帝怎麼會相信？他冷笑了下。在她下巴處的兩滴血珠上著重盯了幾眼後，他低沉地說道：「張氏，當真是膽量過人！」頓了頓，他又說道：「不但膽量過人，還心比天高。」

說出這一句似褒實貶的評語後，高演舉起酒樽，輕抿了一口，盯著她微笑道：「朕要給妳家郡王指婚了，張氏想哪位貴女做妳的主母啊？」

皇帝這話問得荒唐，可張綺的回答更荒唐。

只見她眸光流轉地瞟了蘭陵王一眼後，轉向皇帝嘻嘻笑道：「陛下不是說阿綺心比天高嗎？阿綺啊，任誰做主母都不喜，阿綺自己要嫁給蘭陵郡王！」

這話一出，哄笑聲四起。

在四周紛紛而起的嘲笑、譏諷、戲謔還有驚訝、厭惡的目光中，張綺置若罔聞，依然笑得甜美而天真，「你們別笑，阿綺說的是真的喔！」

再也忍不住，皇帝也笑了起來。

他哈哈笑了一聲，突然笑容一收，道：「以張氏的地位之卑、膽量之大，怕是難得善終啊！」

這一句話冷冷而出，沉沉而來，直有森寒之氣。

蘭陵王心下一緊，正要代張綺說兩句，對上高演警告的眼神，那話又縮回去了。

陛下還在盯著張綺，他是要張綺自己回答。

張綺的回答有點漫不經心，她從懷中掏出那染了血的金釵，一邊玩弄著，一邊安靜地說道：「阿綺知道啊！」她笑得天真，「阿綺知道自己身分不顯，又生得這般模樣，所以啊，早就準備好了。」

在眾人的不解中，只見張綺從袖中甩出一樣物事。把那東西順手放在几前，張綺笑得純稚，「看，阿綺都隨身帶著呢……家裡還有很多喔！」

這是一包砒霜！

這是一包所有人都識得的砒霜。

沒有人能想到這一幕。

沒有任何人能想到眼前這個小小年紀，便現出絕代風姿，美麗得不可方物的少女，這個順風順水，一直被蘭陵王寵得上了天的少女，竟然隨身帶了包砒霜。

看她這樣子，聽她這語氣，哪裡是對死亡有半點懼怕的模樣？

一時之間，四下只有一陣倒抽氣的聲音此起彼落地傳來。

面對眾人的驚愕、注視，張綺兀自玩著她那血淋淋的金釵。

這幾日，她想透了，也實是想開了，因此才有了今日的舉動……天下間，再沒有第二個人比她還要知道這齊國的權貴有多荒唐，這齊國的皇帝，更是一個比一個禽獸。

日漸長開的她，已經被皇帝，或許還被廣平王看中了。

退路還沒有鋪好，虎狼已眈眈而視。

這個時候，謹小慎微已毫無用處。

不，也許這世道於她，根本就沒有退路，不管她是如何努力，都不會給她半點退路！

高演萬萬沒有想到，自己的試探，得的是這樣一個回答。

看著燈火下，散發著幽冷光芒的砒霜，看著那偎在蘭陵王懷裡，提起死亡像提到回家那般簡單的張綺，他突然發現，自己不知說什麼好了。

老子第七十四章云：「民不畏死，奈何以死懼之？」

眼前這絕色美人兒便是這樣，她連死也不怕，天下間還有什麼可以威脅到她，傷害到她的？

絕對的安靜中，站在不遠處的鄭瑜，臉色已由白轉青。

她直直地看著蘭陵王，看著他貌似平靜的眸光底，那一抹無法掩抑的疼惜和寵溺。她也直直地看向張綺，看向這個身分卑微，等同玩物的姬妾，無所畏懼後所表現出的華美張揚，突然之間，一種難以形容的空空落落，占據了她的心房。

……一個男人，這一生擁有過張綺這樣的美人，那顆心還可以容得下別的女人嗎？

這個念頭剛剛泛起，鄭瑜便馬上冷笑一聲。

她把目光從蘭陵王和張綺的身上移開，提步回到自己的榻上。

今日秋公主沒來，與鄭瑜一起坐著的，是她同父同母的四妹妹鄭妍。鄭妍性子安靜而聰慧，不喜多話，可每一次說的話，都一矢中的。

見到鄭瑜落坐，鄭妍把目光從張綺身上移開，她輕聲說道：「阿姊，妳那三天祠堂白跪了！」

鄭瑜放在膝上的手指慢慢收緊……

鄭妍嘆道：「她真敢說啊！這樣一來，阿姊，她與妳之間，蘭陵王只能選一個了！」

鄭瑜突然感到上唇一痛，卻是被她自己咬出了血……

上一次，她跪了三天，終於讓家族同意退讓一步，允許蘭陵王把張綺收作外室。雖然後來的談話時，母親逼得太甚，與蘭陵王不歡而散，可以鄭瑜對蘭陵王的了解，自己在他離去時說的那一番話，肯定是打動了他的。

……這幾天，蘭陵王不顧自己的前途，與張氏沒日沒夜歡娛的事，已傳遍了都城。眾人在嘲笑蘭陵王沒有出息的同時，也在同情她。說她還沒有入門，便失了丈夫的心。

可她想通了，這只是孝瓘初嘗美色，一時放不下而已，時間久了，他會明白取捨的。因此，她做好了萬全準備，只等著後日的賜婚。

可她萬萬沒有想到，在今晚的宴會上，陛下居然會當眾問張氏，想哪個貴女做主母。而張氏，更給出了那麼一個荒唐的回答。

張氏這麼一回答，再加上她又是這麼副狠毒瘋狂的性子，她的家族是萬萬不能再容忍得下的。不止是她的家族，便是整個鄴城的權貴世家，在蘭陵王沒有處理這個張氏前，只怕也不願意與他結親了。

那個自私又自以為是，不替孝瓘考慮絲毫的婦人，難道竟是遂了願了？

本來，以張氏的美貌，便是不跟蘭陵王，也有人願意許她榮華富貴的，說不定還能飛上枝頭成鳳凰。可現在，她把她的惡毒呈於世人面前，讓她除了攀附蘭陵王之外，再無退路。她是想逼得孝瓘與她同進退嗎？

這一邊，張綺丟出了那包砒霜，皇帝在一陣震驚後，率先回過神來。

他看向蘭陵王，眉頭皺了皺，想要說句什麼，話到了嘴邊，卻只是一聲冷哼。只見他揮了揮手，「下去吧。」

「是。」蘭陵王牽著張綺，回到了自己的榻位。

這時，原本落在張綺身上的眾多目光，已收回泰半——美人雖好，有毒而又瘋狂的美人，還是敬而遠之的好。

落坐後，蘭陵王一直沒有說話。

他有太多的話想問張綺，卻發現沒有一句話說得出口。

他想問，張綺的砒霜是什麼時候準備的？還有，她為什麼要胡說，說什麼府裡處處備有這等毒物？她是在防著什麼？不錯，陛下是對她感興趣，可陛下向來深明大義，不喜為人所難，她用得著防到這個地步嗎？

他也想問，她知不知道她那句想嫁他為妻的宣言，有多大的威力嗎？

他有很多問題，卻一個字也說不出口。

宴會到得這時，已是歌舞喧天。飲了一樽酒後，皇帝先行離去。

他今日來，本是有話要跟蘭陵王交代，只是被張綺這麼出乎意料地一攪，那些話便不好說了。皇帝走後，被眾人盯得很不自在的蘭陵王，也告辭離去。

張綺跟在他的身後，亦步亦趨地走著。

兩人剛跨過殿門口，便聽到一個內侍尖銳的聲音從外面傳來：「蕭尚書到！」聲音一落，一個俊美青年出現在臺階上，與他們狹路相逢著。

正是蕭莫。

與在陳地一樣，蕭莫依然是一襲雪白的晉裳。與往時不同的是，他戴冠了。玉冠綰髮，大袖翩翩的蕭莫飄然而來。

張綺怔怔地看著他。

蕭莫也在看向她。

他的目光掃過她的眉眼，便看向她垂在腿側的傷手。

在蘭陵王與他擦肩而過的時候，蕭莫嘴角一揚，吐出的聲音卻有點沉冷：「你無法保護她，讓我來！」

蘭陵王嗖地轉頭，怒目而視。

蕭莫的唇角仍然帶笑，他風度翩翩地迎上蘭陵王的目光，冷冷說道：「你無法許她的，我可以許！」把話丟到這裡，他朝張綺深深地凝視了一眼，提步跨入殿中。
他的聲音雖輕，可不管是蘭陵王還是張綺，都聽得分明。
下了臺階後，蘭陵王顯然有點生氣，他的腳步越來越快。
一直帶著張綺來到馬車旁邊，他朝幾個侍衛吩咐了句：「看著她。」然後轉身離去。
他這是去做什麼？
張綺正琢磨間，看到大殿方向走來兩個嬌俏的身影。
那身影很快便迎上了蘭陵王。
迎上蘭陵王的，正是鄭瑜和她的婢女。
仰頭望著他，鄭瑜的眼眶中淚水隱隱。她倔強地咬著唇，美麗的臉孔上有著悲傷，還有著淒然和難以形容的痛楚。
她把她此刻複雜的心情，以及她對他的感情，清清楚楚地顯露在臉上。
看到這樣的鄭瑜，蘭陵王心下一軟。他不由自主地停下腳步，低聲道：「阿瑜，妳……」
「長恭，我可以與你說說話嗎？」她含著淚，聲音帶著沙啞，「只一會兒，好不好？」
她楚楚動人地，一臉渴盼地看著他。
這個樣子，讓他想到了他們小時候，那個可愛的，被人欺負了也只會悄悄躲起來哭的小妹妹。
點了點頭，蘭陵王低聲道：「走這邊。」
他帶著她，來到左側的花園裡。
來到一處安靜的所在，蘭陵王才停下腳步。
他低頭看著鄭瑜，月光下，她盈盈欲泣的臉，有著他熟悉的無助。
不知不覺中，蘭陵王放柔了眼神。

鄭瑜癡望著他，望著望著，兩行清淚緩緩流下。

才一流淚，她便迅速低下頭，連忙從懷中掏出手帕拭了拭淚，鄭瑜沙啞地說道：「長恭，我是真想與綺妹妹交好的，真的，你要相信我！」她的聲音急迫而不安，彷彿無法承擔他的任何懷疑。

蘭陵王低聲說道：「我知道，妳一向與人為善。」

聽到他這麼說，鄭瑜含淚燦爛一笑，轉眼，她想到了傷心事，又哽咽起來，「長恭，阿瑜很小很小的時候便發過誓，你保護過我，我長大了也要保護你。」她清了清嗓子，堅定而明亮地說道：「而阿瑜現在就長大了，可以保護長恭了！」

似是怕他不信，她流過淚的目光特別清亮，說的話也特別清脆，「長恭，你別笑我，我說的是真的……你喜歡征戰，會長年出兵在外。有所謂三人成虎，不管是在鄴城還是在朝堂裡，你都需要有人替千里之外的你說話，在他人誹謗你傷害你時替你分辯。」

蘭陵王沉思起來。

鄭瑜的聲音這時卻帶上了幾分傷痛，「這幾日裡，他們都說我還沒有入門，便被你棄於一側，還說你根本就不想要我……我也不管，我只想著，我的長恭能好好的。」

說到這裡，她淚如雨下，「長恭長恭，我只是想與阿綺一道服侍你，一道讓你後顧無憂，助你做個青史留名的名將……長恭，便是這樣一個願望，怎麼這麼難？」

她哽咽聲聲，竟是傷心得再也說不下去了。

她的話中，沒有一個字指責張綺，卻每一個字都在指責張綺。她用自己具有的能量來反襯張綺，指責她對他的事業毫無益處。她用自己的大度來反襯張綺的狹隘，指責她為了滿足獨占他的私欲，棄他的利益於不顧。

一陣風吹樹葉嘩嘩聲傳來，它伴著聲聲抽泣在寂靜中傳響。

蘭陵王一直沉默著，過了好一會兒，他終於開口了。

他喚了她的名字，用那麼動聽那麼溫柔的聲音喚她的名字。

「阿瑜。」

鄭瑜慢慢抬頭，雙眼晶亮而又渴望地看著他。

蘭陵王唇動了動，卻又猶豫了，直過了好一會兒，在鄭瑜鼓勵的眼神中，才低低地說道：「阿瑜，阿綺她，是個苦人兒。」

鄭瑜的雙眼睜得老大。在他不知道的地方，她因屏氣太久，胸口已有點悶痛。

蘭陵王顯然有點難以措詞，他緩慢而低沉地說道：「阿綺她，從小便無人可以依靠，所以想事時，未免偏激了些。」

因此呢？因此呢？

鄭瑜的雙眼眨得很快，她發現自己的雙手在哆嗦，因緊張而哆嗦。

蘭陵王的語速越發地慢了，他喃喃說道：「她也不如妳能體諒人，不如妳看事看得遠，心胸寬宏。」他抬起頭，不由自主地轉眼看向遠方的黑暗中，他自己的馬車處。

溫柔地看著那遙不可見的馬車，蘭陵王的臉上揚起一個笑容，他低低地說道：「阿綺她有很多很多不如妳的地方，可是阿瑜，我的阿綺，她只有我一個人了，她也只想靠著我一個人，我不能負了她！」

最後幾字落地，鄭瑜猛然向後退幾步，撲通一聲軟倒在地。

望著蹲跪在地上，雙手捂胸，淚如雨下的鄭瑜，蘭陵王猶豫了一會兒，終是沒有上前，沒有伸手把她扶起。他只是在那婢女的怒目而視中，繼續地說道：「阿瑜，這事她是任性了些，可事已至此，妳的父母斷然不會允我許了妳之後，還留她在側……阿瑜，我也不知怎地，明知道她做得不對，就是無法惱她。至於放開她，我光是想想，這胸口便絞悶得慌。阿瑜，妳還是忘了我吧，妳這麼善良聰慧，定然有比我更適合的良配！」

他望著泣不成聲的鄭瑜，無聲地嘆息了一下後，毅然決然地轉身。轉眼間，他的身影便消失在明亮的林蔭道後。

半個時辰後，蘭陵王回到了馬車中。

張綺正趴臥在榻上，她手撐著下巴，昂頭眺望著對面的星空，那小巧的足尖有一下沒一下地晃著。見車簾掀開，她慢慢轉頭，月色中，燈火中，她的雙眸明澈如水，清得可以看到他自己的面容。

總是這樣，不見她還罷了，一旦見她，他的心便滿滿的了。

四目相對，他朝她伸出了手。

張綺一翻而起，歡喜地握住了他的手。

十指相扣，蘭陵王縱身上了馬車，一把把她摟在懷中，將身倚在車壁上，他道：「這幾日春光好，阿綺，明兒我帶妳去玩玩吧。」

張綺嬌嬌軟軟地「嗯」了一聲，雙手玩著他的襟領，漫不經心地說道：「我看到你與鄭氏阿瑜見面了。」

蘭陵王低頭看向她，表情嚴肅。

張綺卻是嘻嘻而笑，「我跟你說啊，你們說了什麼，我全都猜得出來，你信不信？」

這倒有意思！

蘭陵王向後一仰，伸手撫著她的秀髮，「那妳猜吧。」

張綺屈起一根白嫩嫩的手指，慢慢說道：「剛剛見面，她必是流淚的。那淚水不但欲流不流著，她還一臉的脆弱和悲傷難受地看著你，是受了天大的委屈，無比絕望的那種。」

這淚流凶了，眼淚鼻涕糊成一把的，難看得很，只有這般欲流不流的才能動人！

蘭陵王一怔。

張綺歪著頭，眉目如畫，美得發光的小臉上一臉嚴肅，她屈起第二根手指，接著說道：「然後，她會跟你說，她一直尊重你愛你，更能助你。如在內，她能與夫人們交流洽遊；在外，她的家族能幫你關注朝堂的變化，替你逢凶化吉。」

這個不難猜，她要突出她的優勢，才能把自己擊潰！

這一下，蘭陵王睜大了眼。

張綺玩著自己的手指，卻是冷冷一笑，幽幽嘆道：「這高家的男人還真是慘啊，有個什麼事，非得藉由妻族來說話……也對，長恭若是無能也就罷了，萬一長恭再立幾場戰功，惹來全民傾慕呢？這有個得力的岳家，可是連皇帝也做得喔！」

這話大逆不道！

蘭陵王眉頭大蹙，他緊盯著她，想要呵斥，最後卻只是一聲低嘆。

張綺慢慢屈起第三根手指，嬌軟地說道：「剩下的無非是繼續流淚，或者再告訴長恭，她很寬宏大量，願意與你一起善待我。可惜我自私愚蠢，不但不知感恩，還恃寵而驕，置你的前途於不顧，容不下郡王你娶正妻！」

鄭氏已被她逼得只能使出這一手了……真要說起來，這些都是她玩剩下的！

在蘭陵王瞪大的雙眼中，張綺在他懷裡翻了一個身，懶洋洋地抱著他的手臂，像隻貓兒一樣晃來晃去，嘴裡則懶洋洋地說道：「這女人與女人之間，便如長恭沙場征戰一般，陰謀陽謀通通得使出，一時屈於形勢退後半步算得什麼？先占了對方的領地再說。得了勢做了主人，誰生誰死還不是揮揮手而已？」

蘭陵王蹙眉，正要辯解兩句，張綺卻在繼續說道：「那日在酒樓中，鄭夫人才罵了你半句，便能被鄭瑜及時制止。鄭夫人身為她的繼母，都對她言聽計從，可見鄭瑜實是一個聰明有手段的女郎。這樣一個聰明人，豈能甘心做自家夫君『寵妾滅妻』中的妻？」

俗語云：「聰明齊頸，要人提醒。」

現在時機成熟，她終於可以說出這類直指人心的話了！

蘭陵王顯然真呆了！

他摟緊張綺，雙眼無神地看著車頂，久久沒有說話。

對鄭瑜，他的印象還停留在十年前，那個天真純稚，被人欺負了也不還手，被人傷害了，還在他面前替那人求情的小姑娘身上。

十年了，她長大了，樣貌變了，人也變了嗎？

✖　✖　✖

站在池塘邊，依然一襲黑衣的張綺照了又照。

原來她穿上黑衣，還是能有一分威嚴的，張綺是嘗到甜頭了。

一身勁裝的蘭陵王，遠遠便看到了對著池塘水搔首弄姿的張綺。

他揚了揚唇，大步走到她身後。

看著池塘中與自己並肩而站的蘭陵王，張綺抿了抿唇，嬌嗔道：「長恭，你沒有著黑裳！」

還著黑裳？昨晚不夠顯眼嗎？

蘭陵王苦笑了下，伸手扯過張綺的手臂，把她攔腰一抱後，大步走向馬車。

他們這一次是趁著春和日麗，前往遊園看桃花。

遊園又叫銅雀苑，是曹操所建，他還在銅雀苑西側的城牆上修築了三座高大的臺榭，由南向北依次是金鳳臺、銅雀臺、冰井臺。曹魏之時，那裡是建安文人的重要活動場所。

馬車來到遊園時，遊園中笑聲一片，衣著華美的女郎、年輕俊秀的世家子、勇武健壯的鮮卑勳貴，舉目皆是。春風三月，正是人間好時節。三月三的游水賞花節雖然過去了，可那些無所事事的權貴子弟，卻還沉浸在那曲水流觴的餘韻裡。

見到張綺眨著眼，表情不掩嚮往，卻遲遲不下馬車，蘭陵王低低說道：「無妨的，下來吧。」

張綺嗯了一聲，伸手扶住了他的手，走下了馬車。

先是一兩個朝這方向看來，漸漸的，凡是看過來的人，都不曾回過頭去，四周越來越寂靜。

蘭陵王瞟了那些人一眼，牽著張綺的手，緩步走向前方的桃樹林。

直到兩人的身影漸漸隱入桃林，才有一兩人率先回過神來。

「呼……那便是張氏？真是個絕代佳人！」

「昨晚上的事聽說過沒有？她居然對陛下說，她自己想做蘭陵王的妻！」

「這也是蘭陵王太寵她了，一般的姬妾，誰敢有這種念頭？」

「真是美……若是我，怕是無法不寵她！」

正是無法不寵她！如此佳人，令得滿林桃花都失了顏色，哪個丈夫能狠下心不寵她憐她？

一襲黑裳的張綺，流連在嫣紅粉白的桃花梨花中，走到哪裡，哪裡都是一片寂靜。

指著前方，蘭陵王道：「那就是銅雀臺了，當年的鄴下文人，就喜歡在那裡飲酒歡樂。」

張綺抬頭看去，這一看，駭了一跳。她一直以為，所謂的銅雀臺，不過是容得數百人聚一聚的土臺，哪曾想到，這銅雀高達十丈，臺上建了五層樓，離地約二十餘丈。那樓頂置銅雀一隻，高約一丈餘，舒翼若飛，栩栩如生。而台下另一方向，滾滾奔流的漳河水經暗道穿銅雀臺流入玄武池，那水面又寬又深，足以操練水軍。

仰頭望著臺上樓閣裡，望著那裡面影影綽綽的人影，蘭陵王眸光流醉，俊美絕倫的臉上蕩著笑，「阿綺，若有機會，願在此處為妳舞劍！」

願在此處為妳舞劍！

張綺回到了那個他喝醉了的晚上。那晚，他為她吹笛，她為他舞，他們是多麼的快樂。

當下，她嫣紅著臉，輕輕地「嗯」了一聲。伸手摟著他的腰，她把臉依戀地靠在他胸膛，軟軟地喚道：「長恭，阿綺真想這樣過一輩子。」

蘭陵王低沉地說道：「這有何難？」

張綺卻是低低一笑，「這啊，這是天底下最難的事……」

蘭陵王想要反駁，不知想到了什麼，卻只是一聲低嘆，伸臂摟緊了她。

就在兩人拾階而上時，樓閣中一陣騷動。當兩人來到樓閣之下，閣門大開，十幾個世家子弟、鮮卑勳貴迎面走來。這般正面相遇，少年們陡然一驚，同時止了步。

在眾人癡癡望向張綺時，眾少年身後傳來一聲冷笑，「不過是個狠毒愚婦，不過是個好色庸徒，哪值得諸位看傻了眼？」自建安以來，這地方文人薈萃，無形中，這裡被有些人奉為文化聖地。

而張綺和蘭陵王雖然一個人才出色，一個兼是皇室宗親加出色的武將，可在儒士眼裡，卻算不得什麼。在別的地方，或許無人理會他們，到了這裡，那就由不得他們了。

說話之際，一個長袍大袖的世家子弟越眾而出。這個世家子的身後，也跟著一群少年。而這些少年中，有一個俊秀明澈的郎君先是一驚，轉眼瞪大了眼，再轉眼，他像想到了什麼似的，臉色蒼白，失魂落魄。

這郎君的眼神引起了張綺的注意，她瞟了一眼，終於想了起來，他不是自己在周地宇文護的府裡遇到過的那個五郎嗎？

那世家子的譏諷一出，蘭陵王臉色一沉，嗖地抽出了佩劍。

見到他拔劍，那世家子不退反進，他仰著頭哈哈大笑道：「怎麼？堵不起世間悠悠之口，便想取某頭顱？來啊，殺了某啊！」

蘭陵王冷笑一聲，當真揚起劍，而這時，聒噪聲四起，眾士人齊刷刷走上幾步，呈四面八方圍上蘭陵王。紛紛而起的喝罵叫嚷中，這些手無縛雞之力的文人怒目而視，頗有匹夫之怒，可流血五步的架勢。

就在這時，張綺伸出手，按在了他的劍鞘上。把蘭陵王的劍緩緩按下後，張綺淡淡地瞟了那世家子一眼，溫柔說道：「我傷的是自身，藥的也是自身，何來狠毒一說？至於蘭陵郡王，天下間敢說他是庸徒的，怕也只有閣下一人。」

她向蘭陵王淺淺笑道：「有所謂夏蟲不可語冰，長恭，我們走吧。」便想越眾而出。

那世家子一怒，喝道：「站住！」他盯著張綺，冷笑道：「妳一小小姬妾，妄想為人正妻，還有理了？」

他這話一說，張綺還沒有反應，那五郎已猛然抬頭，臉上淚水橫溢。他憐憫而癡慕地看著張綺，喃喃說道：「正妻算什麼？早知道妳是她，我便是捨了一切也要求娶……正妻算什麼？」

他顯然無法相信，自己心心念念，無時或忘的佳人，在自己心中，理應得到世間男人最好的一切的佳人，只為了一個正妻之位，竟受到他人如此嘲諷圍攻！

張綺緩緩回頭，眸中有淚。

陽光下，那閃動著光華的淚水，令得眾少年直是傻了。便是那出言不遜的世家子，那圍著兩人不放的文士們，也給呆了去。

張綺眨了眨眼，微微側頭，讓從東邊吹來的春風吹乾眼中的濕意。在安靜中，她輕柔地說道：「我愛他憐他，不可以嗎？我想與他在一起，一生一世，生同榻死共陵，不可以嗎？我不想做個玩物，不想年老色衰後，一塊破蓆包著扔到了亂葬崗，不可以嗎？齊地的貴女，人人都可以獨占自己的夫君，我不過出身低了些，怎地要愛他守他，就千夫所指了？」

在一片鴉雀無聲中，張綺低下頭。隨著她低頭的動作，一滴、兩滴、三滴淚水，在陽光下泛著七彩的光芒，然後濺落在地板上，消失於塵埃中。

沒有人說話，一直到她慢慢轉頭，一直到蘭陵王掏出手帕幫她拭去淚水，牽著她走得遠了，一眾文士還是沒有說話。

目送著張綺兩人遠去的背影，急急趕來相堵的秋公主等人，也止了步。她們表情複雜地望著張綺消失的方向，好一會兒，一個貴女才低聲說道：「她，其實也是個可憐人。」

這些人受人所託，特意趕來遊園，想扳回一些局面，哪曾想到，不用她們開口，已有人替她們教訓了那毒婦。可更沒有想到的是，那毒婦只是幾句反問、一滴眼淚，便令得她們自己也心軟了。

也許，這世間，一切都可辯，一切都可指責，唯有那真情流露時，發自肺腑的一滴淚，讓人無法不動容。

也許，換了一個人，她沒有張綺的傾城之色，也沒有她著上黑裳後的那抹凜然，她不曾攜帶砒霜，不曾在皇帝在眾權貴面前談笑雍容，風華絕代……她便是流露了這種真情，也不過小丑作怪。

可偏偏，說這話、流這淚的人，有著這般風華，這般將生死置之度外的狠辣，所以她那淚水、那苦楚，越發地讓人心碎。

不知不覺中，蘭陵王握緊了張綺的手。

他握得太緊，直緊得她生痛。在張綺的悶哼中，他急急放開了她。

連忙低頭，他拿起張綺的左手，看著昨日被金釵刺傷，今日只餘一個傷口的小手，低啞地問道：「還很痛？」

「好些了。」張綺的聲音有點俏皮，「我聽大夫說過哦，這虎口是一穴位，傷得最深，也容易痊癒的。」

蘭陵王不是要聽這個。

他慢慢抬起這手，把它小心地放在唇邊。他閉上雙眼，低低地，沙啞地說道：「阿綺。」

「嗯？」

「情非刻骨，便不可再說這種話。」別讓他陷得太深太深，他害怕……

張綺低下頭，許久許久後，她側過頭，看著天邊的流雲，呢喃道：「只要郡王願意，阿綺生也隨君，死也隨君。」她低低強調道：「只要郡王願意！」

在蘭陵王的沉默中，她嘴角噙起一朵笑容，燦爛地說道：「我們從這側門上樓吧，我想站在第五層樓上看漳河水。」

卻是打破了沉默。

蘭陵王點了點頭，牽著她的手步入樓閣中。

站在銅雀苑五樓上看漳水，只覺河水滔滔，渾濁而寬廣，那氣勢逼人而來。

張綺雙手支著欄杆，黑衣裳服在風中獵獵作響。那風捲起她的秀髮，吹起那深紫色的坎肩，似乎下一秒，連她的人也會被風捲入河中，不復得見。蘭陵王瞟了她一眼，突然伸手扶住了她的細腰。

感覺到他身體的溫熱，張綺回眸衝他一笑，繼續專注地看著下面滔滔而去的河水。

「妳在看什麼？怎地如此專注？」

「沒什麼。」張綺唇角蕩起一個笑容，懶洋洋地收回目光，「長恭，我們回去吧。」

蘭陵王深深地看著她，他發現自己變得很是無稽，竟想知道她每一個不曾說出來的心思。

過了一會兒，他說道：「還是再走走吧。」

當兩人站在冰井臺頂上，看完了四周的景色，正準備返回時，一陣笑語聲從下面傳來。轉眼間，一行人出現在他們的面前。這是一群貴女，走在最前面的是秋公主、李映二女，她們正與身後的夥伴說笑著。看到蘭陵王和張綺，她們同時止步。

就在這時，一個溫柔的清喚聲傳來：「阿秋！阿映！」叫喚聲中，提著裙套，跑得臉紅紅的鄭瑜，和一個英俊的青年，同時出現在樓梯間。

這青年丰神俊梧，容止可觀，舉手投足間，都雅秀逸，儼然一副貴公子模樣。他叫楊靜，是剛剛逝去的宰相楊愔的次子。楊愔在李太后和婁太后的胡漢之爭上站錯了隊，雖執政多年，在朝野中備受稱讚，卻也被殺了。

不過，楊愔既死，罪不及家人，現在繼位的皇帝高演又是個寬宏有大志的，便重用了這個不論是外表還是聲望才學上，都像足了他父親的楊靜。因家世所累，楊靜以前所訂的親事已被退去。現在年已十八，卻沒有成親。而此刻，他這般亦步亦趨地跟在鄭瑜身後，一副癡慕於她的模樣。

鄭瑜來到眾貴女身側，才看到蘭陵王和張綺。她目光一僵，垂下雙眸，朝著蘭陵王無聲地一福，在引得他看來時，安靜地退到一側。見她神色惆悵，楊靜在其後溫柔喚道：「阿瑜。」他急步上前，站在她面前，關切地問道：「怎麼啦？」

鄭瑜沒有回答，只是抬眸看去。而楊靜順著她的目光看去時，終於見到了蘭陵王，以及張綺。見到傾城絕色的張綺，這楊靜連眉毛也不動一下，他只是朝著蘭陵王點了點頭，雍容笑道：「長恭好雅興。」說到這裡，他又轉向鄭瑜，表情神態中盡是溫柔癡慕，只見他伸手牽向鄭瑜的手，「阿瑜，我們到那邊去看吧。」

鄭瑜沒有回答，她只是牽著他的手，跟著楊靜走向一側。在蘭陵王身前經過時，沒有人注意到，她眼眸一轉，悄悄地朝蘭陵王看來。

與她期待中不同的是，蘭陵王便是看到了她和楊靜相握的手，也是神色不變……他淡淡地瞟了楊靜一眼，衝著鄭瑜略一點頭後，便摟著張綺，越過眾貴女，朝樓下走去。

這兩人乃絕代人物，站在一起，氣場驚人。隨著他們提步，眾貴女不由自主地讓出一條道來。兩人下了一層樓後，也不知那張氏說了一什麼，逗得他哈哈大笑起來。眼睛的餘光中，鄭瑜看到蘭陵王把張氏攔腰一抱，兩人親親密密地下了冰井臺。

鄭瑜面無表情地甩去楊靜的手，走向一側。而這時，李映從貴女中走出，湊到她身邊後，不安地說道：「阿瑜，我不知道會這樣……」

鄭瑜淒然一笑，低語道：「我早知道沒用……他這人便是如此，一旦捨棄，便是全捨，從不曾猶豫不決，哪怕明知我於他前途有利，於很多男人的前途有利！」這個楊靜，說起來還是獲罪之身。要想恢復到他父親時的榮光，巴上自己無比重要。這些整個鄴城的人都知道，都傳遍了，自己的家族中，也透露過與楊靜結親之意……可他親眼見了，還是無動於衷！

李映見她笑得淒然，想了想後終是說道：「長恭如此沉迷美色，便有大才，也會廢了。阿瑜，妳捨了他吧，他不值得妳如此！」她驕傲地說道：「我們的阿瑜，只要大丈夫！」

捨了他嗎？鄭瑜看著樓梯下面，久久沒有說話。

蘭陵王兩人從遊園離開後，便直返王府。剛剛回到府中，方老便急急趕來，也不知他說了什麼，蘭陵王帶了十幾個護衛，策馬匆匆離去。

一個時辰後，一行人來到了郡王府外。

一個內侍走出，尖聲喚道：「張氏可在？」

方老一愣，行了一禮道：「在的。」

「奉太后旨意，見過張氏。」

方老心裡一緊，應道：「是。」

領著這群人浩浩蕩蕩來到正院，召來張綺後，那內侍朝她上上下下打量了一眼，突然命令道：「來人，給這婦人掌嘴十五下！」

什麼？方老大驚，四周的郡王府護衛、丫環婢女侍衛也是一怔。

那太監朝左右陰陽怪氣地瞪了一眼，尖聲道：「怎麼？太后的命令，你們也敢不聽？」

一陣驚駭中，早有兩個高大健壯的僕婦大搖大擺地走出，直直衝向張綺而去。

就在兩個僕婦來到張綺身前，伸手扯向張綺的手臂，準備拿住她時，一直安靜在站在那裡，便是聽到掌嘴命令，也無半分驚異慌亂的張綺，靜靜地開了口：「郡王說的話，你們敢不聽？」語氣竟是與那太監的話一模一樣……不止是從容，簡直是囂張！

張綺所命令的，自然是一側的王府護衛。

郡王說過的話？眾護衛一凜，同時從太后的威壓中清醒過來。

是啊，他們郡王爺治軍，那可不是一般的嚴，一旦違背他的命令，怕是離死不遠！

想到這裡，他們齊刷刷上前一步，四面八方地護住了張綺。有兩個護衛更是重重扯開那兩個僕婦的手，還把她們朝後一推。兩個僕婦踉蹌著站好，臉色同時變得鐵青。

那太監更是不敢置信地尖喝道：「你們，你們竟取抗旨？」他又轉向張綺，尖銳地叫道：「張氏，別活路不討走死路！」現在還只是掌十幾個嘴，敢違抗，那可是連命也不一定保得住的！

面對那太監的憤怒，眾護衛齊刷刷臉上變色，而一側的方老，更是慌得白了臉。

就在這時，卻見張綺靜靜地揮了揮手，示意侍衛們站在她身後。她上前一步，定定地看向這些宮中來人。

望著他們，張綺福了福，一襲黑裳在春風中飄揚，「還請公公回稟太后，便說我家郡王說過，他是皇室宗親，行軍打仗不過是興趣所在。有它，可以馳騁沙場，一償宿願；無它，天下間也沒人能短了他一口飯吃。」逾越地，自作主張地代替蘭陵王說到這裡，張綺又嚴肅地說道：「我家郡王還說，自古以來，君臣相得最是難能。他身為齊室之臣，有了君王厚愛，還要那高門大閥的妻室何益？」

這卻是表忠心了！竟是直接說，為了向皇帝盡忠，願意做一個孤臣，一個全心全意倚賴皇帝的孤臣！在這個時候，在太后下令賞她巴掌的時候，她正事不說，卻莫名其妙地，再一次自作主張地替蘭陵王說事！

在方老詫異的目光中，那太監瞪大了眼。好一會兒，他才尖聲道：「妳這賤婢，好大的膽子！」他奉的命令只是前來給張綺十幾個巴掌，卻沒有想到張綺被人護著，巴掌打不成了。如今，張綺又莫名其妙地說出這通話，這、這是什麼情況？

聽到太監的呵斥，張綺卻是盈盈一福，「不敢！」她嬌柔地說道：「不過是代郡王一答罷了。」一見那太監遲疑，似是還在猶豫著，是應該回宮傳這話呢，還是繼續執行太后的命令？

張綺好心好意地提醒道：「公公，妾便在這裡……公公何不稟過太后再說？」

那太監瞪著她，想了想後，也覺得有理，當下尖喝道：「暫且放過妳，等咱家回稟太后後，再做主張，我們走！」

一行人浩浩蕩蕩而來，滿懷疑惑而去。

望著他們的背影，方老大步走向張綺。剛走到她面前，張綺便回頭看來。對上她明澈如水的雙眸，方老滿肚子要說的話，卻給噎住了，還是等郡王回來了再說吧。

那太監急急地回宮去，剛來到宮門處，遇上了從宮中出來的秋公主、鄭瑜幾位貴女。看到那太監，秋公主雙眼一亮，連忙示意馬車靠近，問道：「剛才可是去蘭陵王府宣旨了？」

見是秋公主發話，那太監馬上恭敬地回道：「回公主，是的。」

秋公主雙眼一亮，急急地說道：「可有給那賤婦十五個耳光？」她的聲音歡喜得直打顫，「有沒有打掉她幾顆牙齒？」她轉向鄭瑜，笑嘻嘻地說道：「阿瑜，妳說這世上有缺了幾顆牙還美麗著的絕代佳人嗎？」

這話一出，一陣輕笑聲傳來。

也不等鄭瑜回答，秋公主又向那太監埋怨道：「你們動作也太快了，也不等等我們……真是的，這麼好玩的事情，怎麼能讓我們錯過呢？」其實，是鄭瑜左拖右拖，令得她們遲了會兒。鄭瑜可不想張綺挨打時自己在現場，那樣，便是有十張嘴，她這一生只怕也不會被蘭陵王原諒了。而這些，秋公主自然是不會明白的，她也沒有必要跟她說明。

在眾女的期待中，那太監卻是苦著臉，期期艾艾說道：「稟公主，給攔著了，沒、沒打成！」

「什麼？」秋公主大怒，尖叫道：「到底怎麼回事？」

那太監抹了抹額頭上的汗水，把事情經過說了一遍。

等他的話音落地，秋公主馬上冷笑道：「她還真敢說啊……快去快去，快點把這話傳給太后！哂，她以為她是誰，竟敢越過孝瓘做這種主？」便是李映，這時也搖頭道：「這個張氏還真是其心可誅！她為了獨占孝瓘，竟然編出這樣的鬼話來！」

在兩女的譏諷中，鄭瑜也是嘴角扯了扯，輕聲道：「她的膽子一直不小。」另外幾個貴女，更是大聲譏笑起來。一貴女叫道：「就是要這般膽大才好，看看這次高長恭還願不願意護著她！那婦人都要騎到他頭上拉屎了，當真可殺！」

「就是就是！」

「真好笑！」

此起彼落的嘻笑聲、譏笑聲中，沒有一女相信蘭陵王真是軍事上的不世之才，他日後會在沒有任何外力的幫助下，僅憑不朽戰功便在朝堂中穩住腳。更沒有人相信，對於自己的才華，蘭陵王本身是深信無疑的。她們只是與所有的時人一樣，以為蘭陵王少年得志，僥倖贏了一兩場。有了這點軍功，再利用得當的話，他可以領著黑甲衛，統著私兵的威風一輩子。當然，這種威風的前提是，一定要利用得當，如，有一個好的岳家，有一群擅長為他造勢鼓吹，幫他維護聲名的幕僚同伴。

幾女說著說著，都有些迫不及待起來，秋公主更是興奮地說道：「快進去快進去，記著要一字不漏地告訴太后喔！」她這個母親是很疼愛高長恭的，只看她這一年老是把他掛在口裡便知道了。如此疼愛蘭陵王的母后，一向最為子侄後輩著想的母后，一定無法容忍這種斷高長恭後路的賤婢的！以卑賤之身行大不韙之事，活該那賤婦找死！

當然，這不是關鍵，關鍵是，高長恭本人知道後，該是多麼的失望和沮喪！這斷人後路，乃是仇家才做的事。想來，有了這一曲後，便是高長恭一時沉迷於美色，還無法清醒，那些閒言碎語、明嘲暗諷，也會幫他清醒過來的！越是想，眾女越是迫不及待。

在秋公主幾女的催促下，那太宮急急地衝入宮中。

皇宮中，太后和皇帝正聚在一起說著家常話，聽到那太監回來了，太后微笑著向皇帝說道：「皇兒，昨晚那個張氏的事母親聽到了，我不喜歡這種驕縱婦人。」想當初，她自己為了成就丈夫的功業，可是曾主動把正妻之位讓人的！

高演臉色微變，不安地問道：「母后……把她怎麼了？」

太后瞇著眼睛，瞟過他一眼後，抿了口茶，慢慢說道：「也沒什麼，不過是賞了她十幾巴掌，打掉幾顆牙。」

高演放在几案的手顫了顫，不由自主想到那個一襲黑裳，驕傲清冷得無以復加的絕色美人。一時之間，只覺得口中苦得不成樣了。失神了一會兒，他對上太后盯來的目光，連忙低頭喝起酒來。只是飲酒的過程中，那酒樽有點顫。

低著頭的高演，聽到太后說道：「讓他進來。」

「是。」

一個腳步聲傳來，在見過禮後，太后溫和地說道：「說吧。」

「是。」那太監尖著嗓音，把到了蘭陵王府後所發生的事，前前後後仔仔細細地複述了一遍。在聽到張綺居然敢命令侍衛攔阻時，太后雙眉一豎，而高演卻迅速抬頭，一瞬不瞬地看著那太監。那太監低著頭，自是不知道兩個上位者的表情變化，他還在繼續說著，當他把事情原委一一說清後，大殿是完全安靜下來。

好一會兒，太后的聲音傳來：「下去吧。」這聲音，沒有半點的火氣。

揮退那太監，太后轉向皇帝，笑道：「我兒，長恭這個孩子，可以重用啊！」剛才還勃然大怒，現在卻只有發現忠臣良將的歡喜。太后說到底，只是一個一心一意為了兒子大業著想的母親。見高演皺眉不語，太后以為他不信，長嘆一聲後說道：「皇兒，這世間聰明人總是太多，而那些聰明人，總是嫌靠山不夠多，勢力不夠大。如長恭這般，明明白白地想做一個孤臣的，滿朝沒有幾個啊！」太后說到這裡，由衷笑道：「長恭那孩子，自小便忠厚，現在看來，他這個忠字，已有先賢遺風！」

對上依舊沉思不語的高演，太后慈祥地說道：「皇兒，那婦人……長恭有這愛好，便隨他吧。」她雖不喜那婦人，可一心為忠的長恭卻喜歡。料來，有自己在這裡看著，那婦人是出不了什麼亂子的，便任由長恭去寵著吧，自己只要關心皇兒的江山大業便可以了。

高演抬起頭來，與一門心思相信蘭陵王的忠厚的太后不同，他這個時候卻是想著：這話，當真是長恭說的，而不是那個婦人自作主張？

想來，大多數人聽了這話，都不會覺得一個小小的姬妾敢代替自己的夫主說這樣的話，所以這話必定是蘭陵王本人的意願。可是高演不同，他見過張綺幾次後，總覺得那婦人很不同，很不同……

雖是如此想著，他還是點頭道：「聽母后的。」

不僅是太后開了口，還因為他剛才真嚇壞了……他不想那婦人出事，順著母后便是最安全的。

「如此忠臣，皇兒何不放心使用？」

這是要他還權了！

高演想了想，點頭道：「孩兒這就下旨。」

◆ ◆ ◆

「郡王！」方老派來的護衛，急急攔住馳向城門的蘭陵王，湊在他耳邊低語了一陣。

聽著聽著，蘭陵王蹙起了眉頭。

「郡王，你看？」

蘭陵王抬起頭來，側過頭看著天邊的太陽，良久良久，他低低地說道：「阿武。」

「是。」

「你說，這婦人太過聰慧，是不是很讓丈夫無奈？」

那護衛一呆，抬頭愕然地看著他。

蘭陵王瞇著雙眼，望著那漸漸沉入地平線的金燦燦的太陽，輕輕地說道：「她測知了我的脾性底線，便這般一步一步地蠶食著……」

那護衛聽得稀裡糊塗之際，蘭陵王卻是不說了。他唇角一拉，慢慢蕩起一朵笑容來。

從小他便知道，對婦人是不能太認真的……那種喜怒束之人手的感覺，太可怕，太可怕了！少年時，他日日想著，如能見到母親，可有多好？他的母親也會如別的母親一樣，對孩子溫柔慈愛，照顧備至吧？為了這種期待，無數次他坐在樹叢中，抱著膝頭，看著那大開的破門……

他每日睡覺，都要抱著那件女式的花裳。也許抱的時候太多，等他長大，那花裳已破了兩個大洞，襟領處更是磨得花紋都淡了。他想，他該扔了它的，可是，每次剛把那花裳扔掉，總是一覺醒來，發現它又到了自己懷中。那種感覺，真是太可怕太可怕了。

待見到這個婦人，見到這個身分卑微，既青嫩又可見以後會有美貌的婦人後，他便想著，如果這一生，一定要跟一個婦人朝夕共處，那就選她吧。這般美貌，不至於辱沒了他；這般聰慧，不至於讓他生厭；這般卑微，不至於索取太多，讓他無力招架。然後，他再娶那個自小一起長大的女子為妻，生育兩個傳承血脈王位的子女後，便帶著美妾，馳騁沙場之間，一償平生所願。

開始時，一切都是順利的，直到他發現自己對原本中意的妻子人選，竟然感到索然無味時，他害怕了！他這一生，永遠永遠也不想喜怒全束於一婦人。不想無數個春秋裡，都站在樹枝上，等著那個永遠也不可能出現的人。無數個夜晚中，只有抱著那花裳才能入睡……他絕不允許！

他這一生，一定要按自己早就計畫好的方式走下去……可現在，一切卻按照她計畫好的路線，在一步一步走下去。而他，似乎還不想反抗……

見蘭陵王出神，眾護衛便一動不動著。也不知過了多久，蘭陵王戴上紗帽，朝那護衛阿武命令道：「知道了，你回府吧。」

阿武一怔，問道：「郡王，您不回府？」

蘭陵王淡淡地說道：「你先走一步。」

「是！」

❖ ❖ ❖

看到那個太監入宮後，秋公主等人便浩浩蕩蕩地行向蘭陵王府。

望著敞開的王府大門，秋公主笑嘻嘻地說道：「阿瑜，這一場熱鬧，我們一定要看到喔！」

一個貴女也在旁笑道：「是哦，這場熱鬧，不看太可惜了！」她們就沒有見過這般膽大包天的姬妾！她還真是什麼話都敢說啊，她們倒想看看，太后知道這事後會有什麼反應，蘭陵王知道這事後，又有什麼反應！

一行人浩浩蕩蕩地駛入了郡王府。方老剛送走宮中的內侍，又迎進了尊貴的公主，不由暗示地使了一個眼色，示意那護衛阿武再跑一趟後，他佝僂著腰，老實地領著秋公主向主院走去。

主院裡，張綺正在春睡。她躲在虎皮鋪就的榻上，睡在桃花叢中。一陣春風吹來，桃花一瓣一瓣旋轉落下，有的落在她的臉上，有的落在她的頸間，至於那一襲黑色的裳服上，更是桃紅嫣粉地鋪了幾十朵。張綺顯然睡得甚香，每有一朵花瓣落在臉上，她便唔唔兩聲，伸手胡亂一拂，還沒有拂到花瓣，又倦倦睡去。

美人春睡，乃人間至景！

陡然看到這一景色，秋公主等人一木。感覺到那熟悉的自慚形穢又湧出胸臆，秋公主怒得尖聲喝道：「真是好雅興啊，大白天的，還睡得這麼香！」

她不說這話也就罷了，這話一出，眾貴女同時想道：剛剛誆走太后的使者，剛剛躲過太后的懲罰，剛剛撒下那等彌天大謊，她竟然睡著，還睡得這麼香？

突然之間，她們竟是想道：聽說那些魏晉名士、南地俊彥向來把生死置之度外，有著把榮華寵辱都漫不經心相待的翩翩風度……這南地一個普通的小姑竟也恁地超脫，直是把她們這些真正的天之驕女都襯得粗野低俗，斤斤計較得可笑可憐了？

當然，這個念頭只是一閃而過，轉眼，鄭瑜便輕聲說道：「方老，張氏累了，你別喚她，我們便在這裡玩玩即可。」她一個姬妾，有那資格代替這府中的主人接待她們嗎？

她既開口了，方老管事便低頭應道：「是。」

正在這時，門外一陣喧譁，一個僕人急急跑來，朝著方老大聲稟道：「管事，有聖旨到了！」在眾女齊刷刷雙眼一亮中，方老額頭冷汗直冒，「可是郡王不在！快，快去叫郡王來！」

看到他要走，秋公主連忙說道：「我們也去看看吧。」

「嘻嘻，是啊，看看是為了什麼事下旨！」眾女七嘴八舌地應著，一邊說，一邊鄙夷地看向那邊榻上，扭動欲醒的張綺：她們倒想看看，在聖旨面前，她還能鎮靜到哪裡去？

見到這一行人，那前來頒旨的太監尖聲道：「蘭陵郡王何在？」

方老連忙上前應道：「公公，我家郡王奉旨外出，還沒回府。」

「張氏呢？」方老一凜，馬上應道：「在，在，小人馬上就去喚她，馬上就去喚她！」

「不必！」那太監卻是揮了揮手，「咱家候著郡王便可。」

特意提到了張氏，卻並不召見，這下，秋公主等人面面相覷。

這太監是皇帝身邊最信任的近侍，一直在書房行走，秋公主平素極難遇到他。因為地位不同，這太監對上秋公主，連眼皮也不抬一下，渾然不似給太后傳旨的那個太監般小心。

而秋公主看到這太監，卻是心下直犯嘀咕，她轉向身後低聲說道：「張公公怎麼來了？」

「這個公公不對嗎？」

「不是不對，是我皇兄啦，總是一些要緊的命令才由他傳達的。」

秋公主這話一出，鄭瑜蹙起了眉頭。

在眾人的等候中，時間一點一滴流逝，半個時辰後，一陣整齊的馬蹄聲傳來。不一會兒，風塵僕僕的蘭陵王大步走來。他的墨髮高高束起，俊美絕倫的臉上，彷彿會發光一般，顧盼之間勾魂蕩魄……

本來以為自己能夠平靜以對的鄭瑜，一見到他本人，心下又是酸苦交雜，眼眶直是一紅，連忙低下頭來。

蘭陵王卻是沒有看到她。他大步走來，深深一禮後，恭敬地說道：「臣高長恭接旨！」

他剛一動，張公公也動了。他不等蘭陵王這個禮行下去，便上前扶住。扶著他，張公公笑得眉眼彎彎，「郡王何必多禮？」他捧出聖旨，恭敬地遞到蘭陵王手裡，笑咪咪地說道：「恭喜郡王！賀喜郡王！」

什麼？秋公主等人瞪大了眼，不敢置信地，疑惑地盯著張公公。

張公公在蘭陵王面前，不但笑容可掬，還一點也不賣關子，笑嘻嘻地說道：「太后說了，郡王是個忠臣，陛下也說，郡王爺可用。這不，郡王統領過的黑甲衛和那一千私軍，又交到郡王手裡來了……」

張公公的話還沒有說完，鄭瑜猛然抬頭，青著臉，不敢置信地瞪著張公公。至於秋公主等人，更是驚得尖叫，有的甚至不顧場合質問起來。

在這喧鬧中，張公公連眼皮子也不抬一下，伸手把虎符還給蘭陵王，張公公拍了拍他的肩膀，感嘆著說道：「郡王好福氣啊……」說到這裡，他也不顧怔忡著的蘭陵王，手一揮，笑咪咪地帶領眾人離開了蘭陵王府。

直到張公公出了大門，眾貴女還驚在那裡。

她們這次來是看熱鬧的，可是，她們想看到的被懲罰的對象，好夢正酣著……應該勃然大怒的蘭陵王，卻是歡歡喜喜地接了旨，得回了自己的人馬和私軍。

就在眾女傻在當地時，把聖旨收好，把放著虎符的盒子也收好的蘭陵王，抬頭向她們看來。

蘭陵王瞟了眾女一眼，蹙眉道：「諸位女郎如果無事，可以回了！」竟是絲毫不給顏面！

秋公主等女哪曾受過這種冷眼？抬頭想要說什麼，卻對上了衣袖一甩，自顧自離去的蘭陵王。

眾女僵了半晌，一會兒，李映才幽幽地說道：「他好似生氣了。」

秋公主冷笑道：「他心裡眼裡只有那個賤人，自然會怪我們！」這話一出，鄭瑜低低地說道：「我們走吧。」秋公主還沒有反應過來，只站在原地叫道：「可是，剛才那旨意是什麼回事？」

「什麼回事？自然是我們估錯了太后和陛下的心意！」

明明含著諷刺和隱怒，可這話從鄭瑜的口中說出，卻溫溫柔柔，讓人無法惱火，還心生愧疚。如秋公主便是，她呆了呆，喃喃說道：「妳是說，我們料錯了？怎麼可能？那賤人自作主張，抗旨不遵，膽大妄為，胡言亂語，不但無人怪罪，還令得陛下改了心意，把那些權力還給了高長恭？」

她是不懂，真不懂。不止是她，便是鄭瑜，也是不懂的。

這陣子奔波行走，讓她明白，要想把蘭陵王的權力要回，這事有多難。她曾想，自己與蘭陵王成婚後，再藉娘家的勢力，用上一年兩年，一定可以成功的。她什麼都想好了，就是沒有想到過，那個卑賤得玩物一樣的婦人，輕描淡寫幾句話，竟然成功了！

一直到被扯著離開了蘭陵王府，秋公主還在喃喃自語。而別的貴女也一個個低著頭，越是細思，臉色越是難看……

捌之章

久別再見兩蒼茫

蘭陵王大步走向正院，來到院門口，見到張綺不曾出現，他沉聲問道：「張姬呢？」

一婢應道：「姬還睡著呢。」

還睡著？倒是睡得挺沉！

蘭陵王目光一轉，看到睡在桃花中的人影。揮退婢僕後，他大步走進。

張綺側臥在榻上，絕美精緻的臉上，眉頭微蹙，櫻紅的唇間卻沾著一片花瓣。不止是唇間，便是鼻尖上、手背上，都是一片片的桃花瓣。她的身下，也壓了一堆，連放在腹部的指甲都沾著殘瓣。

春風吹來，散在她身上的花瓣一片片飛起，又一片片落在地上。

此景美不勝收，可睡著的美人，卻始終眉尖微蹙……

蘭陵王低著頭，一瞬不瞬地望著她。

也不知過了多久，他慢慢靠著虎皮榻坐下，伸手拈去蓋在她鼻尖，隨著她的呼吸一動一動的花瓣兒，蘭陵王低低地說道：「阿綺，我該拿妳怎麼辦？」

他的動作令得張綺有點不適，當下，她伸出手，無力地想扇去他的手。

她的手一動，便被蘭陵王握住。掌中的小手，粉嫩腴白，手背處還有五個小小的渦渦，看起來格外精美動人。他輕輕捏了捏，感覺這小手在自己掌心的柔嫩。

他的動作令得張綺終於醒來。她睜著迷離的雙眼，無神地瞅著他。過了一會兒，她又瞇起長長的睫毛，側過頭想再次睡去。

……怎地倦成這樣了？

蘭陵王伸手把她抱在懷中，隨著他的動作，她身上的桃花花瓣簌簌落了一地。

張綺又睜開眼來，她昂著頭，迷糊地半睜著眼看他一陣後，迷茫喚道：「長恭？你回來了？」

「嗯。」蘭陵王低下頭，在她的眉心上印上一吻，輕聲道：「怎麼睡得這般沉？」

張綺喃喃說道：「我夢魘了。好多人扯著我，有的脫我的衣裳，有的拿刀來剮我的肉，還有的在吸我的血，你站在那裡，我使勁地喊你，你卻只是笑著，轉身便抱著別的女人走了，我怎麼也叫不住你……」她閉上雙眼，手指無力地扯住他的襟領，喃喃說道：「剛才好像也有很多人在說話，可她們就是不來搖醒我，我想叫，卻怎麼叫不出來，也動不了，我自己醒不來。」

蘭陵王垂下雙眸，緩緩說道：「妳胡思亂想了……無論如何，護妳，我還是能護著的！」

張綺這時卻沒有精神與他說這個，她左右看了看，問道：「不是來了很多人嗎？怎麼沒有？」

「她們都走了。」

「哦。」

見張綺神色疲憊，蘭陵王收緊雙臂，輕聲說道：「再睡一會兒吧。放心，我會在這裡。」

張綺嗯了一聲，軟軟地倒在他懷中，又閉上了雙眼。

吹著春風，聽著懷中傳來輕細的呼吸聲，蘭陵王也閉上了雙眼。

在他們前方五丈遠的地方，一條手指粗的蛇落入一張寬約半米的蜘蛛網上。青蛇費力地掙扎著，可那細小的蛛絲卻一點一點地纏繞而來……

❖ ❖ ❖

蘭陵王重新收回黑甲衛和私軍的消息，不用一天便傳遍了整個上流社會。

北齊皇朝，雖然是鮮卑人的皇朝，雖然秦漢三國以來的藏書，無數前人總結的智慧，在經年的戰火和紛亂中都已遺失、沒落，雖然這個時代的這個北方王朝，便是權貴人家，也有很多不識字，不懂書的，可畢竟也有不少聰明人，他們很快便明白了，正是蘭陵王通過寵姬之口所表的忠心，所許的不靠妻族，願為孤臣的意願，才令得太后和陛下歸還了蘭陵王的軍權。

鄭瑜明白這個道理時，已是第三日午後。她正檢查著自己的馬匹，準備與秋公主等人縱馬踏春。陡然聽到這個說法，啪的一聲，馬鞭掉到了地上。她艱難地彎下腰，撿起那馬鞭。

見她直起了腰，一側的李映低嘆道：「怪不得世人都說，南人才智甲天下……她一個私生女，竟也知道這等道理，實是想不到！」說到這裡，她看向一側呆呆怔怔的鄭瑜，低聲道：「阿瑜？阿瑜？」

連喚了兩聲，鄭瑜才清醒過來。她轉頭看向李映，喃喃說道：「我不信！阿映，我不信……照她這麼說來，那要強大的家族做甚？那家族與家族之間要聯姻做甚嗎？蒼天給予我等尊貴的身分，便是用來與賤民相分的。如果在君上眼中，我這種身分的人反而比不上一個賤婢，那尊卑之道，還有什麼意義？」

她說得語無倫次。

不止是她，便是李映，這時也是無法接受。在這個嫡庶之分猶勝南地的北方，在這些以家族為傲，以自己的身分為傲的貴女們眼中，在這個世家和君王共同治理天下的時代，很少有人願意相信這個事實。特別是鄭瑜，她不敢相信，如果自己連這點優勢也失去了，那她還有什麼能踩踐那個張氏？來顯示自己的高貴驕傲？

李映看著臉色發白的鄭瑜，嘴唇翕動著，正想安慰她兩句時，突然的，鄭瑜一笑，眉眼間重又變得堅定自信。她翻身上馬，無比肯定地說道：「阿映，孝瓘會後悔的！不錯，她今日是幫他得回了兵權，明日呢？萬一他出征途中，出現肘腋之患呢？萬一有人為難，故意拖著軍糧不給，萬一他被圍了，援兵卻久久不至呢？這變化太多太多了！她一個賤妾，能幫他的也就到此為止！孝瓘不用多久就會明白，就會後悔的！駕──」

兩騎一先一後奔馳而出。

門外，秋公主等人也身著胡裝，正候著呢。見到兩女出來，她們嘻笑著一圍而上。一眾鮮卑貴女，以及近年來才大顯風頭的漢室大家姑子，同著胡裝，策馬衝向東街中。

東街中，正是繁華時。市井俚聲一遍，各家店鋪旗幟飄揚，小販們的吆喝聲響徹天地。在眾女奔馳而過時，街道眾人急急避開，一時之間，頗見兵荒馬亂。見到街道中的騷亂，秋公主格格直笑，她揮著馬鞭，高聲叫道：「快點！再快點！」驅著馬，直朝街旁的攤販直衝而去。

就在這時，突然的，一陣清歌聲飄飄渺渺而來：「既見君子，云胡不喜……」

秋公主清喝一聲，把馬一拉，也不理會那些死裡逃生的攤販們喜極的眼神，只是抬著頭怔怔地傾聽起來。聽了一陣，她冷笑著轉頭，朝著安安靜靜跟在一側的鄭瑜叫道：「阿瑜，孝瓘又過紅街了！」

聽到她這麼大聲地跟自己提起蘭陵王，引得路人都向自己看來，鄭瑜不高興地低下了頭。秋公主沒有注意到她神色有異，又向她叫道：「他倒真真是風流人物！」

眾貴女衝過東街時，同時側頭看去。果然，西街處，一隊伎子在那裡圍著什麼人翩翩起舞。從街道兩側的紅樓上，傳來一陣琴聲。琴聲清亮悠遠，古樸而纏綿。隨著那琴聲，眾女蹈著節拍，圍著那人時而旋近，時而拉遠，琴音飄蕩，舞姿優美。

看到四面八方都有人向那方向靠近，鄭瑜突然建議道：「我們也看看吧。」

秋公主最愛熱鬧，聞言率先應和道：「好，我們也去看看。」

眾貴女嘻笑著，策馬一圍而上。

被眾伎圍在中間的，不是一人，而是兩個。一襲胡裝的蘭陵王，正靜靜地倚馬而立，而被他摟在懷中的那個美人，臉孔半遮，墨髮如緞，直達腰間。一副背影婀娜風流，有傾城之姿的，可不正是張綺？

說起來，整個鄴城的貴女，喜歡張綺的不多。並不只是因為她的出身為人所厭，還有一點便是，比起那些高大健美，有的可以用粗野來形容的鮮卑貴女們，張綺那來自南方水鄉，極清極柔，彷彿鍾天地之靈秀的美，實是太不同了些。如現在，光是她一副背影，便盡顯風流之態。

陡然見到蘭陵王，鄭瑜一臉的溫婉笑容，她毫無嫌隙地策馬上前，清喚道：「長恭。」

蘭陵王轉過頭來。見是鄭瑜，他溫和地點了點頭，便繼續聆聽著兩側樓閣間傳來的琴聲，和圍著自身旋轉的美人舞。

不一會兒，琴聲漸息。就在眾舞伎朝著蘭陵王盈盈一福，向後退去時，左側的紅樓上，站出了一個美人。那美人盈盈一顧，在對上街道中某人的眼神後，她幾不可見地點了點頭。

這美人與張綺一樣，也是典型的江南美人，身軟骨秀，有著靈動精緻的美色。她站在紅樓上，經過精心打扮的美人，還可以從身姿中看到一份優雅和蒙塵的貴氣。只見她妙目顧盼了一會兒，定定地看向張綺，突然朝她一福後，脆聲說道：「妾乃瑯琊王氏之女……早就聽聞過鄴城來了一個吳郡張氏的姑子，今日得見，妾似是看到了昔日姊妹，心中甚是歡喜。」

這個墮落青樓的昔日姑子，以這般熟稔又親近的語氣招呼著張綺，一時之間，四下譁聲四起，竊笑和眾人的指指點點，更是充塞了整個街道。

隱隱中，有人在大笑道：「南地來的姑子，在我北方充什麼高貴？不過是妓女之流而已！」、「就是就是！」、「不過一伎而已，也敢如此張揚，竟說什麼想當人家郡王的正妻？」

笑聲越來越大，喧譁聲也越來越響。一時間，張綺苦心經營出的一切，大有一洗而空的架勢。

一個小小的伎子，也敢這般針對自家阿綺？

蘭陵王眉頭一蹙，正準備下令，張綺已抬起頭來，而她放在腿側的手，則輕輕拉住了蘭陵王的手。她秀髮不曾紮起，隨著她這一抬頭，滿頭墨髮披洩而下，擋住了她半邊臉頰，只露出另外半邊如花如玉的容顏。

她靜靜地瞟了一眼那個青樓紅妓，待得四周喧譁聲漸漸止息，她才點了點頭，清軟而又明脆地說道：「怪不得姑子以貴女之尊，居然當了一個妓女，原來早已遺忘了羞恥和尊榮！」

這話又響又脆，清清楚楚地傳出，令得那伎子白了臉後，張綺安靜地繼續說道：「以後，那瑯琊王氏四字，還請阿奴不可再提起……千年清貴，百代尊華，妳不配！」

恁地擲地有聲！

把話說到這裡後，張綺如水的明眸，似笑非笑地掃過眾人，在看到鄭瑜時，略頓了頓。隨即，她露出一種洞察了一切的明徹笑容，轉過頭，她朝著蘭陵王盈盈一福，脆生生地喚道：「郡王，令你的屬下射殺了這婦人吧。雖然她的血已經骯髒，卻也不能任她繼續玷汙下去，是嗎？」

談笑間，竟是生死等閒！

那青樓紅妓臉色大白，她驚慌地看著張綺，尖聲叫道：「妳、妳憑什麼？」才說到這裡，她馬上清醒過來，便哭道：「都是生不易，妳怎可如此無情！張氏，妳莫忘記了，妳現也是浮萍一片，只不過攀上了蘭陵王，妳便如此驕狂，小心他日妳落勢了，也有人如此對妳！」

「放心！」張綺朝她盈盈一福，靜靜地說道：「若有那麼一日，阿綺自會親手了斷了自己，絕不致於有辱祖宗！」妳既得了他人示意前來羞辱於我，休怪我拿妳立威了！

她朝著那紅妓一福不起，表情平靜中透著悲憫，這是在為她送行！

瞟了張綺一眼，蘭陵王點了點頭。隨著他這個動作一做，散在他身後的一個騎士，彎弓搭箭，就在那個紅妓尖叫一聲，急急衝回樓閣時，弦響箭出，噗的一聲，一支森森寒箭直直地射中了那個紅妓的背心，令得她的尖叫聲戛然而止，令得她那身軀搖晃了半晌，才砰的栽倒在地。

北齊這等胡地，武風很盛，那紅妓被人這般當街格殺，眾人卻只是驚住，沒有一個人發出尖叫，更沒有驚慌紛亂的現象出現。只是這時刻，十里長街，端的是安靜無比。

寂靜中，一輛馬車車簾掀開，一個寬袍長袖的世家子弟跳下了馬車。

他越眾而出，大步走向張綺。

看到那世家子走出，鄭瑜身後的一個貴女嘲諷道：「這賤婦也不看看自己的身分！呸，這下有人出來算帳了吧！」

眾目睽睽之下，那世家子大步走到張綺面前。幾乎是突然的，他朝著張綺深深一揖，朗聲道：「小姑風骨錚錚，請受范陽盧十二一禮！」他昂起頭，悲憫地看向四周的世家子，緩緩說道：「張氏阿綺，我等不如也！」他緩緩退去。

看到他退到一側，與他同道而來的另一輛馬車中，也跳下一個青年，他緩步走到張綺面前，沉默地躬身一禮，也退了下去。

看到第二個世家子，李映的臉色終於變了變，想要叫他一聲，唇動了動，終是閉上了嘴。

接著，一個接一個的世家子越眾而出，他們朝著張綺輪流一禮後，便無聲退下。

如此七八人後，人群中，走出一個衣衫破舊，卻腰背挺直，臉孔黑瘦，目光明澈，五官猶有昔日俊雅風采的中年人。他也走到張綺面前，朝她深深一揖後，這中年人徐徐說道：「瑯琊王幾，多謝小姑出手！」

聲音一落，他卻是抬起頭，似哭似笑地長嘯起來。就在這王幾轉過身，跌跌撞撞離去之際，紅樓中衝出一個濃妝豔抹的婦人，朝著王幾破口大罵道：「你這天殺的，有人殺了你女兒，你還去謝過仇人，有你這樣當父親的嗎？」

王幾卻是渾然未聞，依然似哭似笑地放聲長嘯著，隱隱中，似乎聽到他在悲歌「千古艱難，唯一死矣……」聲音悲涼中，含著對自身的無比厭棄。只見他跌跌撞撞而出，轉眼便衝入人群，消失在眾人的視野中。直到王幾消失了良久，眾人似乎還能聽到他的嚎啕大哭聲。

原本安靜的街道，這時熱鬧了些，無數的目光看向張綺。

對上這些目光，秋公主譏嘲地說道：「只有這些漢家子，日子都過不成了，還講究這些勞什子的聲名！」她這話，無人回答。身後與她平素玩在一起的貴女中，也有一兩個是世家女，如李映，便是隴西李氏的嫡女。

秋公主嘀咕幾句後，轉頭看向鄭瑜，見她臉色難看，不由安慰道：「阿瑜，別在意，這賤婦如此囂張，我非得向太后告她一狀不可！」

哪知，秋公主才說出這話，鄭瑜馬上叫道：「不要！」對上眾人錯愕的目光，她警醒到自己過於激動了。當下，鄭瑜咬著唇，放軟聲音解釋道：「世家之中最重尊卑，那些世家子明知道這個張氏只是個庶女，還對她行如此大禮，這說明他們認可了她……這種事傳到太后那裡，只會對她有利！」

她這麼一解釋，眾女馬上明白過來。李映也低聲說道：「阿瑜說的對，連我堂兄也對她行了禮……經此一事，這張氏在士族中只怕會聲名大振。要不是嫡庶之分不可逾越，而她私生女的來歷又太過卑微，我擔心都會有太原張氏的人過來相認。」這話一出，眾貴女面面相覷。

好一會兒，秋公主氣憤地叫道：「她膽大包天殺了人，難道還立了功不成？」

聽到秋公主這句話，李映卻是微微蹙眉，心下想道：怪不得他們總是說，鮮卑蠻婦！以她們的出身性情，又怎麼會明白，這世上有風骨兩字，氣度兩字？

鄭瑜也在那裡睜大了眼，她不敢置信地盯著張綺的方向，咬著唇忖道：前兩天，明明是太后派人賞她耳光，是毀容折壽之災，結果被這婦人一弄，不但她自身毫無折損，還幫長恭得回了兵權。這一次，明明是受了羞辱，明明是她殺了人，怎地又成就了她的名聲？

想到這裡，鄭瑜警戒起來：這張氏，自己還是低估了！

這時，已有城防衛過來。他們與蘭陵王說了幾句話後，有的在忙著處理那紅妓的屍身，有的則在疏散人群。一刻鐘後，圍堵了整條街道的人漸漸散去，只是那些人走得老遠，還忍不住回頭看向那又低眸垂首的絕代佳人。

沒有人注意到，角落處也有一輛準備出城的馬車。此刻，那馬車的主人也在癡癡地看著張綺。他就是五郎蘇威。這些時日裡，他無數次徘徊在蘭陵王府外，可直到今天，才僥倖遇到了張綺。

饒是隔了千千萬萬人，蘇威卻覺得，這廣闊天地，只有那一雙黑如點漆的雙眸，只有那纖細而風流的身姿，屹然而立。

至今，西安城中還流傳著蘭陵王寵姬張氏的所作所為，直到此刻他親眼看到，才知那是一種怎樣的風華。可惜，他與她相遇得太遲……是不是有一天他身居高位，呼風喚雨了，也能得到她？

蘇威癡癡出神了一陣，猛然咬緊牙關，回頭輕喝道：「走！」

等到四下的人流散了大半，鄭瑜再次策馬上前，她笑盈盈地看著摟著張綺，準備跨上馬車的蘭陵王，喚道：「長恭，我們要出城賽馬了，你和張姬也來，好不好？」語氣中，帶著微微嬌軟的請求，正是她與蘭陵王相處時，最常用的口吻。

蘭陵王回頭看了她一眼，他哪有什麼興趣與這些女郎一道玩耍？便搖頭道：「不用，妳們自己去玩吧。」被他拒絕，鄭瑜卻一點也不惱，她調皮地說道：「長恭，你太也無趣了！人都出來了，就跟我們去玩會兒嘛！」語氣帶著親近和嬌嗔。

聽著她這熟悉的語氣，看到她清亮的，沒有半點芥蒂的眼神，蘭陵王不由認真地向她看去。

正在這時，一個壯漢策馬靠近，來到蘭陵王的身邊，低聲說了句話。那話一出，蘭陵王馬上抬起頭來。他朝一側的角落，離此數十步遠的地方看了一眼後，朝著張綺低聲交代了一句，便隨著那壯漢，朝那角落大步走去。

蘭陵王這一走，便剩下張綺孤零零地倚馬而立了。鄭瑜目送著蘭陵王離去的背影一會兒，轉過頭看向張綺。突然的，她溫婉說道：「阿綺，剛才妳的表現好生了得，連我也想向妳行禮致敬了！」

是嗎？張綺抬眸，淡淡一笑，垂眸道：「不敢。」世家子的驕傲，鄭氏這種倚仗鮮卑族而崛起的暴發戶，這種所謂的新興家族，怎麼可能明白？

見張綺並不得意，鄭瑜收起笑容，突然輕嘆一聲，低聲說道：「聽說婁七女也中意長恭了。」

婁七女？

見張綺抬頭，鄭瑜苦澀地解釋道：「婁七女是太后的娘家人，最是驕貴，最喜歡甩鞭子。張姬，長恭他已經二十歲了，他的婚事已不能再拖下去，最遲今年年底便會定下。」她抬頭看向張綺，眸中有淚，「阿綺，相比起其他鮮卑貴女，我一個漢家子，還是好相處得多的……妳說，長恭為什麼就不願意娶我為妻呢？」

其實，她想說的是，妳為什麼偏要攔著長恭娶我吧？

此刻的鄭瑜，真誠無比，她用一種委屈的，卻也寬容的目光看著張綺。那神色中，有著對張綺的憐憫，也有著被她誤解和排斥的委屈。

張綺依然垂眸，軟軟地回道：「阿綺只是一個婦人，怎麼會明白丈夫的心思？」

才怪！鄭瑜一噎，差點冷笑出聲。

轉眼，她幽幽一聲長嘆，輕聲說道：「婁七女是太后的親侄女，最是得寵。她的院子裡，每年都要換一批婢子。那些賣身的窮人，一聽到是給她當差，都抱頭痛哭……便是一個月前，陛下賞了她父親一個美妾，都被她鞭殺了，而陛下也只是呵斥一頓了事。阿綺，妳不懂這些鮮卑貴女的，她們一個個驕傲得緊，是容不得自己的後院裡還有別的美人的。妳一定沒有聽過，兩年前先帝在時，朝中還就此類事在朝堂中議過，先帝甚至準備明文正典，把許可納妾一事寫入典文中。結果，被貴女們攪亂了。」她溫婉地看著張綺，見她低著頭一直沒有吭聲，不由輕嘆一聲。

正在這時，蘭陵王回了。鄭瑜回過頭去，朝著蘭陵王行了一禮後，清脆地喚道：「長恭。」含著笑，鄭瑜溫柔地說道：「我剛才在說，阿綺實是讓人尊敬，剛才我都想向她行禮致敬了。」

聽到她如此誇獎張綺，蘭陵王一笑，溫柔地看向張綺，徑直走到她身邊，頭也不回地對著鄭瑜說道：「她向來風骨佼然。」

他來到張綺身邊，摟著她的腰低語道：「累嗎？要不要回府？」

張綺點頭，蘭陵王當下把她攔腰一抱，跳上馬車，吩咐一聲後，馬車便駛了開來。自始至終，他似乎都不記得外面還有一個人在。

張綺偎在蘭陵王的懷裡，低聲道：「剛才那是陛下？」

蘭陵王點了點頭，道：「還有廣平王。他們兄弟坐一輛馬車，正準備去打獵，恰好看到剛才那幕。」說到這裡，他住了嘴，低著頭看著張綺。蘭陵王想起廣平王見到自己後，誇張地掏出手帕不停地拭著汗，還在那裡叫道：「長恭長恭，你這婦人真真心狠手辣啊！你就不怕有一日惱了她，被她連命根子也割了去？」然後，他又轉向陛下，在那裡哇哇大叫道：「這婦人美則美矣，可惜太辣手了，我雖也喜歡美人兒，卻不喜歡這般狠毒的，皇兄你呢？」

廣平王說的話，十分的難聽。看來他對張綺的印象很不好，所以蘭陵王想了想，並不曾把這話傳給張綺。只是他不曾料到，張綺如果得知了詳情，說不定會大喜過望。

馬車駛在街道中，不時有人回頭看來。

對上眾人指指點點的目光，蘭陵王低頭看去。躺在他懷中的張綺，軟乎乎地靠著他，表情慵懶而嬌柔，讓人根本無法把她剛才的表現，與她這個人聯繫在一起。

他看著她。這個世間，也只有這麼一個婦人，輕而易舉便可令他全心傾注，明明卑微之至，卻總讓他，讓世人無法不尊敬。

這個婦人，風骨佼然！

蘭陵王不由收緊了手臂，低下頭，在她的額心上印上深深一吻。

正在這時，外面突然傳來一個清脆歡喜的叫聲：「阿綺！阿綺！」是阿綠的聲音！

疲憊得昏昏欲睡的張綺，聽到這叫聲，連忙睜開眼坐了起來，欣喜地喚道：「是阿綠，是她在喚我！」歡喜得聲音都有點高。

蘭陵王從來沒有見她這般歡喜過，不由蹙起了眉。

張綺刷地一聲掀開車簾，朝著四下望去，轉眼，她看到了左側急跑而來的阿綠，連忙叫道：「停車！停車！」

馬車剛停下，張綺轉向蘭陵王，笑顏逐開地說道：「長恭，我的婢子阿綠來了，我想讓她上馬車。」蘭陵王與她在一起時，一直不喜歡旁邊有別的人，因此張綺特意向他一說。

點了點頭，蘭陵王道：「讓她上來吧。」

張綺連忙掀開車簾，伸手拉向阿綠。阿綠牽著她的手躍上馬車後，笑咪咪地把張綺就是一抱，叫道：「阿綺，終於看到妳了！」剛說到這裡，她嘴一張，便是哇的一聲哭了起來。一邊哭得張綺手忙腳亂，阿綠一邊拭著淚水抽噎道：「我好想妳，好想妳……」張綺心下感動，反手把她抱住。

剛平靜下來，張綺馬上說道：「妳怎麼來了？」她認真地說道：「妳不是在蕭莫那裡嗎？」

阿綠還止不住淚，她一邊抽噎一邊說道：「蕭郎剛才看到妳殺那伎子了，是他叫我過來的，說讓我還是跟著妳。」明明應該開心的事，張綺卻蹙起了眉，她不安地說道：「可是，在他那裡才安全，我這裡不好……」

才說到這裡，蘭陵王低沉的聲音傳來：「為什麼他那裡才安全，妳這裡便不好？」他轉過頭，一瞬不瞬地盯著張綺，聲音有點沉，「妳在我這裡，怎麼會不安全？」

他竟是第一次知道，原來在張綺的心中，在自己身邊是比蕭莫那裡更不安全的。怪不得她有貼身婢子，卻從來不把她叫回。原先，他還以為是蕭莫不放人，今日才知是她自己不願。卻原來，直到現在她還覺得自己無法讓她安心！

陡然聽到蘭陵王的質問，張綺怔怔回頭，對上他沉沉盯來的目光。他一瞬不瞬地盯著她，分明是等著她的回答。

感覺到氣氛不對，阿綠睜著圓滾滾的眼，也停止了流淚。

張綺低下頭，淒然一笑，輕聲說道：「阿綺不過郡王身邊一姬妾……只要不管不顧，太后也罷，陛下也罷，便是秋公主、鄭瑜，都能順手打殺了去。當然，有郡王在，他們還無法不管不顧，可阿綠就不一樣了。他們要知道我也有在乎的人，第一個就是拿她開刀。」

蘭陵王聲音沉沉：「不會！」他果斷地說道：「不會有這種事！」

張綺沒有爭辯，她只是側過頭，靜靜地看著外面的風光。

又這般無聲地反駁於他！蘭陵王不喜歡她這樣，他不明白，怎地不管自己如何著緊她，她卻總是不安？彷彿這世上，原本沒她的容身之處？他也不喜歡自己這樣，她胡思亂想也就罷了，怎地自己看到她這模樣，就是無法開懷？無法一笑置之？

在沉悶中，馬車駛到了蘭陵王府。

一到府門，蘭陵王便跳下馬車，不一會兒，他帶著幾個護衛策馬離去。

他一走，張綺和阿綠兩人便聚在房中竊竊私語起來。

阿綠手托著下巴，雙眼放光地看著張綺，興奮地說道：「阿綺，妳好厲害！」她大力地點著頭，笑彎了眼，「妳真的好厲害好厲害！剛才連蕭郎都看傻了眼，我看啊，他更歡喜妳了！」

張綺被她的語氣逗得也笑了起來。伸手掐了掐阿綠圓鼓鼓的雙頰，張綺輕聲交代道：「高長恭給了我好些護衛，待會兒我就交代他們也要保護好妳。反正妳記著，不管什麼人要動妳，妳都叫他們出手保護。他們不聽的話，妳就威脅，大哭大鬧也行！」

阿綠連連點頭，「阿綺最厲害了！」她沒心沒肺地趴在虎皮榻上，一邊用臉摩挲著那軟軟的皮毛，一邊笑彎了眼，「還是阿綺最好！阿綺，我今晚要跟妳睡！」剛說到這裡，見張綺紅著臉呆住，阿綠反應過來，她吐了吐舌頭，嘀咕道：「又不是小孩子，還天天占著妳不放不成？」

見張綺瞪了自己一眼，阿綠嚇得頭一縮。轉眼，她又笑嘻嘻地說道：「阿綺，妳知道嗎？天天都有貴女去找蕭郎呢！不過蕭郎一個也沒有理，他總是說，這些鮮卑蠻女，差阿綺太遠。」

張綺道：「他也不易，若是能娶個鮮卑貴女，於前途大有好處。」

「蕭郎才不會呢，他在等妳。」

聽到阿綠這句話，張綺卻蹙起了眉。尋思了一會兒，她搖頭道：「不談這個了，阿綠，說說咱們別後，妳在蕭莫身邊都怎麼過日子的吧。」

主僕兩人聊了一陣後，便嘻笑著弄了幾樣建康菜式，吃了一頓豐盛的晚餐。

有阿綠陪伴的日子，確實容易過得多，轉眼間，又是幾天過去了。

這一日清晨，張綺剛剛起榻，一陣腳步聲傳來，緊接著，一個護衛統領在外面說道：「張姬，郡王得到急旨，剛才已開赴邊關。他令我等相護，姬如有求，儘管吩咐。」

張綺一怔，站起來問道：「郡王走了多久？」

「兩刻鐘不到。姬儘管放心，有我等三十人護著，無人敢動姬一根毫毛。」

絕對的安靜中，良久良久，張綺才說道：「知道了，你退下吧。」

相比起張綺的默然，阿綠卻是歡喜的。得到蘭陵王離開的消息，她一蹦而起，抱著張綺歡呼道：「太好了，阿綺，終於沒人瞪我了！」

阿綠也不明白自己哪點就得罪蘭陵王了，明明自己是個很稱職很盡忠的婢女，卻總是被他橫瞪眉毛豎挑眼的，鬧得一向心粗的她都心毛毛的不安著。見到阿綠如此開心，張綺也是一笑。她與阿綠不同，從跟著蘭陵王開始，她與他從來沒有分開過，這陡然分開，她還有點不適應，總覺得心中空空蕩蕩的。

轉眼半個月過去了，蘭陵王還沒有歸來。

而開滿了鄴城的桃花，那粉紅嫣白的花瓣，開始在春雨中紛紛落下。街道中、花園裡，樹葉漸轉濃綠。春，漸漸深了。

這一天，連續晴好了幾日的天空，澄澈蔚藍。西邊的天空上，數道紅豔豔的霞光鋪染著，映得天地一片華燦。坐在院落裡，張綺突然聽到大門外傳來了一陣笑鬧聲，這笑鬧聲中，還有鼓聲傳來。

怎麼這般熱鬧，難道是長恭打了什麼勝仗不成？張綺急急站起。

早在外面剛有響聲傳來時，阿綠已一個箭步衝出去看熱鬧了。張綺眺了眺，還沒有看到她歸來。就在她猶豫著要不要也出去看熱鬧時，只見大開的院門處，急急走來了一行人。

走在最前面的，是一個華服少女。她容長臉，高瘦身材，眉目秀雅動人，正是鄭瑜。在鄭瑜的身後，還跟著四個婢女。鄭瑜走得有點急，令得那四婢都是小跑著才能跟上。

見到張綺，鄭瑜喚道：「阿綺！」她的聲音有點顫，很不穩。

難道出什麼事了？張綺臉一白，連忙迎上。

看著饒是急步走來，也如弱柳扶風的張綺，鄭瑜的眼睛明亮了些。她衝到了張綺面前，望著張綺，鄭瑜的臉色發白，眸中也有著淚水。想了想後，她伸手把張綺一拉，走到了一側樹下。咬著唇含著淚，打斷急切中帶著不安的張綺脫口欲出的問話，鄭瑜顫抖著說道：「阿綺，出事了！」

兩行清淚順著鄭瑜的臉孔流下，她無助地看著張綺，喃喃說道：「妻七女她，被很多人看到，她沒穿衣服地出現在長恭的軍帳中。」她顫聲道：「這事已傳到太后那裡，太后馬上就要給長恭指婚了！阿綺，妳家郡王馬上就要娶妻七女為妻了！」

她淒然一笑，朝著張綺苦澀地說道：「妳那麼聰明，對我千防萬防的，一定沒有想到，得到妳家郡王的，卻是個妳見也沒有見過的鮮卑貴女吧？」她向後退出一步，淒苦地，絕望地說道：「完了，妳我都完了！我再也嫁不了孝瓘，妳也馬上就會被掃地出門！張氏，妳與我爭了這麼久，一定沒有想到會是這樣的結果吧？」她無神地一笑，也不理會呆若木雞的張綺，轉過身，跌跌撞撞地朝外走去。四婢見狀，連忙跟上扶住了她。

這時，阿綠急急跑來，不安地喚道：「阿綺？」

聽到她的聲音，張綺回過頭去。對上一臉擔憂的阿綠，張綺卻顯得鎮定從容，她衝阿綠笑了笑，平靜地說道：「不用為我擔心……他不會的！這世上，還沒有人能逼著高長恭成親，哪怕是太后也不能！」

「可是，阿綺——」阿綠急急地說道：「可是她們都說，那婁七女很壞很壞的！」張綺再次打斷擔憂不已的阿綠，霞光下，她的雙眸分外明澈寧靜，「阿綠，妳相信嗎？如果高長恭非要娶妻，我寧願他娶這個婁七女。」

她扯下一根柳枝，一邊輕甩，一邊含著笑，慢慢說道：「天下人都知道，這婁七女不會善待我……只有遇上這樣的主母，他才會心甘情願給我安排好一切，讓我離開他也能得到善終。」她一直確信，只要蘭陵王心甘情願護著她，他就一定可以做到最好。齊地到陳國便是再遙遠，如果他的黑甲衛能夠一路護送，又有哪個不開眼的會前來纏擾？

當然，這是下下之策。便是隱居陳地，又有幾許樂土可容得下她？她還是得搏一搏，她還有機會搏一搏的。

主僕兩人說話之際，方老大步走來，他來到張綺身前，朝她行了一禮後，認真地說道：「張姬請勿慌亂，一切何不等郡王回來後再說？」外面吵得這麼厲害，人人都說太后和婁氏會下令驅逐張姬，他覺得他應該做些什麼。張綺點頭，溫柔地說道：「嗯，我不慌亂的。」

方老抬頭看向她，見到她的臉上真真沒有半分慌亂，不由想到剛才慌慌張張離去的鄭瑜，心下暗嘆一聲，不由忖道：千年世家，便是一個私生女，也勝過那些暴富的貴女多矣！

得到張綺的回答，方老放心地走了開去，蘭陵王府又恢復了平靜。

外面依然是鼓聲隱隱，據阿綠打聽來的，那鼓聲，不過是賀蘭陵王三天前打了一個小勝仗，那一次戰役中，他驅逐了犯入邊境的五千周兵。

本來這樣的勝仗算不得什麼，只是不知是太后還是陛下的授意，那些傳達捷報的使者竟是一路敲鑼打鼓，恨不得整個鄴城的人都知道。再加上蘭陵王因其美貌才藝，一直很得紅樓中人歡心。在捷報傳來時，所有的紅樓中人都出來為他一舞。兩廂一湊，竟是把整個鄴城也變得熱鬧起來。

傾聽著外面還在傳來的鼓聲，張綺暗暗想道：看來，高氏皇族是準備極力捧起蘭陵王了！

外面鼓樂齊鳴，蘭陵王本人卻沒有回來，那個婁七女也沒有回來。當下，張綺提步朝主院走去。現在，還不是她能操心的時候。

時辰一點一滴過去。轉眼間，夜幕降臨。轉眼間，天地間只有燈籠帶來的光亮。

這一個晚上，似乎特別的黑暗，連天空中都沒有明月星點。

一入夜，張綺便就寢了。也不知睡了多久，寢房中突然飄來一陣異香，那異香瀰滿寢殿時，一直睡意很淺的張綺，迅速沉入了黑甜鄉。

一刻鐘後，兩道黑影溜入了寢房。面對春睡沉沉，衣襟半敞的絕色美人，這兩人卻是規規矩矩地低著頭。他們看也不敢看張綺一眼，拿出一床錦被把她整個人包在其中，再把睡在側殿的阿綠放上床榻後，便抱著張綺跳出了窗外。

整個過程都很安靜，蘭陵王派來守護的三十護衛，在這個晚上，卻似集體睡著了般，無一人出現，無一人相阻。

很快的，兩個黑衣人便抱著張綺來到了圍牆外。牆外還有兩人候著，在他們的幫助下，三人無聲無息地跳出了蘭陵王府的圍牆。巷道中，一輛漆黑而華貴的馬車正候在那裡，兩匹駿馬的馬嘴和馬蹄上都捆了布。張綺一被放上馬車，兩匹馬便同時邁步，安靜地駛出了王府範圍。

黑夜，如此安靜。

很快的，馬車駛出了三條街道，進入了東街縱橫交錯的十字巷道中。

這裡是繁華所在，紅樓遍立，處處燈火通明，笙樂隱隱，人聲不絕。到得這時，幾個黑衣人才低聲交談起來：「還有多遠？」

「快了。」

「當真是個絕色美人！我日日看到，卻只有今晚才能抱上一抱……」

「噓！閉嘴！你想找死？」後面那黑衣人語氣溫和了些，他低嘆道：「七兄，不是當著你，兄弟怎敢說這話？」先前那黑衣人馬上陪笑道：「你要是難熬，今晚可以去翠樓玩玩，銀錢我來付。至於馬車中的這位，不是你我能仰望的。別看她現在無聲無息地給你我弄出來了，等到她可以出面的那一天，必是所有人都須跪拜時。」

「七兄，我知道的。」

「快快辦了這事，你我便馬上離開鄴城。手頭上的這筆錢，夠你我享受一世了。」

「是！是！」

兩人停止了交談，馬車繼續穩穩地駛向前方。又走了兩個巷道後，那七兄喜道：「到了。」說出這兩個字，他把手指放在唇邊，尖聲嘬叫起來。

隨著這一聲鳥鳴，左側一間極為普通的宅子中，大門吱呀一聲打了開來。飄搖的燈籠光裡，走出了一高一瘦的兩人。

馬車在兩人的恭迎下，駛入了大門。院門一關，兩個黑衣人便跳下馬車，低頭行禮，「請貴人接收。」那瘦個子走上前來，他掀開車簾，把手中的燈籠光朝錦被中照了照，點頭道：「很好。」

那高個子聽到瘦個子這麼一說，雙手一拊，啪啪啪地鼓起掌來。清脆的掌聲中，兩個陰柔少年抬著一個木箱子走了出來。把那木箱抬到兩個黑衣人面前後，兩個少年退了下去。

那高個子走上前，低聲道：「上面說了，你們先去躲躲，這些是賞給你們的。」

「是！是！」

「去吧。」

兩個黑衣人把木箱子抬上馬車，不一會兒，便駕著馬車消失在夜色中。

那兩人一走，高個子便走到瘦個子身邊，就著他手中的燈籠光，高個子看了一眼馬車中錦被裡的美人，低聲一嘆，「主上這一次，可是花了大心力了。」

瘦個子苦笑道：「還不是有所顧忌？等個幾年就不須這樣小心了。」他朝著兩個少年說道：「現在輪到你們了！」

「是。」兩個陰柔少年得了令，伸手把張綺抱下馬車，順著宅院後的第三道側門走去。

這宅院的旁邊，居然是一座紅樓，而且還是整個鄴城最大的，生意最好的秀月樓。從第三側門出來，過一個巷道，正是到了秀月樓的後院。

兩個少年抱著張綺剛來到秀月樓後院，只聽得吱呀一聲，那邊木門打了開來。迎著兩少年走進去後，一胖子拭著汗，低聲說道：「一切都安排好了。」

「走吧。」

「是。」

在這個胖子的帶領下，兩個少年穿過重重院落，來到了燈火通明，喧囂陣陣的翠月樓閣後面。那胖子指著其中一間房說道：「便是那間，過往的人都已被清走了，兩位盡快便是。」

「好。」兩少年的聲音有點尖銳。

他們抱著張綺，急步朝前走去，不一會兒便上了第二層閣樓。走在過道上，可以清楚地聽到左右兩側的房間中，呻吟聲、男女的調笑聲不時傳來。

三人緊走急走，終於來到了一個房間外。

那胖子急急把房門推開。這房間中，堆紅積翠的，布置得十分華麗浮豔。兩少年大步上前，急急把張綺放在那寬大的床榻上後，其中一少年轉過頭來，朝著那胖子呵斥道：「出去！」

「是！是！」那胖子出去時，衣袖晃了晃，隨著他的動作，一縷散發著極輕極淡的香味的木頭掉落在角落裡。

那胖子一出去，後面的少年急急掩上門。他含著淚看著站在榻旁的少年，哽咽道：「三兄，陛下說過的，你辦成了這件事，你的兄弟父母他都會妥善安置，你就放心吧。」

站在榻旁的少年一直垂著眸，他的眼神中沒有悲傷。聽到同伴的話，他啞聲說道：「我知道的，我也放心。」一邊說，他一邊慢慢解去衣裳，「你也出去吧，記得守好這裡，到了時辰，就按計劃把那些人都引過來。」

「是。」

「還有，我怕痛，那一劍由你出手吧。記得乾脆點，別讓我的屍身落到外人手裡。別讓我丟了性命，又壞了陛下的大事。」

「……是。」

聽到他聲音有點哽咽，榻旁的少年轉過頭來，他狠狠瞪了他一眼，罵道：「抹乾眼淚，快點離開！」兩人都沒有注意到，床榻上的張綺悄悄動了下。

「是。」後面的少年狠狠抹了一把淚，牙一咬便退出了房門。

把房門一關，準備離開的少年忍不住眼眶又紅了。就在他身子一轉，動身返回時，突然間後頸一陣劇痛。不等這少年落地，已有人把他抱起拖開。

房間裡，站在張綺榻旁的少年，一邊脫著衣裳，一邊看著床榻上睡得香甜的美人。聽著外面突然響起的鼓樂，少年沙啞地說道：「娘娘……奴只是一個閹人，還請娘娘勿要記恨！」說到這裡，他把衣裳一丟，彎下腰，開始伸手解向張綺的外裳。

就在這時，他敏感地發現身後有點異樣。

「誰？」這個字才吐到一半，少年頸後一陣劇痛傳來。他雙眼一黑，砰的一聲倒在了地上。

少年一倒地，便有兩人走出。他們把少年拖出去後，重新關上房門，只留下一個白衣翩翩的俊美青年，和床榻上一動也不動的張綺。

俊美青年坐在床榻上，他伸出手，輕輕撫摸著張綺雪嫩的臉頰，撫過她的眉，撫過她的眼，撫到她的唇邊時，突然低低一笑，溫柔地說道：「阿綺，別裝了，那迷香的藥效，我的人已幫妳解了，妳還是睜開眼吧。」

正是蕭莫的聲音！

張綺睜開眼來。

淡黃的蠟燭光中，蕭莫的雙眸明亮如星。他靜靜地看著她，唇邊微翹，笑容深邃莫測。

不知怎地，張綺的心懸了起來，她喃喃喚道：「哥……」

這一字剛喚出，蕭莫突然一笑，他修長的手指在張綺的唇瓣間遊移。感覺到指尖的溫軟柔嫩，他喉結滾動著，聲音有點沙啞：「阿綺，這招對我沒用的。我早就說過，這世上荒唐的事多了去了。」說到這裡，他目光下移，右手一挑，把蓋在她身上的錦被掀開。

張綺是被人從被窩中抱出的，只著一襲粉色中衣，雪白的肌膚在粉色衣料的映襯下，直是如玉般奪目明豔。蕭莫手指一移，來到了襟領上繫口處。

感覺他變得急促的呼吸，張綺顫聲道：「七哥哥……」

蕭莫目不轉睛地盯著她雪白的頸項，聽到她又在低喚，他斯文一笑，低低說道：「阿綺，沒用的，在建康時我不曾下手，一直悔到今日。」說到這裡，他站了起來。

見他慢條斯理地解去外裳，張綺顫聲說道：「蕭莫，我會叫的，我真的會叫的！」

蕭莫似笑非笑地朝她一瞟，慢慢說道：「叫吧……妳出現在紅樓這種地方，本已說不清了。把大夥兒都引過來做了見證也好，我等上幾個時辰，回到蕭府再圓房也是無礙。」

這話一出，張綺閉緊了嘴，絕望地看著他，不停地哆嗦著……

見張綺如此緊張，蕭莫輕柔地說道：「阿綺，何不沉下心來，把一切交由我來安排？」說到這裡，他解去了衣裳，露出身軀，緩緩傾身，覆上了她……

他溫熱的軀體一覆上，張綺便再也無法控制地淚流滿面。那迷香雖然解去大半，可剩下的那一點殘餘，足夠令她渾身無力的了。她只能這樣躺著，只能這樣被動地，任由他人處置。

感覺到覆在身上火熱的男性軀體，感覺他噴在自己頸間的呼吸，張綺不可自抑地顫抖著。不知不覺中，她已淚水盈眶，抬頭看著房頂，張綺喃喃說道：「七哥哥……陛下要動我，你這般半途截去，不會有影響嗎？」

這婦人……

饒是淚水滾滾，她的聲音也冷靜得很。

蕭莫嘴唇輕移，含住她的玉耳輕輕舔弄起來。感覺到身下如水一樣蕩漾顫抖的身子，他沙啞笑道：「阿綺放心，我既出手，便是有了十足把握！」說到這裡，他的唇緩緩移開，來到張綺的唇瓣間。感覺到他侵近的呼吸，張綺急急一側。

剛剛側過去，她的下巴便是一痛，卻是被蕭莫伸手定住。

他定住她，背著光的俊臉上，眼眸幽深而專注，裡面彷彿有著火焰在燃燒。

燭光中，這張臉，當真是傾國傾城啊！

又是一笑，蕭莫的手緩緩下移。他的手，放到了她的腰間。

隨著他輕輕一扯，腰帶飄然落地。

蕭莫低頭端詳半晌，嘆了一聲，喃喃說道：「與我想像中一樣……」

張綺閉上雙眼，淚水滾滾而下。側過頭，張綺哽咽地說道：「阿莫，你不能這樣對我！」

「為什麼不能？」蕭莫的聲音有點啞，有點沉，他低笑道：「我不但要妳，我還要永遠占著妳，一生一世也不放手。」他抬起頭，隨著他的動作，一縷額髮覆下，擋住了他的左邊眼睛。燭光中，只剩下右眼的他幽而深，那雪白斯文的俊臉上，也染上了一抹紅暈。

蕭莫的手來到了張綺的中裳上，溫柔地幫她褪去中裳。撫摸著裡面大紅的肚兜，蕭莫低聲說道：「綺兒穿這種大紅內服，是渴望著能為人正妻吧？放心，我會娶妳！」他解去繫帶，把那肚兜重重一扯。

啪的一聲，肚兜另一側的繫帶，在抽打得張綺雪嫩的肌膚上留下一道紅印後，便飄然而出，跌落在床榻的一個角落處。

感覺到身上的涼意，感覺到蕭莫的耽耽而視，又恢復了些力氣的張綺，費力地翻過身，想要護住身子。這個動作剛做到一半，蕭莫已覆在了她身上。

兩具溫熱的軀體緊緊相貼，彼此之間再無半點間隙。

被他強行扳過臉的張綺，睜大雙眼，空洞地看著房頂，淚水從她的眼眶滾滾而落——完了，一切都完了！

雖然這個時代，這個地方的人，並不重視貞節，便是寡婦，也有做皇后的，便是妓妾，也有後院獨寵的。可是，蘭陵王不同。

這一生一世，自己永遠也無法獨占他了，永遠……

張綺慢慢閉上雙眼。

這時，她的唇瓣一疼，卻是蕭莫輕咬了一口。在咬得她僵住時，她聽得濃重而急促的低語聲：「不許想別人！阿綺，從此後，除了我，妳不會再有別的男人！」說到這裡，他舌頭一擠，強行擠破她的貝齒，衝入她的檀口中。

他的舌頭追逐著她的丁香小舌，偶一遇到，便緊纏不放，直到一縷銀絲從兩人緊貼的唇瓣間流下。隨著他的動作，張綺這副軀體不受控制地顫抖起來。伴隨著顫抖的，還有她越發濃郁的體香，以及柔軟得，像水一樣可以蕩開的嬌軀。

蕭莫從喉間發出一聲低啞的嘆息。直到現在他才明白，為什麼從不近女色的高長恭，自得到她後便一反常態，出出入入總是抱著她。

這副身子，原來如妖孽般令人沉迷！

他的呼吸越發急促起來。

饒是滿腹羞恥和苦澀，呼吸也已經急促，本能已無法控制的張綺，緊緊地閉上雙眼。

蕭莫的手還在下移，滑過她的圓臍。因與蘭陵王分離已有一段時間，張綺不再在臍間填上孕陰丹。所以，她的臍眼乾乾淨淨，隱帶暗香。

蕭莫的手還在下移。他就著燭光，眼睛一眨不眨地看著她。他看得十分專注，打量了一會兒，他低啞地說道：「真真無處不動人！」聲音一落，他的唇瓣已然覆上。

隨著那溫熱的唇覆上那令人羞於言道的地方，張綺低叫一聲，情不自禁地伸出手，推向他的黑色頭顱。用力地推著他，在他幽深而泛紅的目光中，張綺別過了頭。

「別怕……」蕭莫卻是低低一笑，溫柔地說道，「妳會喜歡的！」說到這裡，他再次低頭，隨著他舔弄的動作，張綺白嫩嫩的嬌軀不由自主地扭動起來。她把拳頭塞到嘴裡，無法自抑地哽咽起來。

他怎麼能這麼這麼溫柔？婦人本就骯髒，卑微的她，更是骯髒的。他怎能一點也不嫌棄，這般溫柔對她？

她愛慕著高長恭，卻也知道，自己在高長恭面前是卑微的。一直以來，都是她費盡力氣，用盡辦法想博得他的寵愛。饒是如此，直到今日，他還不曾正眼看她，不曾真心接納她，不曾把她放在與鄭瑜一樣的位置上。

可蕭莫卻對她這般溫柔！

他是真真心疼她的吧？也許，這一點可以利用！

於是，張綺不再哭泣，她的聲音在那一瞬間變得清冷無波，閉上雙眼，她一副任由他施為的表情，嘴裡卻是淡淡說道：「七哥哥，你今兒得了我，明年的這個時候，卻得在我的墳前流淚，這有意思嗎？」

蕭莫一僵。

他抬頭看向張綺，見她表情淡淡，那眉眼間，卻有著一向溫軟的她，從來沒有過的決絕。

她是說，今天他碰了她，等會兒她就去尋死嗎？她怎能如此？她怎麼能這樣對他？那高長恭何德何能令她如此？

蕭莫一動也不動地伏在張綺身上，直過了一會兒，他突然低笑出聲。

他不停地笑，不停地笑著。

過了良久，他才悲涼說道：「好，我放過妳！阿綺，我放過妳！」說到最後，已是淚如雨下。

……

一刻鐘後，一輛馬車載著張綺駛向黑暗中。

馬車駛回了一處小院落。這院落當真不起眼，隱在一眾豪門大宅中，普通得不會引起任何人的注意。把張綺安置好後，蕭莫並沒有停留，把院子裡的人手安置妥當後，便放心離去了。

轉眼，一晚過去了。

今天，是蘭陵王凱旋的日子。

不止是蘭陵王，還有婁七女也回來了。因蘭陵王名動鄴城，又因獨寵張綺備受爭議，這一刻，鄴城中人頭濟濟，無數少年男女都湧上街道，想第一時間目睹他的風采，特別是，婁七女的風采。

不過，讓眾人失望的是，他們沒有看到婁七女。便是蘭陵王，也只是重盔遮面，稍稍露一下臉，便令左右隔開了眾人，急匆匆地駛向了蘭陵王府。看他那迫不及待的樣子，多半是去安撫家中那位寵姬了。

蘭陵王確實有點急切，策著馬衝入府中後，一見到迎來的方老，便一個縱躍跳下馬背。把馬繩交給僕人，蘭陵王向著方老問道：「阿綺呢，怎麼不見她出來迎我？」

話音一落，見到方老臉色難看。風塵僕僕，很久沒有進過水的蘭陵王，乾著嗓子說道：「是為了婁七女之事怪罪我？她應該相信我的，我的郡王妃，怎可能是那種潑婦？」

剛說到這裡，他自己便苦笑起來：對張綺，他真是越來越難以強硬了。接連幾晚都睡不好，剛一進城，又急急回來向她解釋，就是怕她胡思亂想。不過，她應該明白他，他便是這一生不娶妻，也斷斷不會沾上那種潑婦，斷斷不會讓那女人逼得阿綺走投無路！

真說起來，滿鄴城的貴女，除了阿瑜，他還找不到第二個更能容得下阿綺的正妻。可惜，阿綺總是倔著，怎麼也不願意相信他。

見方老不答，蘭陵王也不再問，他轉過身，大步朝寢院走去。說起來，這是他第一次與她分開這麼久，還真有點想她了。他剛剛提步，清醒過來的方老便急步上前。他伸出手，剛拉住蘭陵王，想說些什麼，嘴一張，卻又又閉緊了。

蘭陵王大步走入正院，一跨入，便大聲喚道：「阿綺！阿綺……」

花瓣殘存的桃樹下，沒有她的人影，花園中也空空蕩蕩，難道在寢房裡？

蘭陵王大步走去，當他走到臺階下時，二十幾個護衛走了出來。看到蘭陵王，他們撲通撲通，竟是齊刷刷地跪了一地。

這是幹什麼？

蘭陵王急急止步。

在他不解的目光中，方老也急急走來。他走到蘭陵王身後，嘶啞喚道：「郡王，張姬她……」

蘭陵王嗖地旋轉過來，緊緊地盯著方老，沒有發現自己的聲音在顫抖，「她怎麼了？」

「她不見了。」說出這四個字，在蘭陵王陡然向後退出一步時，方老艱難地說道：「今日大早，便發現她不見了。」

不等蘭陵王發作，一個護衛首領膝行上前，重重一叩，朗聲道：「郡王，是我該死！楊大和耶律武也不見了。昨天晚上，我等都中了迷香。直到今日早晨，才發現他們和張姬一起不見了。」

不見了？

不見了！

這是什麼意思？

蘭陵王向後退出幾步，白著臉，茫然地看著眾人，看著方老。看著他們不安、悲傷又惶惑的臉，看著他們緊張得冷汗直流。幾乎是陡然間，蘭陵王明白了「不見了」這三個字的含義。

阿綺不見了！

怎麼可能？他都沒有放手，她怎麼就不見了？

是了……他的阿綺那麼美，那麼動人，想要她的男人多了去了。是他疏忽了，是他……

他猛然又向後退出一步，慢慢地抓緊腰間的佩劍，啞聲道：「可有派人尋去？」

「已尋過，不曾找到。」

「尋了哪裡？」

「各大城門的城門衛處，還有地下，眾遊俠兒處。」

「估摸幾個時辰了？」

「五個時辰了！」

五個時辰，夠那些人把阿綺帶得遠遠的，直到遠得他再也看不到。

蘭陵王抬起頭來，眼神空洞地看著隨風飄搖的樹葉，突然間，他覺得空空落落的。如果找不回阿綺，如果這一生再也見不到阿綺……他不敢想下去了。

咬著牙，蘭陵王嘶啞地說道：「我馬上進宮。」剛轉身，又是腳步一剎，「是昨晚出的事？」

「是。」

「昨日鄴城中，傳遍了太后將要把婁七女許配給我的事？」

「是！」

「看來，是要問過太后和陛下了！」

話說到這裡，蘭陵王大步朝外走去。他走得太急太急，翻身上馬時，直跳了兩次，不但沒有上得馬背，還差點從上面滑落下來。

方老悲傷地看著這一幕，急急吩咐道：「快跟上郡王，保護他！」

「是。」

目送著蘭陵王離去的身影，方老難受地想道：真希望快點把張姬找回來……她便是要離開，也不能在這個時候，以這樣的方式！她不應該成為郡王生命中永遠的陰影！

很自然的，蘭陵王是無功而返。

他出宮不久，整個鄴城的人便都知道了，蘭陵王的寵姬張氏不見了。

一個大活人，怎麼會不見了的？

這個疑問冒出來的同時，眾人沒有猜測不已，而是不約而同地想到婁七女，想到了婁氏一族，想到了太后身上。以婁七女的驕橫、婁氏一族的強勢，還有太后的護短，那個張氏，多半是被處理了。

誰讓她身分卑微，還愚蠢地阻了婁七女的路呢？

真可惜，如此一個絕代美人！

紛紛而起的謠言，像春風一夜，一日便颳遍了整個鄴城。

這個謠言傳出後，婁七女明顯慌亂了。不止是她，整個婁氏一族都坐立不安了。當然，現在這股風還被掩著，還不曾颳入太后宮中。傍晚時，婁七女便急急駕車，在族老的陪伴下，來到了蘭陵王府。

他們見到了蘭陵王。依然盔甲在身，似乎從戰場回來，便不曾換過衣裳的蘭陵王，不過幾個時辰不見，便顯得格外瘦削。不但瘦削，那努力挺直的身軀，還給人一種沉重的孤獨感。

不過幾個時辰不見，婁七女再次見他，突然感覺到有點害怕。

幸好，族老是個穩重的。他朝蘭陵郡王行了一禮後，也不等他詢問，便認真地說道：「長恭，張氏失蹤之事與我們婁氏無關。雖然族中是有人動過這種心思，不過他們還來不及出手。」他舉起手，認真地立誓道，「我這話若是有欺，當天打雷劈！」

這誓立得重。在這個篤信佛教，於天道輪迴深信不疑的世道，族老這個誓言很有說服力。

感覺到蘭陵王看向自己，一貫驕橫作性的婁七女也走上前，身材高大的她低著頭，第一次像個孩子般怯懦地說道：「我沒有，真沒有！」她抬起頭，大聲說道，「我也可以發誓！」

正在這時，一陣急促的馬車聲傳來，馬車匆匆停下，鄭瑜跳了下來，急急跑到蘭陵王面前，說道：「孝瓘，你別慌，我家裡也派人出去詢問了，最遲明天便會有消息傳來！」

她走上前去，關切地看著落寞憔悴的他，溫柔低聲道：「別這樣……你累壞了自己，不止是我，便是阿綺知道，也會心痛的。」她的聲音，真是要多溫柔有多溫柔，她的表情更是關懷備至，令人無法不感動。

在蘭陵王無望地尋找中，轉眼三天過去了。

這一天傍晚，正在與鄭瑜等人四處尋找著張綺的蘭陵王，接到了太后宣他們入宮的旨意。

一行人來到殿中時，太后剛接見了幾個大臣。揮退眾臣，吩咐得蘭陵王入殿後，太后上前一步，伸手扶著蘭陵王的肩膀，含著淚說道：「我的孫兒，怎地瘦成這樣了？」

一連幾日，蘭陵王都不曾睡好，見到太后的溫言相慰，看到她慈祥的面孔，他扯了扯唇角，想要笑一笑，最後卻只是抿緊了唇。

「孩子，坐吧。」

「謝奶奶。」

兩人促膝坐下。

太后慈愛地看著面目憔悴的蘭陵王，示意宮婢送上一杯酒讓他潤了潤喉後，溫聲說道：「孩子，聽說你的寵姬不見了？」

「是。」

因連續幾個晚上不曾睡好，蘭陵王的聲音沙啞而暗，眼中也是血絲密布。

太后端詳了他片刻，示意宮婢為他滿上酒後，輕輕問道：「不過是個婦人，我的孫兒怎麼憔悴成這個樣子了？」說到這裡，她撫上蘭陵王的手背，溫聲問道：「孩子，你明白告訴奶奶，那個婦人，你是不是想娶了回來？是不是為了她，你誰也不會要了？」

蘭陵王抬起頭來。對面前的太后，他與很多高氏子弟一樣，是發自內心敬畏著的。因此，蘭陵王略想了想後，啞著嗓子說道：「孫兒，不曾想過娶她……」丟下這一句後，他慢慢續道：「孫兒只是離不開她，至於孫兒的正妻，自當另有他人！」

雖然聽過無數次，可再一次聽到，幕後的一個人影，還是晃了晃。

她早應該知道的……也許早想明白了，她就不會那麼無望地掙扎著。前世裡，他的身邊沒有她，這一世其實也是一樣。雖然她來得夠早，可是，他從來都不是她的緣分，不是她能索求的那一個人……

她抬起頭，透過縫隙，看向站在偏殿處，衣裳華麗，美麗動人，溫柔地望著蘭陵王背影的鄭瑜……她才是對的。自己本是插入兩人之間的第三者！縱使他們之間還不曾議婚，縱使他總是對她說，他離不開她，他要她！

這樣也好，這樣更好……他離開她，只是一時的不適應。他還有他的雄心壯志，他還有他的正妻要娶。自己遲早是要離開的，現在只不過是離開的方式，在他和她的意料之外罷了！

外面的人還在說話。

太后輕嘆著，慢慢說道：「孫兒乃大丈夫，當知這世上，有魚與熊掌不能兼得一說。」聽到這裡，蘭陵王卻是迅速抬起頭來。他看著太后，啞聲說道：「奶奶說什麼？」他騰地站起，一瞬不瞬地盯著太后，「什麼不能兼得？奶奶，那婦人是我的！她早就是我的！這一生一世，她也只能是我的！如果我的正妻不能容下她，那我不娶妻便是！」

蘭陵王的話一句接一句，凌厲而沉重。那咄咄逼人的氣勢，哪裡還有半點恭敬之意？

太后沉下了臉，「又在胡話了！」

見蘭陵王依然倔強地看著自己，太后暗嘆一聲，她閉上雙眼，拈動著佛珠說道：「你錯了。」太后不再看他，只是轉著佛珠，溫溫和和地說道：「孩子，這人生在世，沒有什麼人、什麼東西，是永遠屬於你的。你不是四處尋找於她嗎？奶奶告訴你她在哪裡！」

這話一出，蘭陵王呼吸都急促起來。

他放在腿側的拳頭，緊緊地握起，他一瞬不瞬地看著太后，等著她開口。

太后的聲音，依然平和而緩慢，「那日知道你要娶正妻後，你那婦人，便煽動兩個護衛帶她離開了王府……」

剛聽到這裡，蘭陵王便想咆哮道：這不可能！這怎麼可能！

可這話還沒有出口，他便馬上想道：這完全可能！那個婦人，她那麼一心想著獨寵，又那麼狡詐，以她的才智，煽動幾個男人為她出生入死，不算稀罕！一想到是張綺主動離開，蘭陵王便呆呆站在那裡。這數日間沒日沒夜地尋找，還有那堆了滿腹的鬱躁相思，這時都化成了苦澀。

他想過的，他早就想過她可能是離開了。只是他一直以為，以她的性格，便是離開，也會堂堂正正。何況，她還想從自己的手中得到人手錢財呢，她怎麼願意悄無聲息地離開呢？

太后瞟了他一眼，把他的表情收入眼底後，繼續說道：「她這次離開，是去找一位故人了。那故人一直在等她……你那婦人說了，如若高長恭待我如一，我自待他如一。如果不能，他娶他的正妻，我嫁我的郎君。」話說到這裡，蘭陵王臉色已是鐵青。只是一轉眼，那鐵青變成了蒼白，又變成了一片茫然……

太后又瞟了他一眼，見他渾渾噩噩著，便繼續說了下去：「孩子，這事就此打住吧！那個婦人雖是漢家女兒，卻有我鮮卑女兒的烈性。她既一心求離，便由著她吧。」太后剛說到這裡，蘭陵王便嘶啞地喝道：「不——」他向後猛然退出一步，淒聲道：「不，我不允許！」

這話一出，太后卻與剛才的慈眉善目不同，她臉一沉，怫然不悅地說道：「我說了，這事就此打住！不管你允不允許，此事斷無再議的可能！」說到這裡，太后厲聲道：「趕出去！」

命令一出，幾個太監走上前來。他們正要架住蘭陵王，他卻是斷然轉身，剛剛走到房門口，蘭陵王猛然回頭，向著太后低頭說道：「奶奶，我不娶正妻了，我只要她……」

他正視到，自己在阿綺和正妻之間真的只能選一個了！這一點，不但是張綺如此想，鄴城所有有意願與他結親的貴族也這樣想。這一次阿綺離開，只怕便有他們在其中作祟。他們趕走了阿綺，是為了給自己賜婚，娶正妻做準備！一時之間，一種說不出的悔恨、鬱躁和苦澀，同時湧出心頭。

聽到蘭陵王這話，太后卻是冷冷說道：「遲了……她已選擇了他人！」

「不就是那蕭莫嗎？」蘭陵王充滿戾氣地說道：「我去找他！」

「不必找他！」太后定定地看著蘭陵王，揮手示意那幾個太監退下後，徐徐說道：「出來吧。」話音一落，簾幕搖動。從帷帳後，走出了兩人。

陡然看到這兩人，蘭陵王連呼吸也忘了。

在他急迫的注視中，頭髮盤起，一襲婦人裝扮的張綺，和三品大員打扮的蕭莫，朝著太后同時一禮，齊聲喚道：「臣（妾）見過太后娘娘。」

「起來吧。」

「是。」

兩人剛剛站起，蘭陵王便大步走來。他徑直走到張綺的面前，正準備喚她，卻聽得太后溫和的聲音傳來：「張氏，蘭陵郡王剛才所說的話，妳可聽到了？」

張綺低下頭，盈盈一福，清聲說道：「是，妾聽到了。」

太后朝蘭陵王瞟了一眼，轉向張綺徐徐說道：「妳如何看來？」

張綺一福不起，她低著頭，恭敬而清冷地回道：「妾的意思，太后剛才也說了。如果郡王待我如一，我自待他如一。如果不能，他娶他的正妻，我嫁我的郎君。」

清清楚楚地從張綺嘴裡聽到這句話，清清楚楚地看到她面無表情，冷漠而絕情地看著自己說出這句話。一直沒有把她的心思放在心上過，總是想著，她便是要離開，只要自己不放手，她也無能為力的蘭陵王，猛然向後退出一步。

他臉已成灰色。

太后瞟向蘭陵王，沉聲道：「你可聽到了？」朝左右太監點了點頭，「送蘭陵王出宮！」

幾個孔武有力的太監走出，渾渾噩噩，呆呆傻傻的蘭陵王，一邊被他們推著離開，一邊聽到裡面的太后問道：「張氏，妳可願意嫁蕭尚書為妻？」

接下來的回答，他再也聽不到了。他剛掙扎了一下，幾個太監嗖地一聲拔出佩劍，將那鋒寒的劍尖抵在了他的頸項、後背還有胸口上，他們強行把他推出了殿門。

此刻的大殿中，在太后那句問話出口後，張綺卻是撲通一聲跪倒在地。她朝著太后重重磕了三個響頭，才慢慢抬起頭來。對上一臉慈祥的太后，兩行清淚掛上了張綺的臉頰。

看到這一幕，蕭莫心中一凜，他緊張地看向張綺。

張綺沒有看他，她只是膝行兩步，又朝太后行了一個五體投地的跪禮後，哽咽地說道：「妾乃不祥之人，已不敢求世間夫婦之道……請太后允妾回到故國！妾願隱姓埋名，掩去容顏，在民間念禪誦佛，度過殘生！」

明明說好了的！蕭莫大驚，他氣苦地想道：明明說好了的，她怎麼能出爾反爾！她怎麼能？這個狡猾的婦人！

處於狂亂中的他，便沒有聽清太后的問話：「哦，妳既想出家，何不入庵堂修行？」

張綺叩頭不已，「妾乃不祥之人，恐汙了佛門清淨之地！」

這話提醒了太后，是了，以這張氏的容貌風情，便是入了庵，也逃不過男人的追索。隱姓埋名，藏起容顏，這是個不錯的主意。最重要的是，皇兒分明已被她美色所迷，連那種瞞天過海之事也做得出。她便是嫁給了蕭尚書，難保不會另想主意對她出手。

把她送離齊地啊？也只能如此了。

想了想，太后慈愛地說道：「妳這孩子也是命苦。既然妳有這樣的要求，那就隨妳吧！」

得到太后允諾，張綺竟是大喜，她臉上笑容綻放，又朝著太后重重叩了一個頭，哽咽道：

「謝太后隆恩！」誰都能聽出來，她這話是真心實意。

太后低頭，暗淡的太陽光中，她的表情有點錯愕。她原以為張綺自動求離，不過是迫不得已，可現在看她，竟是實實的歡喜無限。陡然的，太后心中升起一絲憐憫，她嘆息道：「妳這孩子……來人！」

「是。」

召來兩個侍衛，太后撚起著佛珠，徐徐說道：「賞張氏四百金。婁齊，由你帶上五百人，務必把張氏平安送到陳地。」太后吩咐到這裡，卻見張綺又朝她重重一叩，感激涕零地說道：「妾還有一個婢女，名喚阿綠，現正在蘭陵王府……」

這孩子，是真心想離開啊！

太后點頭道：「去把那阿綠帶過來。」

張綺一咬牙，有點羞愧地低頭說道：「妾從陳地出來時，帶了幾十金，都藏在王府裡。那金藏得甚是隱密，妾可否一併前去？」那金藏得太緊，說是說不清的。

沒有想到她會說這樣的話，太后轉過頭來，昏暗的光線中，她盯了張綺一眼，見到她目光明澈，表情無比坦然，不由搖頭道：「妳這孩子，原也是個狷介的。」她跟了蘭陵王那麼久，沒有功勞也有苦勞，得些金倒也應該。

想到這裡，太后道：「去就不必了。婁齊，你讓蘭陵王送上三百金來，便當張氏的儀程。」

「是。」

「張氏，妳跟著婁齊先退下吧。」

「是。」

張綺轉頭，安靜地跟在彪形大漢婁齊的身後，自始至終，她都沒有向蕭莫看上一眼……

張綺出門時，聽到太后溫軟地說道：「蕭尚書，這夫妻人倫之事，也是強求不得。你雖來鄴城不久，卻深受鄴地貴女所喜。你跟我說說，喜歡哪家女兒？便是公主也行，我馬上給你賜婚。」一溫言相待，實是無比看重。

張綺沒有再聽下去，她跟在婁齊身後，徑直朝宮外走去。

此時，夕陽剛沉下地平線，一道道紅豔淡紫的霞光抹在天際，遙遙看去，竟是那般明豔。張綺走得緩慢，她靜靜地看著四周的景物，靜靜地看著夕陽下的青磚紅牆。

此時此刻，她的心中竟是無比的平靜。

走著走著，她突然朝著婁齊行了一禮，羞愧地說道：「統領，可有更衣處？」

這婁齊是個太監，當下他點頭道：「請跟奴來。」

領著張綺來到一處布置華麗的宮殿，張綺朝他行了一禮，便急急衝了進去。一進去，她便揮退眾婢，關上房門，衝到淨桶前嘔吐起來。這症候已有三天了。饒是她在蘭陵王面前千防萬防，孕陰丹從來不離，怕還是受孕了。也許，是這個孩子頑強吧，不管她如何不願，他便是想來到這世上，想護著她。

兩世了，上天終於對她網開一面了！

前世時，張綺雖然沒有懷過孩子，可她太想有個倚仗，便一直都關注著。對於婦人有孕的表現，她比一般的大夫還要精通。想一想，這孩子還真是來得及時啊。她馬上就可以回到陳地了，有了這個孩子，總算這一生也有些盼頭了。

洗漱之後，張綺急急走出，跟在婁齊身後，繼續朝外走去。據太后的吩咐，在張綺離開鄴城前，都會住在宮城旁邊的吳雲寺中靜養。此刻，他們便是前去靜雲寺。

一行人來到宮門處時，卻止了步。

宮門前，站著一批人。為首的，五官俊美絕倫，眼中血絲隱隱，臉上戾氣猶存，可不正是蘭陵王？在蘭陵王的身後，除了幾個護衛，便是鄭瑜、秋公主、婁七女等人。看到張綺走出，秋公主雙眼亮了亮，她瞇著眼睛一笑，在鄭瑜的一瞪眼下，那笑容便飛快地收了去。

這時，蘭陵王大步上前。

他走到了張綺面前，低頭盯著她，嘶啞地說道：「蕭莫呢？那匹夫呢？」

張綺垂眸不理。

倒是婁齊上前一步，朝著蘭陵王尖聲說道：「張氏向太后請求回歸故國，已得太后允可。」

什麼？原來她不是要嫁給蕭莫？便是太后賜婚，她也不嫁給蕭莫，她的心裡還是只有自己……

與蘭陵王的歡喜不同，張綺不用抬頭，也能感覺到站在他身後的那些貴女眼神的冷冽，秋公主甚至有點氣急敗壞了。

蘭陵王喉頭一哽，突然伸手握緊張綺的手，啞聲道：「阿綺，我們回家好不好？以後，我們好好地過日子，我再也不離開妳，一步也不離開妳，好不好？」

張綺沒有喜形於色，甚至，連眼都沒有抬一下。

她靜靜地抽出被他握著的手，淡淡說道：「蘭陵郡王，太后已賜我金錢，許我歸家了。」

她抬起頭，如秋水般明澈清冷的眸光，迎上了蘭陵王的。對著他，她的眼中再無半點媚好，自然，也無半分情意。她安靜地看著他一陣，低下頭，朝他福了福後，說道：「那些時日，因阿綺過於任性，給郡王添麻煩了。」她不理會臉色一沉的蘭陵王，逕自越過他，走向鄭瑜。

看到她走近，鄭瑜連忙走上兩步，伸手親密地握向張綺的手。張綺退後半步，避開她的親熱。

在鄭瑜的難堪中，張綺卻是朝她盈盈一福。垂著眸，她慢條斯理地說道：「女郎與蘭陵郡王自幼相得，原是天造地設的緣分。是阿綺任性，一直擋在你們中間……現在，阿綺要走了，還請女郎勿要記恨昔日之事。」

她退後幾步，轉過頭朝著婁齊微笑道：「我們走吧。」

四字剛出，一隻手便猛然伸出，牢牢握住了張綺的手腕。

唇抿成一線，蘭陵王俊美的臉上，隱隱有著他自己都不曾發現的慌亂：他從來沒有見過這樣的張綺，似乎一切都已經放開，似乎與他橋歸橋路歸路，永生永世再不相干！

他握緊她的手腕，喉結滾動一下，嘶啞說道：「阿綺，妳這是什麼意思？妳想走？我不許！」

張綺回眸。

夕陽中，她眸中流醉，隱隱有著一抹說不出的冷漠和風華。她眉目如畫的臉上，盡是嘲諷。靜靜地看著蘭陵王，張綺紅唇一啟，輕聲道：「你不許？」她低低笑道：「不必了，太后都許我了。」

伸出另一隻手，一根一根把他的手指掰開，他卻又一根一根重新收緊。張綺掰了一陣，不願再做無用功，便停下掙扎，抬眸瞟著他，漫不經心地一笑後，低下頭任由額側的青絲遮住眉眼，靜靜地說道：「長恭……」這個稱呼如此溫柔，直讓蘭陵王剛起的慌亂又少少消去了些。

張綺平靜地說道：「長恭，你是大好男兒，你還會建功立業，還會青史留名……你的妻室，也會很溫柔很賢淑。她愛你敬你，會助你一路青雲。」雖然最終的結果是，不過三十便功高震主而逝。不過這也沒什麼，在這樣的世道，有幾個能活到三十歲？她自己就不一定能活過三十歲。

張綺收起臉上的嘲諷，抬頭溫柔地看著他。伸出手，張綺溫柔地撫向他緊皺的眉峰，輕輕說道：「長恭，你現在只是不適應，真的，你只是現在不適應。如果你實在受不了，可以去紅樓裡坐坐，你會發現，那裡美人很多，那裡也會有如我一般溫柔解語的花兒。」

她低低一笑，湊上唇在他的唇上印上輕輕一吻，「真的，女人都是一樣，你會很快放開的。」她與他在一起時，不管她如何掙扎，他只是冷眼旁觀著。不管她多麼渴望能與他並肩而立，能明正言順地站在他的身側，他也只是靜靜看著。

他，其實不曾把她刻在心裡吧？所以，他能尋了她幾天後，還那麼冷靜地對著太后說，從來沒有想過娶她為妻。如果她讓他亂過心，他不會如此平靜，不會說得那麼肯定。

他，只是沒有見過女人而已。想來，多經歷幾個，他就會忘記她了。想到這裡，張綺低低一笑，她猛然用力抽出手腕，頭也不回地走到了婁齊身後。

站到婁齊身後的她，佼然如玉，清透如畫，彷彿漫天的霞光都被她吸了去，彷彿集天地間的絕麗，才造就了她絕世的容顏。

明明這麼近，這麼近，可從來沒有這一刻，讓蘭陵王感覺到她離自己那麼遠，那麼遠。遠得自己再也觸手不及，遠得她再也不會回頭看他一眼，遠得她彷彿隨時會在陽光下化去，遠得他一眨眼，她就會徹底消失在他的生命中，再也不可尋，不可見……

從來沒有一刻，讓他如此清楚地感覺到，他失去她了！

他是真的失去她了！

她再也不會在他面前婉轉求憐，再也不會對他百般柔媚，再也不會紅著臉朝所有人叫道：她就是要做他的正妻！

他失去她了！

原來，不需要他給金給人，她也是要回到故土；原來，他從來沒有完全擁有過她，只要願意，她隨時會離開，而他，攔不住她，護不著她！

原來，在她的心中，自己對她所有的珍惜，不過是慾望。換了任何一個女子，哪怕是紅樓中的妓女，也能取代她在自己心目中的地位！

蘭陵王猛然向後退出一步，輾轉沙場，因急於想回來見她，而迫不及待地完成陛下的任務所造成的疲憊暗傷，還有這數日數夜無止無息的尋找和擔驚受怕，一時之間都湧了上來。

他伸出手剛要再次抓向張綺，眼前卻是一黑。他身子一軟，摔向地面，最後的意識中，卻清清楚楚地感覺到，張綺不曾回頭。她不但不曾回頭，還向那婁齊說了一句什麼後，衣袖一甩，便跟在婁齊身後大步離去……再不回頭地離他而去！

這邊，蘭陵王昏倒在地，那邊，便有太監把宮門口發生的情況稟報到了太后那裡。

太后蹙起了眉頭。她知道長恭在乎那個婦人，可是，她不知道他已陷入那麼深了。閉著眼睛尋思了一會兒，太后輕聲說道：「來人。」

「在。」

「再增五百軍士，務必去吳雲寺保護得連蚊子也飛不進！」

「是。」

太后想了想，又命令道：「再給婁齊二百金，讓他今天晚上便起程，帶著那婦人！」

「是……那吳雲寺裡？」

「嚴加防範！」

那太監馬上明白了太后的意思，當下凜然應道：「是。」

太后在這裡下令時，王府中，蘭陵王睜開眼來時，鄭瑜等人圍著他，正向大夫詢問著病情。看到他醒來，鄭瑜大喜，撲了過來，朝著蘭陵王喚道：「長恭，你醒了？」

蘭陵王瞟了她一眼，疲憊地閉上雙眼說道：「回去吧。」他的聲音低沉暗啞，卻一掃這幾日的焦慮，「都回去吧，我想靜一靜。」

「好，我們回去。」

趕走眾女，把大夫送走後，蘭陵王喚道：「叫方老過來。」

「是。」

不一會兒，方老走了進來。

蘭陵王閉著雙眼，啞聲說道：「傳我的手令，讓楊成帶上六百私軍，闖入吳雲寺，把我那婦人帶回王府！」

這命令一出，方老直過了一會兒才反應過來，他不安地說道：「可是，郡王，太后那裡……」

蘭陵王冷笑一聲，低啞地說道：「太后真把我當傻子了……我那婦人好端端地在我府中，卻半夜被人劫了去。別人我不知道，我那婦人我還是了解的。她對人甚是防備，連我也不盡信，每每遇事，總是自動把我往壞處想。這樣一個疑心重的婦人，怎麼可能信了兩個護衛，還任由他們把她半夜帶出門？方老，出手的是我的皇叔吧？只有皇叔出手，我那奶奶才會這麼橫加干涉。只有皇叔下令，才能擄走我那婦人而不驚動眾黑甲衛……他看中了我的婦人，因此把她劫到紅樓，想令得她失了清白名聲後，令她假死，再把她藏個幾年，等我淡忘時，我那婦人也理所當然地成了他的皇妃了！」說到這裡，他側過頭，面向著床榻裡面，喃喃說道：「堂堂丈夫，連個婦人也守不住，有甚意思？」

方老見他如此，馬上站了起來，應道：「是，老奴這就傳令！」

一個時辰不到，方老急急走來，對上掙扎著從榻上爬起，正準備穿上盔甲的蘭陵王，方老稟道：「郡王，吳雲寺防範太嚴，足布署了上千人馬……除非強攻！」
「那就強攻！」蘭陵王繫上佩劍，冷冷地說道。

（未完待續）

漾小說 107

蘭陵春色✿

國家圖書館出版品預行編目資料

蘭陵春色 / 玉贏著. -- 初版. -- 臺北市：
麥田, 城邦文化出版：家庭傳媒城邦分公司發行,
2013.12
冊； 公分. --（漾小說；107）
ISBN 978-986-344-015-4（第2冊：平裝）

857.7 102021630

作者 玉贏
封面繪圖 畫措
責任編輯 施雅棠
副總編輯 林秀梅
編輯總監 劉麗真
總經理 陳逸瑛
發行人 涂玉雲
出版 麥田出版
城邦文化事業股份有限公司
104台北市中山區民生東路二段141號5樓
電話：（886）2-25007696 傳真：（886）2-25001966
發行 英屬蓋曼群島商家庭傳媒股份有限公司城邦分公司
104台北市中山區民生東路二段141號2樓
客服服務專線：（886）2-25007718；25007719
24小時傳真專線：（886）2-25001990；25001991
服務時間：週一至週五上午09:00~12:00；下午13:00~17:00
劃撥帳號：19863813；戶名：書虫股份有限公司
讀者服務信箱：service@readingclub.com.tw
麥田部落格 http://blog.pixnet.net/ryefield
香港發行所 城邦（香港）出版集團有限公司
香港灣仔駱克道193號東超商業中心1樓
電話：852-25086231 傳真：852-25789337
E-mail：hkcite@biznetvigator.com
馬新發行所 城邦（馬新）出版集團【Cite (M) Sdn Bhd】
41, Jalan Radin Anum, Bandar Baru Sri Petaling,
57000 Kuala Lumpur, Malaysia.
電話：(603) 90578822 傳真：(603) 90576622
Email：cite@cite.com.my
美術設計 洸譜創意設計股份有限公司
印刷 鴻霖印刷傳媒股份有限公司
初版一刷 2013年12月12日
定價 250元
ISBN 978-986-344-015-4